A Décima Terceira História

CB123679

Diane Setterfield

A Décima Terceira História

Tradução de
LÉA VIVEIROS DE CASTRO
e ANDRÉ PEREIRA DA COSTA

EDITORA RECORD
RIO DE JANEIRO • SÃO PAULO
2007

CIP-Brasil. Catalogação-na-fonte
Sindicato Nacional dos Editores de Livros, RJ.

Setterfield, Diane
S519d A décima terceira história / Diane Setterfield; tradução de Léa Viveiros de Castro e André Pereira da Costa. – Rio de Janeiro: Record, 2007.

Tradução de: The thirteenth tale
ISBN 978-85-01-07666-3

1. Ficção inglesa. I. Castro, Léa Viveiros de. II. Costa, André Pereira da. III. Título.

CDD – 823
07-0690 CDU – 821.111-3

Título original inglês:
THE THIRTEENTH TALE

Copyright © 2006 by Diane Setterfield

Imagem de capa: Grupo Keystone

Todos os direitos reservados. Proibida a reprodução, no todo ou em parte, através de quaisquer meios.

Direitos exclusivos de publicação em língua portuguesa somente para o Brasil adquiridos pela
EDITORA RECORD LTDA.
Rua Argentina 171 – Rio de Janeiro, RJ – 20921-380 – Tel.: 2585-2000
que se reserva a propriedade literária desta tradução

Impresso no Brasil

ISBN 978-85-01-07666-3

PEDIDOS PELO REEMBOLSO POSTAL
Caixa Postal 23.052
Rio de Janeiro, RJ – 20922-970

CÓPIA NÃO AUTORIZADA É CRIME
ABDR
ASSOCIAÇÃO BRASILEIRA DE DIREITOS REPROGRÁFICOS
RESPEITE O DIREITO AUTORAL
EDITORA AFILIADA

Em memória

Ivy Dora e Fred Harold Morris

Corina Ethel e Ambrose Charles Setterfield

Com agradecimentos a Jo Anson, Gaia Banks, Martyn Bedford, Emily Bestler, Paula Catley, Ross e Colin Catley, Jim Crace, Penny Dolan, Marianne Downie, Mandy Franklin, Anna e Nathan Franklin, Vivien Green, Douglas Gurr, Jenny Jacobs, Caroline le Marechal, Pauline e Jeffrey Setterfield, Christina Shingler, Janet e Bill Whittall, John Wilkes e Jane Wood.

Com agradecimentos especiais a Owen Staley, que foi amigo deste livro desde o princípio, e Peter Whittall, a quem *A décima terceira história* deve este título e muito mais.

Todas as crianças mitificam seu nascimento. Este é um traço universal. Quer conhecer alguém? Coração, mente e alma? Peça-lhe que lhe conte sobre seu nascimento. O que você vai ouvir não é a verdade; é uma história. E nada é mais revelador do que uma história.

— Vida Winter, *Histórias de transformação e desespero*

Início

A Carta

Era novembro. Embora ainda não fosse tarde, o céu estava escuro quando entrei na Laundress Passage. Papai tinha encerrado o dia, apagado as luzes da loja e fechado as persianas; mas, para que eu não voltasse para casa no escuro, ele tinha deixado acesa a lâmpada da escada que leva para o apartamento. Através do vidro da porta ela lançava um retângulo pálido de luz na calçada molhada, e foi quando eu estava parada neste retângulo, prestes a girar a chave na fechadura, que avistei a carta. Outro retângulo branco, ela estava no quinto degrau de baixo para cima, onde eu não poderia deixar de notá-la.

Fechei a porta e coloquei a chave da loja no lugar de sempre, atrás dos *Princípios avançados de geometria*, de Bailey. Pobre Bailey. Ninguém precisou do seu livro cinzento e volumoso por trinta anos. Às vezes imagino o que ele acha do seu papel de guardião das chaves da loja. Não acho que fosse esse o destino que ele tinha em mente para a obra magistral que passou duas décadas escrevendo.

Uma carta. Para mim. Era um acontecimento. O envelope, estufado com os papéis bem dobrados, estava endereçado com uma letra que deve ter dado um bocado de trabalho ao carteiro. Embora o estilo de letra fosse antiquado, com maiúsculas enfeitadas e excesso de floreios, minha primeira impressão foi de que tinha sido escrita por uma criança. As letras indicavam falta de prática. Os traços irregulares ou desapareciam no nada ou estavam profundamente gravados no papel. Não havia fluidez nas letras que formavam o meu nome. Cada uma tinha sido trabalhada separadamente — *M A R G A R E T L E A* —, como se fosse uma tarefa nova e desafiadora. Mas eu não conhecia nenhuma criança. Foi então que pensei: é a caligrafia de um inválido.

Isso me causou uma sensação estranha. Na véspera ou na antevéspera, enquanto eu cuidava da minha vida, tranqüilamente e em particular, alguém desconhecido — algum *estranho* — tinha tido o trabalho de escrever o meu nome neste envelope. Quem tinha estado com o pensamento voltado para mim sem que eu suspeitasse?

Ainda de chapéu e casaco, afundei numa cadeira para ler a carta. (Nunca leio sem me certificar de que estou numa posição segura. Faço isso desde os 7 anos, quando, sentada num muro alto e lendo *Os bebês aquáticos*, fiquei tão seduzida pelas descrições da vida submarina que inconscientemente relaxei os músculos. Em vez de flutuar na água que me cercava tão vividamente em minha imaginação, mergulhei no chão e desmaiei. Ainda tenho a cicatriz sob a franja. Ler pode ser perigoso.)

Abri a carta e tirei meia dúzia de folhas, todas escritas com a mesma letra floreada. Graças ao meu trabalho, tenho experiência na leitura de manuscritos complicados. Não existe muito segredo nisso. Paciência e prática são as únicas exigências. Isso e a disposição para cultivar um olho interior. Quando você lê um manuscrito que foi danificado por água, fogo, luz ou simplesmente pela passagem dos anos, o seu olho precisa estudar não só a forma das letras, mas também outras marcas de produção. A velocidade da pena. A pressão da mão na folha. Quebras e interrupções no fluxo. Você tem que relaxar. Não pensar em nada. Até imaginar que você é, ao mesmo tempo, uma pena deslizando sobre o pergaminho e o próprio pergaminho com o toque de tinta fazendo cócegas em sua superfície. Aí você consegue ler. A intenção do escritor, seus pensamentos, suas hesitações, seus desejos e seus significados. Você consegue ler tão claramente como se fosse o próprio castiçal que ilumina a folha enquanto a pena corre sobre ela.

Não que esta carta fosse assim tão desafiadora. Ela começava com um seco "Srta. Lea"; em seguida os hieróglifos decifravam-se rapidamente em letras, depois palavras, e em seguida frases.

Eis o que eu li:

Uma vez concedi uma entrevista ao *Banbury Herald*. Preciso procurá-la um dia destes, para a biografia. Eles me mandaram um cara estranho. Um garoto, na verdade. Alto como um homem, mas com a gordurinha própria da juventude. Desajeitado no seu terno novo. O terno era marrom, feio e feito para um homem muito mais velho. A gola, o corte, o tecido, tudo errado. Era o tipo de coisa que uma mãe poderia comprar para um rapaz que acabou de sair da escola para o primeiro emprego, imaginando que o filho irá de certa forma crescer para caber nele. Mas os rapazes não deixam para trás sua infância junto com o uniforme escolar.

Havia alguma coisa no jeito dele. Uma intensidade. Assim que pus os olhos nele, pensei: "Ah, o que ele está querendo?"

Não tenho nada contra pessoas que amam a verdade. Fora o fato de que elas geralmente são companhias muito chatas. Desde que não comecem a discursar sobre contar histórias e honestidade, como algumas costumam fazer. Naturalmente, isso me aborrece. Mas desde que me deixem em paz, não me meto com elas.

A minha queixa não diz respeito aos amantes da verdade, mas à própria verdade. Qual é a ajuda, qual é o consolo que existe na verdade, comparada a uma história? De que adianta a verdade, à meia-noite, no escuro, quando o vento urra como um urso na chaminé? Quando o relâmpago lança sombras na parede do quarto e a chuva bate na janela com suas unhas compridas? Não. Quando o medo e o frio transformam você numa estátua em sua cama, não espere que a ossuda e descarnada verdade venha correndo ajudá-la. O que você precisa é do aconchego macio de uma história. Da segurança embaladora e calmante de uma mentira.

Alguns escritores não gostam de entrevistas, é claro. Ficam zangados. "Sempre as mesmas perguntas", reclamam. Bem, o que esperam? Repórteres são escrevinhadores. Nós, escritores, somos genuínos. Só porque eles sempre fazem as mesmas perguntas, não significa que tenhamos que dar as mesmas respostas, não é? Quer dizer, inventar coisas, é isso que fazemos para ganhar a vida. Eu mesma dou dezenas de entrevistas por ano. Centenas no decorrer da vida. Pois nunca achei que o talento tenha de ficar trancado, escondido, para prosperar. O meu talento não é uma coisa tão frágil que se acorvarde diante dos dedos sujos dos jornalistas.

Nos primeiros tempos eles costumavam tentar me surpreender. Faziam pesquisa, chegavam com um pedacinho de verdade escondido no bolso, tiravam-no no momento oportuno na esperança de me pegar desprevenida e me fazer revelar mais. Eu tinha que tomar cuidado. Empurrá-los devagarinho na direção que eu queria, usar minha isca para atraí-los suavemente, imperceptivelmente, na direção de uma história mais bonita do que aquela em que estavam de olho. Uma operação delicada. Seus olhos começavam a brilhar, e eles começavam a afrouxar a mão que segurava o pedacinho de verdade, até ele cair, esquecido, na beira da estrada. Nunca falhava. Uma boa história é sempre mais fascinante do que um caquinho de verdade.

Mais tarde, depois que fiquei famosa, uma entrevista com Vida Winter tornou-se uma espécie de rito de passagem para os jornalistas. Sabiam mais ou menos o que esperar, ficariam desapontados de partir sem a história. Uma passada rápida pelas perguntas normais (De onde a senhora tira a sua inspiração? Seus personagens são baseados em pessoas reais? Até que ponto o personagem principal é a senhora?), e quanto mais curtas fossem as minhas respostas, mais eles gostavam (De dentro da minha cabeça. Não. Em nenhuma medida.). Finalmente, a parte que estavam esperando, aquilo pelo qual tinham vindo. Uma expressão sonhadora, esperançosa, aparecia em seus rostos. Eram como crianças pequenas na hora de dormir. E a senhora, Sra. Winter, eles diziam. Conte-me sobre a senhora.

E eu contava. Histórias simples, na verdade, nada de muito importante para eles. Só alguns fios, tecidos num desenho bonito, um tema especial aqui, algumas lantejoulas ali. Meros retalhos do fundo da minha cesta de costura. Centenas mais de onde eles vieram. Aparas de romances e histórias, enredos que nunca foram terminados, personagens natimortos, cenários pitorescos para os quais nunca encontrei uso. Fragmentos diversos que sobraram na hora de editar. Depois é só uma questão de aparar as beiradas, costurar as pontas e pronto. Outra biografia novinha em folha.

Eles iam embora felizes, agarrando seus cadernos como crianças com doces no fim de uma festa de aniversário. Seria algo para contar aos netos. "Um dia conheci Vida Winter, e ela me contou uma história."

Bem, voltemos ao rapaz do *Banbury Herald*. Ele disse: "Sra. Winter, conte-me a verdade." Ora, que tipo de pedido é esse? Eu já vi gente usar de todo tipo de estratagema para me fazer contar, e consigo identificá-los de longe, mas isso? Só rindo. Quer dizer, o que ele esperava?

Uma boa pergunta. O que ele esperava? Seus olhos brilhavam com uma intensidade febril. Ele me observava atentamente. Procurando, investigando. Ele estava atrás de alguma coisa específica, eu estava certa disso. A testa dele estava coberta de suor. Talvez estivesse com alguma doença. Conte-me a verdade, disse ele.

Tive uma estranha sensação. Como se o passado estivesse voltando à vida. A agitação líquida de uma vida anterior em minha barriga, criando uma corrente que subiu pelas minhas veias e enviou pequenas ondas para quebrarem nas minhas têmporas. A terrível excitação disto. Conte-me a verdade.

Considerei o pedido dele. Revolvi-o em minha mente, pesei bem as conseqüências. Aquele rapaz me perturbou, com seu rosto pálido e seus olhos febris.

"Está bem", disse eu.

Uma hora depois ele partiu. Um adeus fraco, distraído, sem olhar para trás.

Não contei a verdade a ele. Como poderia? Contei-lhe uma história. Uma coisinha pobre, malnutrida. Sem brilho, sem lantejoulas, só alguns remendos feios e desbotados, mal costurados e com as pontas desfiadas. O tipo de história que se parece com a vida real. Ou melhor, com o que as pessoas imaginam que seja a vida real, o que é inteiramente diferente. Não é fácil para alguém com o meu talento produzir uma história assim.

Observei-o da janela. Ele subiu a rua arrastando os pés, os ombros curvados, a cabeça baixa, cada passo um esforço. Toda aquela energia, a força, a verve, desaparecidas. Eu as havia matado. Não que eu assuma toda a culpa. Ele não devia ter acreditado em mim.

Nunca mais o vi.

Aquela sensação que tive — a corrente no meu estômago, nas minhas têmporas, nas pontas dos meus dedos — permaneceu comigo por um bom tempo. Subia e descia, com a lembrança das palavras do rapaz. Conte-me a verdade. "Não", disse eu. Muitas e muitas vezes. "Não." Mas a sensação não ia embora. Era uma distração. Mais do que isso, era um perigo. No fim eu fiz um trato. "Ainda não." Ela suspirou, agitou-se, mas finalmente ficou quieta. Tão quieta que acabei me esquecendo dela.

Há quanto tempo foi isso. Trinta anos? Quarenta? Mais, talvez. O tempo passa mais depressa do que você pensa.

Tenho pensado nesse rapaz ultimamente. Conte-me a verdade. E ultimamente tenho percebido de novo aquela estranha sensação. Tem alguma coisa crescendo dentro de mim, dividindo-se e multiplicando-se. Posso sentir, no meu estômago, uma coisa redonda e dura, mais ou menos do tamanho de uma laranja. Ela suga o ar dos meus pulmões e rói o tutano dos meus ossos. O longo adormecimento mudou-a. De algo dócil e respeitador, passou a ser um tirano. Recusa toda negociação, impede a discussão, insiste em seus direitos. Não aceita "não" como resposta. A verdade, ela repete, chamando o rapaz, vendo-o se afastar. E então ela se vira para mim, aperta com mais força as minhas entranhas, retorcendo-as. Nós fizemos um trato, lembra?

Está na hora.

Venha na segunda-feira. Vou mandar um carro buscá-la às quatro e meia na Estação Harrogate.

Vida Winter

Quanto tempo fiquei sentada na escada depois de ter lido a carta? Não sei. Porque estava enfeitiçada. Existe algo nas palavras. Em mãos experientes, manejadas com habilidade, elas aprisionam você. Enroscam-se em suas pernas como teias de aranha e, quando você está tão subjugada que não consegue se mover, penetram na sua pele, entram no seu sangue, paralisam seus pensamentos. Dentro de você, fazem agir sua magia. Quando finalmente dei por mim, pude apenas adivinhar o que tinha se passado na escuridão do meu inconsciente. O que a carta tinha me causado?

Eu sabia muito pouco sobre Vida Winter. Tinha, naturalmente, conhecimento dos vários epítetos que acompanhavam seu nome: a mais amada das escritoras inglesas, Dickens do nosso século, a escritora viva mais famosa do mundo, e assim por diante. Eu sabia que ela era popular, embora os números, quando mais tarde fui pesquisá-los, tenham sido uma surpresa. Cinqüenta e seis livros publicados em 56 anos; traduzidos em 49 idiomas; a Sra. Winter foi mencionada 27 vezes como o autor mais requisitado nas bibliotecas inglesas; 19 longas-metragens foram baseados em seus romances. Em termos de estatísticas, a questão mais debatida é a seguinte: ela vendeu ou não mais exemplares do que a Bíblia? A dificuldade vem menos de calcular quantos livros vendeu (uma cifra sempre na casa dos milhões) do que de obter números confiáveis para a Bíblia; não importa o que se pense da palavra de Deus, seus dados de venda são notoriamente pouco confiáveis. O número que mais poderia ter-me interessado, enquanto eu ficava ali sentada no degrau da escada, era 22. Esse era o número de biógrafos que, por falta de informação, ou falta de incentivo, ou após pedidos ou ameaças da própria Sra. Winter, tinham sido convencidos a desistir de tentar descobrir a verdade a respeito dela. Mas naquele momento eu não sabia nada disso. Só conhecia uma estatística, que parecia bastante relevante: quantos livros de Vida Winter eu, Margaret Lea, tinha lido? Nenhum.

Estremeci na escada, bocejei e me espreguicei. Ao voltar a mim, vi que minhas idéias tinham sido rearrumadas na minha ausência. Dois itens em especial tinham sido selecionados dos confins da minha memória e submetidos à minha atenção.

O primeiro foi uma pequena cena na loja, envolvendo meu pai. Estamos esvaziando um caixote de livros que compramos de uma biblioteca particular e que incluem vários de Vida Winter. Na loja, não lidamos com ficção contemporânea. "Vou levá-los para o bazar de caridade na minha hora de almoço", digo, e os deixo ao lado da escrivaninha. Mas antes do fim da manhã três ou quatro já se foram. Vendidos. Um para um padre, outro para um cartógrafo, outro mais para um historiador militar. Os rostos dos nossos clientes, com a palidez costumeira exterior e o brilho interior do amante de livros, parecem iluminar-se quando avistam as cores fortes das capas das brochuras. Depois do almoço, quando terminamos de esvaziar o caixote e de catalogar e guardar os livros e não temos nenhum freguês, nos sentamos e lemos, como de hábito. É fim de outono, está chovendo e as janelas estão embaçadas. Dos fundos vem o chiado do aquecedor a gás; ouvimos o barulho sem ouvir, porque, lado a lado, juntos e a quilômetros de distância um do outro, estamos mergulhados em nossos livros.

"Quer que eu faça um chá?", digo, emergindo.

Nenhuma resposta.

Faço chá assim mesmo e coloco uma xícara perto dele na escrivaninha.

Uma hora depois o chá, intacto, está frio. Preparo um bule fresco e coloco outra xícara fumegante perto dele na escrivaninha. Ele não se dá conta dos meus movimentos.

Delicadamente, inclino o livro que ele está lendo para ver a capa. É o quarto Vida Winter. Retorno o livro à sua posição original e observo o rosto do meu pai. Ele não me vê. Está em outro mundo, e eu sou um fantasma.

Essa foi a primeira lembrança.

A segunda é uma imagem. Virado de perfil, cinzelado em luz e sombra, um rosto paira sobre os viajantes que esperam, parados, embaixo. É só uma foto de propaganda colada num cartaz na estação de trem, mas na minha lembrança ela tem a grandeza impassiva de rainhas há muito esquecidas e divindades gravadas em pedras por antigas civilizações. Contemplar o arco delicado do olho, a curva larga e macia das maçãs do rosto, o desenho e as proporções impecáveis do nariz é maravilhar-se com o fato de que o acaso da variação humana possa produzir algo tão fantasticamente perfeito como isso. Estes ossos, descobertos pelos arqueólogos do futuro, iriam parecer um artefato, um produto não da imperfeição da natureza, mas do talento artístico em seu mais alto grau. A pele que embeleza esses ossos extraordinários tem a luminosidade opaca do alabastro; ela parece ainda mais pálida em contraste com as tranças e os anéis do cabelo de cobre, arrumados com extrema precisão sobre as belas têmporas e descendo pelo pescoço forte e elegante.

Como se esta beleza extravagante não fosse o bastante, existem os olhos. Intensificados por algum truque fotográfico para um verde não-humano, o verde do vitral de uma igreja, de esmeraldas ou de doces cristalizados, eles olham por cima da cabeça dos viajantes com uma perfeita inexpressividade. Não sei se os outros viajantes sentiram o mesmo que eu a respeito do cartaz naquele dia; eles tinham lido os livros, então podem ter tido uma visão diferente das coisas. Mas eu, fitando os enormes olhos verdes, não pude deixar de pensar naquele lugar-comum de que os olhos são o espelho da alma. Esta mulher, lembro-me de ter pensado ao contemplar seus olhos verdes e cegos, não tem alma.

Esta era, na noite da carta, a extensão do meu conhecimento sobre Vida Winter. Não era muito. Embora, pensando bem, talvez fosse o mesmo da maioria das pessoas. Pois embora todo mundo conhecesse Vida Winter — conhecesse seu nome, conhecesse seu rosto, conhecesse seus livros —, ao mesmo tempo ninguém a conhecia. Tão famosa por seus segredos quanto por suas histórias, ela era um perfeito mistério.

Agora, se a carta fosse para ser levada a sério, Vida Winter queria me contar a verdade sobre ela. Isso por si só já era suficientemente curioso, mas mais curioso ainda foi o meu pensamento seguinte: por que ela iria querer contar para *mim*?

A História de Margaret

Levantando-me da escada, entrei na escuridão da loja. Não precisava acender a luz para achar o caminho. Conheço a loja do mesmo jeito que você conhece os lugares da sua infância. Na mesma hora o cheiro de couro e de papel velho me acalmou. Passei os dedos pelas lombadas, como um pianista pelas suas teclas. Cada livro tem sua própria marca, individual: a lombada granulosa, forrada de pano, da *History of Map Making*, de Daniels, o couro rachado dos apontamentos de Lakunin das reuniões da Academia Cartográfica de São Petersburgo, uma pasta velha que contém seus mapas, desenhados à mão, coloridos à mão. Você poderia vendar os meus olhos e me colocar em qualquer lugar nos três andares desta loja, e eu poderia dizer, pelos livros sob meus dedos, onde eu estava.

Vemos poucos fregueses no Lea's Antiquarian Booksellers, uma meia dúzia por dia. Há uma certa agitação em setembro, quando os estudantes vêm comprar exemplares dos textos definidos para o novo ano; outra em maio, quando eles os trazem de volta depois dos exames. Meu pai chama esses livros de migratórios. Em outras épocas do ano passamos dias sem ver um só cliente. Todo verão traz um ou outro turista que, tendo abandonado os caminhos mais batidos, é levado pela curiosidade a sair do sol e entrar na loja, onde pára por alguns instantes, até seus olhos se ajustarem. Dependendo do quanto esteja cansado de tomar sorvete e observar os barcos no rio, ele pode ficar para desfrutar um pouco de sombra e tranqüilidade ou não.

Normalmente os visitantes da loja são pessoas que, tendo ouvido falar de nós por um amigo de um amigo, e estando perto de Cambridge, fizeram um desvio especial. Eles têm uma expressão de expectativa ao entrar na loja e quase sempre pedem desculpas por nos incomodar. São pessoas simpáticas, tão silenciosas e afáveis quanto os próprios livros. Mas quase sempre somos só meu pai, eu e os livros.

Como eles conseguem sobreviver?, você poderia pensar, vendo o pouco movimento de fregueses. Mas a loja é, em termos financeiros, apenas uma ocupação secundária. O negócio mesmo acontece em outro lugar. Nós ganhamos a vida na base de talvez meia dúzia de transações por ano. É assim que funciona: papai conhece todos os grandes colecionadores do mundo e conhece todas as grandes coleções do mundo. Se você o observasse nos leilões de livros a que comparece com frequência, notaria que ele sempre é abordado por indivíduos de fala mansa, discretamente vestidos, que o chamam de lado para uma conversa sossegada. Os olhos deles são muito tranqüilos. *Será que ele sabe...*, perguntam eles, e *Ele tem notícia de que...* Um livro é então mencionado. Papai responde vagamente. Não vale a pena alimentar esperança. Essas coisas normalmente não levam a lugar nenhum. Mas, por outro lado, se ele souber de alguma coisa... E, se ainda não souber, ele anota o endereço da pessoa num livrinho verde. Então nada acontece por algum tempo. Mais tarde — poucos ou muitos meses depois, não há como saber —, em outro leilão ou feira de livros, ao ver uma determinada pessoa, ele irá indagar, muito discretamente, se... e mais uma vez o livro é mencionado. Quase sempre, a coisa termina ali. Mas às vezes, após as conversas, pode haver uma troca de cartas. Papai gasta um bocado de tempo escrevendo cartas. Em francês, alemão, italiano e até mesmo, ocasionalmente, em latim. Nove vezes em dez a resposta é uma recusa educada, de duas linhas. Mas às vezes — meia dúzia por ano — a resposta é o prelúdio de uma viagem. Uma viagem na qual papai recolhe um livro aqui e entrega ali. Ele raramente fica fora por mais de 48 horas. Seis vezes por ano. *Este* é o nosso ganha-pão.

A loja mesmo quase não dá lucro. É um lugar para escrever e receber cartas. Um lugar para passar o tempo esperando pela próxima feira internacional de livros. Na opinião do gerente do nosso banco, ela é uma indulgência que o sucesso do meu pai confere a ele. Entretanto, na realidade — realidade do meu pai e minha; não pretendo que realidade seja a mesma coisa para todo mundo —, a loja é o próprio coração do negócio. Ela é um repositório de livros, um lugar seguro para todos os volumes, um dia escritos com tanto amor, que agora ninguém parece querer.

E é um lugar para ler.

A é de Austen, B é de Brontë, C é de Charles e D é de Dickens. Aprendi o alfabeto nesta loja. Meu pai caminhando no meio das estantes, comigo no colo, explicando a ordem alfabética ao mesmo tempo que me ensinava a soletrar. Aprendi a escrever ali também: copiando nomes e títulos de fichas que ainda estão no nosso arquivo, trinta anos depois. A loja era tanto a minha casa como o meu trabalho. Foi uma escola melhor do que a escola convencional e foi também a minha universidade. Ela era a minha vida.

Meu pai nunca pôs um livro em minhas mãos e nunca me proibiu um livro. Em vez disso, deixava-me perambular e folhear, fazendo minhas escolhas mais ou menos apropriadas. Eu lia histórias sangrentas de heroísmo histórico que os pais do século XIX consideravam apropriadas para crianças e histórias de fantasmas que com certeza não o eram; eu lia relatos de viagens por terras traiçoeiras feitas por solteironas vestidas de anáguas e lia manuais sobre etiqueta e boas maneiras escritos para jovens de boas famílias; eu lia livros com ilustrações e sem ilustrações; livros em inglês, livros em francês, livros em idiomas que eu não entendia, onde podia inventar histórias na minha cabeça com base num punhado de palavras adivinhadas. Livros. Livros. E livros.

Na escola, guardava para mim mesma toda essa leitura feita na loja. Os pedaços de francês arcaico que eu conhecia de velhas gramáticas encontravam lugar nos meus ensaios, mas meus professores consideravam-nos erros de grafia, embora nunca tenham sido capazes de erradicá-los. Às vezes uma aula de história trazia à tona algum conhecimento que eu havia acumulado com a minha leitura aleatória feita na loja. *Charlemagne*?, pensava eu. O quê, o *meu* Charlemagne? Da loja? Nessas horas, ficava muda, chocada com a colisão momentânea de dois mundos que sob outros aspectos eram inteiramente separados.

Entre uma leitura e outra, eu ajudava meu pai com o trabalho dele. Quando eu tinha 9 anos, ele deixava que eu embrulhasse livros em papel pardo e os endereçasse aos nossos clientes mais distantes. Aos 10, deixava que eu levasse esses pacotes para o correio. Com 11 anos, substituí minha mãe no único trabalho que ela fazia na loja: a limpeza. Com um lenço na cabeça e um roupão, protegida contra a sujeira, os germes e a malignidade em geral inerente aos "livros velhos", ela costumava percorrer as estantes com o espanador, os lábios bem apertados e tentando não respirar. De vez em quando, as penas levantavam uma nuvem de poeira imaginária, e ela se encolhia, tossindo. Inevitavelmente, ela rasgava as meias no caixote que, com a malevolência previsível dos livros, estava sempre posicionado atrás dela. Ofereci-me para tirar o pó. Ela adorou livrar-se dessa tarefa; não precisou mais entrar na livraria depois disso.

Quando eu tinha 12 anos, meu pai colocou-me para procurar livros perdidos. Considerávamos como itens perdidos aqueles que segundo os registros estavam no estoque mas que não estavam no seu lugar nas prateleiras. Podiam ter sido roubados, mas o mais provável era que tivessem sido deixados no lugar errado por um freguês distraído. Havia sete cômodos na loja, cobertos de livros do chão até o teto, milhares de volumes.

"E, já que está fazendo isso, confira a ordem alfabética", dizia papai.

Era um trabalho infindável; hoje me pergunto se ele estava sendo inteiramente sério ao confiá-lo a mim. Para dizer a verdade, isso não tinha muita importância, porque ao realizá-lo *eu* era muito séria.

Custou-me um verão inteiro de manhãs, mas no início de setembro, quando as aulas começaram, todos os livros perdidos tinham sido achados, cada volume fora de lugar tinha voltado para sua casa. Não só isso, mas — e, em retrospecto, isto é o que parece importante — meus dedos tinham feito contato, mesmo que brevemente, com cada livro da loja.

Quando cheguei à adolescência, eu estava ajudando tanto o meu pai, que nas tardes pacatas tínhamos pouco trabalho para fazer. Depois de terminadas as tarefas da manhã, o estoque novo arrumado nas prateleiras, as cartas escritas, depois que tínhamos comido nossos sanduíches na beira do rio e alimentado os patos, voltávamos para a loja só para ler. Aos poucos, minhas leituras ficaram menos aleatórias. Cada vez mais eu me via vagando pelo segundo andar. Literatura do século XIX, biografias, autobiografias, memórias, diários e cartas.

Meu pai notou a direção da minha leitura. Ele voltava para casa de feiras e leilões com livros que achava que poderiam interessar-me. Livrinhos velhos, a maioria em manuscrito, páginas amareladas amarradas com fita ou barbante, às vezes costuradas à mão. A vida comum de pessoas comuns. Eu não os lia simplesmente. Eu os devorava. Embora o meu apetite por comida fosse fraco, minha fome de livros era constante. Foi o início da minha vocação.

Não sou propriamente uma biógrafa. De fato, nem posso ser chamada de biógrafa. Principalmente para o meu próprio prazer, escrevi alguns estudos biográficos curtos de personagens insignificantes da história literária. Meu interesse foi sempre escrever biografias dos azarões; pessoas que viveram na sombra da fama durante a vida e que, depois de mortas, mergulharam na mais profunda obscuridade. Gosto de exumar vidas que ficaram enterradas em diários fechados em prateleiras de arquivos por cem anos ou mais. Reavivar o sopro de memórias que estão fora de catálogo há décadas me dá mais prazer do que qualquer outra coisa.

De vez em quando, um dos meus temas é suficientemente importante para despertar o interesse de um editor acadêmico local, então tenho um pequeno número de publicações com o meu nome. Não livros. Nada tão imponente. Só ensaios; na verdade, umas poucas páginas grampeadas com uma capa de papel. Um dos meus ensaios — "A musa fraternal", um trabalho sobre os irmãos Landier, Jules e Edmond, e o diário que eles escreveram em conjunto — atraiu o olhar de um editor de história e foi incluído numa coleção de ensaios em capa dura sobre composição e a família no século XIX. Deve ter sido esse ensaio que atraiu a atenção de Vida Winter, mas sua presença na coleção é quase um equívoco. Ele está no meio de trabalhos de acadêmicos e escritores profissionais, como se eu fosse uma biógrafa, quando de fato sou apenas uma diletante, uma amadora talentosa.

Vidas — de mortos — são apenas um hobby para mim. Meu verdadeiro trabalho é na livraria. Meu trabalho não é vender livros — meu pai faz isso —, mas sim *cuidar* deles. De vez em quando apanho um volume e leio uma ou duas páginas. Afinal de contas, ler é, de certa forma, cuidar. Nem antigos o suficiente para os considerarmos valiosos apenas pela idade, nem suficientemente importantes para serem procurados por colecionadores, eu gosto dos meus livros mesmo que, muitas vezes, eles sejam tão desinteressantes por dentro quanto o são por fora. Não importa o quanto o conteúdo seja banal, há sempre algo que me toca. Pois alguém que agora está morto um dia achou essas palavras suficientemente importantes para escrevê-las.

As pessoas desaparecem quando morrem. Sua voz, sua risada, o calor do seu hálito. Sua carne. Finalmente, seus ossos. Toda lembrança viva delas desaparece. Isso é ao mesmo tempo terrível e natural. Entretanto, para algumas há uma exceção para esta aniquilação. Pois, nos livros que escrevem, elas continuam a existir. Nós podemos redescobri-las. Seu humor, seu tom de voz, seu temperamento. Por meio da palavra escrita elas podem deixar você zangado ou feliz. Elas podem confortá-lo. Elas podem surpreendê-lo. Elas podem mudá-lo. Tudo isso, embora estejam mortas. Como moscas em âmbar, como cadáveres congelados, aquilo que pelas leis da natureza deveria desaparecer é preservado pelo milagre da tinta sobre papel. É uma espécie de mágica.

Assim como alguém cuida dos túmulos dos mortos, eu cuido dos livros. Eu os limpo, os conserto, mantenho-os em ordem. E todo dia abro um ou dois volumes, leio algumas linhas ou páginas, permito que as vozes dos mortos esquecidos ecoem na minha cabeça. Será que eles percebem, esses escritores mortos, quando seus livros são lidos? Será que um pontinho de luz aparece no meio da escuridão em que se encontram? Sua alma é agitada pelo toque de outra mente lendo a deles? Espero que sim. Pois deve ser muito solitário estar morto.

Embora tenha mencionado aqui minhas preocupações muito particulares, posso ver que venho adiando o essencial. Não sou dada à auto-revelação; parece que, ao obrigar-me a vencer minha reticência habitual, escrevi de tudo, a fim de evitar escrever a única coisa que importa.

E, no entanto, eu *vou* escrever. "O silêncio não é um ambiente natural para histórias", disse-me uma vez a Sra. Winter. "Elas precisam de palavras. Sem estas, ficam pálidas, adoecem e morrem. E então passam a assombrar você."

Ela tinha toda a razão. Então aqui vai a minha história.

Eu tinha 10 anos quando descobri o segredo que minha mãe estava guardando. Isso tem importância, porque o segredo não era dela. Era meu.

Meus pais saíram naquela noite. Eles não costumavam sair muito. Quando o faziam, mandavam-me para a vizinha, onde eu ficava sentada na cozinha da Sra. Robb. A casa ao lado era exatamente igual à nossa, só que ao contrário; e o avesso de tudo isso me deixava mareada. Assim, quando tornou a chegar a noite de os meus pais saírem, argumentei mais uma vez que tinha idade e bom senso suficientes para ficar em casa sem uma babá. Eu não tinha muita esperança de ser atendida, só que dessa vez meu pai concordou. Mamãe deixou-se convencer com a condição de que a Sra. Robb fosse lá às oito e meia para ver se estava tudo bem.

Eles saíram de casa por volta das sete horas, e comemorei isso servindo-me de um copo de leite e bebendo-o no sofá, sentindo-me muito importante. Margaret Lea, com idade suficiente para ficar em casa sem uma babá. Depois do leite eu me senti surpreendentemente entediada. O que fazer com a liberdade? Comecei a passear pela casa, marcando o território da minha nova liberdade: a sala de jantar, o hall, o banheiro de baixo. Tudo estava igualzinho ao que sempre fora. Por nenhum motivo em particular, eu me lembrei de um dos meus medos infantis, do lobo e dos três porquinhos. *Vou soprar, bufar e derrubar a sua casa!* Ele não teria tido nenhum problema em derrubar a casa dos meus pais. Os cômodos claros e arejados eram insubstanciais demais para resistir, e a mobília, de uma delicadeza frágil, desmoronaria como uma pilha de fósforos se um lobo simplesmente olhasse para ela. Sim, aquele lobo derrubaria a casa com um simples assobio, e nós três seríamos devorados num piscar de olhos. Comecei a desejar que eu estivesse na loja, onde nunca sentia medo. O lobo poderia soprar e bufar à vontade; com todos aqueles livros dobrando a espessura das paredes, papai e eu estaríamos tão seguros quanto numa fortaleza.

No andar de cima, olhei no espelho do banheiro. Foi para me acalmar, para ver como era a minha aparência de menina crescida. Cabeça inclinada para a esquerda, depois para a direita, estudei o meu reflexo de todos os ângulos, querendo enxergar uma pessoa diferente. Mas era só eu mesma olhando de volta para mim.

Meu quarto não prometia muito. Eu conhecia cada centímetro dele, e ele me conhecia; nós éramos companheiros sem graça agora. Em vez disso, abri a porta do quarto de hóspedes. O armário sem expressão e a penteadeira vazia davam a entender que se poderia escovar os cabelos e se vestir ali, mas se saberia que por trás de suas portas e gavetas eles estavam vazios. A cama, com os lençóis e cobertores bem esticados e lisos, não era convidativa. Os travesseiros finos pareciam ter sido sugados de toda a energia. Ele sempre foi chamado de quarto de hóspedes, mas nunca tivemos hóspedes. Lá era onde minha mãe dormia.

Perplexa, saí do quarto e fiquei parada no hall.

Foi isso. O rito de passagem. Ficar em casa sozinha. Eu estava entrando para as fileiras das crianças crescidas: amanhã poderia dizer, no playground: "Ontem à noite não fui para a casa da babá. Fiquei em casa sozinha." As outras meninas iam ficar espantadas. Por tanto tempo eu desejara isso, e agora, que tinha conseguido, não sabia o que fazer. Tinha imaginado que iria crescer e automaticamente me encaixar na experiência, que iria ter uma primeira visão da pessoa que estava destinada a ser. Tinha imaginado que o mundo perderia a sua aparência infantil e familiar para mostrar-me o seu lado secreto, adulto. Em vez disso, investida da minha nova independência, eu me sentia mais jovem do que nunca. Haveria alguma coisa errada comigo? Algum dia eu iria aprender a crescer?

Brinquei com a idéia de ir até a casa da Sra. Robb. Mas não. Havia um lugar melhor. Arrastei-me para baixo da cama do meu pai.

O espaço entre o chão e a cama tinha diminuído desde a última vez em que eu estivera lá. Um dos meus ombros estava encostado na dura mala de férias, tão cinzenta à luz do dia quanto ali no escuro. Ela continha toda a nossa parafernália de verão: óculos escuros, filme para a máquina fotográfica, a roupa de banho que minha mãe nunca usou mas nunca jogou fora. Do outro lado havia uma caixa de papelão. Meus dedos mexeram na tampa, encontraram uma entrada e começaram a vasculhar. Os fios emaranhados das luzes da árvore de Natal. Penas cobrindo a saia do anjo da árvore. Da última vez que eu estivera debaixo da cama eu ainda acreditava em Papai Noel. Agora não acreditava mais. Será que isso era crescer?

Arrastando-me para fora, empurrei uma velha lata de biscoito. Lá estava ela, aparecendo por baixo da franja da colcha. Eu me lembrava da lata — ela sempre tinha estado lá. Uma imagem de penhascos e abetos escoceses numa tampa muito difícil de abrir. Distraidamente, forcei a tampa. Ela abriu com tanta facilidade sob meus dedos mais velhos e mais fortes que levei um susto. Lá dentro estava o passaporte de papai e diversos papéis de tamanhos diferentes. Formulários, em parte impressos, em parte manuscritos. Aqui e ali, uma assinatura.

Para mim, ver é ler. Sempre foi assim. Folheei os documentos. A certidão de casamento dos meus pais. Suas certidões de nascimento. Minha certidão de nascimento. Tinta vermelha em papel creme. A assinatura do meu pai. Tornei a dobrá-la cuidadosamente, coloquei-a de volta junto com os outros papéis que já tinha lido e passei para o seguinte. Era idêntico. Fiquei intrigada. Por que eu teria duas certidões de nascimento?

Então, eu vi. Mesmo pai, mesma mãe, mesma data de nascimento, *nome diferente.*

O que aconteceu comigo naquele momento? Dentro da minha cabeça tudo se quebrou e tornou a se juntar de forma diferente, numa daquelas reorganizações caleidoscópicas de que o cérebro é capaz.

Eu tinha uma irmã gêmea.

Ignorando o tumulto em minha cabeça, meus dedos curiosos desdobraram um segundo pedaço de papel.

Uma certidão de óbito.

Minha irmã estava morta.

Agora eu sabia o que me havia marcado.

Embora estupefata com a descoberta, não fiquei surpresa. Pois sempre houvera uma sensação. O conhecimento, familiar demais para precisar de palavras, de que havia *alguma coisa*. Uma alteração no ar à minha direita. Um congelamento de luz. Algo estranho que fazia o espaço vazio vibrar. Minha sombra pálida.

Apertando as mãos contra meu lado direito, curvei a cabeça, quase encostando o nariz no ombro. Este era um gesto antigo, que eu sempre fazia quando sentia dor, perplexidade, qualquer tipo de pressão. Familiar demais para ser avaliado até agora, a minha descoberta revelou seu significado. Eu estava procurando minha irmã gêmea. Onde ela deveria ter estado. Do meu lado.

Quando vi os dois papéis, e depois que o mundo se recuperou o suficiente para voltar a girar em torno do seu eixo, pensei: *Então é isso*. Perda. Dor. Solidão. Existia um sentimento que me mantivera distante das outras pessoas — e fazendo-me companhia — a vida inteira, e agora que eu tinha encontrado as certidões sabia que sentimento era esse. Minha irmã.

Um longo tempo depois veio o som da porta da cozinha sendo aberta lá embaixo. Com as pernas dormentes, fui até o patamar da escada, e a Sra. Robb apareceu.

— Está tudo bem, Margaret?

— Sim.

— Está precisando de alguma coisa?

— Não.

— Bem, se precisar de alguma coisa, vá até lá em casa.

— Está bem.

— Eles não devem demorar, sua mãe e seu pai.

Ela saiu.

Guardei os documentos de volta na lata e tornei a colocá-la debaixo da cama. Saí do quarto, fechando a porta atrás de mim. Na frente do espelho do banheiro, senti o choque do contato quando meus olhos fitaram os olhos de outra. Meu rosto formigou sob seu olhar. Senti o esqueleto sob minha pele.

Mais tarde, os passos dos meus pais na escada.

Abri a porta e no hall papai me abraçou.

— Muito bem — disse ele. — Ganhou muitos pontos.

Mamãe estava pálida e cansada. Sair deve ter provocado uma de suas dores de cabeça.

— Isso mesmo — disse ela. — Boa menina.

— E então, como foi, meu bem? Ficar em casa sozinha?

— Foi bom.

— Achei que ia ser — disse ele. E então, sem se conter, me deu outro abraço, feliz, com os dois braços, e beijou o alto da minha cabeça. — Hora de ir para a cama. E não fique muito tempo lendo.

— Não vou ficar.

Mais tarde ouvi meus pais se preparando para dormir. Papai abrindo o armário de remédios para procurar os comprimidos de mamãe, enchendo um copo com água. Sua voz dizendo, como costumava fazer: "Você vai se sentir melhor depois de uma boa noite de sono." Então a porta do quarto de hóspedes foi fechada. Alguns instantes depois a cama rangeu no outro quarto, e ouvi meu pai apagar a luz.

Eu sabia sobre gêmeos. Uma célula que normalmente se tornaria uma única pessoa inexplicavelmente se transforma em duas pessoas idênticas.

Eu era gêmea.

Minha irmã gêmea estava morta.

O que isso fazia de mim?

Debaixo das cobertas, apertei a meia-lua rosa-prateada no meu torso. A sombra que minha irmã tinha deixado para trás. Como uma arqueóloga da carne, explorei meu corpo em busca de evidências de sua história antiga. Eu estava fria como um cadáver.

Com a carta ainda na mão, saí da loja e subi para o meu apartamento. A escada ia ficando mais estreita ao longo dos três andares de livros. Enquanto subia, apagando as luzes atrás de mim, comecei a preparar frases para uma carta educada de recusa. Podia dizer à Sra. Winter que era o tipo errado de biógrafa. Eu não tinha nenhum interesse em livros contemporâneos. Eu não tinha lido nenhum dos livros da Sra. Winter. Eu me sentia em casa em bibliotecas e arquivos e nunca na vida tinha entrevistado um escritor vivo. Eu me sentia mais à vontade com pessoas mortas e, para dizer a verdade, os vivos me deixavam nervosa.

Talvez não fosse necessário colocar essa última parte na carta.

Eu não estava disposta a preparar uma refeição. Uma xícara de chocolate seria o bastante.

Esperando o leite esquentar, olhei pela janela. No vidro escuro havia um rosto tão pálido que dava para ver a escuridão do céu através dele. Nós encostamos um rosto frio no outro. Se você nos tivesse visto, saberia que, se não fosse por este vidro, não haveria nada que nos pudesse distinguir uma da outra.

Treze Histórias

Conte-me a verdade. As palavras da carta estavam presas na minha cabeça, presas, ao que parecia, debaixo do teto inclinado do meu apartamento no sótão, como um pássaro que desceu pela chaminé. Era natural que o pedido do rapaz tivesse me afetado; eu, que nunca tinha sido comunicada da verdade, mas que tinha precisado descobri-la sozinha e em segredo. *Conte-me a verdade.* Perfeitamente.

Mas decidi tirar da cabeça as palavras e a carta.

Estava quase na hora. Eu me apressei. No banheiro ensaboei o rosto e escovei os dentes. Quando faltavam três minutos para as oito, eu estava de camisola e chinelos esperando a chaleira ferver. Rápido, rápido. Um minuto para as oito. Tempo era essencial. Pois às oito horas o mundo acabava. Era hora de ler.

As horas entre oito da noite e uma ou duas da manhã sempre foram minhas horas mágicas. Contra a colcha bordada de azul, as páginas brancas do meu livro aberto, iluminadas por um círculo de luz, eram o portal de um outro mundo. Mas naquela noite a magia falhou. As tramas do enredo que tinham sido deixadas em suspense na noite anterior de algum modo tinham ficado flácidas durante o dia, e descobri que não conseguia me importar com o que ia acontecer. Fiz um esforço para me fixar no enredo, mas assim que consegui, uma voz interveio — *Conte-me a verdade* — quebrando a tensão e deixando a trama frouxa de novo.

Passei a mão pelos velhos favoritos: *A mulher de branco. O morro dos ventos uivantes, Jane Eyre...*

Mas não adiantou. *Conte-me a verdade...*

Ler nunca me decepcionara antes. Tinha sido sempre a única certeza. Apagando a luz, descansei a cabeça no travesseiro e tentei dormir.

Ecos de uma voz. Fragmentos de uma história. No escuro eles soaram mais alto. *Conte-me a verdade...*

Às duas da manhã, levantei-me da cama, vesti umas meias, abri a porta do apartamento e, embrulhada no meu roupão, desci a escada estreita e entrei na loja.

Nos fundos há uma salinha, pouco maior do que um armário, que usamos quando temos de embrulhar um livro para mandar pelo correio. Ela tem uma mesa e, numa prateleira, folhas de papel pardo, tesouras e um rolo de barbante. Além desse itens, há também um armarinho de madeira com cerca de uma dúzia de livros.

O conteúdo do armarinho raramente muda. Se você olhasse dentro dele hoje, veria o que vi naquela noite: um livro sem capa virado de lado e, ao lado dele, um volume de couro feiamente entalhado. Alguns livros em latim em pé. Uma velha Bíblia. Três volumes de botânica, dois de história e um único livro bem estragado de astronomia. Um livro em japonês, outro em polonês e alguns poemas em inglês arcaico. Por que mantemos estes livros separados? Por que não estão guardados junto aos seus companheiros nas nossas estantes bem-organizadas? O armarinho é onde guardamos o esotérico, o valioso, o raro. Esses volumes valem tanto quanto o conteúdo de todo o resto da loja, talvez mais.

O livro que eu estava procurando — um pequeno livro de capa dura, com cerca de 12 por 18 centímetros, e que só tinha uns cinqüenta anos — estava deslocado no meio de todas aquelas antigüidades. Ele tinha aparecido uns dois meses antes, fora colocado ali por esquecimento, imaginei, pelo meu pai, e um dia destes eu ia perguntar a ele sobre o livrinho e arrumá-lo numa estante. Mas, só por precaução, vesti as luvas brancas. Nós as guardamos no armarinho para usá-las quando manuseamos os livros, porque, por um paradoxo curioso, assim como os livros ganham vida quando os lemos, a oleosidade dos nossos dedos os destrói quando viramos as páginas. Bem, com sua capa de papel intacta e sua lombada perfeita, o livro estava em ótimas condições, um exemplar de uma série popular produzida com alta qualidade por uma editora que não existe mais. Um volume charmoso, e uma primeira edição, mas não o tipo de coisa que você esperaria encontrar no meio dos Tesouros. Em liquidações e feiras de aldeia, outros volumes da série eram vendidos por uma bagatela.

A capa era creme e verde: um desenho em forma de escamas de peixe formava o fundo, e dois retângulos foram deixados vazios, um para o desenho de uma sereia, o outro para o título e o nome do autor. *Treze histórias de transformação e desespero*, de Vida Winter.

Tranquei o armarinho, guardei a chave e a lanterna e subi a escada de volta para a cama, com o livro na mão enluvada.

Não pensava em lê-lo. Não todo. Umas poucas frases eram tudo o que eu queria. Algo suficientemente ousado, forte, para calar as palavras da carta que não me saíam da cabeça. Combata o fogo com fogo, dizem. Umas duas frases, uma página talvez, e então eu poderia dormir.

Retirei a sobrecapa, guardando-a por precaução na gaveta especial que uso para isso. Mesmo usando luvas, você precisa tomar cuidado. Abrindo o livro, inspirei. O cheiro de livros velhos, tão forte, tão seco, que você sente o gosto dele.

O prólogo. Apenas algumas palavras.

Mas meus olhos, ao percorrerem a primeira linha, ficaram enfeitiçados.

Todas as crianças mitificam seu nascimento. Este é um traço universal. Quer conhecer alguém? Coração, mente e alma? Peça-lhe que lhe conte sobre seu nascimento. O que você vai ouvir não é a verdade; é uma história. E nada é mais revelador do que uma história.

Foi como cair na água.

Camponeses e príncipes, meirinhos e padeiros, mercadores e sereias, as figuras eram todas familiares. Eu tinha lido essas histórias cem, mil vezes antes. Eram histórias que todo mundo sabia. Mas aos poucos, à medida que lia, elas foram perdendo sua familiaridade. Tornaram-se desconhecidas. Tornaram-se novas. Esses personagens não eram os manequins coloridos de que eu me lembrava dos livros de histórias da minha infância, representando mecanicamente a história mais uma vez. Eles eram *gente*. O sangue que pingava do dedo da princesa quando ela tocava a roca de fiar era molhado e deixava um gosto de metal na sua boca quando ela lambia o dedo antes de adormecer. Quando sua filha adormecida foi levada para ele, as lágrimas do rei deixaram marcas de sal em seu rosto. As histórias eram contadas de um modo diferente. Todo mundo conseguia realizar o desejo do seu coração — o rei tinha a filha trazida de volta à vida pelo beijo de um estranho, a besta era despida de seu pêlo e ficava nua como um homem, a sereia andava —, mas só quando era tarde demais é que eles compreendiam o preço que tinham que pagar por terem escapado aos seus destinos. Foram Felizes Para Sempre era maculado. O destino, a princípio tão condescendente, tão razoável, tão aberto a negociações, acaba exigindo uma vingança cruel pela felicidade.

As histórias eram brutais, e duras e de cortar o coração. Eu as adorei.

Foi enquanto estava lendo "A história da sereia" — a décima segunda história — que comecei a sentir uma ansiedade que não estava diretamente ligada à história. Eu estava distraída: meu polegar e meu indicador da mão direita estavam me mandando uma mensagem: *Faltam poucas páginas*. Esta percepção incomodou-me insistentemente até que virei o livro para checar. Era verdade. A décima terceira história devia ser muito curta.

Continuei a ler, terminei a décima segunda história e virei a página.

Nada.

Folheei o livro para frente e para trás. Nada.

Não havia uma décima terceira história.

O sangue subiu-me à cabeça, senti uma tonteira como um mergulhador que voltasse depressa demais à tona.

Detalhes do meu quarto foram voltando um a um ao meu campo de visão. Minha colcha, o livro em minha mão, o abajur ainda brilhando palidamente na luz do dia que começava a entrar pelas cortinas finas.

Já era de manhã.

Eu tinha lido a noite inteira.

Não havia uma décima terceira história.

Na loja, meu pai estava sentado à escrivaninha com a cabeça nas mãos. Ele me ouviu descer a escada e levantou a cabeça, o rosto pálido.

— O que foi? — perguntei, assustada.

Ele estava chocado demais para falar; ergueu as mãos num gesto mudo de desespero, antes de tornar a colocá-las vagarosamente diante dos olhos horrorizados. Gemeu.

Fiz um gesto para pôr a mão em seu ombro, mas, como não tenho o hábito de tocar em pessoas, ela foi parar no casaco que ele tinha pendurado nas costas da cadeira.

— Existe algo que eu possa fazer? — perguntei.

Quando falou, sua voz estava cansada e trêmula.

— Vamos ter que ligar para a polícia. Em um instante. Em um instante...

— A polícia? Papai, o que aconteceu?

— Um assalto. — Ele falou como se isso fosse o fim do mundo.

Olhei em volta, espantada. Estava tudo em ordem. As gavetas da escrivaninha não tinham sido forçadas, as estantes não tinham sido saqueadas, a janela não estava quebrada.

— O armarinho — disse ele, e eu entendi.

— *As treze histórias.* — disse eu com firmeza. — Lá em cima no meu apartamento. Eu peguei emprestado.

Papai olhou para mim. Sua expressão combinava alívio e espanto.

— Você pegou emprestado?

— Sim.

— *Você* pegou emprestado?

— Sim. — Eu estava intrigada. Eu estava sempre pegando coisas na loja, e ele sabia muito bem disso.

— Mas *Vida Winter*...?

E compreendi que precisava dar alguma explicação.

Leio romances *antigos*. A razão é simples: prefiro finais decentes. Casamentos e mortes, nobres sacrifícios e recuperações milagrosas, separações trágicas e reencontros inesperados, grandes perdas e sonhos realizados; essas coisas, na minha opinião, constituem finais pelos quais vale a pena esperar. Eles devem ocorrer após aventuras, desafios, perigos e dilemas, e amarrar tudo bem amarradinho. Finais assim são encontrados mais comumente em romances antigos do que em novos; então, leio romances antigos.

Literatura contemporânea é um mundo que conheço muito pouco. Meu pai tinha abordado esse assunto comigo diversas vezes durante nossas conversas diárias sobre livros. Ele lê tanto quanto eu, porém mais extensamente, e respeito muito as opiniões dele. Ele descreveu com palavras precisas e calculadas o belo desconsolo que sente no final de romances em que a mensagem é de que não existe fim para o sofrimento humano, só tolerância. Falou em finais silenciosos, mas cujo eco permanece mais tempo na memória do que desenlaces mais fortes, mais explosivos. Explicou por que a ambigüidade toca mais de perto seu coração do que o tipo de final que eu prefiro, com casamentos ou mortes.

Durante essas conversas, ouço com toda a atenção e balanço a cabeça concordando, mas sempre termino voltando aos meus velhos hábitos. Não que ele se aborreça com isso. Tem uma coisa a respeito da qual nós concordamos: existem livros demais no mundo para se ler no decorrer de uma única vida; portanto, você tem que fazer escolhas.

Uma vez papai chegou até a falar-me sobre Vida Winter: "Existe uma escritora viva que agradaria a você."

Mas eu nunca tinha lido nada de Vida Winter. Por que deveria fazer isso, quando existiam tantos escritores mortos que eu ainda não havia descoberto?

Só que agora eu tinha descido no meio da noite para apanhar *Treze histórias* no armarinho. Meu pai, com toda a razão, estava imaginando por quê.

— Recebi uma carta ontem — disse eu.

Ele acenou com a cabeça.

— Era de Vida Winter.

Papai ergueu as sobrancelhas, mas esperou que eu continuasse.

— Acho que é um convite para ir visitá-la. Com vistas a escrever sua biografia.

Ele ergueu as sobrancelhas mais alguns milímetros.

— Eu não estava conseguindo dormir, então desci para buscar o livro.

Esperei papai dizer alguma coisa, mas ele não disse nada. Ele estava pensando, com a testa franzida. Após algum tempo, tornei a falar.

— Por que você o guarda no armarinho? Por que ele é tão valioso?

Papai tardou um pouco em afastar-se dos seus pensamentos para responder.

— Em parte, porque é a primeira edição do primeiro livro do escritor vivo mais famoso de língua inglesa. Mas, principalmente, porque tem um defeito. Todas as edições posteriores têm como título *Histórias de transformação e desespero*. Sem nenhuma menção a "treze". Você deve ter notado que só há 12 histórias.

Fiz sinal de que sim.

— É provável que originalmente fosse para ter 13, mas só 12 foram enviadas. Mas houve uma confusão com o desenho da capa e o livro foi impresso com o título original e apenas 12 histórias. Tiveram que ser recolhidos.

— Mas o seu exemplar...

— Escapou da rede. Um único de um lote enviado por engano para uma loja em Dorset, onde um único freguês comprou um exemplar antes que a loja recebesse a mensagem para empacotá-los e enviá-los de volta. Trinta anos atrás ele percebeu o quanto o livro poderia ser valioso e o vendeu para um colecionador. O patrimônio do colecionador foi leiloado em setembro e eu o comprei. Com o lucro da transação de Avignon.

— A transação de Avignon? — A transação de Avignon tinha sido negociada durante dois anos. Foi um dos negócios mais lucrativos de papai.

— Você usou luvas, é claro? — perguntou ele, meio encabulado.

— Quem você acha que eu sou?

Ele sorriu antes de continuar.

— Todo esse esforço para nada.

— Como assim?

— Recolher todos aqueles livros porque o título estava errado. Entretanto as pessoas continuam a chamá-lo de *Treze histórias*, mesmo ele tendo sido publicado como *Histórias de transformação e desespero* por meio século.

— E por que isso?

— É o que faz uma combinação de fama e segredo. Como se sabe tão pouco sobre ela, fragmentos de informação como a história da primeira edição recolhida ganham uma importância desmedida. Isso se tornou parte da mitologia dela. O mistério da décima terceira história. Isso dá às pessoas algo sobre o que especular.

Fez-se um breve silêncio. Então, olhando distraidamente para o horizonte, e falando casualmente para que eu pudesse apanhar suas palavras ou deixá-las ir, à minha vontade, ele murmurou:

— E agora uma biografia... Que coisa inesperada.

Lembrei-me da carta, do meu medo de que quem a escrevera não fosse de confiança. Lembrei-me da insistência das palavras do rapaz: "Conte-me a verdade." Pensei nas *Treze histórias*, que me prenderam desde as primeiras palavras e me mantiveram presa a noite inteira. Eu queria ser refém de novo.

— Não sei o que fazer — disse a meu pai.

— É diferente de tudo o que você já fez antes. Vida Winter está viva. Entrevistas em vez de arquivos.

Concordei com a cabeça.

— Mas você quer conhecer a pessoa que escreveu as *Treze histórias*.

Tornei a concordar.

Meu pai pôs as mãos nos joelhos e suspirou. Ele conhece a força da leitura. Como ela toma conta da gente.

— Quando é que ela quer que você vá?

— Na segunda-feira — respondi.

— Eu levo você até a estação, está bem?

— Obrigada. E...

— Sim?

— Posso tirar algum tempo de folga? Tenho que ler mais um pouco antes de ir até lá.

— Sim — disse ele, com um sorriso que não escondia sua preocupação. — Sim, é claro.

Seguiu-se então um dos períodos mais gloriosos da minha vida adulta. Pela primeira vez na vida eu tinha na minha mesinha-de-cabeceira uma pilha de livros novinhos em folha, comprados numa livraria comum. *Nem uma coisa nem outra*, de Vida Winter; *Duas vezes é para sempre*, de Vida Winter; *Provocações*, de Vida Winter; *Fora do arco*, de Vida Winter; *Regras de aflição*, de Vida Winter; *A aniversariante*, de Vida Winter; *O show de marionetes*, de Vida Winter. As capas, todas do mesmo artista, irradiavam força e calor: âmbar e escarlate, dourado e roxo. Até comprei um exemplar de *Histórias de transformação e desespero*; o livro parecia pobre sem o *Treze* que torna o exemplar do meu pai tão valioso. O exemplar dele, eu colocara de volta no armarinho.

É claro que sempre se espera algo especial ao ler um autor que nunca se leu antes, e os livros da Sra. Winter causaram-me a mesma excitação que senti ao descobrir os diários de Landier, por exemplo. Mas foi mais do que isso. Sempre fui uma leitora; li durante todos os estágios da minha vida e nunca houve um tempo em que a leitura não fosse o meu maior prazer. E, no entanto, não posso fingir que as leituras que fiz durante minha vida adulta se comparam no impacto que tiveram em minha alma às leituras que fiz na minha infância. Ainda acredito em histórias. Ainda esqueço tudo quando estou no meio de um bom livro. Só que não é a mesma coisa. Os livros são, para mim, a coisa mais importante do mundo, é importante dizer isso; o que não posso esquecer é que houve um tempo em que eles eram ao mesmo tempo mais banais e mais essenciais do que isso. Quando eu era criança, os livros eram *tudo*. E, portanto, existe em mim, sempre, um desejo nostálgico pelo prazer *perdido* dos livros. Não é um desejo que alguém espera ver realizado. E durante esse tempo, esses dias em que li o dia inteiro e metade da noite, em que dormi debaixo de uma colcha coberta de livros, em que meu sono foi profundo e sem sonhos e passava num instante e eu acordava para ler de novo — o prazer perdido da leitura voltou para mim. A Sra. Winter devolveu-me os atributos virginais do leitor novato, e com suas histórias ela me arrebatou.

De vez em quando meu pai batia na porta. Ele ficava olhando para mim. Eu devia estar com aquele ar confuso que você adquire quando lê demais. "Você não vai se esquecer de comer, vai?", dizia ele, entregando-me uma sacola de compras ou um litro de leite.

Teria gostado de ficar para sempre no meu apartamento com aqueles livros. Mas, se ia mesmo a Yorkshire encontrar-me com a Sra. Winter, tinha outro trabalho a fazer. Tirei um dia de folga da leitura e fui até a biblioteca. Na área dedicada aos jornais, consultei a seção de livros dos diários de circulação nacional, para procurar notícias sobre os romances recentes da Sra. Winter. A cada novo livro que lançava, a Sra. Winter convocava um certo número de jornalistas para irem a um hotel em Harrogate, onde ela se encontrava com cada um deles separadamente e lhes contava o que chamava de história da sua vida. Devia haver dezenas de histórias dessas espalhadas, centenas talvez. Encontrei quase vinte delas sem procurar muito.

Depois da publicação de *Nem uma coisa nem outra*, ela foi a filha secreta de um padre e uma professora; um ano depois, no mesmo jornal, conseguiu publicidade para *Provocações* dizendo que era a filha fugitiva de uma cortesã parisiense. Para *O show de marionetes*, ela foi, em diversos jornais, uma órfã criada num convento suíço, uma menina de rua dos becos do East End e a única menina reprimida numa família de dez meninos impossíveis. Gostei particularmente da versão em que, tendo se separado acidentalmente dos pais, que eram missionários escoceses na Índia, ela sobrevivera nas ruas de Bombaim como contadora de histórias. Ela contava histórias sobre pinheiros que cheiravam a coentro, montanhas tão belas quanto o Taj Mahal, miúdos de carneiro mais deliciosos do que qualquer *pakora* vendida nas esquinas e sobre gaitas de foles. Ah, o som das gaitas de foles! Tão lindo que era impossível descrever. Quando, muitos anos depois, ela conseguiu voltar à Escócia — um país que tinha deixado quando era bebê —, ficou extremamente desapontada. Os pinheiros não cheiravam a coentro. A neve era *fria*. Miúdos de carneiro não tinham a menor graça. Quanto às gaitas de foles...

Irônicas e sentimentais, trágicas e austeras, cômicas e astutas, cada uma dessas histórias era uma pequena obra-prima. Para um tipo diferente de escritor, elas poderiam ser o ápice da sua realização; para Vida Winter, eram meros panfletos de publicidade. Creio que ninguém as teria considerado verdadeiras.

A véspera da minha partida foi um domingo, e passei a tarde na casa dos meus pais. Ela nunca muda; um único sopro de lobo poderia reduzi-la a escombros.

Minha mãe tinha um sorriso tenso e conversou animadamente enquanto tomávamos chá. Sobre o jardim do vizinho, as obras nas estradas, um novo perfume que lhe dera alergia. Uma conversa fútil e vazia, com o objetivo de evitar o silêncio, no qual os seus demônios viviam. Foi uma boa performance: nada que revelasse que ela mal conseguia sair de casa, que qualquer acontecimento inesperado causava nela uma terrível enxaqueca, que não conseguia ler um livro com medo dos sentimentos que poderia encontrar nele.

Papai e eu esperamos que mamãe se ausentasse para preparar mais chá e só então reatamos nossa conversa sobre a Sra. Winter.

— Esse não é o nome verdadeiro dela — disse eu. — Se fosse seu nome verdadeiro, seria fácil investigá-la. E todo mundo que tentou isso desistiu por falta de informação. Ninguém sabe absolutamente nada sobre ela.

— Que estranho.

— É como se ela tivesse surgido do nada. Como se, antes de ser escritora, ela não existisse. Como se inventasse a si mesma a cada livro.

— Nós sabemos o pseudônimo que ela escolheu. Isso deve revelar alguma coisa, sem dúvida — sugeriu meu pai.

— Vida. De *vita*, latim, que significa vida. Embora eu também não possa deixar de pensar no francês.

Vide em francês significa vazio. O vazio. O nada. Mas nós não usamos palavras assim na casa dos meus pais, então deixei que ele deduzisse.

— Claro. — Ele concordou com a cabeça. — E quanto a Winter?

Winter (Inverno). Olhei pela janela em busca de inspiração. Por trás do fantasma da minha irmã, galhos escuros estendiam-se nus sob o céu do entardecer e os canteiros de flores eram terra nua, preta. O vidro não protegia contra o frio; apesar do aquecedor a gás, a sala estava tomada de um desespero gélido. O que o inverno significa para mim? Uma só coisa: morte.

Fez-se um silêncio. Quando se tornou necessário dizer alguma coisa para não sobrecarregar a conversa anterior com um peso intolerável, eu disse:

— É um nome cheio de pontas. V e W. Vida Winter. Muito pontiagudo.

Minha mãe voltou. Enquanto ajeitava as xícaras nos pires e servia o chá, ela continuava a conversar, sua voz movendo-se tão livremente no seu pedacinho muito bem guardado de vida como se ele tivesse sete acres.

Minha atenção desviou-se. Sobre a lareira havia o único objeto da sala que poderia ser considerado decorativo. Um retrato. Mesmo assim, minha mãe está sempre falando em guardá-lo numa gaveta para não ficar sujo de poeira. Mas meu pai gosta de vê-lo e, como ele muito raramente se opõe a ela, minha mãe cede nisso. No retrato estão um noivo e uma noiva. Papai tem a mesma aparência de sempre: uma beleza tranqüila, com olhos escuros e pensativos; os anos não o mudam. A mulher é quase irreconhecível. Um sorriso espontâneo, alegria nos olhos, fita meu pai com um olhar afetuoso. Ela parece feliz.

A tragédia altera tudo.

Eu nasci, e a mulher da foto de casamento desapareceu.

Olhei para o jardim morto lá fora. Na luz que desaparecia, minha sombra pairou no vidro, olhando para dentro da sala morta. O que ela achava de nós?, pensei. O que achava das nossas tentativas de convencer a nós mesmos de que isto era vida e de que nós a estávamos realmente vivendo?

Chegada

Saí de casa num dia normal de inverno, e meu trem percorreu vários quilômetros sob um céu branco transparente. Então mudei de trem, e as nuvens se concentraram. Elas foram ficando mais densas e escuras, cada vez mais carregadas, à medida que eu viajava para o norte. A qualquer momento, eu esperava ouvir as primeiras gotas de chuva na janela. Entretanto, ela não veio.

Em Harrogate, o motorista da Sra. Winter, um homem de cabelos escuros, barbudo, estava pouco inclinado a conversar. Fiquei satisfeita, porque isso me deixou livre para observar as paisagens desconhecidas que foram aparecendo assim que deixamos a cidade para trás. Eu nunca tinha estado no norte antes. Minhas pesquisas tinham-me levado a Londres e, uma ou duas vezes, ao outro lado do canal para visitar bibliotecas e arquivos em Paris. Yorkshire era um lugar que eu só conhecia de romances, e mesmo assim romances de outro século. Depois que deixamos a cidade para trás, foram poucos os sinais do mundo contemporâneo, e foi possível acreditar que eu estava viajando para o passado ao mesmo tempo que viajava para o campo. As aldeias eram pitorescas com suas igrejas, pubs e chalés de pedra; então, quanto mais nos embrenhávamos no campo, menores ficavam as aldeias e maior a distância entre elas, até que fazendas isoladas tornaram-se as únicas interrupções nos campos devastados pelo inverno. Finalmente, deixamos também para trás até mesmo as fazendas, e escureceu. Os faróis do carro iluminavam trechos de uma paisagem sem cor, indefinida: nem cercas, nem muros, nem cercas vivas, nem prédios. Só uma estrada sem margem e, de cada lado, vagas ondulações de escuridão.

— Aqui são os pântanos? — perguntei.

— Sim — disse o motorista, e inclinei-me mais para perto da janela, mas só consegui avistar o céu carregado de chuva que oprimia claustrofobicamente a terra, a estrada, o carro. Além de uma certa distância, não se viam sequer os faróis do carro.

Num cruzamento sem placa, saímos da estrada e fomos sacudindo por um caminho cheio de pedras por cerca de quatro quilômetros. Paramos duas vezes para o motorista abrir e fechar um portão, depois prosseguimos aos solavancos por mais dois quilômetros.

A casa da Sra. Winter ficava entre duas elevações, quase colinas, que pareciam fundir-se uma na outra e que só revelaram a presença de um vale e de uma casa na última curva do caminho. O céu estava pintado de roxo, azul e pólvora, e a casa sob ele estendia-se muito baixa, comprida e escura. O motorista abriu a porta do carro para mim. Saltei e vi que ele já tinha descarregado minha mala e estava pronto para ir embora, deixando-me sozinha diante de uma varanda apagada. Venezianas escureciam as janelas e não havia um único sinal de vida. Fechado em si mesmo, o lugar parecia evitar visitantes.

Toquei a campainha. Seu toque soou estranhamente abafado no ar úmido. Enquanto esperava, observei o céu. O frio entrava pelas solas dos meus sapatos, e tornei a tocar a campainha. Não apareceu ninguém.

Prestes a tocar pela terceira vez, fui apanhada de surpresa quando a porta se abriu sem nenhum ruído.

A mulher parada na porta sorriu profissionalmente e pediu desculpas por ter-me feito esperar. À primeira vista, ela me pareceu bem comum. Seu cabelo curto e arrumado tinha o mesmo tom pálido de sua pele, e seus olhos não eram azuis, nem cinzentos, nem verdes. Entretanto, o que a tornava sem graça era menos a ausência de cor do que a falta de expressão. Caso expressassem algum tipo de emoção, pareceu-me que seus olhos poderiam ganhar vida; e tive a impressão, enquanto ela me observava com a mesma atenção com que eu a observava, de que ela só mantinha sua inexpressividade com muito esforço.

— Boa noite — disse eu. — Eu sou Margaret Lea.

— A biógrafa. Estávamos esperando por você.

O que é que permite que os seres humanos percebam o fingimento uns dos outros? Pois compreendi claramente naquele momento que ela estava nervosa. Talvez as emoções tenham um cheiro ou um gosto; talvez nós as transmitamos sem saber, através de vibrações no ar. Qualquer que seja o meio, eu soube com a mesma segurança que não era nada em mim especificamente que a alarmava, mas apenas o fato de eu estar ali e ser uma desconhecida.

Ela me mandou entrar e fechou a porta. A chave girou na fechadura sem nenhum ruído e não houve um único rangido quando os trincos bem lubrificados correram.

Ali, parada no hall ainda de casaco, percebi pela primeira vez a maior singularidade do lugar. A casa da Sra. Winter era totalmente silenciosa.

A mulher me disse que seu nome era Judith e que era a governanta. Perguntou se eu tinha feito boa viagem e me informou sobre os horários das refeições e sobre as melhores horas de se conseguir água quente. Sua boca abria e fechava; assim que as palavras caíam de seus lábios, eram abafadas pelo cobertor de silêncio que descia e as sufocava. O mesmo silêncio engolia os nosso passos e abafava o abrir e fechar de portas, à medida que ela ia me mostrando, uma após outra, a sala de jantar, a sala de visitas, a sala de música.

Não havia nenhuma mágica por trás do silêncio: eram os estofados macios os responsáveis. Sofás cobertos de almofadas de veludo; banquinhos acolchoados, *chaise longues* e poltronas; tapeçarias penduradas nas paredes e usadas para cobrir móveis estofados. O chão era todo acarpetado, e o carpete era coberto de tapetes. As cortinas adamascadas que cobriam as janelas também abafavam as paredes. Enquanto o mata-borrão só absorve o excesso de tinta, o tecido da casa parecia absorver a própria essência das palavras que pronunciávamos.

Acompanhei a governanta. Viramos à esquerda e à direita, à direita e à esquerda, subimos e descemos escadas até eu ficar inteiramente confusa. Perdi rapidamente a noção de como o interior complicado da casa correspondia à sua simplicidade exterior. Parece que a casa tinha sido reformada ao longo do tempo, com algumas ampliações aqui e ali; provavelmente estávamos em alguma ala ou extensão invisível da frente. "Você vai pegar o jeito dela", disse a governanta ao ver minha cara, e entendi como se estivesse fazendo leitura labial. Finalmente, chegamos a um patamar intermediário e paramos. Ela abriu uma porta que dava para uma saleta de estar. Havia mais três portas dando para ela. "Banheiro", disse ela, abrindo uma das portas, "quarto", abrindo outra, "e escritório". Os cômodos eram tão acolchoados com cortinas, almofadas e tapeçarias quanto o resto da casa.

— Você vai fazer suas refeições na sala de jantar ou aqui? — perguntou ela, indicando uma mesinha e uma única cadeira ao lado da janela.

Eu não sabia se refeições na sala de jantar significavam comer com minha anfitriã e, insegura quanto à minha posição na casa (eu era uma hóspede ou uma funcionária?), hesitei, imaginando se seria mais educado aceitar ou recusar. Adivinhando a causa da minha insegurança, a governanta acrescentou, como se tivesse tido que vencer uma hábito de reticência:

— A Sra. Winter sempre come sozinha.

— Então, se não fizer diferença para você, vou comer aqui.

— Vou providenciar uma sopa e uns sanduíches imediatamente, está bem? Deve estar com fome depois da viagem de trem. Aqui você tem tudo para preparar seu chá e seu café. — Ela abriu um armário no canto do quarto onde havia uma chaleira, os outros utensílios necessários para preparar bebidas, e até uma pequena geladeira. — Isto vai evitar que você tenha que ficar indo até a cozinha — acrescentou, e me deu um sorriso envergonhado, imagino que se desculpando por não me querer na sua cozinha.

Ela me deixou sozinha para desfazer a mala.

No quarto, levei um minuto para guardar minhas poucas roupas, meus livros e meus artigos de toalete. Empurrei os utensílios de chá e café e substituí-os pelo pacote de chocolate que tinha trazido de casa. Em seguida, mal tive tempo para experimentar a cama alta e antiga — ela estava tão cheia de almofadas que mesmo que houvesse diversas ervilhas debaixo do colchão eu não saberia —, e a governanta voltou com uma bandeja.

— A Sra. Winter mandou convidá-la para encontrar-se com ela na biblioteca às oito horas.

Ela fez o possível para que isso soasse como um convite, mas naturalmente compreendi que se tratava de uma ordem.

Conhecendo a Sra. Winter

Se foi por acaso ou por sorte, não sei ao certo, mas achei o caminho da biblioteca vinte minutos antes da hora marcada. Isso não foi um problema. Que lugar poderia ser melhor para matar o tempo do que uma biblioteca? E, para mim, que maneira melhor de conhecer alguém do que através de sua escolha e tratamento de livros?

Minha primeira impressão foi do cômodo como um todo, e ele me impressionou por sua diferença marcante em relação ao restante da casa. Os outros cômodos estavam carregados de cadáveres de palavras sufocadas: aqui na biblioteca você podia respirar. Em vez de tecido, era um cômodo feito de madeira. Havia assoalho, venezianas nas janelas altas, e as paredes eram cobertas de sólidas estantes de carvalho.

O cômodo tinha pé-direito alto, muito mais comprido do que largo. De um dos lados, cinco janelas em arco iam do teto quase até o chão; na base havia assentos. Em frente a elas havia cinco espelhos de formato semelhante, posicionados de forma a refletir a vista de fora, mas esta noite revelava os painéis trabalhados das persianas. As estantes estendiam-se das paredes para dentro das saletas, formando gabinetes; em cada recesso havia um abajur sobre uma mesinha. Fora o fogo na extremidade da sala, esta era a única iluminação, e criava diversas poças de uma luz cálida e suave na extremidade das quais fileiras de livros se dissolviam na escuridão.

Vagarosamente, caminhei até o centro da sala, observando os gabinetes à minha direita e à minha esquerda. Após esta primeira olhada, vi-me balançando a cabeça em sinal de aprovação. Era uma biblioteca correta, bem-conservada. Catalogada, em ordem alfabética e limpa, exatamente como eu teria feito. Todos os meus favoritos estavam lá com um grande número de volumes raros e valiosos, assim como exemplares mais comuns, bastante usados. Não só *Jane Eyre, O morro dos ventos uivantes, A mulher de branco,* mas também *O castelo de Otranto, O segredo de Lady Audley, A noiva fantasma.* Fiquei empolgada ao descobrir um *O médico e o monstro* tão raro que meu pai tinha desistido de acreditar em sua existência.

Extasiada diante da rica seleção de volumes nas estantes da Sra. Winter, fui andando em direção à lareira na extremidade da sala. No último gabinete à direita, uma determinada estante destacava-se mesmo a uma certa distância: em vez das lombadas simples, predominantemente marrons dos livros mais velhos, este grupo ostentava os azul-prateados, os verdes-musgo e os bege-rosa de décadas mais recentes. Eram os únicos livros modernos da sala. Os livros da própria Sra. Winter. Com os títulos mais antigos no alto e os romances recentes na parte de baixo, cada livro estava representado em suas diferentes edições e mesmo em diferentes idiomas. Não vi nenhum *Treze histórias*, o livro com o título errado que eu tinha lido na livraria, mas em sua outra versão, de *Histórias de transformação e desespero,* havia mais de uma dúzia de edições diferentes.

Peguei um exemplar do livro mais recente da Sra. Winter. Na primeira página, uma freira idosa chega a uma pequena casa situada numa travessa de uma cidade sem nome que parece ficar na Itália; ela é levada até uma sala onde um rapaz afetado, que imaginamos ser inglês ou americano, cumprimenta-a com certa surpresa. (Virei a página. Os primeiros parágrafos tinham-me cativado, da mesma forma que tinha sido cativada todas as vezes que abri um dos seus livros, e sem sentir comecei a ler atentamente.) O rapaz a princípio não parece perceber o que o leitor já compreendeu: que sua visitante veio numa séria missão, uma missão que irá modificar a vida dele de uma forma que ele não pode imaginar. Ela começa sua explicação e agüenta com paciência (virei a página; tinha esquecido a biblioteca, esquecido a Sra. Winter, esquecido a mim mesma) quando ele a trata com a leviandade da juventude mimada...

E então algo penetrou na minha leitura e arrancou-me do livro. Uma sensação na nuca.

Alguém estava me observando.

Sei que a sensação na nuca não é um fenômeno incomum; entretanto, foi a primeira vez que aconteceu *comigo*. Como muitas pessoas solitárias, meus sentidos são muito aguçados para detectar a presença de outros, e estou mais acostumada a ser a espiã invisível numa sala do que a ser espionada. Ora, alguém estava me observando, e não só isso; estava me observando fazia algum tempo. Havia quanto tempo eu estava sentindo aquela sensação inconfundível? Recordei os últimos minutos, tentando reconstituir a memória do corpo a partir da memória do livro. Foi desde que a freira começou a falar com o rapaz? Desde que entrou na casa? Ou antes? Sem mover um músculo, com a cabeça inclinada sobre a página como se não tivesse notado nada, tentei me lembrar.

Então percebi.

Eu a tinha sentido antes mesmo de pegar o livro.

Necessitando de um momento para me recuperar, virei a página, continuando a fingir que estava lendo.

— Você não me engana.

Dominadora, declamatória, autoritária.

Não havia mais nada a ser feito senão virar-me e encará-la.

A aparência de Vida Winter não era projetada para esconder-se. Ela era uma antiga rainha, feiticeira ou deusa. Sua figura empertigada projetava-se majestosa de uma profusão de almofadas gordas, roxas e vermelhas. Drapejadas em volta dos seus ombros, as pregas do tecido turquesa e verde que lhe cobria o corpo não suavizavam a rigidez da sua forma. O cabelo cor de cobre estava penteado numa profusão de tranças, cachos e anéis. O rosto, tão semeado de linhas quanto um mapa, estava coberto de pó-de-arroz e, como toque final, um batom ousado, escarlate. No colo, as mãos eram uma cascata de rubis, esmeraldas e articulações brancas e ossudas; só as unhas, sem esmalte, cortadas rente e quadradas como as minhas, davam um tom incongruente.

O que me irritou mais do que qualquer outra coisa foram os seus óculos escuros. Eu não podia ver os seus olhos, mas, ao me lembrar dos olhos verdes e desumanos do cartaz, suas lentes escuras pareceram adquirir a força de um farol: tive a impressão de que por trás delas ela estava olhando através da minha pele, e até o fundo da minha alma.

Desci um véu sobre mim mesma, cobri-me de neutralidade, escondi-me por trás da minha aparência.

Por um instante acho que ela ficou surpresa por eu não ser transparente, por não poder enxergar através de mim, mas recuperou-se rapidamente, mais rapidamente do que eu mesma me recuperara.

— Muito bem — disse ela sarcasticamente, e seu sorriso foi mais para si mesma do que para mim. — Vamos direto ao assunto. Sua carta me dá a entender que você tem algumas reservas acerca do trabalho que estou lhe oferecendo.

— Bem, sim, quer dizer...

Ela continuou a falar como se não tivesse havido nenhuma interrupção.

— Posso sugerir um aumento da remuneração mensal e do pagamento final.

Umedeci os lábios, buscando as palavras certas. Antes que eu pudesse falar, a Sra. Winter olhou-me de cima a baixo com os olhos sombreados pelos óculos escuros, avaliando minha franja lisa, minha saia reta e meu casaco azul-marinho. Deu um sorrisinho compungido e não me deixou falar.

— Mas é óbvio que o interesse pecuniário não faz parte da sua natureza. Que estranho. — O tom de voz dela era seco. — Eu já escrevi sobre pessoas que não ligam para dinheiro, mas nunca esperei conhecer uma delas. — Recostou-se nas almofadas. — Portanto, concluo que a dificuldade diz respeito à integridade. Pessoas cujas vidas não são balanceadas por um saudável amor ao dinheiro sofrem de uma terrível obsessão com a integridade pessoal.

Ela fez um movimento, interrompendo minhas palavras antes mesmo que me saíssem da boca.

— Você tem medo de se encarregar de uma biografia autorizada e comprometer sua independência. Suspeita que eu queira exercer controle sobre o conteúdo do livro. Sabe que resisti a biógrafos no passado e está imaginando qual pode ser a minha intenção ao mudar de idéia agora. Acima de tudo — outra vez o olhar escurecido pelos óculos —, tem medo de que eu possa mentir para você.

Abri a boca para protestar, mas não achei nada para dizer. Ela estava certa.

— Está vendo, você não sabe o que dizer, sabe? Tem vergonha de me acusar de querer mentir para você? As pessoas não gostam de acusar umas às outras de mentir. E, pelo amor de Deus, sente-se.

Sentei-me.

— Eu não a acuso de nada — comecei a dizer delicadamente, mas ela me interrompeu na mesma hora.

— Não seja tão cortês. Se há uma coisa que eu não tolero é cortesia.

Sua testa tremeu, e uma sobrancelha ergueu-se acima dos óculos escuros. Um arco preto e pronunciado que não guardava nenhuma relação com uma sobrancelha natural.

— Cortesia. Ora, essa é a virtude típica dos medíocres. O que há de tão admirável em ser inofensivo, eu bem que gostaria de saber. Afinal, é uma coisa fácil de se conseguir. Não é preciso nenhum talento especial para ser cortês. Pelo contrário, ser simpático é a única coisa que resta quando se falhou em tudo o mais. Pessoas com ambição não ligam a mínima para o que os outros pensam a respeito delas. Duvido que Wagner perdesse o sono com medo de estar ofendendo os sentimentos de alguém. Mas ele era um gênio.

Ela continuou a falar implacavelmente, citando um exemplo atrás do outro de gênios e seu egoísmo típico, e as dobras do seu xale não se mexeram uma única vez enquanto falava. Ela deve ser feita de aço, pensei.

Finalmente, terminou a aula com as palavras:

— Cortesia é uma virtude que não possuo e que não admiro nos outros. Não precisamos nos preocupar com isso. — E, como que finalizando vitoriosamente o assunto, parou.

— A senhora tocou na questão da mentira — disse eu. — Isso é algo com que deveríamos nos preocupar.

— Em que aspecto? — Através das lentes dos óculos escuros, eu podia ver os movimentos dos cílios da Sra. Winter. Eles rastejavam e tremiam em volta do olho como as pernas compridas de uma aranha.

— A senhora relatou 19 versões diferentes da sua vida para os jornalistas só nos últimos dois anos. E foram apenas as que achei numa pesquisa rápida. Existem muitas outras. Centenas, provavelmente.

Sacudiu os ombros.

— Essa é a minha profissão. Sou uma contadora de histórias.

— Eu sou uma biógrafa. Trabalho com fatos.

Balançou a cabeça, e os cachos duros moveram-se como se fossem um só.

— Que coisa mais sem graça. Eu jamais poderia ser uma biógrafa. Você não acha que se pode contar a verdade muito melhor com uma história?

— Não nas histórias que a senhora contou ao mundo até agora.

A Sra. Winter concordou com um aceno afirmativo de cabeça.

— Srta. Lea — disse. A voz estava mais lenta. — Tive minhas razões para criar uma cortina de fumaça ao redor do meu passado. Essas razões, posso assegurar-lhe, não têm mais valor.

— Que razões?

— A vida é adubo.

Pisquei os olhos, espantada.

— Você acha isso estranho, mas é verdade. Toda a minha vida e toda a minha experiência, as coisas que me aconteceram, as pessoas que conheci, todas as minhas lembranças, meus sonhos, minhas fantasias, tudo o que li, tudo isso foi atirado sobre a pilha de adubo composto, onde, com o tempo, apodreceu e transformou-se numa matéria orgânica escura e rica. O processo de decomposição celular deixa-o irreconhecível. Outras pessoas podem chamar isso de imaginação. Eu chamo de adubo composto. De vez em quando pego uma idéia, planto-a no composto e espero. Ela se alimenta daquela matéria preta que costumava ser viva, usa a energia dela. Germina. Cria raízes. Produz brotos. E assim por diante, até que um belo dia eu tenho uma história, ou um romance.

Balancei a cabeça, gostando da analogia.

— Os leitores — continuou a Sra. Winter — são bobos. Acreditam que tudo o que se escreve é autobiográfico. E é mesmo, mas não da forma como eles acham. A vida do escritor precisa de tempo para apodrecer antes de poder ser usada para alimentar uma obra de ficção. Ela precisa se deteriorar. Eis aí por que eu não podia permitir que jornalistas e biógrafos vasculhassem o meu passado, recuperando pedaços dele, preservando-o em suas palavras. Para escrever os meus livros, precisava que o meu passado fosse deixado em paz, para que o tempo pudesse fazer o seu trabalho.

Pensei na resposta dela e perguntei:

— E o que aconteceu para mudar as coisas?

— Estou velha. Velha e doente. Junte esses dois fatores, biógrafa, e qual é o resultado? O fim da história, acho.

Mordi o lábio.

— E por que a senhora mesma não escreve o livro?

— Ficou muito tarde para isso. Além do mais, quem acreditaria em mim? Dei alarme falso muitas vezes.

— A senhora pretende me contar a verdade? — perguntei.

— Sim — disse ela, mas eu tinha percebido uma hesitação, embora tenha durado só uma fração de segundo.

— E por que a senhora quer contá-la para *mim*?

Ela fez uma pausa.

— Sabe de uma coisa? Eu mesma tenho feito essa pergunta nesses últimos 15 minutos. Que tipo de pessoa é você, Srta. Lea?

Coloquei a máscara no lugar antes de responder.

— Sou uma balconista de loja. Trabalho numa livraria especializada em livros antigos. Sou biógrafa amadora. A senhora deve ter lido o meu trabalho sobre os irmãos Landier.

— Não é muito para começar, é? Se formos trabalhar juntas, vou precisar saber um pouco mais a seu respeito. Não posso revelar os segredos de uma vida inteira para uma pessoa da qual nada sei. Me fale sobre você. Quais são os seus livros favoritos? Quais são os seus sonhos? Quem você ama?

Fiquei tão ofendida que não consegui responder.

— Bem, responda! Pelo amor de Deus! Será que vou ser obrigada a ter uma estranha morando na minha casa? Uma estranha trabalhando para mim? Isso não é razoável. Me diga uma coisa: acredita em fantasmas?

Impelida por algo mais forte do que a razão, levantei-me da cadeira.

— O que está fazendo? Onde vai? Espere!

Continuei andando, tentando não correr, consciente do ritmo dos meus pés batendo no assoalho de madeira, enquanto ela me chamava numa voz que beirava o pânico.

— Volte! — gritou. — Vou contar-lhe uma história, uma história maravilhosa!

Não parei.

— Era uma vez uma casa mal-assombrada...

Alcancei a porta. Meus dedos agarraram a maçaneta.

— Era uma vez uma biblioteca...

Abri a porta e estava prestes a pisar no seu vazio, quando uma voz rouca, num leve tremor, pronunciou as palavras que me fizeram parar.

— Era uma vez duas *gêmeas*...

Esperei até as palavras pararem de vibrar no ar e então, contra a minha vontade, olhei para trás. Vi uma nuca e mãos que se ergueram, tremendo, para cobrir o rosto.

Lentamente, dei um passo de volta à sala. Aos ouvir meu passo, os cachos cor de cobre se viraram.

Fiquei estarrecida. Os óculos tinham desaparecido. Olhos verdes, brilhantes como vidro, olharam-me com algo como uma súplica. Por um momento, simplesmente olhei de volta para ela. Então:

— Srta. Lea, quer sentar-se, por favor? — disse uma voz trêmula, uma voz que era e não era de Vida Winter.

Atraída por algo além do meu controle, caminhei até a cadeira e sentei-me.

— Não estou fazendo nenhuma promessa — disse eu, com uma voz cansada.

— E nem eu estou em posição de exigir isso — foi a resposta, dada numa voz frágil.

Quites.

— Por que a senhora me escolheu? — tornei a perguntar, e desta vez ela respondeu.

— Por causa do seu trabalho sobre os irmãos Landier. Porque você entende de irmãos.

— E a senhora vai me dizer a verdade?

— Vou dizer-lhe a verdade.

As palavras foram inequívocas, mas percebi o tremor que as enfraquecia. Ela tinha a intenção de me contar a verdade; não duvidei disso. Tinha decidido contar. Talvez até quisesse contar. Só que não acreditava que fosse contar. Sua promessa de honestidade foi dada tanto para convencer a si mesma quanto para me persuadir, e ela percebeu a falta de convicção no seu âmago tão claramente quanto eu.

Então, fiz uma sugestão:

— Vou lhe perguntar três coisas. Coisas que são de conhecimento público. Quando eu sair daqui, vou poder checar o que a senhora me disser. Se descobrir que me disse a verdade sobre elas, aceitarei o trabalho.

— Ah, a regra de três... O número mágico. Três provas para o príncipe conquistar a mão da bela princesa. Três desejos concedidos ao pescador pelo peixe mágico. Três ursos para Cachinhos Dourados e Os Três Porquinhos. Srta. Lea, se você tivesse pedido duas perguntas ou quatro, eu ainda poderia mentir, mas três...

Tirei o lápis da capa do meu bloco e me preparei.

— Qual é o seu verdadeiro nome?

Ela engoliu em seco.

— Tem certeza de que esta é a melhor forma de agir? Eu poderia contar-lhe uma história de fantasma... uma história muito boa, mesmo que eu seja suspeita para falar. Poderia ser uma forma melhor de se chegar ao âmago das coisas...

— Me diga o seu nome — insisti, depois de sacudir a cabeça.

A mixórdia de articulações e rubis agitou-se em seu colo; as pedras brilharam refletindo o fogo da lareira.

— Meu nome *é* Vida Winter. Passei por todos os procedimentos necessários a fim de poder usar este nome de forma legal e honesta. O que você quer saber é o nome pelo qual eu era conhecida antes da mudança. Esse nome era...

Fez uma pausa, necessitando ultrapassar algum obstáculo interno, e quando pronunciou o nome foi com uma neutralidade visível, uma total ausência de entonação, como se fosse uma palavra em alguma língua estrangeira que ela nunca tivesse se interessado em aprender.

— Esse nome era Adeline March. — Como para interromper qualquer vibração que o nome pudesse deixar no ar, continuou um tanto azedamente: — Espero que não vá perguntar a data do meu nascimento. Estou numa idade em que é de praxe esquecê-la.

— Posso passar sem isso, se a senhora me disser onde nasceu.

Soltou um suspiro irritado.

— Eu poderia contar isto de uma forma muito melhor, se você me deixasse fazê-lo ao meu modo.

— Foi isso que nós combinamos. Três fatos de conhecimento público.

Apertou os lábios.

— Você vai descobrir que está registrado que Adeline March nasceu no Hospital Saint Bartholomew, em Londres, mas não pode esperar que eu ofereça qualquer garantia da veracidade deste fato. Embora eu seja uma pessoa excepcional, não sou tão excepcional a ponto de me lembrar do meu próprio nascimento.

Anotei isso.

Agora a terceira pergunta. Devo admitir que não tinha preparado nenhuma terceira pergunta. Ela não queria me contar sua idade, e eu não precisava da data do seu nascimento. Conhecendo sua longa trajetória como escritora e a data do seu primeiro livro, sabia que não podia ter menos de 73 ou 74 anos e, julgando por sua aparência, por mais que estivesse alterada pela doença e pela maquiagem, não podia ter mais de 80. Mas a incerteza não importava: com seu nome e seu local de nascimento, eu podia descobrir a data sozinha. Com as duas primeiras perguntas, eu já tinha a informação de que precisava para saber se uma pessoa chamada Adeline March realmente existia. O que eu iria perguntar, então? Talvez eu quisesse ouvir a Sra. Winter contar uma história, mas, quando surgiu a ocasião de fazer a terceira pergunta de uma forma imprevisível, eu a aproveitei.

— Conte-me — comecei, devagar, cautelosamente. Nas histórias de feiticeiros é sempre com o terceiro desejo que tudo o que foi obtido com tanto perigo é desastrosamente perdido. — Conte-me alguma coisa que aconteceu com a senhora antes de mudar de nome, da qual exista algum registro público. — Realizações acadêmicas, pensei. Sucessos esportivos na escola. Esses pequenos triunfos que ficam registrados para os pais orgulhosos e para a posteridade.

No silêncio que se seguiu, a Sra. Winter pareceu voltar-se completamente para dentro; sob meus próprios olhos ela conseguiu ausentar-se de si mesma, e comecei a entender como eu tinha conseguido deixar de notá-la antes. Observei a sua casca, admirada com a impossibilidade de saber o que estava acontecendo sob a superfície.

E ela então emergiu.

— Sabe por que os meus livros fazem tanto sucesso?

— Por diversas razões, acho.

— É possível. Mas, principalmente, porque eles têm começo, meio e fim. Na ordem certa. É claro que todas as histórias têm começo, meio e fim; é o fato de tê-los na ordem certa que importa. É por isso que as pessoas gostam dos meus livros.

Ela suspirou e mexeu com as mãos.

— Vou responder à sua pergunta. Vou contar-lhe algo sobre mim, que aconteceu antes de tornar-me escritora e mudar meu nome e sobre o que existe registro público. Foi a coisa mais importante que me aconteceu na vida. Mas eu não esperava contar-lhe isso tão cedo. Vou ter que quebrar uma das minhas regras para fazer isso. Vou ter que lhe contar o final da minha história antes de contar o começo.

— O *final* da sua história? Como pode ser, se isso aconteceu antes da senhora começar a escrever?

— Simplesmente porque a minha história... a minha história pessoal... terminou antes de eu começar a escrever. Escrever histórias sempre foi apenas um modo de preencher o tempo depois que tudo terminou.

Esperei, e ela prendeu a respiração como um jogador de xadrez que vê sua peça acuada.

— Preferiria não contar. Mas prometi, não foi? A regra de três. É inevitável. O feiticeiro pode implorar ao rapaz que não faça um terceiro pedido, porque ele sabe que aquilo terminará em desastre, mas o rapaz *vai* fazer um terceiro pedido, e o feiticeiro é obrigado a concedê-lo porque faz parte das regras da história. Você me pediu para contar-lhe a verdade acerca de três coisas, e tenho que contar, por causa da regra de três. Mas primeiro permita-me pedir uma coisa em troca.

— O quê?

— Depois disso, chega de saltos na história. A partir de amanhã, vou lhe contar minha história, mas começando do começo, continuando com o meio e deixando o fim para o fim. Tudo na ordem certa. Sem trapaças. Sem olhar adiante. Sem perguntas. Sem dar nenhuma espiada na última página.

Ela tinha o direito de estabelecer condições para o nosso acordo, já o tendo aceitado? Na verdade, não. Ainda assim, concordei.

— Tudo bem.

Ela não conseguiu olhar para mim enquanto falava.

— Eu morava em Angelfield.

Sua voz tremeu ao pronunciar o nome do lugar, e ela coçou nervosamente a palma da mão num gesto inconsciente.

— Tinha 16 anos.

Sua voz ficou travada; perdeu toda a fluência.

— Houve um incêndio.

As palavras foram expelidas de sua garganta de forma dura e seca, como pedras.

— Perdi tudo.

E então um grito saiu de sua boca antes que ela conseguisse contê-lo.

— Ah, Emmeline!

Existem culturas em que se acredita que um nome contém todo o poder místico de uma pessoa. Que um nome só deveria ser conhecido por Deus e pela pessoa que o usa e mais uns poucos privilegiados. Pronunciar esse nome, seja o próprio ou de outra pessoa, atrai o perigo. Emmeline, ao que parecia, era um desses nomes.

A Sra. Winter apertou os lábios, tarde demais. Um tremor percorreu-lhe os músculos.

Agora eu sabia que estava amarrada à história. Tinha topado com o cerne da história para cujo relato fora contratada. Era amor. E perda. Pois o que mais poderia ser aquela exclamação senão uma expressão de tristeza e dor? Num clarão súbito, enxerguei por trás da máscara de maquiagem e roupas exóticas. Por alguns segundos, tive a impressão de penetrar no coração da Sra Winter, nos seus pensamentos. Reconheci sua verdadeira essência: como poderia deixar de reconhecê-la; não era a minha própria essência? Nós duas éramos gêmeas solitárias. Ao compreender isso, a rédea da história enrolou-se nos meus pulsos, e minha excitação foi subitamente atravessada pelo medo.

— Onde posso encontrar um registro público desse incêndio? — perguntei, tentando disfarçar minha perturbação.

— No jornal local. O *Banbury Herald.*

Assenti, fiz uma anotação no meu bloco e fechei-o.

— Embora — disse ela — haja um outro registro que posso lhe mostrar agora.

Ergui uma sobrancelha.

— Chegue mais para perto.

Levantei-me da cadeira e dei um passo, diminuindo pela metade a distância entre nós.

Vagarosamente, ela ergueu o braço direito e estendeu o punho fechado que parecia quase todo feito de pedras preciosas incrustadas em garras. Com um movimento que demonstrou grande esforço, ela virou a mão e abriu-a, como se tivesse um presente-surpresa para me dar.

Mas não havia nenhum presente. A surpresa era a própria mão.

A carne da palma da sua mão era diferente de tudo o que eu jamais vira. Suas reentrâncias esbranquiçadas e saliências roxas não guardavam relação alguma com os montículos rosados na base dos meus dedos, o vale pálido da minha palma. Derretida pelo fogo, sua carne tinha esfriado formando uma paisagem totalmente irreconhecível, como um panorama alterado permanentemente pela passagem de um rio de lava. Seus dedos não abriam, formavam uma garra por causa do encolhimento do tecido cicatrizado. No meio da palma, cicatriz dentro de cicatriz, queimadura dentro de queimadura, havia uma marca grotesca. Era muito profunda, tão profunda que, com uma náusea súbita, imaginei o que teria acontecido com o osso que deveria estar ali. Ela explicava a postura estranha da mão em relação ao pulso, o modo como ela parecia pender do seu braço como se não tivesse vida. A marca era um círculo engastado na palma, e saindo dele, na direção do polegar, uma linha curta.

A marca tinha mais ou menos a forma de um Q, mas na hora, no choque daquela inesperada e dolorosa revelação, ela não ficou tão clara e perturbou-me tanto quanto teria me perturbado o surgimento numa página escrita em inglês de um símbolo desconhecido de uma língua perdida e ilegível.

Senti uma vertigem súbita e me segurei à cadeira atrás de mim.

— Desculpe — ouvi-a falar. — A gente se acostuma tanto com os próprios horrores que esquece a impressão que eles devem causar em outras pessoas.

Sentei-me, e aos poucos a cortina preta que tinha descido sobre meus olhos foi se abrindo.

A Sra. Winter fechou os dedos sobre a palma desfigurada, baixou o pulso e reposou de volta o punho incrustado de jóias no colo. Num gesto protetor, ela o envolveu com os dedos da outra mão.

— Sinto muito que você não tenha querido escutar minha história de fantasma, Srta. Lea.

— Fica para outra vez.

Nossa entrevista estava terminada.

No caminho de volta aos meus aposentos, pensei na carta que ela me enviara. Na caligrafia forçada e meticulosa que eu nunca tinha visto. Eu a havia atribuído a alguma doença. Artrite, talvez. Agora compreendia. Desde o primeiro livro e durante toda a sua carreira, a Sra. Winter tinha escrito suas obras-primas com a mão esquerda.

No meu gabinete, as cortinas de veludo eram verdes, e um cetim ouro pálido forrava as paredes. Apesar do silêncio acolchoado, gostei da sala, pois o efeito era atenuado pela ampla escrivaninha e a cadeira simples que ficava bem debaixo da janela. Acendi a luminária da mesa e arrumei a resma de papel que tinha trazido com meus doze lápis. Eles eram novinhos em folha: colunas vermelhas não-apontadas, exatamente como gosto antes de começar um novo projeto. A última coisa que tirei da bolsa foi o apontador. Prendi-o na extremidade da escrivaninha e coloquei a cesta de papel bem debaixo dele.

Impulsivamente, trepei na escrivaninha e enfiei a mão por trás da sanefa para alcançar o varão das cortinas. Meus dedos procuraram os ganchos que a prendiam. Não era trabalho para uma pessoa só — as cortinas iam até o chão, com forro e entretela, e seu peso sobre meus ombros era esmagador. Mas, após alguns minutos, uma parte seguida pela outra, as cortinas estavam dobradas e guardadas num armário. Fiquei parada no meio da sala observando o resultado do meu trabalho.

A janela era uma vasta extensão de vidro escuro e no meio dele o meu fantasma, transparente, estava olhando para mim. Seu mundo não era diferente do meu: o contorno pálido de uma escrivaninha do outro lado do vidro, e mais para trás uma poltrona cheia de botões dentro do círculo de luz propiciado por uma luminária comum. Mas, enquanto minha cadeira era vermelha, a dela era cinzenta; e, enquanto minha cadeira ficava sobre um tapete indiano, cercada de paredes douradas, a cadeira dela pairava espectralmente numa dimensão indefinida, interminável, de escuridão, em que formas vagas, como ondas, pareciam mover-se e respirar.

Juntas, começamos o pequeno ritual de preparação de nossas escrivaninhas. Dividimos uma resma de papel em pilhas menores e sacudimos cada uma para deixar o ar entrar. Um por um, apontamos nossos lápis, girando a manivela e observando as longas aparas enroscando-se e caindo na cesta de papel embaixo. Depois que o último lápis foi apontado, não o colocamos ao lado dos outros, mas ficamos com ele não mão.

— Pronto — disse a ela. — Preparadas para trabalhar.

Abriu a boca, parecendo falar comigo, mas não consegui ouvir o que estava dizendo.

Não sei estenografia. Durante a entrevista, tinha simplesmente anotado uma lista de palavras-chave, e minha esperança era que, se eu transcrevesse nossas entrevistas logo em seguida, essas palavras fossem suficientes para avivar minha memória. E a partir desse primeiro encontro, isso funcionou bem. Consultando o bloco de vez em quando, enchi minhas folhas de papel almaço com as palavras da Sra. Winter, visualizando sua imagem em minha cabeça, ouvindo sua voz, vendo seus maneirismos. Em pouco tempo esqueci o bloco e passei a ouvir a Sra. Winter falando em minha cabeça.

Deixei margens bem largas. Na esquerda anotei maneirismos, expressões e gestos que pareciam acrescentar algo ao sentido da entrevista. Deixei a direita em branco. Mais tarde, depois de reler o que tinha escrito, era ali que pretendia incluir meus próprios pensamentos, comentários, dúvidas.

Tive a sensação de ter passado horas trabalhando. Só parei para preparar uma xícara de chocolate, mas esse intervalo não perturbou minha concentração; voltei ao trabalho e retomei o fio da meada como se não tivesse havido nenhuma interrupção.

"A gente se acostuma tanto com os próprios horrores que esquece a impressão que eles devem causar em outras pessoas", escrevi finalmente na coluna do meio, e à esquerda acrescentei uma nota descrevendo o modo como ela fechara os dedos da mão boa sobre o punho fechado da deformada.

Sublinhei duas vezes a última linha e me espreguicei. Na janela, meu outro eu também se espreguiçou. Ela apanhou os lápis que estavam com as pontas gastas e tornou a apontá-los um por um.

Estava no meio de um bocejo quando começou a acontecer alguma coisa com o rosto dela. Primeiro foi um borrão repentino no centro de sua testa, como uma bolha. Outra marca apareceu na sua bochecha, depois debaixo do olho, no nariz, nos lábios. Cada nova mancha era acompanhada de um som surdo, uma percussão que foi ficando cada vez mais rápida. Em poucos segundos, seu rosto tinha-se desmanchado.

Mas não foi obra da morte. Foi só a chuva. A chuva tão esperada.

Abri a janela, molhei a mão e passei-a pelo rosto e pelos olhos. Estremeci. Hora de dormir.

Deixei a janela aberta para poder ouvir o barulho da chuva, que continuava a cair com um ritmo suave, abafado. Escutei-a enquanto trocava de roupa, enquanto lia, enquanto dormia. Ela acompanhou os meus sonhos como um rádio mal sintonizado que houvesse ficado ligado a noite inteira, transmitindo um ruído indistinto por trás do qual estão os sussurros quase inaudíveis de línguas estrangeiras e trechos de melodias desconhecidas.

E Então Começamos

Às nove horas da manhã seguinte a Sra. Winter mandou me chamar e fui encontrar-me com ela na biblioteca.

De dia o cômodo era bem diferente. Com as persianas levantadas, as janelas altas deixavam a luz entrar. O jardim, ainda molhado da chuva da noite, brilhava ao sol da manhã. As plantas exóticas perto da janela pareciam tocar nas suas primas mais rústicas do outro lado do vidro, e a moldura delicada que sustentava os painéis de vidro não parecia mais sólida do que os fios de uma teia de aranha presa nos galhos de uma árvore. A própria biblioteca, parecendo menor, mais estreita do que na noite anterior, parecia uma miragem de livros no úmido jardim invernal.

Ao contrário do céu azul-claro e do sol pálido, a Sra. Winter era toda fogo e calor, uma exótica flor de estufa num jardim de inverno. Ela não estava usando óculos escuros, mas suas pálpebras estavam pintadas de roxo, delineadas com *kohl* em estilo Cleópatra e sombreadas pela mesma franja de cílios pretos e abundantes da véspera. À luz do dia, vi o que não tinha visto na noite anterior: ao longo do repartido dos cachos cor de cobre da Sra. Winter havia uma margem estreita de puro branco.

— Deve estar lembrada do nosso acordo — começou ela quando me sentei na cadeira do outro lado da lareira. — Começo, meio e fim, tudo na ordem certa. Nada de trapaças. Nada de olhar mais à frente. Nada de perguntas.

Eu estava cansada. Uma cama estranha num lugar estranho, e acordara com um zumbido na cabeça.

— Comece por onde quiser — disse eu.

— Vou começar do começo. Embora, é claro, o começo nunca esteja onde você pensa que está. Nossas vidas são tão importantes para nós que tendemos a achar que a história delas começa com nosso nascimento. Primeiro não havia nada, depois *eu* nasci... Entretanto, não é assim. As vidas humanas não são pedaços de barbante que podem ser separados do nó formado por outras vidas e esticados. Famílias são redes. É impossível tocar numa parte delas sem que o resto vibre. É impossível entender uma parte sem ter noção do todo.

"Minha história não é só minha; é a história de Angelfield. Angelfield, a aldeia. Angelfield, a casa. E a família Angelfield em si. George e Mathilde; seus filhos, Charlie e Isabelle; as filhas desta última, Emmeline e Adeline. Sua casa, seus destinos, seus temores. E seus fantasmas. É preciso sempre prestar atenção em fantasmas, não acha, Srta. Lea?

Lançou-me um olhar sarcástico; fingi não perceber.

— Um nascimento não é verdadeiramente um começo. Nossas vidas no início não são realmente nossas, mas simplesmente a continuação da história de outra pessoa. Veja eu, por exemplo. Olhando para mim agora, você pensaria que o meu nascimento deve ter sido algo especial, não é? Acompanhado de estranhos presságios e assistido por bruxas e fadas madrinhas. Mas não. De jeito nenhum. De fato, quando nasci não era mais do que uma trama secundária.

"Mas como eu conheço esta história que precede o meu nascimento, assim imagino que você esteja pensando. Quais são as fontes? De onde vem a informação? Bem, de onde vem qualquer informação numa casa como Angelfield? Dos empregados, é claro. A Missus, especialmente. Não que eu tenha ouvido tudo diretamente dos lábios dela. Às vezes, é verdade, ela recordava o passado enquanto limpava a prataria e parecia esquecer a minha presença enquanto falava. Ela fechava a cara ao lembrar-se dos boatos e fofocas da aldeia. Eventos, conversas e cenas vinham-lhe aos lábios e eram despejados sobre a mesa da cozinha. Só que mais cedo ou mais tarde a história a conduzia a áreas inadequadas para uma criança — particularmente inadequadas para *mim* —, e subitamente ela se lembrava de que eu estava ali, interrompia a frase no meio e começava a esfregar vigorosamente os talheres como que para apagar completamente o passado. Mas não pode haver segredos numa casa onde há crianças. Dei um jeito de saber da história. Quando a Missus conversava com o jardineiro tomando seu chá matinal, aprendi a interpretar os silêncios repentinos que pontuavam as conversas aparentemente inocentes. Sem parecer estar prestando atenção, eu via os olhares silenciosos que certas palavras provocavam entre eles. E quando achavam que estavam sozinhos e que podiam conversar com privacidade... eles não estavam de fato sozinhos. Foi assim que conheci a história das minhas origens. E mais tarde, quando a Missus não era mais a mulher que costumava ser, quando a idade a deixou confusa e soltou sua língua, então suas divagações confirmaram a história que eu tinha passado anos adivinhando. É essa história... a que eu fui sabendo por meio de insinuações, olhares e silêncios... que vou traduzir em palavras para você agora.

A Sra. Winter limpou a garganta, preparando-se para começar.

— Isabelle Angelfield era esquisita.

A voz dela pareceu fugir, e ela parou, surpresa. Quando tornou a falar, o tom era cauteloso.

— Isabelle Angelfield nasceu durante uma tempestade.

Mais uma vez, aquela perda abrupta de voz.

Ela estava tão acostumada a esconder a verdade que esta se atrofiara dentro dela. Deu uma partida falsa, depois outra. Mas como uma musicista talentosa que, depois de passar anos sem tocar, torna a pegar no seu instrumento, finalmente encontrou o caminho.

Ela me contou a história de Isabelle e Charlie.

Isabelle Angelfield era esquisita.

Isabelle Angelfield nasceu durante uma tempestade.

É impossível saber se esses fatos estão ligados ou não. Mas quando, duas décadas e meia depois, Isabelle saiu de casa pela segunda vez, o povo da aldeia olhou para trás e lembrou-se da chuva interminável do dia em que ela nasceu. Algumas pessoas lembravam-se ainda de que o médico se atrasara, retido pela inundação causada pelo rio, que tinha transbordado. Outras lembravam-se, sem sombra de dúvida, de que o cordão umbilical estava enrolado em volta de seu pescoço de bebê, quase estrangulando-a antes de ela nascer. Sim, foi um nascimento difícil mesmo, pois às seis horas em ponto, assim que o bebê nasceu e o médico tocou o sino, não tinha a mãe morrido, passando deste mundo para o outro? Se o tempo estivesse bom e o médico tivesse chegado mais cedo, e se o cordão não tivesse privado a criança de oxigênio, e se a mãe não tivesse morrido...

E se, e se, e se. Este raciocínio é inútil. Isabelle era como era, e não há mais nada a dizer sobre o assunto.

A menina, um pedacinho de fúria, ficou órfã de mãe. E no início, para todos os efeitos, ela parecia órfã de pai também. Pois seu pai, George Angelfield, entrou em decadência. Trancou-se na biblioteca e recusou-se terminantemente a sair. Isso pode parecer exagero; dez anos de casamento em geral são suficientes para curar qualquer afeição conjugal, mas Angelfield era um cara esquisito, e pronto. Tinha amado a esposa — sua mal-humorada, preguiçosa, egoísta e bela Mathilde. Ele a tinha amado mais do que amava seus cavalos, mais até que ao seu cão. Quanto ao filho deles, Charlie, um menino de 9 anos, nunca passou pela cabeça de George imaginar se o amava mais ou menos do que a Mathilde, pois o fato é que ele nunca nem pensou em Charlie.

Enlutado, louco de dor, George Angelfield passava o dia sentado na biblioteca, sem comer nada, sem ver ninguém. E passava as noites lá também, no sofá, sem dormir, contemplando a lua com os olhos vermelhos. Isso continuou por vários meses. Seu rosto pálido ficou ainda mais pálido; emagreceu; parou de falar. Especialistas foram trazidos de Londres. O vigário veio e partiu. O cachorro definhou por falta de afeição e, quando morreu, George Angelfield mal o notou.

Por fim, Missus ficou irritada com aquilo. Ela tirou Isabelle do berço e levou-a para baixo. Passou pelo mordomo, ignorando os seus protestos, e entrou na biblioteca sem bater. Marchou até a escrivaninha e depositou a menina nos braços de George Angelfield sem dizer uma palavra. Então virou as costas e saiu, batendo a porta.

O mordomo fez menção de entrar, pensando em pegar o bebê de volta, mas a Missus ergueu um dedo e disse entredentes: "Não ouse!" Ele ficou tão espantado que obedeceu. Os empregados da casa se reuniram do lado de fora da porta da biblioteca, entreolhando-se, sem saber o que fazer. Mas a força da convicção da Missus deixou-os paralisados, e eles não fizeram nada.

Foi uma longa tarde, e no fim uma das arrumadeiras correu até o quarto da menina. "Ele saiu! O patrão saiu!"

Com seu passo normal e seu jeito normal, a Missus desceu a escada para ouvir o que tinha acontecido.

Os empregados tinham ficado no hall por várias horas, escutando na porta e espiando pelo buraco da fechadura. Primeiro o patrão ficou ali sentado, olhando para o bebê, com uma expressão de perplexidade no rosto. A menina se contorceu e balbuciou. Quando ouviram George Angelfield falando e rindo baixinho em resposta, os empregados trocaram olhares de espanto, mas ficaram ainda mais admirados ao ouvir cantigas de ninar. O bebê dormiu e se fez silêncio. O pai, segundo o relato dos empregados, não tirou os olhos do rosto da filha. Então ela acordou com fome e começou a chorar. Seus gritos aumentaram de intensidade até que finalmente a porta se abriu.

Lá estava meu avô com o seu bebê nos braços.

Ao ver os empregados ali parados, olhou para eles com cara feia e berrou: "Vão deixar uma criança morrer de fome nesta casa?"

Desse dia em diante, George Angelfield passou a cuidar pessoalmente da filha. Ele a alimentava, dava banho e tudo o mais, levou o berço para o quarto dele para evitar que ela chorasse durante a noite por se sentir sozinha, fez uma espécie de mochila para carregá-la ao andar a cavalo, lia para ela (cartas comerciais, páginas de esporte e romances de amor) e compartilhava com ela suas idéias e planos. Em suma, agia como se Isabelle fosse uma companhia agradável e sensata, não uma criança selvagem e ignorante.

Talvez fosse a sua beleza que tivesse feito o pai amá-la. Charlie, o desprezado filho primogênito, nove anos mais velho do que Isabelle, era bem filho do seu pai: um menino corpulento, pálido, de cabelos cor de cenoura, com pés pesados e uma expressão lenta. Mas Isabelle herdara a beleza de pai e mãe. O cabelo ruivo como o do pai e do irmão tinha na menina um tom de cobre macio e brilhante. A pele pálida dos Angelfield cobria ossos delicados herdados do lado francês. Tinha o queixo mais bonito do lado do pai, e a boca mais bonita do lado da mãe. Tinha os olhos puxados e os longos cílios de Mathilde, mas o incrível esmeralda de suas íris era a marca registrada dos Angelfield. Ela era — fisicamente, pelo menos — uma perfeição.

A casa adaptou-se àquele estado de coisas incomum. Todos tinham o acordo tácito de entender como perfeitamente normal que um pai idolatrasse sua filhinha. Não devia ser considerado estranho nem ridículo o fato de ele mantê-la constantemente ao seu lado.

Mas e quanto a Charlie, o irmão do bebê? Ele era um menino de raciocínio lento, cuja mente caminhava em círculos ao redor de suas poucas obsessões e preocupações, mas que não podia ser convencido a aprender novas idéias nem a pensar logicamente. Ele ignorou o bebê e apreciou as mudanças que sua chegada provocara na casa. Antes de Isabelle, havia duas pessoas a quem Missus poderia relatar suas travessuras, dois pais cujas reações eram impossíveis de prever. Sua mãe tinha sido uma disciplinadora inconsistente: às vezes fazendo-o levar uma surra por mau comportamento, às vezes simplesmente rindo. Seu pai, embora severo, era distraído, e os castigos que ele decretava eram freqüentemente esquecidos. No entanto, ao avistar o menino, ele às vezes tinha a vaga sensação de que podia haver algum erro a ser corrigido, e espancava a criança, pensando que, se ele não estivesse merecendo naquela hora, serviria para a próxima. Isso ensinou uma boa lição ao menino: manter-se fora do caminho do pai.

Com a chegada do bebê Isabelle, tudo isso mudou. A mãe desapareceu, e o pai, para todos os efeitos, desapareceu também, ocupado demais com a pequena Isabelle para se preocupar com os relatos histéricos das arrumadeiras sobre camundongos assados junto com o pernil de domingo ou alfinetes enfiados no sabão por mãos malvadas. Charlie ficou livre para fazer o que quisesse, e o que ele gostava de fazer era remover tábuas do assoalho do alto da escada do sótão e ver as arrumadeiras cairem e torcerem o pé.

A Missus podia ralhar, mas ela era só a Missus, e naquela vida nova e livre ele podia aprontar e fazer maldades à vontade, sabendo que não seria punido. Um comportamento consistente por parte dos adultos é considerado bom para as crianças, e a negligência consistente agradou a essa criança, pois nos primeiros anos da sua semi-orfandade Charlie Angelfield foi uma criança feliz.

A adoração de George Angelfield pela filha resistiu a todas as provações que um filho pode infligir a um pai. Quando ela começou a falar, ele descobriu que a criança era superdotada, um verdadeiro oráculo, e começou a consultá-la sobre tudo, até que a casa toda começou a ser dirigida segundo os caprichos de uma criança de 3 anos.

As visitas eram raras e, à medida que a casa passou da excentricidade ao caos, ficaram mais raras ainda. Então os empregados começaram a reclamar entre si. O mordomo tinha saído antes de a menina completar 2 anos. A cozinheira agüentou mais um ano os horários irregulares de refeição que a criança exigia, mas acabou pedindo demissão. Quando partiu, levou consigo a ajudante de cozinha, e no fim sobrou para a Missus o encargo de providenciar bolo e geléia nas horas mais estranhas. As arrumadeiras não se sentiam na obrigação de cumprir suas tarefas: com certa razão, achavam que o baixo salário não compensava os cortes e as contusões, os tornozelos torcidos e as dores de estômago causadas pelas experiências sádicas de Charlie. Foram embora, sendo substituídas por uma sucessão de empregadas temporárias, que nunca ficavam muito tempo. Finalmente, até as temporárias foram dispensadas.

Quando Isabelle completou 5 anos, só havia na casa George Angelfield as duas crianças, a Missus, o jardineiro e o couteiro. O cachorro estava morto, e os gatos, com medo de Charlie, ficavam do lado de fora, refugiando-se no barracão quando o tempo esfriava.

Se George Angelfield notou esse isolamento, essa pobreza doméstica, não lamentou. Ele tinha Isabelle: estava feliz.

Quem sentia falta das empregadas era Charlie. Sem elas, não tinha com quem fazer suas experiências. Procurando alguém para machucar, seu olhar caiu, como aconteceria mais cedo ou mais tarde, na irmã.

Ele não podia fazê-la chorar na frente do pai, e, como ela raramente saía do lado dele, Charlie viu-se diante de uma dificuldade. Como afastá-la?

Seduzindo-a. Murmurando promessas de magia e surpresa, Charlie conduziu Isabelle pela porta lateral, atravessou o jardim, passou pelos canteiros, os arbustos ornamentais, e desceu a alameda de faias até o bosque. Havia um lugar que Charlie conhecia. Um velho telheiro, úmido e sem janelas, um bom lugar para segredos.

O que Charlie queria era uma vítima, e sua irmã, caminhando atrás dele, menor e mais fraca, deve ter parecido ideal. Mas ela era esquisita e esperta, e as coisas não ocorreram exatamente como ele esperava.

Charlie ergueu a manga da irmã e arranhou o braço dela com um pedaço de arame enferrujado. Ela ficou olhando para as bolinhas vermelhas de sangue que saíam da linha lívida, depois olhou para ele. Seus olhos verdes estavam arregalados de surpresa e algo parecido com prazer. Quando ela estendeu a mão para o arame, ele o entregou a ela automaticamente. Ela ergueu a outra manga, furou a pele e arrastou o arame até quase o pulso. O corte dela foi mais profundo do que o que ele tinha feito, e o sangue surgiu imediatamente e escorreu. Ela deu um suspiro de satisfação, olhou para ele e então lambeu o sangue. Depois ofereceu o arame de volta para ele, e fez sinal para ele erguer a própria manga.

Charlie ficou confuso. Mas espetou o arame no braço porque ela queria, e riu apesar da dor.

Em vez de uma vítima, Charlie tinha encontrado a mais estranha das conspiradoras.

A vida prosseguia para os Angelfield, sem festas, sem caçadas, sem empregadas e sem a maioria das coisas que gente da classe deles dispunha naquela época. Viraram as costas aos vizinhos, permitiram que a propriedade fosse dirigida pelos arrendatários, e dependiam da boa vontade e da honestidade da Missus e do jardineiro para aquelas transações do dia-a-dia com o mundo, necessárias à sobrevivência.

George Angelfield esqueceu o mundo, e durante algum tempo o próprio mundo o ignorou. E então as pessoas se lembraram dele. Coisas de dinheiro.

Havia outras casas grandes na vizinhança. Outras famílias mais ou menos aristocráticas. E havia um homem que cuidava muito do seu dinheiro. Ele procurava os melhores conselheiros, investia grandes somas naquilo que a prudência lhe indicava e especulava com pequenas somas onde o risco de perda era maior, mas o lucro, em caso de sucesso, era alto. As grandes somas, ele perdeu-as completamente. As pequenas cresceram, moderadamente. Ele se viu em apuros. Além disso, tinha um filho preguiçoso e gastador e uma filha de olhos esbugalhados e tornozelo grosso. Algo tinha de ser feito.

George Angelfield nunca via ninguém, logo nunca lhe ofereceram dicas financeiras. Quando seu advogado enviava-lhe recomendações, ele as ignorava; quando seu banco lhe mandava cartas, não respondia. Em conseqüência, o dinheiro dos Angelfield, em vez de ser gasto em transações, ficou parado no cofre do banco e engordou.

Dinheiro fala. As notícias se espalham.

— George Angelfield não tem um filho? — perguntou a esposa do quase falido. — Que idade ele terá agora? Vinte e seis?

E, se não o filho para sua Sybilla, por que não a filha para Roland?, pensou a esposa. Ela deve estar chegando à idade de casar. E o pai é louco por ela: ela não viria de mãos vazias.

— Está fazendo um tempo bom para um piquenique — disse ela, e o marido, como todo marido, não viu a relação.

O convite ficou largado por 15 dias no parapeito da janela da sala de visitas e teria ficado lá até o sol desbotar a tinta, se não fosse Isabelle. Uma tarde, na falta do que fazer, desceu a escada, estufou as bochechas de tédio, pegou a carta e a abriu.

— O que é isso? — perguntou Charlie.

— Convite — disse ela. — Para um piquenique.

Um piquenique? Charlie deu tratos à bola. Parecia estranho. Mas ele sacudiu os ombros e esqueceu o assunto.

Isabelle levantou-se e dirigiu-se à porta.

— Aonde você vai?

— Para o meu quarto.

Charlie fez menção de ir atrás dela, mas ela o impediu.

— Me deixe em paz — disse ela. — Não estou com vontade.

Ele reclamou, tomou uma mecha do cabelo dela e passou os dedos pela sua nuca, encontrando as marcas que tinha deixado lá da última vez. Mas ela se afastou, subiu a escada correndo e trancou a porta.

Uma hora depois, ouvindo-a descer, ele foi até a porta.

— Venha à biblioteca comigo — pediu.

— Não.

— Então vamos até o parque.

— Não.

Notou que Isabelle tinha trocado de roupa.

— Por que está vestida assim? Parece uma boba.

Ela estava usando um vestido que pertencera à mãe, de um tecido branco fino e debruado de verde. Em vez dos sapatos costumeiros com os cadarços esfiapados, tinha calçado um par de sandálias de cetim verde de tamanho maior que o dela — também da mãe — e tinha prendido uma flor no cabelo com uma travessa. E passara batom.

Ele ficou zangado.

— Aonde você vai?

— Ao piquenique.

Ele a agarrou pelo braço, apertando bem, e a empurrou na direção da biblioteca.

— Não!

Ele empurrou com mais força.

— Charlie, eu disse que *não*!

Ele a soltou. Quando ela dizia *não* daquele jeito, ele sabia que queria dizer *não*. Tinha aprendido isso no passado. Ela podia ficar de mau humor por vários dias.

Ela deu as costas e abriu a porta da frente.

Enraivecido, Charlie procurou alguma coisa para socar. Mas já tinha quebrado tudo o que era quebrável. As coisas que restaram iriam prejudicar mais a sua mão do que ele a elas. Relaxou os punhos; saiu atrás de Isabelle para ir ao piquenique.

Os jovens na beira do lago formavam um belo quadro a distância nos seus vestidos de verão e camisas brancas. Os copos que seguravam estavam cheios de um líquido que brilhava à luz do sol e a grama sob seus pés dava vontade de andar descalço. Na realidade, os participantes do piquenique suavam sob as roupas, o champanhe estava morno, e se alguém pensasse em tirar os sapatos, teria de pisar em cocô de ganso. Mesmo assim, eles estavam empenhados em fingir alegria, na esperança de que o fingimento trouxesse uma alegria verdadeira.

Um rapaz na periferia do grupo percebeu um movimento perto da casa. Uma garota com um traje estranho acompanhada por uma massa informe de homem. Havia algo nela.

Ele não respondeu a uma brincadeira do amigo; o amigo se virou para ver o que havia chamado a atenção dele e também ficou mudo. Um grupo de moças, eternamente alertas aos movimentos dos rapazes, mesmo quando os rapazes estão atrás delas, virou-se para ver o que tinha ocasionado aquele súbito silêncio. E houve então uma espécie de efeito cascata, com o grupo todo virando-se para ver os recém-chegados e, ao vê-los, emudecendo.

Atravessando o amplo gramado, vinha Isabelle.

Ela aproximou-se do grupo, que se abriu para ela, como o mar se abrira para Moisés no episódio bíblico, e ela passou direto por eles até chegar à beira do lago. Ela subiu numa pedra que saía do lago. Alguém se aproximou dela com uma garrafa e um copo, mas ela não quis. O sol estava forte, tinha sido uma longa caminhada e seria preciso mais do que champanhe para refrescá-la.

Tirou os sapatos, pendurou-os numa árvore e, com os braços estendidos, pulou na água.

A multidão prendeu o fôlego e, quando ela subiu à superfície, com a água escorrendo de um jeito que parecia o nascimento de Vênus, tornou a prender o fôlego.

Este mergulho na água era outra coisa de que as pessoas se lembrariam anos depois, depois que ela saiu de casa pela segunda vez. Todos lembravam e sacudiam a cabeça, num misto de piedade e condenação. A menina sempre fora assim. Mas, naquele dia, isso foi atribuído apenas ao seu espírito alegre, e as pessoas ficaram agradecidas. Sozinha, Isabelle tinha animado a festa.

Um dos rapazes, o mais atrevido, com cabelos louros e uma risada alta, tirou os sapatos e a gravata e pulou no lago com ela. Um trio de amigos dele foi atrás. Num instante, todos os rapazes estavam dentro d'água, mergulhando, gritando e suplantando uns aos outros em saltos atléticos e mergulhos.

Raciocinando rápido, as moças viram que só havia um caminho a seguir. Elas penduraram as sandálias nos galhos, estamparam um enorme sorriso no rosto e se jogaram na água, dando gritos que esperavam soassem desamparados, enquanto faziam o possível para evitar molhar demais os cabelos.

Seus esforços foram em vão. Os homens só tinham olhos para Isabelle.

Charlie não foi para a água atrás da irmã. Ficou parado, um tanto afastado, observando. Com seu cabelo vermelho e sua palidez, era um homem feito para a chuva e para atividades dentro de casa. Seu rosto tinha ficado cor-de-rosa ao sol, e seus olhos arderam quando o suor que lhe escorria pelo rosto entrou neles. Mal piscava. Não conseguia tirar os olhos de Isabelle.

Quantas horas mais tarde ele se veria sozinho com a irmã de novo? Pareceu uma eternidade. Animado pela presença de Isabelle, o piquenique durou muito mais do que tinham esperado e, no entanto, para os outros convidados, pareceu ter passado num instante, e todos teriam ficado mais tempo se pudessem. A festa terminou com pensamentos consoladores de outros piqueniques no futuro, um monte de convites prometidos e beijos molhados.

Quando Charlie se aproximou de Isabelle, ela estava com o paletó de um rapaz em volta dos ombros e o próprio rapaz na palma da mão. A pouca distância estava uma moça, sem saber se sua presença era ou não desejada. Gorda, feia e mulher, a semelhança que ela ainda assim tinha com o rapaz deixava claro que era irmã dele.

— Vamos — disse Charlie grosseiramente à irmã.

— Tão cedo? Achei que podíamos dar um passeio. Com Roland e Sybilla. — Ela sorriu amavelmente para a irmã de Roland, e Sybilla, surpresa com a gentileza inesperada, sorriu de volta.

Charlie conseguia dobrar Isabelle em casa — às vezes — machucando-a, mas em público não teve coragem; então teve de concordar.

O que aconteceu durante aquele passeio? Não houve nenhuma testemunha do que ocorreu na floresta. Por falta de testemunhas, não houve fofocas. Pelo menos, não a princípio. Mas não é preciso ser um gênio para deduzir, pelos eventos posteriores, o que aconteceu sob as árvores naquela noite de verão.

Deve ter sido algo do tipo:

Isabelle encontrou algum pretexto para afastar os homens.

— Meus sapatos! Deixei na árvore! — E mandou Roland buscá-los, e Charlie também, atrás de um xale de Sybilla ou qualquer outro item.

As moças sentaram-se no chão macio. Na ausência dos rapazes, esperaram enquanto anoitecia, tontas de champanhe, absorvendo o resto do calor do sol e, junto com ele, o início de algo mais obscuro, a floresta e a noite. O calor de seus corpos começou a secar seus vestidos, e, à medida que o tecido secava, soltava-se da pele fazendo cócegas.

Isabelle sabia o que queria. Um tempo sozinha com Roland. Mas, para conseguir isso, tinha de se livrar do irmão.

Ela começou a conversar, enquanto descansavam encostadas numa árvore.

— Então, qual deles é o seu namorado?

— Não tenho namorado — admitiu Sybilla.

— Mas devia ter. — Isabelle rolou de lado, pegou uma folha de samambaia e passou-a sobre os lábios. Depois passou-a sobre os lábios da companheira.

— Isso faz cócegas — murmurou Sybilla.

Isabelle repetiu o gesto. Sybilla sorriu, com os olhos semicerrados, e não impediu quando Isabelle passou a folha macia pelo seu pescoço e pelo decote do seu vestido, dando uma atenção especial ao contorno dos seios. Sybilla deu um risinho anasalado.

Quando a folha desceu abaixo da sua cintura, Sybilla abriu os olhos.

— Você parou — reclamou.

— Não parei, não — disse Isabelle. — Só que você não pode sentir por cima do vestido. — E levantou a bainha do vestido de Sybilla e passou a folha nos seus tornozelos. — Melhor?

Sybilla tornou a fechar os olhos.

Do tornozelo um tanto grosso a folha verde subiu até um joelho volumoso. Um murmúrio fanhoso escapou dos lábios de Sybilla, embora ela não tenha se mexido até a folha de samambaia chegar bem no alto de suas pernas, e não suspirou até Isabelle substituir a folha por seus próprios dedos macios.

Isabelle não tirou os olhos do rosto da moça e, assim que suas pálpebras começaram a tremer, retirou a mão.

— É claro — disse ela, com toda a naturalidade — que você precisa mesmo é de um namorado.

Sybilla, arrancada contra a vontade do seu êxtase incompleto, custou a entender.

— Para as cócegas — explicou Isabelle. — É muito melhor com um namorado.

E quando Sybilla perguntou à nova amiga: "Como sabe?", Isabelle estava com a resposta pronta: "Charlie".

Quando os rapazes voltaram, com os sapatos e o xale na mão, Isabelle tinha conseguido o seu objetivo. Sybilla, com a saia e a combinação um tanto descompostas, olhou para Charlie com uma expressão de interesse.

Charlie, indiferente ao exame, estava olhando para Isabelle.

— Você já percebeu o quanto Isabelle e Sybilla são parecidas? — disse Isabelle, despreocupadamente. Charlie ficou olhando para ela sem entender. — O som dos nomes. Quase intercambiáveis, não acha? — Ela lançou um olhar veemente para o irmão, obrigando-o a entender. — Roland e eu vamos caminhar mais um pouco. Mas Sybilla está cansada. Você fica aqui com ela.

Isabelle deu o braço a Roland.

Charlie olhou friamente para Sybilla, notou o vestido desarrumado. Ela olhou de volta, com os olhos arregalados, a boca meio aberta.

Quando ele olhou para onde Isabelle estava, ela já tinha desaparecido. Ouviu apenas a risada dela na escuridão, sua risada e a voz de Roland. Ele se vingaria depois. Mesmo. Ela pagaria muito caro por isso.

Enquanto isso, ele tinha de encontrar uma válvula de escape.

E se virou para Sybilla.

O verão foi cheio de piqueniques. E para Charlie, foi cheio de Sybillas. Mas para Isabelle só houve um Roland. Todo dia ela escapava da vista de Charlie, fugia do seu controle e desaparecia de bicicleta. Charlie nunca conseguiu descobrir onde o casal se encontrava, era lento demais para segui-la quando ela fugia, com as rodas da bicicleta girando como loucas, o cabelo voando atrás. Às vezes ela só voltava quando já estava escuro, às vezes nem então. Quando ele brigava, ela ria dele e lhe dava as costas, como se ele simplesmente não existisse. Ele tentou machucá-la, deformá-la, mas ao vê-la esquivar-se sempre, escorrendo como água entre seus dedos, percebeu o quanto seus jogos tinham dependido da vontade dela. Por maior que fosse a sua força, a rapidez e a esperteza de Isabelle permitiam que ela escapasse sempre. Como um touro furioso por causa de uma abelha, ele era impotente.

De vez em quando, para aplacá-lo, ela cedia aos seus avanços. Por uma hora ou duas, curvava-se à vontade dele, permitindo que o irmão tivesse a ilusão de que ela tinha voltado e que tudo entre os dois ia ser como sempre fora. Mas *era* uma ilusão, como Charlie logo percebeu, e a ausência dela depois desses interlúdios era ainda mais difícil de suportar.

Charlie esquecia sua dor apenas momentaneamente com as Sybillas. Por algum tempo, sua irmã preparou o caminho para ele; depois, à medida que ela ficava cada vez mais encantada com Roland, Charlie foi deixado à própria sorte. Não tinha a sutileza da irmã; houve um incidente que poderia ter sido um escândalo, e uma Isabelle contrariada disse que, se ele quisesse levar as coisas daquele jeito, teria de escolher um tipo diferente de mulher. Ele passou das filhas dos pequenos aristocratas para as filhas dos ferradores, fazendeiros e couteiros. Pessoalmente ele não via diferença, mas o mundo parecia importar-se menos.

Por mais freqüentes que fossem, esses instantes de esquecimento eram fugazes. Os olhos assustados, os braços machucados, as coxas ensangüentadas eram apagadas da sua mente assim que ele lhes dava as costas. Nada podia alterar a grande paixão da sua vida: seu sentimento por Isabelle.

Uma manhã, já no fim do verão, Isabelle virou as páginas em branco da sua agenda e contou os dias. Fechou o livro e tornou a guardá-lo na gaveta, pensativa. Quando se decidiu, desceu e entrou no escritório do pai.

O pai ergueu os olhos.

— Isabelle!

Ficou feliz em vê-la. Desde que passara a sair mais, ficava especialmente contente quando ela ia procurá-lo.

— Querido papai! — Ela sorriu em sua direção. Ele percebeu um brilho diferente nos olhos da filha.

— Aconteceu alguma coisa?

Os olhos dela desviaram-se para um canto do teto, e então sorriu. Sem tirar os olhos daquele canto escuro, contou a ele que estava partindo.

A princípio o pai mal entendeu o que ela havia dito. Sentiu o sangue pulsar nos ouvidos. Sua visão ficou turva. Fechou os olhos, mas dentro da cabeça havia vulcões, meteoritos e explosões. Quando as chamas se acalmaram e não restou nada no seu mundo interior exceto uma paisagem silenciosa e devastada, abriu os olhos.

O que ele tinha feito?

Na sua mão estava uma mecha de cabelo, com um pedaço ensangüentado de pele agarrado na ponta. Isabelle estava lá, de costas para a porta, com as mãos para trás. Um dos belos olhos verdes estava injetado de sangue; um dos lados do rosto, vermelho e um pouco inchado. Um fio de sangue escorreu da sua cabeça, alcançou a sobrancelha e foi desviado do olho.

Ele estava horrorizado consigo mesmo e com a filha. Deu-lhe as costas em silêncio, e ela saiu da sala.

Depois ficou horas sentado, torcendo o cabelo cor de cobre que achara em sua mão, torcendo e torcendo, cada vez mais apertado, ao redor do dedo, até ele penetrar na sua pele, até estar tão entranhado que não podia mais ser desenrolado. E, finalmente, quando a sensação de dor completou a sua lenta jornada do dedo para a consciência, ele chorou.

Charlie estivera ausente naquele dia e só voltara à meia-noite. Encontrando o quarto de Isabelle vazio, vagou pela casa, sabendo através de um sexto sentido que tinha havido uma desgraça. Não encontrando a irmã, foi até o escritório do pai. Um único olhar para o rosto cinzento do homem disse tudo. Pai e filho entreolharam-se por um momento, mas o fato de a perda ser compartilhada não os uniu. Não havia nada que um pudesse fazer pelo outro.

Em seu quarto, Charlie sentou-se ao lado da janela durante horas, uma silhueta recortada contra um retângulo de luar. Num certo ponto, abriu uma gaveta e pegou o revólver que havia extorquido de um caçador furtivo local, e duas ou três vezes o encostou na têmpora. Todas as vezes a força da gravidade logo o devolvia para o seu colo.

Às quatro da manhã guardou o revólver e pegou a agulha comprida que tinha roubado da caixa de costura da Missus uma década antes e que desde então lhe fora muito útil. Levantou a calça, baixou a meia e fez um furo novo na pele. Seus ombros tremeram, mas a mão estava firme enquanto ele gravava no osso da canela uma única palavra: Isabelle.

A essa altura, Isabelle tinha partido havia muito tempo. Voltara ao seu quarto por alguns minutos e tornara a sair, usando a escada dos fundos que dava para a cozinha. Lá, dera um abraço estranho, apertado, na Missus, o que não era do seu feitio, e depois tinha saído pela porta lateral e atravessado rapidamente a horta na direção do portão do jardim, que ficava num muro de pedra. A vista da Missus tinha-se deteriorado muito, mas ela desenvolvera a habilidade de avaliar os movimentos das pessoas através de vibrações no ar, e teve a impressão de que Isabelle hesitara, por um breve momento, antes de fechar o portão do jardim atrás de si.

Quando ficou claro para George Angelfield que Isabelle tinha partido, ele entrou na biblioteca e trancou a porta. Recusou comida e visitas. Só havia o vigário e o médico para visitá-lo agora, e ambos foram enxotados. "Diga ao seu Deus que ele pode ir para o inferno!" e "Deixe um animal ferido morrer em paz!" foi, respectivamente, a recepção que tiveram.

Alguns dias depois eles voltaram e mandaram o jardineiro arrombar a porta. George Angelfield estava morto. Um breve exame foi o suficiente para estabelecer que o homem tinha morrido de septicemia, causada pelo anel de cabelo humano que estava profundamente enterrado na carne do seu dedo anular.

Charlie não morreu, embora não entendesse por quê. Vagava pela casa. Deixou uma trilha de passos na poeira e a seguia todos os dias, começando no segundo andar e indo até embaixo. Quartos no sótão que não eram usados havia anos, quartos de empregados, salas de estar, o escritório, a biblioteca, a sala de música, a sala de visitas, a cozinha. Era uma busca incansável, interminável, inútil. À noite, perambulava pela propriedade, as pernas empurrando-o incansavelmente para a frente, para a frente, para a frente. O tempo todo mexia na agulha da Missus, que estava em seu bolso. Seus dedos tinham as pontas todas ensangüentadas, cobertas de feridas. Tinha saudade de Isabelle.

Charlie viveu assim durante setembro, outubro, novembro, dezembro, janeiro e fevereiro, e no começo de março Isabelle voltou.

Charlie estava na cozinha, seguindo seus passos, quando ouviu o som de cascos e rodas se aproximando da casa. Fechando a cara, foi até a janela. Não queria visitas.

Uma figura familiar desceu da carruagem, e seu coração parou.

Num segundo ele estava na porta, nos degraus, ao lado da carruagem, e *Isabelle estava lá.*

Ficou olhando para a irmã de olhos arregalados.

Isabelle riu.

— Toma — disse ela —, pega isto aqui. — E entregou-lhe um volume pesado embrulhado em pano. Isabelle tirou algo do fundo da carruagem. — E isto. — Ele o colocou obedientemente debaixo do braço. — Agora, o que mais quero no mundo é uma dose bem grande de conhaque.

Estarrecido, Charlie seguiu Isabelle para dentro de casa até o escritório. Ela foi direto para o armário de bebidas e tirou copos e garrafas. Despejou uma dose generosa num copo e bebeu de um só gole, mostrando a brancura de seu pescoço, depois tornou a encher o copo e um outro copo, que estendeu para o irmão. Ele estava parado, paralisado e mudo, segurando os dois volumes. O riso de Isabelle tornou a ressoar em seus ouvidos, e foi como estar perto demais de um enorme sino de igreja. A cabeça dele começou a girar e seus olhos encheram-se de lágrimas.

— Coloque-as ali — disse Isabelle. — Vamos fazer um brinde. — Charlie pegou o copo e sentiu o perfume da bebida. — Ao futuro! — Ele tomou o conhaque de um só gole e tossiu ao sentir a bebida queimando na garganta. — Você não as viu, não é?

Ele franziu a testa.

— Olhe. — Isabelle virou-se para os volumes que o irmão tinha colocado sobre a escrivaninha, puxou o pano e deu um passo atrás para ele ver. Vagarosamente, Charlie virou a cabeça e olhou. Os volumes eram bebês. Dois bebês. Gêmeos. Ele piscou os olhos. Sabia que ela estava esperando uma reação, mas não soube o que dizer ou fazer. — Charlie, pelo amor de Deus, *acorde!* — E a irmã segurou as mãos dele e arrastou-o numa dança doida pela sala. Ela o fez girar e girar, até a tontura clarear sua cabeça, e quando pararam, ela segurou o rosto do irmão e disse: — Roland está morto, Charlie. Somos eu e você agora. Está entendendo?

Ele balançou afirmativamente a cabeça.

— Ótimo. Agora, onde está papai?

Quando ele contou à irmã, ela ficou histérica. A Missus, que ouvira os gritos agudos da cozinha, colocou-a na cama em seu velho quarto e, quando Isabelle finalmente se aquietou, perguntou:

— Esses bebês, como se chamam?

— March — respondeu Isabelle.

Mas a Missus sabia disso. Tinha sabido do casamento meses antes e tinha tido notícias do nascimento (ela não precisaria contar nos dedos os meses, mas contou assim mesmo e apertou os lábios). Soube da morte de Roland de pneumonia havia poucas semanas; soube que o Sr. e a Sra. March, devastados com a morte do único filho e horrorizados com a incrível inconseqüência da nora, tinham afastado Isabelle e suas filhas, desejando apenas chorar a sua perda.

— E quanto aos nomes de batismo?

— Adeline e Emmeline — respondeu Isabelle, sonolenta.

— E como você distingue uma da outra?

Mas a viúva-criança já estava dormindo. E, enquanto ela sonhava na velha cama, já esquecida da fuga e da morte do marido, o nome de solteira lhe fora devolvido. Quando acordou de manhã, foi como se o seu casamento jamais tivesse acontecido, e os bebês não fossem seus próprios filhos — não havia nenhum instinto maternal nela —, mas meros espíritos da casa.

Os bebês dormiram também. Na cozinha, a Missus e o jardineiro debruçaram-se sobre os rostinhos lisos e pálidos e conversaram em voz baixa.

— Quem é quem? — perguntou ele.

— Não sei.

De cada lado do velho berço, observaram os bebês. Dois conjuntos de cílios em forma de meias-luas, duas boquinhas contraídas, duas cabecinhas cobertas de penugem. Então um dos bebês abriu ligeiramente um olho. O jardineiro e a Missus prenderam a respiração. Mas o olho tornou a fechar-se, e o bebê voltou a dormir.

— Essa pode ser Adeline — murmurou a Missus. Tirou da gaveta um pano de prato listrado e o cortou em tiras. Trançou as tiras, amarrando a vermelha em volta do pulso do bebê que tinha aberto o olho e a branca em volta do outro.

Governanta e jardineiro, cada um com uma das mãos pousada no berço, ficaram observando, até que a Missus virou o rosto terno e contente para o jardineiro e tornou a falar.

— Dois bebês. Honestamente, John. Na nossa idade!

Quando ele ergueu os olhos dos bebês, viu as lágrimas que cobriam seus olhos castanhos, redondos.

Ele estendeu a mão calosa na direção dela. Ela limpou os olhos e, sorrindo, pôs sua mão pequena e gorda na dele. Ele sentiu a umidade das lágrimas dela contra os dedos.

Por baixo do arco formado pelas duas mãos juntas, por baixo da linha trêmula de seus olhares, os bebês estavam sonhando.

Já era bem tarde quando terminei de transcrever a história de Isabelle e Charlie. O céu estava escuro e a casa estava adormecida. A tarde inteira e parte da noite, fiquei debruçada sobre a escrivaninha, com a história sendo recontada em meus ouvidos enquanto o lápis redigia, linha após linha, obedecendo a esse ditado. Minhas páginas estavam cobertas de letras: o fluxo de palavras da Sra. Winter. De vez em quando, minha mão movia-se para a esquerda, e eu fazia uma anotação na margem esquerda, quando um tom de voz ou um gesto pareciam fazer parte da própria narrativa.

Afastei a última folha de papel, larguei o lápis e exercitei os dedos doloridos. A voz da Sra. Winter tinha invocado um outro mundo, ressuscitando os mortos para mim, e eu não tinha enxergado mais nada exceto o espetáculo de marionetes que suas palavras tinham encenado. Mas quando sua voz se calou na minha cabeça, sua imagem permaneceu, e lembrei-me do gato cizento que tinha aparecido, como por um passe de mágica, no seu colo. Silenciosamente, ele tinha ficado ali sentado, acariciado por ela, olhando fixamente para mim com os olhos redondos e amarelos. Se viu os meus fantasmas, se viu os meus segredos, não pareceu nem um pouco perturbado, apenas piscou os olhos e continuou a olhar para mim com uma expressão de indiferença.

— Qual é o nome dele? — perguntei.

— Sombra — respondeu ela distraidamente.

Finalmente na cama, apaguei a luz e fechei os olhos. Ainda sentia o lugar no meu dedo onde o lápis tinha deixado um sulco na pele. No ombro direito, um nó causado pelo esforço de escrever ainda não estava preparado para desfazer-se. Embora estivesse escuro, e embora meus olhos estivessem fechados, tudo o que eu conseguia ver era uma pilha de papéis, linhas escritas com minha própria caligrafia e largas margens. A margem da direita atraiu minha atenção. Sem marcas, intocada, ela brilhava em sua brancura, fazendo meus olhos arderem. Era a coluna que eu tinha reservado para os meus comentários, notas e perguntas.

No escuro, meus dedos fecharam-se em volta de um lápis fantasma e tremeram em resposta às perguntas que penetravam o meu estado de sonolência. Pensei na tatuagem secreta que Charlie tinha dentro do corpo, o nome da irmã gravado no osso. Quanto tempo aquela inscrição teria durado? Um osso vivo consegue cicatrizar? Ou a marca ficou com ele até a morte? No caixão, debaixo da terra, enquanto a carne apodrecia, será que o nome de Isabelle foi revelado às trevas? Roland March, o marido morto, logo esquecido... Isabelle e Charlie. Charlie e Isabelle. Quem era o pai das gêmeas? E, por trás desses pensamentos, surgiu a cicatriz na palma da mão da Sra. Winter. A letra Q de questão gravada a fogo na carne.

Quando em meu sono comecei a escrever minhas indagações, a margem pareceu expandir-se. O papel iluminou-se e vibrou. Inchando, ele me engoliu, até eu perceber com um misto de trepidação e encantamento que eu estava presa na textura do papel, engastada no branco interior da história. Leve, vaguei a noite toda pela história da Sra. Winter, delineando sua paisagem, medindo os seus contornos, andando na ponta dos pés em suas margens, examinando os mistérios além de suas fronteiras.

Jardins

Acordei cedo. Cedo demais. O fragmento monótono de uma melodia arranhava-me o cérebro. Com mais de uma hora para esperar antes que Judith batesse na porta com o café, preparei uma xícara de chocolate, que tomei pelando, e saí.

O jardim da Sra. Winter parecia um quebra-cabeça. O tamanho dele, para começar, era assustador. O que à primeira vista eu tinha pensado ser o limite do jardim — a sebe de teixo do outro lado dos canteiros — era apenas uma espécie de muro interno que dividia uma parte do jardim da outra. E era cheio de divisões como essa. Havia sebes de espinheiro, alfena e faia, muros de pedra cobertos de hera, clemates de inverno e as hastes nuas de trepadeiras de rosas, e sebes bem aparadas ou tecidas em salgueiro.

Seguindo os caminhos, passei de uma seção a outra, mas não consegui perceber o desenho. Sebes que pareciam sólidas vistas de frente, às vezes revelavam uma passagem diagonal quando olhadas obliquamente. Era fácil entrar num bosque e quase impossível sair dele. Fontes e estátuas que eu achava que tinha deixado bem para trás tornavam a aparecer. Levei um bom tempo parada, olhando em volta, perplexa, sacudindo a cabeça. A natureza tinha formado um labirinto e estava tentando me prender.

Virando uma esquina, encontrei o homem barbado, reticente, que tinha ido me apanhar na estação.

— Maurice é como me chamam — disse ele, apresentando-se contra a vontade.

— Como o senhor consegue não se perder? — perguntei. — Tem algum truque?

— Só o tempo — disse ele, sem erguer os olhos do que estava fazendo. Estava ajoelhado numa área de solo revolvido, nivelando-o e apertando a terra em volta das raízes das plantas.

Maurice, dava para ver, não estava satisfeito com a minha presença no jardim. Não me importei, pois eu mesma tenho uma natureza solitária. Depois disso passei a fazer questão, sempre que o via, de dirigir-me para o lado oposto, e acho que ele compartilhava minha discrição, porque uma ou duas vezes, percebendo um movimento com o canto dos olhos, eu me virava e via Maurice recuando ou mudando subitamente de rumo. Assim, conseguimos deixar em paz um ao outro. Havia muito espaço para nos evitarmos sem nenhum constrangimento.

Mais tarde, nesse mesmo dia, juntei-me à Sra. Winter, e ela me contou mais sobre os moradores de Angelfield.

O nome da Missus era Sra. Dunne, mas para as crianças da família ela sempre fora a Missus e parecia que sempre tinha estado ali na casa. Era uma raridade: a criadagem ia e vinha depressa em Angelfield, e, como as partidas eram mais freqüentes do que as chegadas, chegou o dia em que ela se tornou a única criada que restou. Tecnicamente a governanta, na realidade fazia tudo. Areava panelas e acendia o fogo como uma auxiliar de arrumadeira; na hora de fazer comida, era cozinheira; na hora de servir, era o mordomo. Mas quando as gêmeas nasceram, ela estava ficando velha. Ouvia mal, enxergava pior ainda e, embora não gostasse de admitir, não conseguia dar conta de muita coisa.

A Missus sabia como as crianças deviam ser educadas: refeições regulares, hora para dormir, hora para tomar banho. Isabelle e Charlie tinham crescido mimados e negligenciados ao mesmo tempo, e ela ficava com o coração partido ao ver o resultado disso. O fato de os irmãos ignorarem as gêmeas era a chance que a Missus tinha, assim esperava, de romper com esse padrão. Tinha um plano. Debaixo do nariz deles, no meio de todo aquele caos, iria criar duas meninas normais, comuns. Três refeições por dia, cama às seis, igreja aos domingos.

Mas foi mais difícil do que imaginava.

Para começar, havia as brigas. Adeline voava para cima da irmã, dando socos e pontapés, puxando o cabelo dela e acertando-a onde pudesse. Corria atrás da irmã com pedaços de carvão em brasa nos tenazes da lareira e, quando a alcançava, queimava-lhe o cabelo. A Missus não sabia o que a preocupava mais: se a agressão persistente e implacável de Adeline ou a aceitação constante, sem revide, de Emmeline. Pois Emmeline, embora implorando à irmã que parasse de atormentá-la, nunca revidou. Em vez disso, baixava passivamente a cabeça e esperava pelos golpes que lhe choviam sobre os ombros e as costas. A Missus nunca vira Emmeline erguer a mão contra Adeline. Ela concentrava a bondade de duas crianças, e Adeline, a maldade de duas. De certa forma, pensava a Missus, isso fazia sentido.

E havia também o problema da comida. Na hora das refeições, quase sempre as crianças simplesmente não eram encontradas. Emmeline adorava comer, mas seu amor pela comida nunca se traduziu numa disciplina de horário. Sua fome não podia ser saciada com três refeições por dia; era uma coisa inconstante, voraz. Dez, vinte, cinqüenta vezes por dia, batia, exigindo urgentemente comida, e, depois de satisfeita com alguns bocados de alguma coisa, desaparecia, e comida voltava a ser algo irrelevante. A robustez de Emmeline era mantida por seu bolso sempre cheio de pão e passas, uma ceia portátil de que se servia sempre que queria e onde quer que estivesse. Ela só se aproximava da mesa para reabastecer os bolsos e em seguida ia deitar-se perto do fogo ou em algum lugar ao ar livre.

Sua irmã era bem diferente. Adeline parecia um pedaço de arame com nós formando os joelhos e os cotovelos. Seu combustível não era o mesmo dos outros mortais. Refeições não eram para ela. Ninguém jamais a via comer: como a roda em eterno movimento, ela era um circuito fechado, funcionando com a energia fornecida por alguma fonte interna milagrosa. Mas a roda que gira eternamente é um mito, e quando a Missus notava de manhã um prato vazio onde na noite anterior havia uma fatia de pernil, ou um pão de fôrma sem um pedaço, adivinhava logo onde eles tinham ido parar e suspirava. Por que suas meninas não podiam comer um prato de comida como crianças normais?

Talvez ela tivesse se saído melhor se fosse mais jovem. Ou se fosse só uma menina e não duas. Mas o sangue Angelfield carregava um código que nenhuma quantidade de mamadeira e rotina severa podia reescrever. Ela não queria enxergar isso; tentou não enxergar por muito tempo, mas no fim compreendeu. As gêmeas eram esquisitas, não havia como negar. Eram totalmente diferentes, até o fundo do coração.

O modo de falar, por exemplo. Ela as via pela janela da cozinha, um par de silhuetas borradas cujas bocas pareciam estar se movendo a mil por hora. Quando se aproximavam da casa, captava fragmentos daquele zumbido. E então as irmãs entravam. Silêncio. "Falem!" Ela estava sempre dizendo a elas. Mas a Missus estava ficando surda, e as duas eram tímidas; sua conversa era só para elas, não para os outros. "Não seja tolo", dissera a John quando este comentou que as meninas não sabiam falar direito. "Não há como interrompê-las depois que começam."

Um dia, durante o inverno, ela finalmente entendeu. As duas meninas estavam dentro de casa; Adeline tinha sido induzida por Emmeline a ficar num lugar quente, ao lado do fogo, fora da chuva. Normalmente a Missus vivia envolta numa espécie de nevoeiro; nesse dia, fora abençoada por uma melhora inesperada da visão, por uma nitidez de audição e, quando passou pela porta da sala de visitas, ouviu um barulho e parou. Sons voavam de um lado para o outro entre elas, como bolas de tênis numa partida; sons que as faziam sorrir, gargalhar ou lançar olhares maliciosos uma para a outra. Suas vozes erguiam-se em guinchos e baixavam em sussurros. De longe, você imaginaria o matraquear alegre e animado de crianças normais. Mas ela teve um choque. Era uma língua que ela nunca tinha ouvido. Não era inglês, nem mesmo o francês a que se acostumara quando a Mathilde de George estava viva e que Charlie ainda usava com Isabelle. John tinha razão. Elas não falavam direito.

O choque da descoberta deixou-a paralisada ali na porta. E, como às vezes acontece, uma revelação abriu a porta para outra. O relógio da lareira soou e, como sempre, o mecanismo sob o vidro fez um passarinho sair da gaiola para acionar um circuito mecânico antes de entrar na gaiola pelo outro lado. Assim que as meninas ouviram a primeira badalada, olharam para o relógio. Dois pares de olhos verdes observaram, sem piscar, o pássaro percorrer o interior da redoma, asas para cima, asas para baixo, asas para cima, asas para baixo.

Não havia nada de particularmente frio, de particularmente desumano no olhar delas. Era só o modo como as crianças contemplam objetos inanimados que se movem. Mas isso deixou a Missus gelada. Pois era exatamente assim que elas olhavam para ela, quando ela ralhava, repreendia ou advertia.

Não percebem que estou viva, pensou. Acham que ninguém mais está vivo além delas.

É um tributo à sua bondade que ela não as tenha achado monstruosas. Em vez disso, sentiu pena.

Como elas deviam ser solitárias. Muito solitárias.

E afastou-se arrastando os pés.

Desse dia em diante a Missus reviu suas expectativas. Refeições e banhos regulares, igreja aos domingos, duas crianças simpáticas, normais: todos esses sonhos saíram pela janela. Ela só tinha uma tarefa agora. Garantir a segurança das meninas.

Revirando isso tudo na cabeça, achou que entendera a razão. Gêmeas, sempre juntas, sempre duas. Se era normal no mundo delas que fossem duas, o que achariam das outras pessoas, que não viam em pares, mas sozinhas? Devemos parecer metades, raciocinou a Missus. E recordou uma palavra, que na época tinha achado estranha, que significava que as pessoas tinham perdido partes de si mesmas. Amputados. É isso que somos para elas. Amputados.

Normais? Não. As meninas não eram e nunca seriam normais. Mas, tranqüilizou a si mesma, do jeito como as coisas eram, pelo fato de serem gêmeas, talvez a esquisitice delas fosse *natural*.

É claro que todos os amputados desejam muito ser gêmeos. Pessoas comuns, que não são gêmeas, buscam sua alma gêmea, arranjam amantes, casam-se. Atormentadas por sua incompletude, anseiam fazer parte de um par. A Missus não era diferente de ninguém nesse sentido. E tinha a sua outra metade: John Cavador.

Não eram um casal no sentido tradicional; não eram casados; nem sequer eram amantes. Doze ou 15 anos mais velha, ela por pouco, não tinha idade para ser sua mãe, mas era mais velha do que ele desejaria para uma esposa. Quando se conheceram, ela estava numa idade em que não esperava mais se casar. Enquanto ele, um homem na flor da idade, esperava casar-se, mas por algum motivo nunca se casou. Além disso, depois que começara a trabalhar com a Missus, a tomar chá com ela todas as manhãs e a sentar-se na cozinha para comer sua comida todas as tardes, perdeu o hábito de buscar a companhia de mulheres jovens. Com um pouco mais de imaginação, talvez eles tivessem ultrapassado os limites das próprias expectativas; talvez tivessem reconhecido seus verdadeiros sentimentos: amor do tipo mais profundo e respeitoso. Em outra época, outra cultura, talvez ele a tivesse pedido em casamento e ela tivesse aceitado. Pelo menos, podemos imaginar que numa sexta-feira à noite depois de comer seu peixe com purê de batata, sua torta de maçã, ele pudesse ter tomado a mão dela — ou ela a dele — e pudessem ter ido num silêncio envergonhado para a cama dele ou a dela. Mas essa idéia nunca lhes passara pela cabeça. Então eles se tornaram amigos, como costuma ocorrer com velhos casais, e desfrutavam a terna lealdade que aguarda os sortudos do outro lado da paixão, sem nunca ter vivido a paixão propriamente dita.

O nome dele era John-the-dig (John Cavador), John Digence para aqueles que não o conheciam. Como nunca foi muito bom em escrever, depois que saiu da escola (e não passou muito tempo lá), passou a omitir as últimas letras do sobrenome para ganhar tempo. As primeiras três letras pareciam mais do que adequadas: elas não diziam quem ele era, o que fazia, mais sucintamente, com mais precisão até do que o seu nome todo? Então passou a assinar-se John Dig, e para as crianças tornou-se John-the-dig (John Cavador).

Era um homem colorido. Olhos azuis como pedacinhos de vidro iluminados pelo sol. Cabelo branco que crescia reto no alto da cabeça, como plantas em busca do sol. E bochechas que ficavam vermelhas do esforço quando estava cavando. Ninguém cavava como ele. Tinha um jeito especial de fazer jardinagem, de acordo com as fases da lua: plantava quando a lua estava crescente, medindo o tempo pelos seus ciclos. De noite, se debruçava sobre tabelas de números, calculando a melhor época para tudo. Seu bisavô já praticava jardinagem assim, e também seu avô e seu pai. Eles conservaram esse saber.

Os homens da família de John Cavador sempre trabalharam como jardineiros em Angelfield. Nos velhos tempos, quando a casa tinha um jardineiro-chefe e sete ajudantes, seu bisavô tinha arrancado uma cerca viva de debaixo de uma janela e, para não desperdiçar, tinha tirado centenas de mudas de poucos centímetros de comprimento. Cultivou-as num canteiro-estufa e, quando alcançaram trinta centímetros, plantou-as no jardim. Podou algumas, formando sebes baixas com cantos agudos, outras ele deixou crescer à vontade e, quando estavam suficientemente grandes, transformou-as em esferas com a tesoura. Algumas, percebeu, queriam ser pirâmides, cones, cartolas. Para dar forma à matéria-prima verde, esse homem de mãos grandes e ásperas aprendeu a ter a delicadeza e a paciência de um rendeiro. Não criou nenhum animal, nenhuma figura humana. Para ele, não serviam os pavões, leões, homens de bicicleta em tamanho real que você via em outros jardins. As formas que lhe agradavam eram estritamente geométricas ou estranhamente abstratas.

Nos seus últimos anos de vida, a topiaria era a única coisa que importava para ele. Estava sempre ansioso por terminar o resto do trabalho; tudo o que queria era ficar no "seu" jardim, passando as mãos pelas superfícies das formas que havia criado, enquanto imaginava o momento, cinqüenta, cem anos depois, em que seu jardim teria alcançado a maturidade.

Quando morreu, suas tesouras passaram para as mãos do filho e, décadas depois, para as do neto. Então, quando o neto morreu, foi John Cavador, que tinha terminado o período de aprendizagem num grande jardim a uns cinqüenta quilômetros de distância, quem voltou para casa para assumir o emprego que tinha que ser seu. Embora fosse apenas um ajudante de jardineiro, a topiaria tinha ficado sob sua responsabilidade desde o começo. Como poderia ser diferente? Ele pegava as tesouras, cujas alças de madeira gastas tinham a forma da mão do pai, e sentia os dedos encaixarem-se nas reentrâncias. Estava em casa.

Depois que George Angelfield perdeu a esposa e o número de empregados diminuiu drasticamente, John Cavador ficou. Jardineiros saíram e não foram substituídos. Enquanto ainda era um jovem, tornou-se, à revelia, jardineiro-chefe, embora fosse o único jardineiro. A carga de trabalho era enorme; seu patrão não tinha o menor interesse; trabalhava sem receber um agradecimento. Havia outros empregos, outros jardins. Teria conseguido qualquer emprego a que se candidatasse: bastava olhar para ele para ter confiança. Mas John Cavador nunca deixou Angelfield. Como poderia? Trabalhando na topiaria, guardando a tesoura no estojo de couro quando a luz começava a diminuir, ele não precisava pensar que as árvores que estava podando eram as mesmas árvores que seu bisavô tinha plantado, que as rotinas e movimentos do seu trabalho eram os mesmos que três gerações de sua família tinham realizado antes. Tudo isso estava tão internalizado que não era necessário pensar. Era algo garantido. Como suas árvores, ele estava enraizado em Angelfield.

Quais foram seus sentimentos naquele dia, quando entrou no seu jardim e o encontrou devastado? Enormes talhos dos lados dos teixos, expondo a madeira marrom de seus corações. As cabeças cabeludas decapitadas, seus topos esféricos caídos a seus pés. O equilíbrio perfeito das pirâmides perturbado, os cones golpeados, as cartolas retalhadas e abandonadas em frangalhos. Contemplou os galhos longos, ainda verdes, ainda frescos, espalhados pelo gramado. Seu lento murchar, seu ressecamento, sua morte ainda estavam por vir.

Perplexo, com um tremor que pareceu passar do coração para as pernas e para o chão sob seus pés, ele tentou entender o que tinha acontecido. Teria sido algum raio vindo do céu que havia escolhido o seu jardim para ser destruído? Mas que tempestade estranha é essa que cai em silêncio?

Não. Alguém tinha feito isso.

Virando uma esquina, encontrou a prova: abandonada na grama úmida de orvalho, com as lâminas boquiabertas, estava a sua enorme tesoura de jardim e, ao lado dela, o serrote.

Quando ele não apareceu para almoçar, a Missus, preocupada, foi procurá-lo. Chegando ao jardim, tapou a boca com a mão, horrorizada, e, segurando o avental, caminhou apressada.

Quando o encontrou, ela o ergueu do chão. Ele apoiou-se pesadamente na Missus, enquanto ela o conduzia com carinho até a cozinha e o fazia sentar-se numa cadeira. Ela preparou chá doce e quente, enquanto ele olhava fixamente para o espaço. Sem uma palavra, erguendo a xícara até seus lábios, ela foi derramando o líquido escaldante em sua boca. Finalmente, os olhos dele procuraram os dela, e quando ela viu a perplexidade que havia neles, não pôde conter as lágrimas.

— Ah, John! Eu sei. Eu sei.

As mãos dele agarraram os ombros dela e o tremor do seu corpo passou para o dela.

As gêmeas não apareceram naquela tarde, e a Missus não foi procurá-las. Quando elas chegaram à noite, John ainda estava em sua cadeira, pálido e transtornado. Ele se encolheu ao vê-las. Curiosos e indiferentes, seus olhos verdes passaram pelo rosto dele como tinham passado pelo relógio da sala de visitas.

Antes de colocar as gêmeas na cama, a Missus tratou dos cortes que elas tinham nas mãos, causados pela tesoura e pelo serrote.

— Não toquem nas coisas do barracão de John — resmungou ela. — São afiadas; vão machucar vocês. E então, sem esperar que elas lhe dessem atenção, exclamou: — Por que fizeram isso? Por quê? Vocês partiram o coração dele.

Sentiu o toque de uma mãozinha sobre a dela.

— Missus triste — disse a menina. Era Emmeline.

Espantada, a Missus piscou os olhos para livrar-se da névoa causada pelas lágrimas e olhou para ela.

A criança tornou a falar.

— John Cavador triste.

— Sim — murmurou a Missus. — Nós estamos tristes.

A menina sorriu. Foi um sorriso sem maldade. Sem culpa. Foi simplesmente um sorriso de satisfação por ter notado algo e identificado corretamente. Tinha visto lágrimas. Tinha ficado intrigada. Mas agora tinha encontrado a resposta para o enigma. Era tristeza.

A Missus fechou a porta e desceu. Não deixava de ser uma conquista. Era comunicação, e era o começo, talvez, de algo ainda maior. Seria possível que um dia a menina fosse capaz de *compreender*?

Ela abriu a porta da cozinha e entrou para reunir-se a John no seu desespero.

Nessa noite tive um sonho.

Caminhando pelo jardim da Sra. Winter, encontrei minha irmã.

Radiante, abriu suas enormes asas douradas, como para abraçar-me, e fui invadida de felicidade. Mas quando me aproximei, vi que seus olhos eram cegos e que ela não podia me ver. Então meu coração encheu-se de desespero.

Quando acordei, encolhi o corpo até passar a dor que me queimava o peito.

Merrily e o Carrinho de Bebê

A casa da Sra. Winter era tão isolada, e a vida de seus habitantes tão solitária, que fiquei surpresa, durante a primeira semana que passei lá, ao ouvir um veículo chegando à frente da casa. Espiando pela janela da biblioteca, vi a porta de um grande carro preto abrir-se e avistei de relance um homem alto, de cabelos escuros. Ele desapareceu na varanda, e ouvi o toque breve da campainha.

Tornei a vê-lo no dia seguinte. Eu estava no jardim, a cerca de três metros da varanda da frente, quando ouvi o ruído de pneus no cascalho. Fiquei imóvel, retirando-me para dentro de mim mesma. Para qualquer pessoa que se desse o trabalho de olhar, eu estava claramente visível, mas quando as pessoas não esperam ver nada, normalmente é isso o que elas vêem. O homem não me viu.

O rosto dele era sério. A linha pesada das sobrancelhas deixava os olhos na sombra, enquanto o resto do rosto destacava-se por sua imobilidade. Ele pegou a maleta dentro do carro, bateu a porta, subiu os degraus e tocou a campainha.

Ouvi a porta abrir-se. Nem ele nem Judith trocaram palavra, e ele desapareceu no interior da casa.

Mais tarde, naquele dia, a Sra. Winter contou-me a história de Merrily e o carrinho de bebê.

À medida que as gêmeas foram crescendo, passaram a explorar cada vez mais os arredores, e em pouco tempo conheciam todas as fazendas e todos os jardins da propriedade. Elas não tinham noção de fronteiras nem de propriedade; portanto, iam aonde queriam. Abriam portões e nem sempre os fechavam. Pulavam cercas quando estas lhes impediam a passagem. Empurravam portas de cozinha e, quando estas se abriam — normalmente se abriam, porque as pessoas não costumavam trancar portas em Angelfield —, elas entravam. Pegavam o que houvesse de gostoso para comer na despensa, dormiam por uma hora nas camas do segundo andar se estivessem cansadas, carregavam panelas e colheres para assustar os pássaros no campo.

As famílias locais ficaram aborrecidas com isso. Para cada acusação feita, havia sempre alguém que tinha visto as gêmeas em outro lugar bem distante; pelo menos, tinha visto uma delas ou achava que tinha visto. E então as velhas histórias de fantasmas começaram a ser lembradas. Nenhuma casa velha deixa de ter essas histórias; nenhuma casa velha está livre de fantasmas. E a própria magreza das meninas tinha algo de fantasmagórico. Havia algo *estranho* nelas, todo mundo concordava, e, fosse por causa das próprias meninas ou por alguma outra razão, as pessoas começaram a evitar se aproximar da velha casa, tanto os adultos quanto as crianças, com medo do que pudessem ver lá dentro.

Mas finalmente a inconveniência dessas incursões suplantou a emoção das histórias de fantasmas, e as mulheres ficaram zangadas. Em várias ocasiões, elas as pegaram em flagrante e gritaram. A raiva lhes deformava o rosto, e suas bocas abriam e fechavam tão depressa que as meninas riam. As mulheres não entendiam por que as meninas estavam rindo. Não sabiam que era a rapidez e a confusão das palavras derramando-se de suas bocas que haviam intrigado as gêmeas. Achavam que era pura maldade e gritavam ainda mais. Durante algum tempo, as gêmeas ficavam paradas assistindo ao espetáculo da ira das aldeãs, depois davam as costas e iam embora.

Quando os maridos voltavam do campo, as mulheres reclamavam, diziam que era preciso tomar alguma providência, e os homens respondiam:

— Vocês estão esquecendo que elas são as crianças da casa grande.

E as mulheres retrucavam:

— Casa grande ou não, crianças não deviam ter permissão para andar soltas por aí como essas duas. Não está certo. É preciso fazer alguma coisa.

E os homens baixavam os olhos sobre os pratos de batata com carne, sacudiam a cabeça e não tomavam nenhuma providência.

Até o incidente com o carrinho de bebê.

Havia uma mulher na aldeia chamada Mary Jameson. Era a esposa de Fred Jameson, um dos trabalhadores da fazenda, e vivia com o marido e os pais dele num dos chalés. Eram recém-casados, e antes do casamento a mulher se chamava Mary Leigh, o que explica o nome que as gêmeas inventaram para ela em sua própria língua: elas a chamavam de Merrily, e este era um bom nome para ela. Às vezes ela ia ao encontro do marido e eles se sentavam sob uma sebe no fim do dia, enquanto ele fumava um cigarro. Era um homem alto e moreno com pés grandes e que costumava abraçá-la pela cintura, fazer-lhe cócegas e soprar a frente do vestido dela para fazê-la rir. Ela tentava não rir para implicar com ele, mas ficava mesmo com vontade de rir e sempre acabava rindo.

Ela seria uma mulher feiosa se não fosse por aquela risada. Seu cabelo tinha uma cor suja, era escuro demais para ser louro, o queixo era grande e os olhos, pequenos. Mas tinha aquela risada, e o som era tão bonito que, quando você a ouvia, era como se os olhos a enxergassem através dos ouvidos, e ela se transformava. Seus olhos desapareciam completamente sob as bochechas de lua cheia e, de repente, na ausência deles, você notava a boca. Cheia, lábios cor de cereja, dentes brancos e perfeitos — ninguém em Angelfield tinha dentes que se comparassem aos dela — e uma lingüinha cor-de-rosa igual à de um gatinho. E o som. Aquela melodia linda, cascateante, interminável, que lhe saía da garganta como uma fonte brotando de um rio subterrâneo. Era o som da alegria. Ele casou-se com ela por causa disso. E, quando ela ria, a voz dele se aveludava, e ele encostava os lábios em seu pescoço e ficava repetindo o seu nome, Mary, Mary. E a vibração da voz dele em sua pele fazia cócegas, e ela ria, ria, ria.

Bem, durante o inverno, enquanto as gêmeas ficavam limitadas aos jardins e ao parque, Merrily teve um bebê. Nos primeiros dias quentes de primavera ela podia ser vista no jardim, pendurando roupinhas na corda. Atrás dela havia um carrinho de bebê preto. Deus sabe de onde ele tinha vindo; uma moça de aldeia não costumava ter esse tipo de coisa; sem dúvida, era algo de segunda ou terceira mão, que a família tinha comprado bem barato (embora, sem dúvida, parecesse muito caro) para marcar a importância de um primeiro filho e neto. De todo modo, enquanto Merrily se curvava para apanhar mais uma blusinha, mais um casaquinho, e os pendurava na corda, ela cantava, como um dos passarinhos que também estava cantando, e sua canção parecia destinar-se ao lindo carrinho preto de bebê. Suas rodas eram altas e prateadas, portanto, embora o carrinho fosse grande, preto e arredondado, a impressão era de velocidade e leveza.

O jardim dava para os campos nos fundos; uma sebe dividia os dois espaços. Merrily não sabia que por trás da sebe dois pares de olhos verdes estavam fixos no carrinho.

Bebês produzem um monte de roupa para lavar, e Merrily era uma mãe dedicada e trabalhadeira. Todo dia ela estava lá no jardim, pendurando e recolhendo roupa. Pela janela da cozinha, enquanto lavava fraldas e roupinhas na pia, ficava de olho no lindo carrinho sob o sol. Parecia que a cada cinco minutos ela dava um pulinho do lado de fora para ajeitar a capota, acrescentar mais um cobertor ou simplesmente cantar.

Merrily não era a única pessoa devotada ao carrinho. Emmeline e Adeline estavam fascinadas.

Um dia, Merrily saiu de debaixo da varanda dos fundos com uma cesta de roupa lavada no braço, e o carrinho não estava lá. Ela estacou abruptamente. Abriu a boca e pôs as mãos no rosto; a cesta caiu no canteiro, derramando golas e meias sobre as flores. Merrily não olhou nem uma vez na direção da cerca e dos arbustos. Virou a cabeça para a direita e para a esquerda, como se não conseguisse acreditar nos próprios olhos, esquerda e direita, esquerda e direita, esquerda e direita, com o pânico crescendo dentro dela, e, no fim, soltou um grito agudo que subiu na direção do céu azul como se pudesse parti-lo ao meio.

O Sr. Griffin ergueu os olhos da sua horta e foi até a cerca, três casas adiante. Na casa ao lado, Granny Stokes franziu a testa para a pia da cozinha e saiu para a varanda. Perplexos, olharam para Merrily, imaginando se a risonha vizinha seria realmente capaz de emitir um som como aquele, e ela olhou de volta para eles, desesperada, atônita, como se seu grito tivesse esgotado todo o estoque de palavras. Por fim, disse:

— Meu bebê sumiu.

E assim que as palavras foram pronunciadas, eles se puseram em ação. O Sr. Griffin saltou três cercas num segundo, tomou Merrily pelo braço e conduziu-a para a frente da casa, dizendo:

— Sumiu? Para onde ele foi?

Granny Stokes desapareceu da varanda dos fundos, e um segundo depois sua voz flutuou no ar vindo do jardim da frente, pedindo ajuda.

E então o burburinho foi crescendo:

— O que foi? O que aconteceu?

— Levado! Do jardim! No carrinho!

— Vocês dois vão por aqui; os outros, por ali.

— Alguém vai chamar o marido dela!

Todo o barulho, toda a comoção na frente da casa.

Nos fundos estava tudo quieto. A roupa lavada de Merrily espalhava-se sob o sol, a pá do Sr. Griffin descansava tranqüilamente no solo bem-revolvido, Emmeline acariciava os raios prateados das rodas num êxtase cego e silencioso, e Adeline chutava-a para tirá-la do caminho de modo que a coisa pudesse movimentar-se.

Elas tinham um nome para ele. Era o vum.

Arrastaram o carrinho pelos fundos das casas. Era mais difícil do que tinham pensado. Para começar, o carrinho era mais pesado do que parecia e, além disso, elas o estavam empurrando num terreno muito irregular. O caminho era estreito e inclinado, o que deixava o carrinho um tanto torto. Poderiam ter posto as quatro rodas na parte lisa, mas a terra recém-revolvida estava mais macia ali, e as rodas afundavam. Pedacinhos de galho e espinhos ficavam presos nos raios da roda e dificultavam o movimento, e era um milagre que elas ainda estivessem avançando depois dos primeiros vinte metros. Mas elas estavam à vontade. Empurravam o carrinho com toda a força para levá-lo para casa, puseram toda a sua energia nisso e mal pareciam sentir o esforço. Para remover os espinhos das rodas, elas tiraram sangue dos dedos, mas continuaram mesmo assim. Emmeline ainda murmurando sua canção de amor para ele, acariciando-o disfarçadamente com os dedos, beijando-o.

Finalmente, chegaram ao fim da plantação e avistaram a casa. Mas em vez de se dirigirem a ela, viraram na direção das encostas do parque. Queriam brincar. Depois de empurrar o carrinho até o topo da encosta mais elevada com infatigável energia, colocaram-no em posição. Tiraram o bebê do carrinho e o colocaram no chão, e Adeline entrou no carrinho. Com o queixo nos joelhos, segurando-se dos lados, ela estava pálida. Quando fez um sinal com os olhos, Emmeline deu um empurrão no carrinho com toda a força.

Primeiro o carrinho foi devagar. O chão era irregular, e a inclinação, ali em cima, pequena. Mas depois ele ganhou velocidade. O carro preto desceu como um raio ao sol da tarde. Cada vez mais depressa, até que os raios das rodas tornaram-se um borrão e depois nem mesmo isso. A ladeira ficou mais íngreme, e as saliências do chão fizeram o carrinho sacudir de um lado para o outro e quase levantar vôo.

Um barulho encheu o ar.

— Aaaaaaaaaaaaa!

Adeline, gritando de prazer enquanto o carrinho voava pela encosta, sacudindo os seus ossos e chacoalhando os seus sentidos.

De repente ficou nítido o que iria acontecer.

Uma das rodas bateu numa pedra. Houve uma centelha quando o metal raspou na pedra, e o carrinho de repente precipitou-se não pela encosta, mas pelo ar, voando ao sol, com as rodas para cima. Desenhou uma curva serena contra o azul do céu, até o momento em que o chão ergueu-se violentamente para agarrá-lo, e ouviu-se o som repugnante de algo se quebrando. Depois que o eco do alegre grito de Adeline reverberou no céu, tudo ficou muito silencioso de repente.

Emmeline desceu a encosta correndo. A roda virada para o céu estava quebrada e pendurada; a outra ainda estava girando, vagarosamente, tendo perdido toda a sua pressa.

Um braço branco saía da cavidade esmagada do carrinho preto e estava pousado num ângulo estranho no chão cheio de pedras. A mão tinha manchas roxas de amora e arranhões de espinhos.

Emmeline ajoelhou-se. Dentro da cavidade destruída do carrinho, estava escuro.

Mas havia movimento. Um par de olhos verdes olhando para ela.

— Vum! — disse ela, e sorriu.

A brincadeira tinha acabado. Estava na hora de ir para casa.

Fora a história propriamente dita, a Sra. Winter falava pouco em nossos encontros. No início eu costumava dizer: "Como vai a senhora?" ao chegar na biblioteca, mas ela dizia apenas: "Doente. Como vai você?" com um tom mal-humorado, como se eu fosse uma idiota por estar fazendo essa pergunta. Nunca respondi à pergunta dela, e ela não esperava que eu respondesse, de modo que essas gentilezas logo terminaram. Eu entrava exatamente um minuto adiantada, tomava o meu lugar na cadeira do outro lado do fogo e tirava o caderno de dentro da bolsa. Em seguida, sem nenhum preâmbulo, ela retomava a história do ponto em que havia parado. O fim dessas sessões não era determinado pelo relógio. Às vezes a Sra. Winter falava até chegar numa pausa natural no fim de um episódio. Pronunciava as últimas palavras, e a suspensão da sua voz tinha uma terminalidade inconfundível. Seguia-se um silêncio tão óbvio quanto o espaço em branco no final de um capítulo. Eu fazia uma última anotação no caderno, fechava-o, juntava minhas coisas e saía. Outras vezes, ela emudecia inesperadamente no meio de uma cena, às vezes no meio de uma frase, e eu erguia os olhos e via seu rosto pálido retesado numa máscara de resignação. "Há algo que eu possa fazer?", perguntara da primeira vez que a vi assim. Mas ela apenas fechou os olhos e fez um sinal para eu sair.

Quando ela terminou de contar-me a história de Merrily e o carrinho de bebê, guardei o lápis e o caderno na bolsa. Levantando-me, disse:

— Vou ausentar-me por alguns dias.

— Não — disse ela com severidade.

— Mas eu preciso. Eu esperava ficar aqui apenas alguns dias, e já estou há mais de uma semana. Não trouxe o suficiente para uma estada prolongada.

— Maurice pode levá-la à cidade para comprar o que precisar.

— Preciso dos meus livros...

Ela fez um gesto na direção das estantes da biblioteca.

Sacudi a cabeça.

— Sinto muito, mas tenho mesmo de ir.

— Srta. Lea, você parece achar que temos todo o tempo do mundo. Talvez *você* tenha, mas lembre-se de que sou uma mulher ocupada. Não quero mais saber dessa conversa de você ir embora. Vamos parar com isso.

Mordi o lábio e por um momento me senti acuada. Mas reagi.

— A senhora se lembra do nosso acordo? Três coisas verdadeiras? Preciso verificar algumas coisas.

Ela hesitou.

— Você não acredita em mim?

— Três coisas verdadeiras que eu pudesse verificar — insisti, ignorando a pergunta. — A senhora me deu sua palavra.

Ela apertou os lábios, zangada, mas concordou.

— Você pode partir na segunda-feira. Três dias. Nada mais. Maurice a levará até a estação.

Eu estava no meio da história de Merrily e o carrinho de bebê quando alguém bateu à porta. Não estava na hora do jantar, então fiquei surpresa. Judith nunca havia interrompido o meu trabalho antes.

— A senhora pode vir até a sala de visitas? — perguntou ela. — O Dr. Clifton está lá. Ele gostaria de falar com a senhora.

Quando entrei na sala, o homem, que eu já vira na casa, levantou-se. Não sou muito boa em apertos de mão, então fiquei satisfeita quando ele pareceu decidir não me oferecer a dele, mas isso nos deixou sem saber como começar.

— A senhora é a biógrafa da Sra. Winter, não?

— Não tenho certeza.

— Não tem certeza?

— Se ela estiver me contando a verdade, então, sim, sou sua biógrafa. Do contrário, não passo de uma copista.

— Humm. — Ele fez uma pausa. — Isso importa?

— Para quem?

— Para a senhora.

Eu não sabia, mas sabia que a pergunta dele era impertinente, então não respondi.

— O senhor é o médico da Sra. Winter, suponho.

— Sou.

— Por que pediu para falar comigo?

— Na verdade, foi a Sra. Winter quem me pediu que falasse com a senhora. Ela quer que me certifique de que a senhora está perfeitamente ciente do estado de saúde dela.

— Entendo.

Com objetividade científica, começou a explicar. Disse-me em poucas palavras o nome da doença que a estava matando, os sintomas que tinha, a intensidade das dores, e as horas do dia em que ela era mais ou menos amenizada pelos remédios. Mencionou várias outras doenças que a Sra. Winter tinha, sérias o bastante para matá-la, só que a outra doença iria conseguir isso primeiro. E descreveu, até onde podia, a progressão provável da doença, a necessidade de racionar a dosagem do remédio para reservar um pouco para mais tarde, quando, conforme disse, ela iria realmente precisar.

— Quanto tempo? — perguntei, quando ele terminou sua explicação.

— Não sei dizer. Uma outra pessoa já teria morrido. A Sra. Winter é muito forte. E desde a sua chegada... — Ele parou, com o ar de alguém que sem querer se vê prestes a revelar um segredo.

— Desde a *minha* chegada...?

Ele olhou para mim e pareceu pensar, decidindo-se em seguida:

— Desde a sua chegada, ela parece estar um pouco melhor. Diz que são as propriedades anestésicas de contar histórias. — Eu não sabia bem como interpretar isso. Antes que pudesse refletir, o médico continuou: — Soube que está indo embora...

— Foi por isso que ela pediu que o senhor falasse comigo?

— Ela só quer que a senhora saiba que o tempo é uma questão primordial.

— O senhor pode dizer a ela que compreendo.

Terminada a entrevista, ele abriu a porta para mim e, quando passei por ele, tornou a falar, num sussurro inesperado:

— A décima terceira história...? Suponho que...

Em seu rosto até então impassível vislumbrei um traço de impaciência febril.

— Ela não disse nada sobre isso — disse eu. — Mas, mesmo que o tivesse feito, eu não teria liberdade para contar.

Seus olhos esfriaram e um tremor estendeu-se da boca até o canto do nariz.

— Passe bem, Srta. Lea.

— Passe bem, doutor.

Dr. e Sra. Maudsley

No último dia a Sra. Winter contou-me a respeito do Dr. e Sra. Maudsley.

Deixar portões abertos e entrar na casa dos outros era uma coisa, levar embora um bebê em seu carrinho era outra. O fato de que o bebê, quando foi achado, estivesse ileso não vinha ao caso. A situação estava fora de controle; era preciso fazer alguma coisa.

Os aldeões não se sentiram capazes de ir falar diretamente com Charlie sobre o assunto. Sabiam que as coisas eram estranhas na casa e tinham um certo medo de entrar lá. Se foi Charlie, Isabelle ou o fantasma quem os encorajou a manter distância é difícil dizer. Então eles procuraram o Dr. Maudsley. Este não era o médico cujo atraso pode ou não ter causado a morte da mãe de Isabelle durante o parto, mas um novo médico, que atendia à aldeia havia oito ou nove anos.

O Dr. Maudsley não era jovem; entretanto, embora já tivesse 40 e poucos anos, dava a impressão de juventude. Não era alto nem muito forte, mas tinha um ar de vitalidade, de vigor. Suas pernas eram compridas para o corpo, e ele costumava caminhar com grande rapidez, sem esforço aparente. Andava mais depressa do que qualquer um, estava acostumado a se ver conversando com o ar e, ao virar-se, via o companheiro correndo alguns metros atrás dele, ofegante do esforço de tentar acompanhá-lo. Essa energia física era acompanhada de uma grande animação mental. Dava para sentir o poder do seu cérebro ouvindo-lhe a voz, que era baixa mas rápida, com uma facilidade para encontrar as palavras certas para a pessoa certa no momento certo. Dava para ver isso em seus olhos: castanho-escuros e muito brilhantes, como olhos de pássaro, observadores, intensos, com sobrancelhas cerradas.

Maudsley tinha jeito para espalhar energia à sua volta — isso não é ruim para um médico. Seu passo na entrada, sua batida à porta, e seus pacientes já começavam a se sentir melhor. E, não menos importante, gostavam dele. Ele próprio já era um fortificante, era isso que as pessoas diziam. Fazia diferença para ele se seus pacientes viviam ou morriam, e quando viviam — o que quase sempre acontecia —, ele se importava com a qualidade de vida deles.

O Dr. Maudsley apreciava muito a atividade intelectual. A doença era-lhe uma espécie de enigma, e ele não conseguia descansar enquanto não o decifrasse. Os pacientes acostumaram-se a vê-lo aparecer em suas casas de manhã cedinho, depois de ter passado a noite refletindo sobre os sintomas, só para fazer mais uma pergunta. E uma vez que tivesse chegado a um diagnóstico, tinha de decidir-se sobre o tratamento. Consultava os livros, é claro, conhecia perfeitamente todos os tratamentos usuais, mas tinha uma mente peculiar, que estava sempre tentando enxergar algo simples como uma garganta inflamada de um ângulo diferente, que estava constantemente buscando um pequeno fragmento de conhecimento que lhe permitisse não só se livrar da garganta inflamada, mas compreender o fenômeno da garganta inflamada sob uma perspectiva inteiramente nova. Cheio de energia, inteligente e amável, era um médico excepcionalmente bom e um homem com uma bondade acima da média. Embora, como todo homem, ele tivesse o seu ponto fraco.

A delegação de aldeões incluía o pai do bebê, o avô e o dono do pub, um sujeito com um ar cansado que não gostava de ficar de fora de nada. O Dr. Maudsley cumprimentou o trio e ouviu atentamente o relato feito por dois dos três homens. Eles começaram com os portões deixados abertos, prosseguiram com a história das panelas desaparecidas e após alguns minutos chegaram ao clímax da história: o rapto do bebê no carrinho.

— Elas estão crescendo como selvagens — concluiu o jovem Fred Jameson.

— Fora de controle — acrescentou o Fred Jameson mais velho.

— E o que o senhor diz? — perguntou o Dr. Maudsley ao terceiro homem. Wilfred Bonner, parado ali ao lado, tinha permanecido calado até então.

O Sr. Bonner tirou o chapéu e respirou fundo, com um barulho de assovio.

— Bem. Eu não sou médico, mas tenho a impressão de que as meninas não são muito *certas*. — Ele acompanhou as palavras com um olhar significativo, e então, para reforçar a mensagem, bateu com os nós dos dedos na cabeça calva, uma, duas, três vezes.

Os três homens olharam para os próprios sapatos com um ar grave.

— Deixem comigo — disse o médico. — Vou falar com a família.

E os homens foram embora. Tinham feito a sua parte. Agora estava nas mãos do médico, a autoridade da aldeia.

Embora tivesse dito que ia falar com a família, o que o médico fez mesmo foi falar com a esposa.

— Duvido que elas tenham tido a intenção de fazer uma maldade — disse ela quando ele terminou de contar a história. — Você sabe como são as meninas. É muito mais divertido brincar com um bebê do que com uma boneca. Elas não o machucariam. Mesmo assim, precisam saber que não podem fazer isso de novo. Pobre Mary. — E ergueu os olhos da costura, virando o rosto para o marido.

A Sra. Maudsley era uma mulher muito atraente. Tinha grandes olhos castanhos, com longos cílios que se curvavam à perfeição, e seu cabelo escuro sem nenhum fio grisalho era puxado para trás num estilo tão simples que só não enfearia uma beleza de verdade. Quando se movimentava, seu corpo tinha uma graça feminina, de formas arredondadas.

O médico sabia que a mulher era linda, mas estavam casados por tempo demais para que isso fizesse diferença para ele.

— Na aldeia eles acham que as meninas são retardadas.

— De jeito nenhum!

— Pelo menos, é o que Wilfred Bonner acha.

Ela sacudiu a cabeça, espantada.

— Ele tem medo delas porque são gêmeas. Pobre Wilfred. Isso não passa de superstição. Graças a Deus, a geração mais jovem é mais compreensiva.

O médico era um homem de ciência. Embora soubesse que, estatisticamente, era improvável que houvesse algum anormalidade mental nas gêmeas, não descartaria essa possibilidade sem antes vê-las. Mas não ficou surpreso pelo fato de sua esposa, cuja religião proibia que pensasse mal de quem quer que fosse, achar que aquilo não passava de um boato sem fundamento.

— Acho que você está certa — murmurou ele com um ar que demonstrava que tinha certeza de que ela estava errada. Ele tinha desistido de tentar fazê-la acreditar apenas no que era *verdadeiro*; ela havia sido criada no tipo de religião que não admitia nenhuma diferença entre o que era verdadeiro e o que era *bom*.

— Então, o que vai fazer? — perguntou ela.

— Vou visitar a família. Charles Angelfield é uma espécie de eremita, mas vai ter de me receber.

A Sra. Maudsley concordou com a cabeça, o que era a sua forma de discordar do marido, embora ele não o soubesse.

— E quanto à mãe? O que sabe dela?

— Muito pouco.

O médico continuou a refletir em silêncio, e a Sra. Maudsley continuou a costurar. Passados 15 minutos, o médico disse:

— Talvez você pudesse ir, Theodora. Seria mais fácil a mãe falar com uma mulher do que com um homem? O que acha?

Três dias depois, a Sra. Maudsley chegou à casa e bateu à porta da frente. Espantada por não receber resposta, franziu a testa — afinal, tinha mandado um bilhete dizendo que estava indo — e foi até os fundos. A porta da cozinha estava aberta, ela deu uma batidinha e entrou. Não havia ninguém.

A Sra. Maudsley olhou em volta. Três maçãs sobre a mesa, marrons e murchas, começando a apodrecer; um pano de prato preto ao lado de uma pia cheia de pratos sujos, e a janela tão imunda que lá de dentro mal dava para saber se era de dia ou de noite. Seu nariz branco e gracioso aspirou o ar. Isso bastou para ela ficar sabendo tudo o que precisava saber. Apertou os lábios, endireitou os ombros, segurou com força a alça de tartaruga da sua bolsa e partiu para a sua cruzada. Foi de sala em sala procurando por Isabelle, mas no caminho foi reparando na sujeira, na bagunça, no desleixo que imperava em toda parte.

A Missus cansava-se com facilidade, não suportava bem as escadas, e sua visão estava piorando. Freqüentemente, achava que tinha limpado coisas que não tinha, ou tinha a intenção de limpá-las e depois esquecia, e, para ser honesta, ela sabia que ninguém se importava. Portanto, concentrava-se em alimentar as meninas, que tinham sorte por ela conseguir fazer tanto. A casa estava suja, empoeirada, e quando um quadro entortava, ele ficava torto por uma década. Quando, um dia, Charlie não conseguiu encontrar a lixeira no seu escritório, simplesmente jogou o papel no chão no lugar onde a lixeira costumava ficar, e logo ocorreu-lhe que dava menos trabalho esvaziá-la uma vez por ano do que uma vez por semana.

A Sra. Maudsley não gostou nada do que viu. Franziu a testa para as cortinas semicerradas e suspirou diante da prata escurecida; sacudiu a cabeça espantada ao ver as panelas nas escadas e as pautas musicais espalhadas pelo chão do corredor. Na sala de visitas, inclinou-se automaticamente para pegar uma carta de baralho, o três de espadas, largada no chão, mas quando procurou o resto do baralho, ficou sem ação, tal era a desordem. Olhando impotente para a carta, notou a poeira que a cobria e, como era uma mulher arrumada, de luvas brancas, foi tomada pelo desejo de largá-la, mas onde? Por alguns segundos a ansiedade deixou-a paralisada, dividida entre o desejo de interromper o contato entre a luva imaculadamente limpa e a carta suja e pegajosa, além da desagradável sensação de largar a carta num lugar que não era o correto. No fim, com um perceptível sacudir de ombros, colocou-a no braço da poltrona de couro e saiu da sala, aliviada.

A biblioteca tinha melhor aspecto. Estava empoeirada, sem dúvida, e o tapete estava puído, mas os livros estavam no lugar, o que já era alguma coisa. Entretanto, mesmo na biblioteca, no instante em que estava se preparando para acreditar que ainda restava um resquício de ordem enterrado nesta família suja e caótica, deu com uma cama provisória. Encostada num canto escuro entre duas estantes, era feita apenas de um cobertor cheio de pulgas e um travesseiro imundo. A princípio, achou que fosse uma cama de gato. Depois, olhando melhor, viu um livro debaixo do travesseiro. Retirou-o: *Jane Eyre.*

Da biblioteca passou para a sala de música, onde encontrou a mesma desordem que tinha visto nos outros lugares. A mobília estava arrumada de forma estranha, como que para facilitar uma brincadeira de esconde-esconde. Uma *chaise longue* estava virada para a parede; uma cadeira estava semioculta por uma cômoda que tinha sido arrastada do seu lugar sob a janela — havia uma faixa larga de tapete atrás dela onde a poeira era menos espessa e a cor verde aparecia mais nitidamente. Sobre o piano, um vaso continha hastes escurecidas, secas, e em volta um círculo perfeito de pétalas murchas que pareciam cinzas. A Sra. Maudsley estendeu a mão e pegou uma; ela se desmanchou, deixando uma mancha amarelo-cinza entre os dedos da luva branca.

A Sra. Maudsley deixou-se cair sobre o banco do piano.

A mulher do médico não era uma mulher má. Estava suficientemente convencida da sua importância para acreditar que Deus observava tudo o que ela fazia e ouvia tudo o que dizia, e estava preocupada demais em arrancar o orgulho que tendia a sentir por sua própria santidade para notar qualquer outro defeito que pudesse ter. Era uma pessoa que fazia o bem, o que quer dizer que todo o mal que fazia era sem perceber.

O que estaria passando por sua cabeça ali, sentada naquele banco de piano, olhando para o espaço? Essas pessoas não conseguiam manter flores frescas em seus vasos. Não era de espantar que as filhas estivessem se comportando mal! A extensão do problema pareceu de repente ter sido revelada através das flores mortas, e foi de um jeito distraído, impensado, que tirou as luvas e estendeu os dedos sobre as teclas pretas e cinzentas do piano.

O som que ecoou na sala foi o mais dissonante, menos parecido com o de um piano do que se poderia imaginar. Isso se deu em parte porque o instrumento tinha sido negligenciado, sem ninguém para tocá-lo e sem afinação, durante anos. E também porque a vibração das cordas do piano foi acompanhada instantaneamente de outro barulho, igualmente não-melódico. Foi uma espécie de uivo, um guincho irritado, selvagem, como o de um gato que tivesse tido o rabo pisado.

A Sra. Maudsley foi arrancada do seu devaneio por ele. Ao ouvir o uivo, olhou incrédula para o piano e levantou-se, as mãos no rosto. Atônita, mal teve tempo para perceber que não estava sozinha.

Ali, erguendo-se da *chaise longue*, um pequena figura vestida de branco...

Pobre Sra. Maudsley.

Não teve tempo de perceber que a figura vestida de branco estava brandindo um violino, e que o violino estava descendo muito depressa e com grande força na direção da sua cabeça. Antes de se dar conta disso, o violino fez contato com o crânio, a escuridão a envolveu, e ela caiu, inconsciente, no chão.

Com os braços estendidos de qualquer jeito e seu lencinho branco ainda preso na correia do relógio, ela parecia não ter mais uma centelha de vida no corpo. Rolinhos de poeira que tinham subido do tapete quando ela caiu desciam suavemente sobre seu corpo.

Ficou ali deitada uma boa meia hora, até que a Missus, voltando da fazenda onde tinha ido buscar ovos, olhou por acaso pela porta e viu uma forma escura onde nunca tinha visto uma forma escura antes.

Não havia sinal de uma figura de branco.

Enquanto transcrevo de memória, a voz da Sra. Winter parece preencher o meu quarto com o mesmo grau de realismo com que preenchera a biblioteca. Ela tinha um jeito de falar que ficava gravado na minha memória e era tão confiável quanto um disco gravado. Mas nesse ponto, quando ela disse:

"Não havia sinal de uma figura de branco", ela havia feito uma pausa; portanto, eu também parei, com o lápis suspenso sobre a folha, enquanto pensava no que teria acontecido depois.

Eu estava mergulhada na história e por isso levei alguns instantes para tirar os olhos da figura estendida da mulher do médico da história para a própria contadora da história. Quando o fiz, fiquei chocada. A palidez normal da Sra. Winter tinha sido substituída por um tom feio amarelo-acinzentado, e seu corpo, sempre rígido, parecia estar se preparando para um ataque invisível. Havia um tremor ao redor da boca, e percebi que ela estava prestes a perder a batalha para manter os lábios numa linha firme e que uma careta reprimida estava quase vencendo a luta.

Levantei-me, alarmada, mas não tinha idéia do que devia fazer.

— Sra. Winter — exclamei desamparadamente —, o que foi?

— Meu lobo — achei tê-la ouvido dizer, mas o esforço de falar foi o suficiente para fazer seus lábios tremerem. Ela fechou os olhos, parecendo lutar para controlar a respiração. Quando eu estava a ponto de sair correndo para procurar Judith, a Sra. Winter recuperou o controle. Os movimentos do seu peito diminuíram, os tremores do rosto cessaram e embora ainda estivesse com uma palidez mortal, ela abriu os olhos e olhou para mim. — Melhor... — disse ela, com uma voz fraca.

Vagarosamente, voltei à minha cadeira.

— Achei que a senhora tivesse dito alguma coisa sobre um lobo — disse eu.

— Sim. A besta negra que rói os meus ossos sempre que tem chance. Ele espreita nos cantos e atrás das portas o tempo todo, porque tem medo deles. — Ela mostrou os comprimidos brancos na mesinha ao lado dela. — Mas eles não duram para sempre. É quase meio-dia, e eles já estão acabando. Ele está farejando o meu pescoço. Daqui a meia hora estará enfiando os dentes e as garras em mim. Até uma hora, quando posso tomar outro comprimido, ele vai ser obrigado a voltar para o seu canto. Estamos sempre de olho no relógio, ele e eu. Ele ataca cinco minutos mais cedo todo dia. Mas não posso tomar meus comprimidos cinco minutos mais cedo. Isso não muda.

— Mas com certeza o médico...

— É claro. Uma vez por semana, ou a cada dez dias, ele ajusta a dose. Só que nunca é o suficiente. Ele não quer ser o responsável pela minha morte, você sabe. Então, quando chegar a hora, o lobo é que vai acabar comigo.

Olhou para mim com naturalidade, e então cedeu:

— Os comprimidos estão aqui, veja. E o copo d'água. Se quisesse, eu mesma poderia pôr um fim nisso. Quando quisesse. Então não tenha pena de mim. Escolhi este jeito porque tenho coisas a fazer.

Concordei com a cabeça.

— Está bem.

— Então. Vamos continuar? Onde estávamos?

— Na esposa do médico. Na sala de música. Com o violino.

E continuamos a trabalhar.

Charlie não estava acostumado a lidar com problemas.

Ele *tinha* problemas. Um monte de problemas. Buracos no telhado, janelas quebradas, pombos infestando o sótão — mas os ignorava. Ou talvez estivesse tão afastado do mundo que simplesmente não os notava. Quando a infiltração agravava-se, ele simplesmente fechava um quarto e começava a usar outro. A casa era suficientemente grande, afinal. A gente fica pensando se, com o seu raciocínio lento, ele percebia que as outras pessoas cuidavam de suas casas. Mas a ruína era o seu elemento natural. Ele se sentia em casa com ela.

Ainda assim, a esposa de um médico aparentemente morta na sala de música era um problema que ele não podia ignorar. Se tivesse sido um de nós... Mas um *intruso*. Isso era outra coisa. Algo precisava ser feito, e ele ficou olhando, apavorado, para a esposa do médico, enquanto ela punha a mão na cabeça machucada e gemia. Ele podia ser estúpido, mas sabia o que isso significava. Ia acontecer uma calamidade.

A Missus mandou John Cavador chamar o médico, e este finalmente chegou. Por alguns instantes, pareceu que as previsões de desastre eram infundadas, pois descobriu-se que a esposa do médico não estava muito machucada, era apenas uma leve concussão. Ela recusou uma dose de conhaque, aceitou chá, e em pouco tempo estava em forma.

— Foi uma mulher — disse ela. — Uma mulher de branco.

— Bobagem — disse a Missus, ao mesmo tempo contemporizando e rejeitando. — Não há nenhuma mulher de branco na casa.

Lágrimas brilharam nos olhos castanhos da Sra. Maudsley, mas ela foi inflexível.

— Sim, uma mulher, pequena e magra, ali na *chaise longue*. Ela ouviu o piano, levantou-se...

— Você a viu bem? — perguntou o Dr. Maudsley.

— Não, foi só por um momento.

— Está vendo? Não pode ser — interrompeu-a a Missus, e, embora sua voz fosse compassiva, também era firme. — Não há nenhuma mulher de branco. A senhora deve ter visto um fantasma.

E então, pela primeira vez, ouviu-se a voz de John Cavador.

— Dizem que esta casa é mal-assombrada.

Por um momento, o grupo reunido olhou para o violino quebrado abandonado no chão e avaliou o galo que estava nascendo na têmpora da Sra. Maudsley, mas antes que alguém tivesse tempo para reagir à teoria, Isabelle apareceu na porta. Esbelta e graciosa, usava um vestido cor de limão; o cabelo estava despenteado, e os olhos, embora lindos, eram desvairados.

— Poderia ser esta a pessoa que você viu? — perguntou o médico à esposa.

A Sra. Maudsley comparou Isabelle à imagem que tinha na mente. Quantos tons separavam o branco do verde-claro? Qual era exatamente a fronteira entre delgada e esbelta? Como um golpe na cabeça afetaria a memória de uma pessoa? Ela hesitou; depois, contemplando os olhos cor de esmeralda e encontrando uma réplica exata em sua memória, decidiu-se.

— Sim. Foi ela.

A Missus e John Cavador evitaram olhar um para o outro.

A partir daquele momento, esquecendo-se da esposa, o médico voltou-se para Isabelle. Ele a examinou de perto, com gentileza, com um ar preocupado enquanto fazia uma pergunta atrás da outra. Quando ela se recusava a responder, ele ficava imperturbável, mas quando ela consentia em responder — por rodeios, impaciente, sem nenhuma lógica —, ele ouvia atentamente, balançando a cabeça enquanto tomava notas no seu bloco. Ao pegar-lhe o braço para medir o pulso, notou alarmado os cortes e as cicatrizes que marcavam a parte de dentro do seu antebraço.

— Ela mesma faz isto?

Com uma franqueza relutante, a Missus murmurou:

— Sim — e o médico apertou os lábios, com ar preocupado.

— Posso dar uma palavrinha com o senhor? — perguntou, virando-se para Charlie. Charlie olhou para ele sem entender, mas o médico pegou-o pelo cotovelo. — Na biblioteca, talvez? — e conduziu-o com firmeza para fora da sala.

Na sala de visitas, a Missus e a esposa do médico ficaram esperando, fingindo não estar prestando atenção aos sons que vinham da biblioteca. Houve um burburinho, não de vozes, mas de uma única voz, calma e controlada. Quando parou, nós ouvimos: "Não" e outra vez: "Não!", na voz exaltada de Charlie, e então de novo o tom baixo do médico. Eles ficaram algum tempo ausentes e ouvimos diversas vezes os protestos de Charlie antes que a porta fosse aberta e o médico aparecesse, sério e abalado. Atrás dele, ouviu-se um urro de desespero e impotência, mas o médico apenas estremeceu e fechou a porta.

— Vou providenciar tudo junto ao asilo — disse ele à Missus. — Deixe o transporte por minha conta. Duas horas está bem?

Atônita, ela concordou com a cabeça, e a esposa do médico levantou-se para partir.

Às duas horas três homens chegaram à casa e levaram Isabelle até uma carruagem fechada parada na entrada. Ela foi como um carneirinho, entrou obedientemente na carruagem e nem olhou para fora quando os cavalos partiram trotando vagarosamente na direção dos portões.

As gêmeas, indiferentes, estavam desenhando círculos no cascalho com o dedão do pé.

Charlie ficou parado na escada olhando para a carruagem que se afastava. Ele tinha o ar de uma criança cujo brinquedo favorito está sendo levado embora e que não consegue acreditar que isso está mesmo acontecendo.

Do hall, a Missus e John Cavador o observavam nervosos, esperando que ele percebesse realmente o que tinha acontecido.

O carro atravessou os portões e desapareceu. Charlie continuou a olhar para os portões abertos por alguns segundos. Então sua boca abriu. Um círculo largo, pulsante, que revelava a língua trêmula, a vermelhidão da garganta, fios de saliva numa cavidade escura. Hipnotizados, observamos, esperando pelo ruído tenebroso que ia sair daquela boca escancarada, mas o som não estava pronto para sair. Ele foi se formando durante longos segundos, acumulando-se dentro dele até que todo o seu corpo pareceu repleto de um som reprimido. Finalmente, caiu de joelhos na escada, e o grito soou. Não foi o berro elefantino que estávamos esperando, mas um ronco úmido, anasalado.

As meninas desviaram os olhos dos seus círculos por um momento, depois voltaram impassíveis a eles. John Cavador apertou os lábios e virou de costas, voltando para o seu trabalho no jardim. Não havia nada para ele fazer ali. A Missus foi até Charlie, pousou a mão no ombro dele e tentou convencê-lo a entrar, mas ele estava surdo às palavras dela; só fungava e gemia como um garoto contrariado.

E isso foi tudo.

Isso foi tudo? Tais palavras soaram como um final fraco para o desaparecimento da mãe da Sra. Winter. Estava claro que a Sra. Winter não tinha muita consideração pelas habilidades de Isabelle como mãe; na verdade, a palavra *mãe* parecia ausente do seu vocabulário. Talvez isso fosse compreensível: até onde eu podia ver, Isabelle era a menos maternal das mulheres. Mas quem sou eu para julgar a relação de outras pessoas com suas mães?

Fechei o caderno, enfiei o lápis na espiral e me levantei.

— Vou estar fora por três dias — lembrei a ela. — Volto na quinta-feira.

E deixei-a sozinha com o seu lobo.

Escritório de Dickens

Terminei de redigir as anotações daquele dia. Todos os doze lápis estavam com a ponta grossa; eu tinha muito o que apontar agora. Um por um, inseri os lápis no apontador. Se você girar a manivela devagar e regularmente, às vezes consegue que a apara de madeira se enrosque e caia inteirinha na cesta de papel, mas esta noite eu estava cansada, e elas se partiram.

Pensei na história. Eu estava simpatizando com a Missus e com John Cavador. Charlie e Isabelle deixavam-me nervosa. O médico e sua mulher tinham a melhor das intenções, mas eu desconfiava de que sua intervenção na vida das gêmeas não iria dar certo.

As próprias gêmeas me intrigavam. Eu sabia o que as outras pessoas achavam delas. John Cavador achava que não sabiam falar direito; a Missus acreditava que não entendiam que outras pessoas estavam vivas; os aldeões achavam que elas eram doentes mentais. O que eu não sabia — e isto era mais do que curioso — era o que a contadora da história achava. Ao contar sua história, a Sra. Winter era como a luz que ilumina tudo menos a si mesma. Ela era o ponto cego no âmago da narrativa. Referia-se a *elas*, mais recentemente tinha falado de *nós*; a ausência que me deixava perplexa era *eu*.

Se fosse interrogá-la a tal respeito, sei o que ela diria: "Srta. Lea, fizemos um acordo." Eu já tinha feito perguntas a ela sobre um ou dois detalhes da história e, embora de vez em quando respondesse, quando não queria responder, ela me lembrava do nosso primeiro encontro. "Sem trapaças. Sem olhar adiante. Sem perguntas."

Conformei-me em permanecer curiosa por um longo tempo. No entanto, por acaso, aconteceu uma coisa naquela mesma tarde que lançou uma certa luz sobre o assunto.

Eu tinha arrumado a escrivaninha e estava começando a arrumar a mala quando alguém bateu à porta. Abri e vi Judith parada no corredor.

— A Sra. Winter quer saber se a senhora tem tempo para falar um instante com ela. — Essa era, sem dúvida, a tradução educada de Judith de uma ordem mais abrupta: "Vá chamar a Srta. Lea."

Terminei de dobrar uma blusa e desci à biblioteca.

A Sra. Winter estava sentada na posição habitual, e o fogo ardia, mas fora isso a sala estava na penumbra.

— A senhora quer que eu acenda a luz? — perguntei da porta.

— Não. — A resposta dela soou ao longe, então me dirigi até onde ela estava. As persianas estavam abertas e o céu escuro, pontilhado de estrelas, refletia-se nos espelhos.

Quando cheguei ao lado dela, a luz dançante do fogo mostrou-me que a Sra. Winter estava abalada. Em silêncio, sentei-me no meu lugar, acalentada pelo calor do fogo, contemplando o céu noturno refletido nos espelhos da biblioteca. Passaram-se 15 minutos enquanto ela refletia, e esperei.

Então ela falou.

— Você já viu aquele quadro de Dickens no escritório dele? É de um homem chamado Buss, acho. Tenho uma reprodução em algum lugar, vou procurar para você. Bem, na pintura Dickens empurrou a cadeira para longe da escrivaninha e está cochilando, com os olhos fechados, o queixo barbudo encostado no peito. Está de chinelos. Ao redor da cabeça, personagens dos seus livros flutuam no ar como fumaça de charuto; alguns se aglomeram sobre os papéis na escrivaninha, outros flutuam para trás dele, ou para baixo, como se acreditassem ser capazes de andar com os pés no chão. E por que não? Eles são retratados com os mesmos traços firmes que o próprio escritor, então por que não podem ser tão reais quanto ele? Eles são *mais* reais do que os livros nas prateleiras, livros que estão apenas esboçados com poucos traços, dissolvendo-se como fantasmas.

"Você deve estar pensando por que me lembrei desse quadro agora. O motivo da lembrança é que ele parece ser uma imagem do modo como tenho vivido minha própria vida. Fechei a porta do meu escritório para o mundo e isolei-me com as figuras criadas pela minha imaginação. Por quase sessenta anos bisbilhotei impunemente a vida de pessoas que não existem. Espreitei sem nenhum pudor corações e armários de banheiro. Debrucei-me sobre ombros para acompanhar os movimentos de suas penas ao escreverem cartas de amor, testamentos e confissões. Observei amantes se amando, assassinos matando e crianças brincando de faz-de-conta. Prisões e bordéis abriram suas portas para mim; navios e caravanas de camelos me transportaram por mar e areia; séculos e continentes desapareceram a uma ordem minha. Espionei as maldades dos poderosos e testemunhei a nobreza dos humildes. Debrucei-me tanto sobre pessoas adormecidas em suas camas que elas poderiam ter sentido minha respiração em seus rostos. Assisti aos seus sonhos.

"Meu escritório está cheio de personagens esperando para ser escritos. Pessoas imaginárias, ansiosas por uma vida, que me puxam pela manga, gritando: 'Eu sou o próximo! Anda! É minha vez!' Eu tenho que escolher. E, depois que escolho, os outros ficam quietos por dez meses ou um ano, até eu chegar ao fim da história, para então o clamor recomeçar.

"E de vez em quando, no decorrer desses anos, eu erguia a cabeça da folha — no fim de um capítulo, ou durante uma pausa para reflexão depois de uma cena de morte, ou às vezes apenas procurando a palavra certa — e via um rosto no fundo da multidão. Um rosto familiar. Pele clara, cabelo vermelho, olhos verdes, fixos. Sei exatamente quem ela é; entretanto, sempre me surpreendo ao vê-la. Ela sempre consegue me pegar desprevenida. Muitas vezes abriu a boca para falar comigo, mas durante décadas esteve longe demais para ser ouvida, e além disso, assim que eu percebia sua presença, desviava o olhar e fingia que não a tinha visto. Acho que ela não se deixava enganar.

"As pessoas gostam de imaginar o que me faz ser tão produtiva. Bem, é por causa dela. Se eu começava um livro novo cinco minutos depois de ter terminado o anterior, era porque, se levantasse os olhos da escrivaninha, teria de encará-la.

"Os anos se passaram; o número de livros escritos por mim cresceu nas prateleiras das livrarias, e, conseqüentemente, a multidão de personagens que povoava o meu escritório diminuiu. A cada livro escrito, o burburinho de vozes aquietava-se, a sensação de zoeira em minha cabeça diminuía. Os rostos exigindo atenção também foram diminuindo, e sempre, no fundo do grupo, mas mais perto a cada livro, estava ela. A garota de olhos verdes. Esperando.

"Chegou o dia em que terminei a versão final do meu último livro. Escrevi a última frase, coloquei o ponto final. Sabia o que me aguardava. A caneta escorregou-me da mão e fechei os olhos. 'Bem', eu a ouvi dizendo, ou talvez tenha sido eu, 'somos só nós duas agora.'

"Argumentei um pouco com ela. 'Isso nunca vai dar certo', disse eu. 'Foi há muito tempo, eu era apenas uma criança, já me esqueci.' Embora eu estivesse apenas disfarçando. 'Mas *eu* não esqueci', disse ela. Você se lembra quando...' 'Até eu reconheço o inevitável quando o vejo. Eu me lembro, sim.'

A leve vibração no ar cessou. Interrompi minha contemplação das estrelas e olhei para a Sra. Winter. Seus olhos verdes estavam fixos num ponto da sala, como se ela estivesse vendo a menina de olhos verdes e cabelos cor de cobre.

— A menina é a senhora.

— Eu? — Os olhos da Sra. Winter afastaram-se lentamente da criança fantasma e olharam na minha direção. — Não, não sou eu. Ela é... — Ela hesitou. — Ela é alguém que eu costumava ser. Aquela criança deixou de existir há muito, muito tempo. A vida dela terminou na noite do incêndio, tão definitivamente quanto se tivesse morrido nas chamas. A pessoa que você vê aqui na sua frente não é nada.

— Mas a sua carreira... as histórias...

— Quando uma pessoa não é nada, ela inventa. Isso preenche o vazio.

Ficamos ali sentadas em silêncio, contemplando o fogo. De vez em quando a Sra. Winter esfregava distraidamente a palma da mão.

— O seu ensaio sobre Jules e Edmond Landier — disse ela após um intervalo.

Virei-me relutantemente para ela.

— O que a fez escolhê-los como tema? Você deve ter tido algum interesse particular. Alguma atração pessoal.

Sacudi a cabeça.

— Não, nada de especial.

E então restou apenas a imobilidade das estrelas e o crepitar do fogo.

Deve ter sido cerca de uma hora depois, quando as chamas estavam mais fracas, que ela falou pela terceira vez.

— Margaret. — Acho que foi a primeira vez que ela me chamou pelo meu primeiro nome. — Quando for embora daqui amanhã...

— Sim?

— Você vai voltar, não vai?

Era difícil avaliar a expressão dela à luz fraca e vacilante do fogo, e era difícil dizer até onde o tremor de sua voz era o resultado de cansaço ou doença, mas tive a impressão, no momento em que respondi: "Sim. É claro que vou voltar", de que a Sra. Winter estava com medo.

Na manhã seguinte, Maurice levou-me até a estação, e eu tomei o trem para o sul.

Os Almanaques

Onde mais poderia começar a minha pesquisa senão em casa, na loja?

Eu era fascinada pelos velhos almanaques. Desde criança, sempre que estava entediada, ansiosa ou com medo, corria para aquelas estantes para folhear as páginas cheias de nomes, datas e anotações. No interior dessas capas, vidas passadas estavam resumidas numas poucas linhas brutalmente neutras. Era um mundo em que os homens eram baronetes, bispos e membros do Parlamento, e as mulheres eram esposas e filhas. Não havia nada que dissesse se esses homens gostavam ou não de rins no café-da-manhã, nada que mostrasse quem amavam ou que forma seus temores davam às sombras escuras do quarto quando eles sopravam suas velas na hora de dormir. Não havia absolutamente nada de pessoal. Então, o que me comovia tanto naquelas anotações esparsas sobre a vida de homens mortos? Apenas o fato de que eles *foram* homens, de que *tinham* vivido e de que agora estavam mortos.

Lendo-as, algo se agitava dentro de mim. Ao ler as listas, a parte minha que já estava do outro lado acordava e me acariciava.

Nunca contei a ninguém por que os almanaques significavam tanto para mim; nunca disse que gostava deles. Mas meu pai percebeu a minha preferência, e sempre que esse tipo de publicação aparecia nos leilões, dava um jeito de arrematá-la. E por isso todos os mortos ilustres do país, remontando a várias gerações, estavam passando a outra vida tranqüilamente nas estantes do segundo andar. Tendo a mim por companhia.

Foi no segundo andar, sentada no banco sob a janela, que folheei as páginas cheias de nomes. Eu tinha encontrado o avô da Sra. Winter, George Angelfield. Ele não foi baronete, nem ministro, nem bispo, mas mesmo assim estava ali. A família tinha origens aristocráticas — tinha havido um título, mas algumas gerações antes tinha havido uma divisão na família: o título tinha ido para um lado, o dinheiro e a propriedade, para o outro. Ele estava do lado da propriedade. Os almanaques tendiam a acompanhar os títulos, mas mesmo assim a relação era suficientemente próxima para merecer um verbete; portanto, lá estava ele: Angelfield, George; sua data de nascimento; residente em Angelfield House, em Oxfordshire; casado com Mathilde Monnier, de Reims, França; um filho, Charles. Acompanhando o nome dele nos almanaques subseqüentes, encontrei, uma década mais tarde, uma correção: um filho, Charles; uma filha, Isabelle. Após folhear mais um pouco, encontrei a confirmação da morte de George Angelfield e, procurando em Roland March, o casamento de Isabelle.

Por um instante, diverti-me pensando que tinha ido até Yorkshire para ouvir a história da Sra. Winter, quando o tempo todo ela estava ali nos almanaques, poucos metros abaixo da minha cama. Mas então comecei a raciocinar direito. O que aquele rasto de papel provava? Só que aquelas pessoas, George, Mathilde e seus filhos, Charles e Isabelle, tinham existido. Não havia nada que dissesse que a Sra. Winter não os tinha encontrado do mesmo jeito que eu, folheando as páginas de um livro. Esses almanaques podiam ser achados em bibliotecas por todo o país. Qualquer pessoa que quisesse podia consultá-los. Ela não podia ter achado um conjunto de nomes e datas e te o uma história em volta deles para se divertir?

Junto com essas dúvidas, eu tinha outro problema. Roland March tinha morrido, e com sua morte o rasto de papel relativo a Isabelle tinha terminado. O mundo dos almanaques era estranho. No mundo real, as famílias ramificavam-se como árvores, sangue misturado por meio do casamento passava de uma geração para outra, tornando ainda maior a rede de relações. Títulos, por outro lado, passavam de um homem para outro, e era essa progressão estreita, linear, que o almanaque gostava de enfatizar. De cada lado da linha do título havia alguns irmãos mais moços, sobrinhos, primos, suficientemente próximos para serem abarcados pelo escopo do almanaque. Os homens que podiam ter sido lordes ou baronetes. E, embora isso não fosse mencionado, os homens que ainda o podiam, se a sucessão correta de tragédias viesse a ocorrer. Mas após um certo número de ramificações na árvore genealógica, os nomes despencavam das margens e caíam no vazio. Nenhuma combinação de naufrágio, praga e terremoto seria poderosa o bastante para restaurar a importância daqueles primos em terceiro grau. O almanaque tinha seus limites. Foi assim com Isabelle. Ela era uma mulher; seus bebês eram meninas; o marido (que não era um lorde) morreu; o pai (que não era um lorde) morreu. O almanaque eliminou-a junto com os bebês; ela e eles caíram naquele vasto oceano de pessoas comuns, cujo nascimento, morte e casamento são, assim como os amores, temores e preferências culinárias, insignificantes demais para merecer um registro para a posteridade.

Charlie, no entanto, era homem. O almanaque pôde alongar-se — ligeiramente — para incluí-lo, embora a insignificância já estivesse lançando a sua sombra. A informação era escassa. Seu nome era Charles Angelfield. Ele tinha nascido. Morava em Angelfield. Não era casado. Não estava morto. Para o almanaque, essa informação era suficiente.

Consultei um volume atrás do outro, encontrando todas as vezes a mesma semivida resumida. A cada novo tomo, eu pensava: “Este vai ser o ano em que o deixarão de fora.” Mas a cada ano lá estava ele, ainda Charles Angelfield, ainda de Angelfield, ainda solteiro. Tornei a pensar no que a Sra. Winter me contara a respeito de Charlie e sua irmã, e mordi o lábio pensando no que significava aquela vida inteira de solteiro.

E então, quando ele devia estar com 40 e muitos anos, encontrei uma surpresa. Seu nome, data de nascimento, local de residência, e uma estranha abreviação — *dlm* — que eu nunca havia visto antes.

Virei para a página de abreviações.

Dlm: declaração legal de morte.

Voltando ao verbete sobre Charles, fiquei olhando para ele por muito tempo, com a testa franzida, como se pelo fato de olhar com muita atenção para o papel o mistério fosse ser elucidado.

Naquele ano ele fora declarado legalmente morto. Até onde conseguia entender, uma declaração legal de morte era o que acontecia quando uma pessoa desaparecia e, após um certo tempo, sua família, por razões de herança, tinha permissão para considerá-la morta, embora não houvesse provas nem cadáver. Eu tinha a impressão de que uma pessoa precisava estar desaparecida por sete anos antes de ser declarada morta. Ela poderia ter morrido em qualquer ocasião dentro daquele período de tempo. Poderia nem mesmo ter morrido, mas estar apenas desaparecida, perdida ou vagando, longe de todos aqueles que a conheceram. Morta de acordo com a lei, mas não necessariamente morta de fato. Que tipo de vida era essa, imaginei, que podia terminar dessa forma vaga e insatisfatória? *Dlm.*

Fechei o almanaque, coloquei-o de volta na estante e desci à loja para preparar um chocolate quente.

— O que sabe sobre as providências legais que uma pessoa precisa tomar para conseguir que alguém seja declarado morto? — perguntei a papai, enquanto mexia o leite no fogo.

— Tanto quanto você — respondeu ele.

Então ele apareceu na porta e entregou-me um dos seus cartões de visita de cliente.

— Este é o homem certo para você consultar. Professor de direito aposentado. Vive no País de Gales agora, mas vem aqui todo verão para ver as novidades e passear à beira do rio. Sujeito simpático. Por que não escreve para ele? Podia aproveitar e perguntar se ele quer que eu reserve aquele *Justitiae Naturalis Principia.*

Quando terminei de tomar o chocolate, voltei aos almanaques para descobrir o que mais pudesse sobre Roland March e sua família. O tio dele tinha sido artista, e quando fui à seção de história da arte para tentar encontrá-lo, aprendi que seus retratos — embora hoje considerados medíocres — tinham estado na moda por um curto período. O *English Provincial*

Portraiture, de Mortimer, tinha uma reprodução de um retrato pintado por Lewis Anthony March, intitulado "Roland, sobrinho do artista". É estranho contemplar o rosto de um menino que ainda não se tornou homem em busca das feições de uma velha, sua filha. Durante alguns minutos estudei aquelas feições carnudas e sensuais, o cabelo louro, a postura preguiçosa da cabeça.

Fechei o livro. Estava perdendo tempo. Mesmo que passasse o dia inteiro e a noite toda procurando, sabia que não ia encontrar um único traço das gêmeas que supostamente eram suas filhas.

Nos Arquivos do *Banbury Herald*

No dia seguinte tomei um trem para Banbury, a fim de visitar os escritórios do *Banbury Herald*.

Foi um rapaz jovem que me mostrou os arquivos. A palavra "arquivo" pode soar muito importante para alguém que nunca lidou com isso, mas para mim, que durante anos passei as férias nestes lugares, não foi surpresa ser levada para o que não passava de um armário de porão, grande e sem janelas.

— Um incêndio em Angelfield — expliquei brevemente —, cerca de sessenta anos atrás.

O rapaz mostrou-me a prateleira onde estavam guardadas as informações daquele período.

— Vou pegar as caixas para você, está bem?

— E a seção de livros também, de cerca de quarenta anos atrás, mas não sei ao certo o ano.

— Seção de livros? Eu não sabia que o *Herald* já teve uma seção de livros. — E ele arrastou a escada, pegou mais caixas e colocou-as ao lado da primeira sobre uma mesa comprida e bem-iluminada. — Está tudo aí — disse animadamente, deixando-me sozinha.

O incêndio de Angelfield, como fiquei sabendo, provavelmente foi acidental. Não era raro as pessoas estocarem combustível na época, e foi isso que fez o fogo se espalhar com tanta violência. Na casa só estavam as duas sobrinhas do proprietário; ambas escaparam e foram levadas para o hospital. Acreditava-se que o proprietário estivesse viajando. (*Acreditava-se*... duvidei disso. Anotei rapidamente as datas: faltavam seis anos para a *dlm*.) A coluna terminava com alguns comentários sobre a importância arquitetônica da casa e acrescentava que no seu estado atual era inabitável.

Copiei a história e procurei notícias nos números seguintes para ver se havia alguma novidade, mas não encontrei nada; então guardei os papéis e passei para as outras caixas.

"Conte-me a verdade", dissera ele. O rapaz de terno antiquado que tinha entrevistado Vida Winter para o *Banbury Herald* quarenta anos atrás. E ela nunca se esquecera das palavras dele.

Não havia nenhuma pista da entrevista. Não havia nada que pudesse ser chamado de seção de livros. Os únicos itens literários eram algumas resenhas de livros sob o título "Você poderia gostar de ler..." por uma crítica literária chamada Sra. Jenkinsop. Por duas vezes meu olho bateu no nome da Sra. Winter nesses parágrafos. A Sra. Jenkinsop tinha lido e gostado dos romances da Sra. Winter; seus elogios eram entusiásticos e justos, mesmo não usando expressões cultas, mas estava muito claro que ela nunca tinha conhecido a autora, e estava igualmente claro que ela não era o homem de terno marrom.

Fechei o último jornal e arrumei-o de volta na caixa.

O homem de terno marrom era uma ficção. Um artifício para me atrair. A isca que o pescador prende na linha para atrair o peixe. Era de se esperar. Talvez a confirmação da existência de George e Mathilde, Charlie e Isabelle tivesse me deixado esperançosa. Eles ao menos eram pessoas reais; o homem de terno marrom não era.

Colocando o chapéu e as luvas, saí do escritório do *Banbury Herald* para a rua.

Enquanto caminhava pelas ruas invernais procurando uma cafeteria, lembrei-me da carta que a Sra. Winter me enviara. Recordei as palavras do homem de terno marrom e como elas haviam ecoado nas vigas do meu quarto. Entretanto, o homem de terno marrom era um fragmento da sua imaginação. Eu devia ter previsto isso. Ela era uma tecelã, não era? Uma contadora de histórias. Uma fabulista. Uma mentirosa. E o apelo que tanto me comovera — *Conte-me a verdade* — tinha sido feito por um homem que nem mesmo era real.

Eu não conseguia entender por que estava sentindo uma decepção tão amarga.

Ruína

Tomei um ônibus em Banbury.

— Angelfield? — perguntou o motorista do ônibus. — Não, ainda não existe uma linha para Angelfield. Pelo menos por enquanto. Talvez seja diferente depois que construírem o hotel.

— Estão construindo lá?

— Tem uma ruína velha que estão derrubando. Vai ser um hotel elegante. Talvez coloquem uma linha de ônibus então, para os empregados, mas por ora o melhor que a senhora tem a fazer é saltar no Hare and Hounds, em Cheney Road, e ir andando. Dois quilômetros, mais ou menos.

Não havia muita coisa em Angelfield. Uma única rua cuja placa de madeira dizia, com lógica e simplicidade, A Rua. Passei por uma dúzia de chalés, construídos em pares. Aqui e ali alguma coisa se distinguia — um teixo alto, um balanço de criança, um banco de madeira —, mas, de forma geral, cada casa, com seu telhado de sapé, seu torreão branco e seus tijolinhos, era a imagem espelhada da casa vizinha.

As janelas dos chalés davam para terrenos ordenadamente divididos por sebes e pontilhados de árvores. Mais adiante viam-se ovelhas e vacas, e depois uma área densamente arborizada, além da qual, de acordo com o mapa, ficava o parque dos cervos. Não havia pavimentação, mas isso não importava, já que também não havia tráfego. De fato, não vi nenhum sinal de vida humana até passar pelo último chalé e chegar a uma combinação de correio e mercearia.

Duas crianças com capas impermeáveis amarelas saíram da loja e correram pela estrada na frente da mãe, que tinha parado na caixa de correio. Pequena e loura, ela estava lutando para colar selos nos envelopes sem deixar cair o jornal preso debaixo do braço. A criança mais velha, um menino, estendeu a mão para jogar o papel de bala na lata de lixo presa num poste ao lado da estrada. Ele foi pegar o papel de bala da irmã, mas ela resistiu.

— Eu consigo! Eu consigo!

Ela ficou na ponta dos pés e estendeu o braço, ignorando os protestos do irmão; então atirou o papel na direção da lata. O vento levou o papel para o outro lado da estrada.

— Eu não disse?

As duas crianças viraram-se e saíram correndo, mas estacaram de repente ao me verem. Duas franjas louras baixaram sobre dois pares de olhos castanhos de formato idêntico. Duas bocas abriram-se na mesma expressão de surpresa. Não eram gêmeos, não, mas quase isso. Abaixei-me para pegar o papel de bala e estendi na direção deles. A menina, querendo pegá-lo, deu um passo à frente. O irmão, mais cauteloso, esticou o braço para impedi-la e chamou:

— Mãe!

A mulher loura tinha visto o que acontecera da porta do correio.

—Tudo bem, Tom. Deixe ela pegar. — A menina pegou o papel da minha mão sem olhar para mim. — Diz obrigada — disse a mãe.

As crianças agradeceram com voz contida, depois me deram as costas e se afastaram. Desta vez a mulher ergueu a filha para ela alcançar a lata de lixo e, ao fazer isso, tornou a olhar para mim, fitando a minha máquina fotográfica com uma curiosidade velada.

Angelfield não era um lugar onde eu pudesse ficar invisível.

Ela me deu um sorriso reservado.

— Aproveite o seu passeio — disse ela, e então se virou para ir atrás das crianças, que já estavam correndo pela rua na direção dos chalés.

Fiquei olhando para elas.

As crianças corriam, dando voltas em torno uma da outra, como se estivessem presas por um barbante invisível. Mudavam de direção ao acaso, diminuíam e aumentavam a velocidade com uma sincronicidade telepática. Eram dois dançarinos, movendo-se ao som da mesma música, duas folhas levadas pelo mesmo vento. Era fantástico e perfeitamente familiar. Gostaria de observá-los por mais tempo, mas, temendo que eles se virassem e me pegassem olhando para eles, afastei-me.

Centenas de metros adiante, surgiram os portões da casa. Eles não só estavam fechados, como presos no chão e um ao outro por galhos de hera que se entrelaçavam no ferro batido. Sobre os portões, erguia-se um arco de pedra, formando dois pequenos prédios com janelas. Numa delas estava preso um pedaço de papel. Leitora inveterada, não pude resistir; subi pela grama molhada para ler. Mas era um aviso fantasma. A logomarca colorida de uma construtora tinha sobrevivido, mas, sob ela, duas manchas cinzentas na forma de parágrafos e, um pouco mais escura mas não muito, a sombra de uma assinatura. Havia algo escrito, mas o sentido tinha sido apagado por meses de exposição ao sol.

Preparando-me para caminhar bastante até encontrar um modo de entrar, eu tinha dado uns poucos passos quando me deparei com um portãozinho de madeira, fechado apenas por uma tranca, preso no muro. Num instante, eu estava lá dentro.

O caminho, que antes tinha sido de cascalho, agora revelava pedras entremeadas de terra e capim. Ele fazia uma longa curva até uma igrejinha de pedra com um portão coberto por um telhadinho, depois se curvava em outra direção, por trás de um grupo de árvores e arbustos que impediam a visão. De cada lado o mato estava crescido; galhos de diferentes arbustos brigavam por espaço, e aos seus pés a grama e as ervas daninhas cresciam em qualquer espaço que pudessem arranjar.

Caminhei em direção à igreja. Reconstruída na época vitoriana, conservava a modéstia de suas origens medievais. Pequena e esmerada, sua torre indicava a direção do céu sem tentar furar um buraco nele. A igreja estava posicionada no vértice da curva; quando me aproximei, desviei os olhos do portão com o telhadinho e olhei para a vista que se descortinava do outro lado. A cada passo, a vista se ampliava, até que finalmente a massa de pedra que era Angelfield House apareceu, e parei bruscamente.

A casa ficava num ângulo estranho. Chegando pela entrada principal, havia uma esquina, e não ficava claro de que lado da casa era a frente. Era como se a casa soubesse que precisava receber seus visitantes de frente, mas no último minuto não conseguisse conter o impulso de virar-se e contemplar o parque dos cervos e os bosques na extremidade dos terraços. O visitante não era recebido com um sorriso de boas-vindas, mas com indiferença.

Essa sensação de estranheza era acentuada pelos outros aspectos de sua aparência. A casa era uma construção assimétrica. Três grandes vãos, cada um com quatro andares de altura, destacavam-se do corpo da casa, com suas doze janelas compridas e largas proporcionando o único aspecto de harmonia e ordem da fachada. No restante da casa, as janelas eram uma mixórdia, não havia duas iguais, nenhuma se nivelava com a vizinha, fosse da esquerda ou da direita, de cima ou de baixo. Acima do terceiro andar, um parapeito tentava unir aquela arquitetura disparatada num único abraço, mas aqui e ali uma pedra saliente, um vão parcial, uma janela esquisita escapavam. O parapeito desaparecia para surgir de novo do outro lado do obstáculo. Acima desse parapeito, erguia-se uma fileira desigual de torres, torrinhas e chaminés cor de mel.

Uma ruína? A maior parte das pedras parecia tão limpa e nova quanto no dia em que fora extraída. É claro que a lapidação das torrinhas estava um tanto gasta, a balaustrada estava desmoronando em alguns trechos, mas mesmo assim não se tratava de uma ruína. Ao contemplá-la, com o céu azul por trás, pássaros voando ao redor de suas torres e a grama verde em volta, não tive dificuldade em imaginar o lugar habitado.

— Então pus os óculos e percebi.

As janelas não tinham vidros e as molduras tinham apodrecido ou queimado. O que eu tinha achado que eram sombras sobre as janelas do lado direito eram marcas de fogo. E os pássaros que esvoaçavam pelo céu acima da casa não estavam mergulhando atrás do prédio, mas dentro dele. Não havia telhado. Não era uma casa, era apenas uma casca.

Tornei a tirar os óculos, e a cena se reverteu em uma casa elisabetana intacta. Será que uma pessoa teria a sensação de uma ameaça velada se o céu estivesse azul-escuro e a luz de repente se escondesse atrás das nuvens? Talvez. Mas contra o céu azul e sem nuvens de hoje, o cenário era completamente inocente.

Havia uma cerca na entrada. Presa a ela, um aviso. *Perigo. Não Entre.* Percebendo uma junção na cerca onde as seções estavam apenas encostadas uma na outra, afastei um painel de madeira, passei e tornei a colocá-lo no lugar.

Ignorando a indiferença da recepção, aproximei-me da frente da casa. Entre o primeiro e o segundo vãos, seis degraus largos conduziam a uma porta dupla. Os degraus eram flanqueados por um par de pedestais sobre os quais havia dois gatos gigantes esculpidos em algum material escuro, polido. As ondulações de sua anatomia eram tão convincentes que, passando os dedos num deles, esperei encontrar pêlos e fiquei surpresa com a dureza fria da pedra.

Era a janela do térreo do terceiro vão que estava mais danificada pelo incêndio. Empoleirada num pedaço de reboco, consegui espiar para dentro. O que vi me deixou abalada. Existe algo universal, algo familiar a todos no conceito de um aposento. Embora o meu quarto em cima da loja, o meu quarto de criança na casa dos meus pais e o meu quarto na casa da Sra. Winter sejam todos muito diferentes entre si, eles compartilham certos elementos, elementos que permanecem constantes em todos os lugares e para todas as pessoas. Até mesmo um abrigo temporário tem algo em cima para nos proteger do clima, espaço para uma pessoa entrar, para movimentar-se e sair, e algo que permita que você faça uma distinção entre dentro e fora. Aqui não havia nada disso.

Vigas tinham caído, algumas só de um lado, de modo que cortavam o espaço na diagonal, pousadas sobre montes de reboco, madeira e outros materiais não-identificáveis que enchiam o quarto até o nível da janela. Velhos ninhos de passarinho estavam acomodados em diversos nichos e quinas. Os passarinhos devem ter trazido sementes; neve e chuva tinham entrado lá, bem como o sol, e de algum modo, nesta ruína de lugar, plantas estavam crescendo: vi galhos marrons de azaléias e sabugueiros buscando a luz. Como a estampa de um papel de parede, a hera subia pelas paredes. Entortando o pescoço, olhei para cima, para o que parecia um túnel escuro. Quatro paredes ainda estavam intactas, mas em vez de ver um teto, só havia quatro vigas grossas, a distâncias irregulares, e acima delas mais espaço vazio antes de outras vigas, e assim por diante. No fim do túnel havia luz. O céu.

Nem mesmo um fantasma poderia sobreviver ali.

Era quase impossível imaginar que um dia ali tinha havido cortinas, móveis, quadros. Lustres tinham iluminado o que agora era iluminado pelo sol. O que tinha sido este aposento? Uma sala de visitas, uma sala de música, uma sala de jantar?

Olhei com atenção para o monte de entulho na sala. No meio daquela mixórdia de coisas irreconhecíveis que antes tinham sido uma moradia, algo atraiu o meu olhar. A princípio eu tinha achado que aquilo era uma viga caída, mas não era suficientemente grossa. E parecia ter estado presa na parede. Havia outra. Depois outra. A intervalos regulares, essas pranchas de madeira pareciam ter encaixes, como se outras peças de madeira antes estivessem presas nelas formando ângulos retos. De fato, num canto, havia uma em que essas outras partes ainda estavam presentes.

Senti um frio na espinha.

Essas vigas eram *estantes.* Esta confusão de natureza e arquitetura em ruínas era uma biblioteca.

Num instante, pulei a janela quebrada.

Com cuidado, fui andando, testando cada passo. Espiei em cantos e fendas escuras, mas não havia nenhum livro. Não que eu tivesse esperado encontrar algum — eles jamais teriam sobrevivido naquelas condições. Mas não pude deixar de procurar.

Por alguns minutos, concentrei-me em tirar fotos. Fotografei as janelas quebradas, as pranchas de madeira que antes continham livros, a pesada porta de carvalho na sua grossa moldura.

Tentando conseguir uma boa foto da enorme lareira de pedra, inclinei-me um pouco de lado, e então parei. Engoli em seco, meu coração bateu mais forte. Foi algo que ouvi? Ou senti? Alguma coisa tinha se mexido no fundo dos destroços sob meus pés? Não. Não era nada. Assim mesmo, caminhei cautelosamente até a extremidade da sala, onde havia um buraco no reboco, grande o suficiente para passar através dele.

Eu estava no saguão principal. Ali estavam as portas duplas que tinha visto de fora. Uma escadaria, feita de pedra, tinha sobrevivido ao fogo, intacta. Uma escada larga, com os corrimãos cobertos de hera, mas com as linhas sólidas de sua arquitetura ainda claras: uma curva graciosa que se alargava em forma de concha na base. Uma espécie de apóstrofe estilizada, de cabeça para baixo.

A escadaria conduzia a uma galeria que antes devia percorrer toda a largura do hall de entrada. De um lado havia apenas restos de assoalho e um buraco levando para o chão de pedra embaixo. O outro lado estava quase completo. Os vestígios de um corrimão ao longo da galeria e depois um corredor. Um teto, manchado mas intacto; um assoalho; até mesmo portas. Foi a primeira parte da casa que vi que parecia ter escapado da destruição geral. Parecia um lugar onde se poderia morar.

Tirei algumas fotos. Testando cada tábua de assoalho sob meus pés antes de colocar o meu peso, avancei cautelosamente pelo corredor.

A maçaneta da primeira porta deu num espaço vazio, onde só havia galhos e o céu azul. Nada de paredes, teto, chão; apenas ar fresco.

Tornei a fechar a porta e continuei a avançar pelo corredor, decidida a não me deixar abalar pelos perigos do local. Pisando com cuidado o tempo todo, cheguei à segunda porta. Girei a maçaneta e abri a porta.

Havia movimento!

Minha irmã!

Quase dei um passo na direção dela.

Quase.

Então compreendi. Um espelho. Coberto de poeira e com manchas escuras que pareciam tinta.

Olhei para o chão no qual quase havia pisado. Não havia assoalho, apenas uma queda de seis metros sobre pedras.

Eu agora sabia o que tinha visto; entretanto, meu coração prosseguiu com seu delírio. Tornei a erguer os olhos e lá estava ela. Uma figura desamparada, pálida, de olhos escuros, uma figura enevoada tremendo dentro da velha moldura.

Ela havia me visto. Estava parada, a mão estendida na minha direção, como se bastasse dar um passo para segurá-la. E esta não seria a solução mais simples, afinal, fazer isso e me reencontrar finalmente com ela?

Por quanto tempo fiquei ali parada, observando aquela espera?

— Não — murmurei, mas ainda assim ela me chamava. — Sinto muito. — Ela baixou vagarosamente o braço.

Então ela ergueu a máquina fotográfica e tirou uma foto de mim.

Eu tive pena dela. Retratos tirados através do vidro nunca saem. Eu sei. Eu tentei.

Fiquei parada com a mão na maçaneta da terceira porta. A regra de três, a Sra. Winter tinha dito. Mas eu não estava mais com disposição para a história dela. Sua casa perigosa com chuva dentro e espelhos enganadores tinha perdido todo o interesse para mim.

Eu iria embora. Tirar fotos da igreja? Nem mesmo isso. Iria até a loja da aldeia. Telefonaria para chamar um táxi. Iria para a estação e de lá para casa.

Iria fazer tudo isso, em um minuto. Por enquanto, iria ficar ali parada, com a cabeça encostada na porta, a mão na maçaneta, indiferente ao que estivesse do outro lado, esperando que as lágrimas secassem e o meu coração se acalmasse.

Esperei.

Então, sob a minha mão, a maçaneta do terceiro quarto começou a girar sozinha.

O Gigante Simpático

Corri.

Pulei por cima dos buracos no assoalho, desci a escada de três em três degraus, tropecei e segurei-me no corrimão para não cair. Agarrei um monte de hera, recuperei o equilíbrio e continuei descendo. A biblioteca? Não. O outro caminho. Através de um portal. Galhos de sabugueiro e de azaléia prenderam-se em minha roupa, e escorreguei várias vezes nos detritos espalhados pela casa em ruínas.

Acabei indo ao chão, gritando de susto.

— Puxa vida. Assustei você?

Olhei para cima. Debruçado sobre o corrimão da galeria, vi não o esqueleto ou o monstro da minha imaginação, mas um gigante. Ele desceu agilmente a escada, caminhou no meio dos destroços e aproximou-se de mim com uma expressão preocupada.

— Minha nossa.

Devia ter quase dois metros e era grande, tão grande que a casa parecia encolher em volta dele.

— Eu não queria... só achei... você estava lá há tanto tempo e... mas isso não importa agora. Você se machucou?

Senti-me reduzida ao tamanho de uma criança. Mas, apesar de suas enormes dimensões, esse homem revelava algo de infantil. Gordo demais para ter rugas, apresentava um rosto redondo, angelical, e um halo de cachos louro-prateados ao redor da cabeça meio calva. Os olhos eram redondos como a armação dos óculos. Eram bondosos e tinham uma transparência azul.

Eu devia estar parecendo tonta e talvez muito pálida. Ele se ajoelhou ao meu lado e tomou o meu pulso.

— Puxa, você levou um tombo e tanto. Eu não devia ter... O pulso está um pouco acelerado. Hummm.

Minha canela estava doendo. Examinei um rasgão no joelho da minha calça e vi que estava sangrando.

— Puxa vida. É a perna, não é? Está quebrada? Consegue mexer com ela?

Sacudi o pé e o homem ficou aliviado.

— Graças a Deus, eu jamais me perdoaria por isso. Se esperar um pouquinho aqui... vou... volto daqui a um minuto.

E lá se foi ele, os pés dançando delicadamente no meio dos pedaços de madeira, depois subindo rapidamente a escada, enquanto a parte superior do corpo flutuava serenamente no alto, como se estivesse desconectada das pernas.

Respirei fundo e esperei.

— Pus a chaleira no fogo — anunciou ele ao voltar. Vinha trazendo uma maleta de primeiros socorros, com uma cruz vermelha impressa, e tirou lá de dentro uma loção anti-séptica e um pouco de gaze. — Eu sempre disse que alguém ia se machucar aqui um dia desses. Há anos que eu tenho este estojo de primeiros socorros. É sempre bom estar prevenido, não acha? Puxa vida! — Ele se encolheu de pena ao colocar a gaze sobre o corte em minha perna. — Vamos ser corajosos, certo?

— Tem eletricidade aqui? — Perguntei. Estava me sentindo confusa.

— Eletricidade? Mas isto aqui é uma ruína.

Ele arregalou os olhos para mim, espantado com minha pergunta, como se eu tivesse sofrido uma concussão com a queda e perdido a razão.

— Entendi que o senhor tinha posto a chaleira para esquentar.

— Ah, tudo bem! Não! Tenho um fogão portátil. Antes eu tinha uma garrafa térmica, mas... — Ele torceu o nariz. — Chá em garrafa térmica não fica muito bom, não acha? Está ardendo muito?

— Só um pouquinho.

— Boa menina. Foi um tombo e tanto. Agora o chá... com limão e açúcar, certo? Sinto não ter leite. Aqui não tem geladeira.

— Limão está ótimo.

— Certo. Bem, vamos deixá-la mais confortável. A chuva parou. Que tal tomar o chá lá fora?

Ele foi até a imponente porta dupla da frente da casa e tirou o ferrolho. Com um rangido menor do que se poderia esperar, as portas abriram, e comecei a me levantar.

— Não se mexa!

O gigante dançou de volta até onde eu estava, inclinou-se e pegou-me no colo. Fui erguida no ar e carregada delicadamente para fora. Ele me pôs sentada de lado nas costas de um dos gatos pretos que eu tinha admirado uma hora antes.

— Espere aqui. Quando eu voltar, vamos tomar um chá delicioso! — E voltou para dentro da casa. Suas costas enormes deslizaram pela escada e desapareceram na entrada do corredor e do terceiro quarto.

— Confortável?

Balancei afirmativamente a cabeça.

— Maravilhoso. — Ele sorriu como se estivesse mesmo maravilhoso. — Agora permita que me apresente. Meu nome é Love. Aurelius Alphonse Love. Mas me chame de Aurelius. — Olhou para mim, esperando que me manifestasse.

— Margaret Lea.

— Margaret. — Ele sorriu, radiante. — Esplêndido. Esplêndido. Agora coma.

Entre as duas orelhas do gato preto ele tinha estendido um guardanapo. Sobre este, o bolo perfeito para um dia frio: temperado com gengibre, doce mas picante. O estranho serviu o chá em elegantes xícaras de porcelana. Ofereceu-me uma tigela com torrões de açúcar, depois tirou um saquinho de veludo azul do bolso do paletó e abriu-o. Sobre o veludo havia uma colher de prata com um A alongado na forma de um anjo estilizado enfeitando o cabo. Aceitei a colher, mexi o chá e devolvi-a a ele.

Enquanto eu comia e bebia, meu anfitrião sentou-se no segundo gato, que inesperadamente se transformou num gatinho sob o seu corpo enorme. Ele comeu em silêncio, com elegância e concentração. Também me observou comer, ansioso para que eu apreciasse a refeição.

— Estava ótimo — disse eu. — Feito em casa, não?

O intervalo entre os dois gatos era de uns três metros. Para conversar, tínhamos de elevar um pouco a voz, dando à conversa um tom um tanto teatral, como se fosse uma representação. E, na realidade, tínhamos uma platéia. No ar claro lavado pela chuva, perto da entrada do bosque, um cervo, imóvel, olhava curiosamente para nós. Sem piscar, alerta, com as narinas frementes. Ao ver que o tínhamos avistado, não tentou fugir; decidiu justamente o contrário: não ter medo.

Meu compaheiro limpou os dedos no guardanapo, depois o sacudiu e dobrou-o em quatro.

— Então, gostou? Quem me deu a receita foi a Sra. Love. Faço este bolo desde criança. A Sra. Love era uma cozinheira maravilhosa. Aliás, era uma mulher maravilhosa. Já faleceu, claro. Uma boa idade. Embora se pudesse esperar que... mas não era para ser.

— Entendo. — Embora eu não estivesse bem certa disso. A Sra. Love era a esposa dele? Mas então como entender que fizesse esse bolo desde criança? Será que estava se referindo à mãe? Por que chamaria sua mãe de Sra. Love? Entretanto, duas coisas estavam muito claras: ele a havia amado e ela estava morta. — Sinto muito.

Ele aceitou os meus pêsames com uma expressão triste, depois se animou.

— Mas esta é uma homenagem adequada, não acha? Quer dizer, o bolo.

— Com certeza. Já faz muito tempo? Que o senhor a perdeu?

— Quase vinte anos — disse ele, depois de pensar um pouco. — Embora pareça mais. Ou menos. Dependendo do ponto de vista.

Concordei com a cabeça. Continuei sem entender.

Por alguns momentos, ficamos em silêncio. Olhei na direção do parque dos cervos. Na extremidade do bosque mais cervos estavam surgindo. Eles se moviam pelo parque sob a luz do sol. A ardência na minha perna tinha diminuído. Estava me sentindo melhor.

— Diga-me... — começou o estranho, e suspeitei que ele tinha reunido alguma coragem para fazer a pergunta. — Você tem mãe?

Fiquei espantada. É difícil alguém prestar atenção em mim o bastante para fazer uma pergunta pessoal.

— Você se importa? Perdoe-me por perguntar, mas... como posso explicar? Famílias são um assunto de... de... Mas se preferir não responder... Desculpe.

— Tudo bem — disse eu, devagar. — Não me importo. — E realmente não me importava. Talvez fosse a série de choques que eu tinha levado, ou então a influência desse cenário estranho, mas tive a impressão de que tudo o que eu pudesse dizer sobre mim mesma para esse homem iria permanecer ali com ele, sem se espalhar para nenhum outro lugar. O que quer que eu dissesse para ele não teria nenhuma conseqüência. Então respondi à pergunta. — Sim, tenho mãe.

— Uma mãe! Que coisa... Ah, que coisa... — Uma expressão curiosamente intensa surgiu nos olhos dele, uma tristeza ou uma saudade. — O que pode ser mais agradável do que ter uma mãe?! — exclamou, finalmente. Era claramente um convite para eu dizer mais.

— Então o senhor não tem uma mãe? — perguntei.

O rosto de Aurelius tremeu.

— Infelizmente... eu sempre quis... Ou um pai, aliás. Até mesmo irmãos ou irmãs. Qualquer pessoa que realmente me pertencesse. Quando criança, eu costumava fingir. Inventava uma família inteira. Diversas gerações! Você iria rir! — Não havia nada para rir na expressão dele. — Mas uma mãe de verdade... Uma mãe de fato, conhecida... É claro que todo mundo tem uma mãe, não é? Sei disso. É uma questão de saber quem é essa mãe. E eu sempre esperei que algum dia... Porque não é impossível, é? Então nunca perdi a esperança.

— Ah.

— É uma coisa muito triste. — Ele sacudiu os ombros tentando parecer casual, mas não conseguiu. — Eu gostaria de ter uma mãe.

— Sr. Love...

— Por favor, Aurelius.

— Aurelius. Às vezes, em relação a mães, as coisas nem sempre são tão agradáveis quanto se possa pensar.

— Ah? — Isso pareceu ter a força de uma revelação para ele. Olhou-me com atenção. — Brigas?

— Não exatamente.

Franziu a testa.

— Desentendimentos?

Sacudi a cabeça.

— Pior? — Ele estava estupefato. Buscou qual poderia ser o problema no céu, no bosque e, finalmente, nos meus olhos.

— Segredos — disse eu.

— Segredos! — Seus olhos arregalaram-se formando círculos perfeitos. Perplexo, sacudiu a cabeça, fazendo uma tentativa impossível de entender o que eu estava dizendo. — Perdoe-me — disse ele por fim. — Não sei como ajudar. Sei tão pouco sobre famílias. Minha ignorância é maior do que o mar. Sinto muito sobre os segredos. Tenho certeza de que você tem razão de se sentir assim.

Seus olhos encheram-se de compaixão, e ele me entregou um lenço branco dobrado.

— Desculpe — disse eu. — Deve ser choque retardado.

— Acho que sim.

Enquanto eu secava os olhos, ele ficou olhando para o parque dos cervos. O céu estava escurecendo aos poucos. Acompanhei o olhar dele e vi um clarão branco: o pêlo claro do cervo saltando para o meio das árvores.

— Pensei que o senhor fosse um fantasma — disse eu. — Quando senti a maçaneta da porta se movendo. Ou um esqueleto.

— Um esqueleto! Eu! Um esqueleto! — Ele riu, encantado, e seu corpo todo pareceu sacudir de alegria.

— Mas o senhor era apenas um gigante.

— Isso mesmo! Um gigante. — Ele ficou sério e disse: — Existe um fantasma, sabe... Pelo menos, é o que dizem.

Eu sei, quase disse, *eu a vi*, mas é claro que ele não estava se referindo ao meu fantasma.

— O senhor já viu o fantasma?

— Não — disse ele, suspirando. — Nem mesmo a sombra de um fantasma.

Ficamos em silêncio por um momento, cada um de nós contemplando os próprios fantasmas.

— Está esfriando — disse eu.

— A perna melhorou?

— Acho que sim. — Escorreguei das costas do gato, testando o meu peso sobre ela. — Sim, está bem melhor agora.

— Maravilha. Maravilha.

Nossas vozes eram murmúrios à luz suave.

— Quem era exatamente a Sra. Love?

— A senhora que me adotou. Ela me deu o seu nome. Ela me deu o seu livro de receitas. Ela me deu tudo, na verdade.

Balancei a cabeça. Em seguida, peguei minha câmera.

— Acho que está na hora de ir. Quero tirar algumas fotos da igreja antes que escureça completamente. Muito obrigada pelo chá.

— Também vou embora daqui a pouco. Foi muito bom conhecê-la, Margaret. Você vai voltar?

— O senhor não mora aqui, não é? — Perguntei.

Ele riu. Foi uma risada saborosa, doce como o bolo.

— Ora essa, não. Tenho uma casa ali adiante. — Ele fez um gesto na direção do bosque. — Venho até aqui à tarde. Para... Bem, digamos que para contemplação, certo?

— Vão derrubá-la em breve. Suponho que o senhor saiba, não sabe?

— Eu sei. — Ele acariciou o gato, distraída e carinhosamente. — É uma pena, não é? Vou sentir falta da velha casa. Na realidade, eu achei que você era um deles, quando a ouvi chegar. Um supervisor ou algo assim. Mas você não é.

— Não, não sou um supervisor. Estou escrevendo um livro sobre alguém que morava aqui.

— As meninas Angelfield?

— Sim.

Aurelius balançou a cabeça pensativamente.

— Elas eram gêmeas, você sabe. Imagine só. — Por um momento o seu olhar ficou distante. — Você vai voltar, Margaret? — perguntou quando peguei minha bolsa.

— Com certeza.

Enfiou a mão no bolso e tirou um cartão. Aurelius Love, Organizador de Eventos Tradicionais para Casamentos, Batizados e Festas. Apontou para o endereço e o número do telefone.

— Ligue para mim, se voltar. Você tem de ir ao chalé para eu preparar um chá decente.

Antes de nos separarmos, Aurelius segurou minha mão e deu um tapinha nela, de um jeito carinhoso, antiquado. Depois seu corpanzil deslizou graciosamente pelos degraus, e ele fechou as portas pesadas atrás de si.

Vagarosamente, caminhei na direção da igreja, pensando no estranho que tinha acabado de conhecer — conhecer e fazer amizade. Era muito raro eu fazer isso. E, quando atravessei o portão com o telhadinho, refleti que talvez *eu* fosse a estranha. Era só imaginação minha ou, desde que conhecera a Sra. Winter, eu não era mais a mesma pessoa?

Túmulos

Eu tinha deixado para muito tarde; portanto, as fotografias estavam fora de questão. Então peguei o caderno para o meu passeio no cemitério. Angelfield era uma comunidade antiga mas pequena, e não havia muitos túmulos. Encontrei John Digence, *Levado para o jardim do Senhor*, e uma mulher, Martha Dunne, *Serva leal de Nosso Senhor*, cujas datas correspondiam ao que eu esperava para a Missus. Copiei os nomes, as datas e as inscrições no caderno. Um dos túmulos tinha flores frescas, um alegre buquê de crisântemos cor de laranja, e aproximei-me dele para ver quem era lembrado com tanto carinho. Era *Joan Mary Love, jamais esquecida.*

Embora procurasse, não vi o nome Angelfield em lugar nenhum. Mas isso não me intrigou por mais de um minuto. A família da casa não devia ter túmulos comuns no cemitério. Suas sepulturas deviam ser coisas grandiosas, marcadas por efígies e com longas histórias gravadas em mármore. E deviam estar dentro da capela.

A igreja era sombria. As velhas janelas, pedaços estreitos de vidro verde presos numa grossa moldura de pedra em forma de arco, deixavam entrar uma luz sepulcral que mal iluminava os arcos e as colunas de pedra, as abóbadas entre a madeira preta do telhado e a madeira encerada dos bancos. Depois que meus olhos se ajustaram, examinei as lápides de pedra e os monumentos da pequena capela. Angelfield mortos havia séculos tinham seus epitáfios ali, linhas e linhas de panegírico gravadas em fino mármore.

Eu voltaria outro dia para decifrar as gravações dessas gerações antigas; hoje só estava interessada num punhado de nomes.

Com a morte de George Angelfield, a loquacidade da família terminou. Charlie e Isabelle — porque presumivelmente foram eles que decidiram — não pareciam ter se esforçado muito para resumir a vida e a morte do pai para as gerações seguintes. *Livre dos sofrimentos terrenos, ele agora está com o Salvador* era a mensagem lacônica gravada na pedra. O papel de Isabelle neste mundo e a sua partida dele estavam resumidos nos termos mais convencionais: *Mãe e irmã muito amada, ela partiu para um lugar melhor.* Mas copiei a inscrição no caderno assim mesmo e fiz um cálculo rápido. Mais moça do que eu! Não tão tragicamente jovem quanto o marido, mas mesmo assim aquela não era uma idade para se morrer.

Quase perdia a inscrição de Charlie. Depois de eliminar todas as lápides da capela, já ia desistindo, quando meus olhos finalmente avistaram uma pedra escura, pequena. Tão pequena e tão escura que parecia destinada à invisibilidade ou, pelo menos, à insignificância. Não havia folha de ouro para dar relevo às letras; portanto, sem conseguir decifrá-las com os olhos, ergui a mão e passei as pontas dos dedos pela gravação, como se fosse braile, uma palavra de cada vez.

Charlie Angelfield
Ele partiu na noite escura.
Nunca mais o veremos.

Não havia datas.

Senti um arrepio súbito. Quem havia escolhido aquelas palavras? Teria sido Vida Winter? E qual o sentido por trás delas? Achei que havia uma certa ambigüidade naquela manifestação. Seria a dor da perda? Ou o adeus triunfante dos sobreviventes de alguém que não prestava?

Saindo da igreja e caminhando vagarosamente pelo caminho de cascalho na direção dos portões, senti alguma coisa leve, quase transparente, me examinando por trás. Aurelius tinha ido embora, então quem seria? O fantasma de Angelfield, talvez? Ou os olhos queimados da própria casa? Provavelmente era apenas um cervo, observando-me das sombras do bosque.

— É uma pena — disse meu pai naquela noite, na loja — que você não possa vir passar algumas horas em casa.

— Eu *estou* em casa — protestei, fingindo não entender. Mas eu sabia que ele estava se referindo à minha mãe. A verdade era que eu não podia suportar sua falsa alegria, nem a opacidade da sua casa. Eu vivia nas sombras, tinha feito amizade com a minha dor, mas na casa da minha mãe eu sabia que a minha tristeza não era bem-vinda. Ela talvez tivesse amado uma filha alegre, falante, cuja alegria teria ajudado a banir os seus próprios temores. Ela tinha medo dos meus silêncios. Eu preferia ficar longe. — Tenho tão pouco tempo — expliquei. — A Sra. Winter está ansiosa por continuar o trabalho. E só faltam algumas semanas para o Natal. E então voltarei.

— Sim — disse ele. — O Natal está próximo.

Ele pareceu triste e preocupado. Eu sabia que o motivo era eu, e me entristecia não poder fazer nada a respeito.

— Empacotei alguns livros para levar comigo para a casa da Sra. Winter. Fiz uma anotação nos cartões.

— Está bem. Não tem problema.

Naquela noite, acordei com uma pressão na beira da cama. A angularidade de um osso pressionando a minha carne através das cobertas.

É ela! Veio me buscar finalmente!

Tudo o que tenho a fazer é abrir os olhos e olhar para ela. Mas o medo me paralisa. Como será ela? Igual a mim? Alta e magra com olhos escuros? Ou — é isto que eu temo — ela veio direto do túmulo? Que coisa terrível é essa com que estou prestes a me encontrar — a me *reencontrar*?

O medo desaparece.

Acordei.

A pressão desapareceu, um fragmento de sono. Não sei se estou aliviada ou desapontada.

Levantei-me, arrumei a mala e, na manhã fria de inverno, caminhei até a estação para pegar o primeiro trem para o norte.

Meio

Hester Chega

Quando saí de Yorkshire, novembro ia avançado; quando voltei, ele estava nos últimos dias, perto de entrar dezembro.

Dezembro me dá dor de cabeça e diminui meu apetite, já normalmente reduzido. Não me deixa ler em paz. Ele me faz ficar acordada à noite com sua escuridão úmida, gelada. Há dentro de mim um relógio que começa a bater no primeiro dia de dezembro, marcando os dias, as horas e os minutos, em contagem regressiva até uma certa data, o aniversário do dia em que minha vida se fez e logo se desfez: meu nascimento. Não gosto de dezembro.

Neste ano essa sensação de mal-estar foi piorada pelo tempo. Um céu pesado pairava opressivamente por sobre a casa, mergulhando-nos num crepúsculo sombrio e eterno. Na minha volta, encontrei Judith percorrendo cômodo por cômodo, tirando lâmpadas de abajur, lâmpadas comuns e lâmpadas de leitura dos quartos de hóspede que nunca eram usados, para instalá-las na biblioteca, na sala de estar, até no meu quarto. Tudo para espantar a escuridão tenebrosa que se escondia por toda parte, debaixo de cada cadeira, nas pregas das cortinas e nas dobras dos tapetes.

A Sra. Winter não fez qualquer pergunta a respeito da minha ausência, nem me contou nada da evolução de sua doença, mas, mesmo após uma ausência tão curta, sua piora era visível. O casaquinho de casimira criava pregas aparentemente vazias em torno de sua figura minguada, e nos dedos os rubis e as esmeraldas pareciam haver se dilatado, tão esguias estavam suas mãos. A pequena linha branca que, quando eu parti, se podia perceber repartindo seu cabelo, tinha aumentado; insinuava-se em cada fio, diluindo os tons metálicos em um alaranjado esmaecido. Porém, apesar da fragilidade física, ela parecia tomada por uma força, uma energia, que superava tanto a doença quanto a idade e a tornava imponente. Mal apareci na sala, antes mesmo de me sentar e tomar meu caderno de notas, ela começou a falar, retomando a história de onde havia parado, como se ela estivesse para transbordar e não pudesse mais ser contida nem um minuto sequer.

Depois que Isabelle se foi, a cidade sentiu que devia fazer alguma coisa pelas crianças. Elas tinham 13 anos, uma idade que não podia ser descuidada; precisavam da presença de uma mulher. Não deveriam ir para a escola? Mas que escola iria aceitar crianças como aquelas? Quando ficou claro que escola era inviável, decidiu-se contratar uma governanta.

Encontrou-se uma governanta. Chamava-se Hester. Hester Barrow. Não era um nome bonito, mas ela também não era lá muito bonita.

O Dr. Maudsley encarregou-se de tudo. Charlie, aprisionado em sua dor, mal se dava conta do que estava acontecendo, e John Cavador e a Missus, meros empregados da casa, não tinham voz. O doutor juntou-se com o Sr. Lomax, procurador da família, e ambos, com a ajuda do gerente do banco, tomaram todas as providências. E pronto.

Impotentes, passivos, todos nós aguardávamos sua chegada, cada qual com suas emoções. A Missus ficou dividida. Desconfiou instintivamente daquela estranha que ia invadir seus domínios e, associado a essa desconfiança, estava o medo de ser considerada incompetente — pois ela tivera o controle de tudo durante anos e conhecia bem suas limitações. Ela também alimentava esperanças. De que a recém-chegada infundisse um senso de disciplina nas crianças e restaurasse os bons costumes e o equilíbrio mental naquela casa. Na verdade, seu desejo de uma vida doméstica bem assentada e harmônica era tão intenso que, na véspera da chegada da governanta, ela começou a dar ordens, como se nós fôssemos o tipo de crianças que iriam cumpri-las. Nem é preciso dizer que não demos a mínima.

Os sentimentos de John Cavador eram menos ambíguos, eram de fato totalmente hostis. Ele não se deixava levar pelos longos devaneios da Missus a respeito de como as coisas seriam e recusava-se com um silêncio de pedra a alimentar o otimismo que já estava querendo se enraizar no coração dela. "Ela é a pessoa mais acertada..." dizia ela, ou: "Ninguém imagina como as coisas vão melhorar...", mas ele lançava um olhar perdido para fora da janela da cozinha e não se deixava convencer. Quando o doutor sugeriu que ele podia pegar a charrete para buscar a governanta na estação, ele foi francamente grosseiro. "Não tenho tempo para ficar rodando por aí atrás dessas professorinhas", respondeu, obrigando o doutor a dar um jeito de ir buscá-la ele próprio. Desde o incidente no jardim topiário que John não era o mesmo, e agora, na iminência desta nova mudança, passava horas sozinho, remoendo o medo e as preocupações em relação ao futuro. Essa intrusa representava mais um par de olhos, mais um par de ouvidos, numa casa em que ninguém vira ou ouvira devidamente durante anos. John Cavador, acostumado à discrição, antevia problemas.

Cada qual à sua maneira, todos estávamos assustados. Todos, menos Charlie, é claro. Quando chegou o dia, só Charlie era a mesma pessoa. Trancado e longe das vistas, sua presença entretanto era notada pelos trovões e estrondos que sacudiam a casa de quando em quando, um fragor a que já nos habituáramos e ao qual nem dávamos mais importância. Em sua vigília por Isabelle, o homem não tinha noção de dia ou de tempo, e a chegada de uma governanta não significava nada para ele.

Naquela manhã estávamos preguiçosamente num dos quartos da frente do primeiro andar. Dir-se-ia que era um quarto de dormir, se a cama fosse visível sob a montanha de bagulhos que se acumulara sobre ela ao longo de décadas. Emmeline enfiava as unhas nos filetes cor de prata bordados nas cortinas. Quando conseguia arrancar algum, ela o guardava subrepticiamente no bolso para dá-lo mais tarde à pega que mantinha escondida debaixo da sua cama. Mas teve a concentração quebrada. Vinha chegando alguém e, soubesse ou não o que aquilo significava, fora contagiada pelo clima de ansiedade que reinava na casa.

Foi Emmeline quem primeiro ouviu a charrete. Da janela, nós observamos a recém-chegada apear, alisar as pregas da saia com duas batidas enérgicas das palmas das mãos e dar uma boa olhada à sua volta. Olhou para a porta da frente, para a esquerda, para a direita, e depois — eu pulei para trás — para cima. Talvez tenha nos confundido com um facho de luz ou com uma cortina balançando ao vento de uma vidraça quebrada. Seja lá o que tenha sido, não fomos nós que ela viu.

Porém nós a vimos. Através do novo furo na cortina de Emmeline. Não sabíamos o que pensar. Hester era de altura mediana. Compleição mediana. Seu cabelo não era nem louro nem castanho. A pele da mesma cor. Casaco, sapatos, vestido, chapéu: tudo na mesma tonalidade indistinta. Seu rosto era desprovido de traços característicos. E mesmo assim nós a olhávamos *fixamente*. Ficamos olhando fixamente para ela até nossos olhos doerem. Cada poro do seu rosto pequeno e comum parecia iluminado. Alguma coisa brilhava em suas roupas e em seu cabelo. Alguma coisa irradiava de sua bagagem. Alguma coisa projetava um fulgor em torno da pessoa dela, como uma lâmpada. Alguma coisa a fazia exótica.

Não tínhamos idéia do que poderia ser. Nunca antes havíamos imaginado algo igual.

Mas depois descobrimos.

Hester era limpa. Esfregada e ensaboada e enxaguada e polida e lustrada por toda parte.

Podem imaginar o que ela achou de Angelfield.

Após uns 15 minutos na casa, ela pediu a Missus que nos chamasse. Nós ignoramos, esperando para ver o que iria acontecer. Esperamos. E esperamos. Nada aconteceu. Esta foi a primeira vez que ela nos enganou, mal sabíamos disso. Toda a esperteza que tínhamos desenvolvido para nos esconder de nada valia se ela não vinha à nossa procura. E não veio mesmo. Ficamos à espera no quarto, cada vez mais entediadas, e logo exasperadas pela curiosidade que ia se implantando em nós apesar de toda a resistência.

Prestávamos atenção aos sons que vinham lá debaixo: a voz de John Cavador, o arrastar de móveis, algumas marteladas e batidas. Em seguida, silêncio. Na hora do almoço nos chamaram e não fomos. Às seis, a Missus chamou de novo: "Venham jantar com a nova governanta, meninas." Ficamos no quarto. Ninguém apareceu. Tinha início ali uma intuição de que a recém-chegada era uma força a ser combatida.

Mais tarde chegou-nos o som da casa se aprontando para ir dormir. Passos na escada, a Missus dizendo:"Espero que esteja se sentindo confortável, senhora", e a voz da governanta, aço aveludado: "Tenho certeza que sim, Sra. Dunne. Obrigada por toda essa trabalheira."

— E quanto às crianças, Sra. Barrow...

— Não se preocupe, Sra. Dunne. Elas ficarão bem. Boa noite.

E, após o ruído dos pés da Missus descendo as escadas, cuidadosamente, tudo ficou silencioso.

A noite caiu e a casa inteira adormeceu. Menos nós. Os esforços da Missus para nos fazer ver que a noite era para se dormir tinham fracassado, assim como todas as suas outras lições, e nós não tínhamos medo algum do escuro. Do lado de fora da porta da governanta, nós paramos e não ouvimos nada além do leve arranha-arranha de um rato sob as tábuas; então descemos as escadas rumo à despensa.

A porta não abria. Durante toda a nossa vida, a fechadura nunca fora usada, mas essa noite ela se traiu com um rastro recente de óleo.

Emmeline aguardou com paciência a porta abrir, como sempre aguardara anteriormente. Certa de que de um momento para o outro surgiriam à sua frente o pão, a manteiga e a geléia.

Mas não havia necessidade de entrar em pânico. O bolso do avental da Missus. Era nele que as chaves sempre ficavam: um anel de chaves enferrujadas, fora de uso, para portas, cadeados e armários da casa inteira, e um mínimo de esforço para descobrir a chave que correspondia a cada fechadura.

O bolso estava vazio.

Emmeline agitou-se, levemente surpresa com a demora.

A governanta estava se transformando num autêntico desafio. Mas ela não nos dobraria assim facilmente. Sairíamos de casa. Sempre era possível entrar em um dos chalés para comer alguma coisa.

A maçaneta da porta da cozinha deu uma volta e emperrou. Não adiantava puxar nem forçar: estava trancada a cadeado.

A janela quebrada da sala de visitas tinha sido fechada com tábuas, e as persianas, guardadas na sala de jantar. Só havia mais uma chance. Seguimos até o hall e as grandes portas duplas. Emmeline, meio zonza, ia atrás, morta de fome. Por que tanta preocupação com portas e janelas? Quanto tempo ainda teria que esperar para encher a barriga de comida? Um raio de luar, colorido de azul pelos vidros das janelas do hall, foi suficiente para iluminar os ferrolhos descomunais, pesados e fora do alcance, que tinham sido lubrificados e instalados bem no alto das portas duplas.

Estávamos presas.

Emmeline falou. "Nham Nham", disse ela, esfomeada. E, quando Emmeline sentia fome, Emmeline precisava se alimentar. Era muito simples. Estávamos num dilema. Demorou um pouco, mas finalmente o coitado do cérebro diminuto de Emmeline se deu conta de que a comida ardentemente desejada não viria. Um ar de desapontamento percorreu seus olhos e ela abriu a boca e chorou.

O som do seu choro subiu a escadaria de pedra, dobrou o corredor à esquerda, galgou mais alguns degraus e entrou por baixo da porta do quarto da nova governanta.

Logo um outro ruído veio se juntar a ele. Não o arrastar de pés meio às cegas da Missus, mas sim a passada firme, metronômica, dos pés de Hester Barrow. Um clique, clique, clique vivaz, mas sem pressa, descendo as escadas, enveredando pelo corredor, rumo à galeria.

Escondi-me entre as dobras da enorme cortina pouco antes de ela surgir na galeria. Era meia-noite. Parou no topo da escada, uma figurinha compacta, nem gorda nem magra, plantada sobre um robusto par de pernas, o conjunto encimado por aquela fisionomia serena e determinada. Em seu roupão azul corretamente enlaçado e com o cabelo elegantemente penteado, ela dava a todos a impressão de que dormia sentada e preparada para o amanhecer. Tinha o cabelo ralo e fixado rente à cabeça, as feições grosseiras e um nariz batatudo. Era feiosa, talvez mais do que feiosa, mas a feiúra em Hester estava longe de ter o mesmo efeito que teria em qualquer outra mulher. Ela atraía o olhar.

Emmeline, ao pé da escada, estivera soluçando de fome momentos antes, mas, no instante em que Hester apareceu em toda a sua imponência, parou de chorar e ficou olhando, aparentemente apaziguada, como se uma montanha de bolos tivesse surgido à sua frente.

— Que bom vê-la — disse Hester, descendo os degraus. — Quem é você? Adeline ou Emmeline?

Emmeline, boquiaberta, ficou calada.

— Não importa — disse a governanta. — Você gostaria de comer alguma coisa? E onde está sua irmã? Será que ela também quer?

— Nham — falou Emmeline, e não sei se foi a palavra *comer* ou se foi a própria Hester o que provocou isso.

Hester olhou em volta, à procura da outra gêmea. A cortina pareceu-lhe uma mera cortina, pois, após um olhar superficial, sua atenção voltou-se totalmente para Emmeline.

— Venha comigo. — Ela sorriu. Tirou uma chave do bolso do roupão. Era de um azul-prateado muito bem polido e escovado, cintilando intensamente sob a luz azul.

Foi o que bastou.

— Brilhante — pronunciou Emmeline e, sem saber do que se tratava ou da mágica que era capaz de produzir, ela foi seguindo a chave... e Hester com ela... pelos corredores gelados de volta à cozinha.

Entre as dobras da cortina minha sensação de fome deu lugar à raiva. Hester e sua chave! Emmeline! Era como se fosse novamente o carrinho de bebê. Era o *amor*.

Era a primeira noite, e a vitória foi de Hester.

A imundície da casa não se transferiu para a nossa imaculada governanta, como se poderia esperar. Muito pelo contrário. Os poucos raios de luz, tênues e poeirentos, que lutavam para penetrar nas janelas encardidas e nas pesadas cortinas, sempre pareciam incidir sobre Hester. Ela os atraía e os devolvia à escuridão, renovados e vitalizados pelo contato com ela. Pouco a pouco o brilho passou de Hester para a casa. No primeiro dia apenas o quarto dela foi afetado. Ela arrancou as cortinas e mergulhou-as numa tina de madeira cheia de água com sabão. Pendurou-as na corda onde o sol e o vento acordaram o estampado insuspeito de rosas amarelas e cor-de-rosa. Enquanto as cortinas secavam, lavou a janela com jornal e vinagre para deixar a luz entrar, e quando conseguiu enxergar o que estava fazendo, esfregou o quarto inteiro, do assoalho ao teto. Ao cair da noite, havia construído um pequeno cais de limpeza entre aquelas quatro paredes. E era só o começo.

Com sabão e alvejante, com energia e determinação, impôs a higiene naquela casa. Onde, por gerações, os moradores vagaram meio escondidos e desmotivados, levando a vida em torno unicamente de suas próprias obsessões esquálidas, Hester surgiu como um milagre de limpeza radical. Durante 36 anos o ritmo da vida do lado de dentro da casa fora estabelecido pelo movimento lento das partículas de poeira capturadas num eventual e tênue raio de luz solar. Agora eram os pezinhos de Hester que regulavam os minutos e os segundos e, com um vigoroso golpe de espanador, toda a poeira sumiu.

Depois da limpeza foi a vez da ordem, e a casa foi a primeira a sentir as mudanças. Nossa nova governanta fez um tour meticuloso. Percorreu tudo, de alto a baixo, soltando exclamações em cada piso. Nem um só armário ou cômodo escapou de sua observação; com lápis e caderno na mão ela percorreu cada peça, anotando desde infiltrações e vazamentos até janelas barulhentas, verificando as portas e as tábuas do assoalho que guinchavam, experimentando chaves velhas em fechaduras velhas, e marcando-as. Ela deixou as portas trancadas atrás de si. Embora fosse apenas um primeiro "reconhecimento", uma fase preparatória da restauração principal, ela ia fazendo mudanças nos cômodos em que entrava: uma pilha de cobertores num canto dobrados e arrumados sobre uma cadeira; um livro que ela pegava e punha debaixo do braço para devolver mais tarde à biblioteca; uma bainha de cortina que endireitava. Tudo feito com uma rapidez impressionante, mas sem transmitir a menor impressão de pressa. Parecia bastar que ela batesse os olhos numa sala ou num quarto para que a escuridão se retirasse, para que o caos começasse envergonhadamente a se organizar, para que os fantasmas se pusessem em fuga. Desse modo, todos os aposentos foram restaurados.

O sótão, é verdade, conseguiu detê-la. Seu queixo caiu e ela pareceu horrorizar-se com o estado do teto. Mas mesmo neste caos ela era invencível. Concentrou-se, cerrando os lábios, e escreveu no seu caderno com um vigor ainda maior. Já no dia seguinte veio um mestre-de-obras. Nós o conhecíamos da cidade — homem pacato, de passos medidos. Quando falava, esticava as vogais para descansar a boca antes da próxima consoante. Pegava seis ou sete empreitadas por vez e raramente concluía alguma; passava os dias fumando um cigarro atrás do outro e fiscalizava o trabalho sacudindo a cabeça fatalisticamente. Ele subiu as escadas da nossa casa com seu jeito preguiçoso característico, mas bastaram cinco minutos com Hester para que ouvíssemos seu martelo batendo sem parar. Ela o havia eletrizado.

Em poucos dias tínhamos horário para tudo: hora de comer, hora de ir para a cama, hora de levantar. Mais alguns dias, e havia sapatos limpos para dentro de casa, botas limpas para fora. E não só isso: os vestidos de seda foram lavados, consertados, ajustados e pendurados no armário para algum mítico "melhor", e a cada dia apareciam novos vestidos de popeline de algodão nas cores azul-marinho e verde com faixas e golas brancas.

Emmeline vicejou com o novo regime. Era bem-alimentada em horários regulares, tinha permissão para brincar — sob rígida supervisão — com as chaves brilhantes de Hester. Chegou a desenvolver uma paixão por banhos. Resistiu a princípio, berrou e distribuiu pontapés enquanto Hester e a Missus lhe tiravam a roupa e a mergulhavam na banheira, mas depois, quando se olhou no espelho e se viu limpa, com os cabelos trançados com capricho e presos num arco verde, sua boca se abriu e ela entrou em novo transe. Ela gostava de ser brilhante. Toda vez que Emmeline se encontrava na presença de Hester ficava examinando seu rosto às escondidas, na expectativa de um sorriso. E quando Hester sorria — o que não era incomum —, Emmeline a encarava fixamente, extasiada. Depois de algum tempo, aprendeu a retribuir o sorriso.

Outros habitantes da casa melhoraram muito também. A Missus teve os olhos examinados pelo médico, e depois de muito se queixar, foi levada a um especialista. Ao retornar, estava enxergando novamente. A Missus ficou tão contente ao ver a casa naquele novo estado de limpeza que todos os anos que passara ali, nas sombras, como que desapareceram, e ela rejuvenesceu o suficiente para se aliar a Hester nesse admirável mundo novo. Até John Cavador, que cumpria com morosidade as ordens de Hester e sempre procurava desviar firmemente seus olhos escuros do brilho que emanava dos dela, que tudo viam, não foi capaz de resistir ao efeito positivo daquela energia no ambiente doméstico. Sem falar com ninguém, ele pegou suas ferramentas e entrou no jardim pela primeira vez desde a catástrofe. Lá, juntou suas forças àquelas que a própria natureza oferecia para reparar a violência do passado.

Charlie foi menos diretamente influenciado. Ele se mantinha longe dela, e isso era bom para ambos. Hester não tinha interesse em fazer nada além do seu trabalho, e nós éramos o trabalho dela. Nossas mentes, nossos corpos e nossas almas, sim, mas nosso tutor estava fora da sua área de competência, e assim ela o pôs de lado. Ela não era Jane Eyre e ele não era o Sr. Rochester. Ante a sua elegante energia, ele se recolheu aos antigos quartos de criança no segundo andar, por trás de uma porta bem trancada, onde ele e suas lembranças revolviam as próprias chagas. Para ele, o efeito Hester limitava-se a uma melhora em sua dieta e a um controle mais firme sobre suas finanças, que, sob a direção honesta mas frágil da Missus, havia sido saqueada por comerciantes e empresários inescrupulosos. Ele nem sequer notou qualquer das mudanças para melhor e, mesmo se as tivesse notado, tenho minhas dúvidas de que se importaria.

Mas Hester mantinha as crianças sob controle e longe de suas vistas, e se ele tivesse refletido sobre isso, teria ficado agradecido. Sob o reinado de Hester, não havia motivo para que vizinhos hostis viessem reclamar das gêmeas, para uma incursão à cozinha a fim de ganhar um sanduíche preparado pela Missus, acima de tudo não havia necessidade de sair, ainda que por um instante, do mundo da imaginação em que ele morava com Isabelle, só com Isabelle, sempre com Isabelle. O que ele perdeu em território ganhou em liberdade. Nunca escutou a voz de Hester; nunca a viu; a idéia dela jamais, nem uma única vez, lhe passou pela cabeça. Ela o satisfazia inteiramente.

Hester vencera. Ela podia parecer uma batata, mas não havia nada que aquela garota não fosse capaz de fazer, se assim decidisse.

A Sra. Winter fez uma pausa, os olhos fixos em um canto da sala, onde seu passado se exibia para ela com mais realismo do que o presente e eu. Nos cantos de sua boca e de seus olhos entreviam-se sinais de dor e aflição. Preocupada com a fragilidade da linha que a ligava ao passado, eu ansiava não por rompê-la, mas igualmente para que ela não interrompesse a história.

A pausa se prolongava.

— E a senhora? — provoquei-a com toda a delicadeza. — E quanto à senhora?

— Eu? — Ela piscou os olhos vagamente. — Ah, eu gostei dela. O problema foi esse.

— Problema?

Piscou outra vez, mexeu-se na poltrona e me olhou de um jeito novo, penetrante. Ela cortara a linha.

— Acho que chega por hoje. Você pode ir.

A Caixa de Vidas

Com a história de Hester, rapidamente voltei à rotina. Pela manhã, ouvia a Sra. Winter contar-me sua história, já agora mal me importando com meu caderno. Mais tarde, no quarto, com minhas resmas de papel, meus 12 lápis vermelhos e meu fiel apontador, transcrevia o que tinha memorizado. À medida que as palavras fluíam da ponta do lápis para a página, iam evocando em meus ouvidos a voz da Sra. Winter; depois, quando lia em voz alta o que havia escrito, sentia meu rosto como que reproduzindo as expressões dela. Minha mão esquerda se erguia e abaixava imitando seus gestos enfáticos, enquanto a direita, como se paralisada, permanecia sobre o colo. As palavras viravam imagens em minha mente. Hester, limpa, asseada e envolta num brilho prateado, num halo que ia aumentando até abranger seu corpo inteiro, em seguida o quarto, a casa e todos os seus moradores. A Missus transformava-se de uma figura que se movia lentamente nas sombras em alguém cujos olhos dardejavam, de tão radiantes. E Emmeline, sob a magia da aura reluzente de Hester, deixava de ser uma criatura errante, suja e subnutrida para se tornar uma garotinha asseada, carinhosa e robusta. Hester projetou sua luz até sobre o jardim, fazendo-a incidir nos galhos devastados dos teixos, que passaram a vicejar verdes e vigorosos. Havia Charlie, é verdade, arrastando-se na obscuridade fora deste círculo, que podia ser ouvido, mas não visto. E John Cavador, o jardineiro de apelido esquisito, ruminando por ali, relutando em deixar-se banhar pela luz. E Adeline, a misteriosa e obscura Adeline.

Sempre mantive uma caixa de vidas para meus projetos bibliográficos. Um fichário com detalhes — nome, ocupação, datas, endereço e qualquer informação que parecesse relevante — mesmo das pessoas mais insignificantes na vida do meu biografado. Nunca soube muito bem o que fazer com essas caixas de vidas. Dependendo do meu estado de espírito, elas podem me oferecer elementos para animar o morto ("Olha lá!", eu os imagino falando enquanto me olham através da vidraça. "Ela está anotando a gente em suas fichas! E pensar que estivemos mortos por mais de duzentos anos!") ou, quando a vidraça é escura demais e eu me sinto solitária e isolada do lado de cá, elas parecem pequenas pedras tumulares de papelão, inanimadas e frias, e a própria caixa tão morta quanto o cemitério. O elenco de personagens da Sra. Winter era muito reduzido e, quanto mais eu os manipulava, mais sua insignificância me ia deixando desalentada. Eu estava ganhando uma história de presente, mas a informação estava longe de ser a que eu precisava.

Peguei uma ficha em branco e comecei a anotar.

Hester Barrow
Governanta
Angelfield House
Nascimento: ?
Morte: ?

Parei. Pensei. Fiz uns cálculos com os dedos. As garotas tinham só 13 anos. E Hester não era velha. Com toda aquela disposição, não poderia ser. Teria 30? E se tivesse 25? Apenas 12 anos mais velha do que as garotas... Seria possível isso?, perguntei a mim mesma. A Sra. Winter, com mais de 70, estava à beira da morte. Mas isso não queria dizer necessariamente que alguém mais velho do que ela já houvesse morrido. Quais as chances?

Só havia uma coisa a fazer.

Acrescentei outra anotação à ficha e sublinhei.

ENCONTRÁ-LA.

Teria sido por que eu resolvera procurar Hester que ela me apareceu em sonhos naquela noite?

Uma figura comum num roupão elegantemente enlaçado, no alto da escadaria, balançando a cabeça e franzindo os lábios para as paredes manchadas de fogo, as tábuas do assoalho quebradas, retorcidas, e a hera que invadia a escadaria de pedra. No meio de todo aquele caos, tudo ao seu redor era tão claro. Tão calmo. Aproximei-me, pousei sobre ela como uma mariposa. Mas quando penetrei no seu círculo mágico, nada aconteceu. Eu ainda estava nas trevas. Os olhos vivazes de Hester moviam-se rapidamente de lá para cá, captando tudo, até descansar sobre alguém às minhas costas. Minha irmã gêmea, ou foi assim que interpretei no sonho. Porém, ao passar por mim, seus olhos não enxergaram nada.

Despertei, sentindo um calafrio familiar nas costelas, e repassei as imagens do sonho até entender a origem do meu terror. Nada havia de terrível na figura de Hester em si. Nada assustador no sereno correr dos seus olhos pelo meu rosto. Não foi o que *vi* no sonho, mas o que eu *era* que me deixou tremendo na cama. Se Hester não me via, devia ser porque eu era um fantasma. E se eu era um fantasma, então estava morta. Como poderia ser diferente?

Levantei-me e fui ao banheiro para lavar todo o meu medo. Evitando o espelho, olhei minhas mãos na água, mas o que vi encheu-me de pavor. Ao mesmo tempo que estavam aqui, eu sabia que elas também existiam no outro lado, onde se encontravam mortas. E os olhos que as viam, meus olhos, estavam mortos naquele outro lugar também. E minha mente, que pensava tais pensamentos... não estaria ela igualmente morta? Um profundo horror apoderou-se de mim. Que espécie de criatura anormal eu era? Que aborto da natureza seria esse que divide uma pessoa em dois corpos antes de nascer e depois mata um deles? E o que restou de mim? Meio morta, exilada no mundo da vida durante o dia, enquanto à noite minha alma se separa do seu duplo num limbo espectral.

Acendi a lareira antes da hora habitual, fiz um chocolate quente, em seguida vesti um roupão e me envolvi em cobertores para escrever uma carta ao meu pai. Como estava a loja, e como estava mamãe, e como estava ele, e como, perguntei a mim mesma, poderia alguém encontrar alguém? Detetives particulares existem de fato ou apenas em livros? Contei-lhe o pouco que sabia sobre Hester. Uma investigação poderia ter início com tão escassa informação disponível? Um detetive particular pegaria um caso como o que eu tinha em mente? Se não, quem o faria?

Reli a carta. Doce e cordial, em nada denunciava o meu medo. O dia estava rompendo. O tremor cessara. Logo Judith chegaria com o café-da-manhã.

O Olho no Teixo

Não havia nada que a nova governanta não fosse capaz de fazer, se assim decidisse.

Ao menos era o que parecia, a princípio.

Mas, após algum tempo, começaram a surgir dificuldades. A primeira delas foi um entrevero com a Missus. Após arrumar e limpar os quartos e deixá-los trancados, Hester encontrou-os novamente destrancados. Chamou a Missus.

— Há necessidade — quis ela saber — de deixar os quartos abertos quando não estão em uso? O que acontece é que as garotas entram onde bem entendem e fazem uma bagunça onde estava tudo arrumado. Isso cria um trabalho desnecessário para você e para mim.

A Missus mostrou-se totalmente de acordo, e Hester saiu da conversa plenamente satisfeita. Mas, uma semana depois, outra vez ela se deparou com portas abertas que deveriam estar trancadas, e de novo chamou a Missus, de cara fechada. Dessa vez não iria aceitar promessas vagas, estava decidida a ir fundo na questão.

— É por causa do ar — explicou a Missus. — Sem ar circulando, a casa fica tremendamente úmida.

Hester deu à Missus uma lição sucinta, em termos bem simples, a respeito da circulação de ar e da umidade e mandou-a embora, certa de que agora tinha resolvido o problema.

Uma semana depois percebeu portas destrancadas novamente, mas então não chamou a Missus. Refletindo, sentiu que havia nessa questão de trancar portas algo além do que os olhos alcançavam. Decidiu estudar a Missus, descobrir pela observação o que se ocultava por trás do destrancamento de portas.

O segundo problema envolvia John Cavador. Sua desconfiança em relação a ela não lhe passara despercebida, mas ele não iria se livrar dela assim. Era uma estranha naquela casa, e cabia a ela demonstrar que estava ali pelo bem de todos e não para causar problemas. Com o tempo conseguiria dobrá-lo, tinha certeza. Muito embora ele já parecesse acostumado à sua presença, a desconfiança inexplicavelmente estava demorando a desaparecer. E um dia a desconfiança desencadeou algo mais. Ela se aproximara dele por um motivo banal. No nosso jardim ela vira, ou assim lhe parecera, uma criança da cidade que deveria estar na escola.

— Quem é a criança? — quis saber. — Quem são os pais dela?

— Não tenho nada a ver com isso — respondeu John, com uma rispidez que a surpreendeu.

— Eu não disse que tinha — retrucou ela com toda a calma —, mas essa criança devia estar na escola. Tenho certeza de que você concorda comigo quanto a isso. Se me disser quem é, posso falar com os pais e com a professora dela a respeito.

John Cavador deu de ombros e fez menção de ir embora, mas ela não era mulher que se dispensasse dessa maneira. Foi ao encontro dele, postou-se bem à sua frente e repetiu a pergunta. E por que não? Era uma coisa perfeitamente razoável, e ela estava agindo de modo civilizado. Que razões teria aquele homem para afrontá-la assim?

Mas ele a afrontou.

— As crianças da cidade não vêm aqui — foi sua única resposta.

— Essa veio — insistiu ela.

— Elas ficam longe, com medo.

— Isso é ridículo. De que teriam medo? A criança estava com um chapéu de aba larga e uma calça de homem cortada nas pernas. Tinha um aspecto bem característico. Você deve saber de quem se trata.

— Não vi criança nenhuma — foi sua resposta, pondo fim à conversa e, mais uma vez, pretendendo se retirar.

Hester era teimosa.

— Mas você *deve* tê-la visto...

— Senhora, é preciso ter uma cabeça especial para ver coisas que não existem. E sou um sujeito simples. Onde não há o que ver, eu não vejo nada. Se eu fosse a senhora, faria o mesmo. Tenha um bom dia.

Com essas palavras ele se foi, e dessa vez Hester não tentou impedi-lo. Ficou ali parada, balançando a cabeça, atordoada, e se perguntando o que teria dado no homem. Angelfield parecia mesmo uma casa cheia de quebra-cabeças. No entanto, não havia nada que lhe desse tanto prazer quanto um bom exercício mental. Ela queria ir logo ao fundo das coisas.

A perspicácia e a inteligência de Hester eram verdadeiramente extraordinárias. Mas, contrabalançando esses dotes, havia o fato de que ela não sabia exatamente com quem estava lidando. Por exemplo: o costume de deixar que as gêmeas fizessem o que bem entendessem por curtos períodos de tempo enquanto ia cumprir outros compromissos. Primeiro, ela as observava com atenção, avaliando seus estados de ânimo, considerando sua rotina, o comportamento às refeições, os padrões de atividade e descanso. Quando os resultados da análise lhe apontavam que as gêmeas tendiam a passar uma hora sossegadas, dentro de casa, sentia que podia deixá-las sozinhas. E dedicou uma dessas ocasiões a um propósito específico. O doutor viera, e ela quis ter uma conversinha em particular com ele. Uma conversa *reservada*.

Pobre Hester. Não existe privacidade quando há crianças por perto.

Ela o encontrou na porta da frente.

— O dia está lindo. Que tal caminharmos pelo jardim?

Foram em direção ao jardim, sem se dar conta de que estavam sendo seguidos.

— A senhora conseguiu um milagre, Sra. Barrow — começou o doutor. — Emmeline está mudada.

— Não — disse Hester.

— Sim, eu lhe asseguro. Minhas expectativas foram mais do que atendidas. Estou impressionado.

Hester baixou a cabeça e afastou seu corpo imperceptivelmente do dele. Tomando sua resposta como sinal de modéstia, ele ficou calado, achando que a sufocara com tantos elogios. O teixo recém-aparado propiciou-lhe algo a admirar, enquanto a governanta recobrava o sangue-frio. Se ele não ficasse tão absorvido pelas formas geométricas da árvore, teria notado o ar contrariado dela e percebido seu erro.

Seu protesto. — *Não* — estava longe de ser o gesto feminino de afetação pelo qual o doutor o tomara. Era, na verdade, uma declaração franca e honesta. Claro que Emmeline havia mudado. Diante da presença de Hester, como poderia ser de outra forma? Não havia milagre nenhum nisso. E era o que ela pretendia dizer com aquele *Não.*

Mas não se surpreendeu com a condescendência dos comentários do doutor. Neste mundo não se esperava que sinais de genialidade nas governantas merecessem reconhecimento; não obstante, acho que ela se sentiu desapontada. Considerava o médico a única pessoa em Angelfield *capaz* de entendê-la. Mas ele não a entendeu.

Ela se virou para o doutor e se deu conta de que estava contemplando suas costas. Ele tinha se levantado, as mãos nos bolsos, os ombros retos, e olhava para cima, para o ponto onde terminava o teixo e começava o céu. Seus cabelos estavam ficando grisalhos, e tinha um círculo perfeito de calva rosada do tamanho de uma polegada e meia bem no alto da cabeça.

— John está dando um jeito no estrago que as gêmeas fizeram — disse Hester.

— O que as levou a fazer uma coisa dessas?

— No caso de Emmeline, é fácil responder. Foi Adeline que a forçou. Quanto ao que levou Adeline a fazer isso, já é uma questão bem mais complexa. Duvido que ela se conheça. Na maior parte das vezes é guiada por impulsos que parecem não ter um fator consciente. Seja qual for o motivo, o efeito foi devastador para John. A família dele vem cuidando deste jardim há gerações.

— Que maldade. É mais chocante partindo de uma criança.

Sem que o doutor a visse, ela fez um ar de desânimo. Ele claramente não sabia muita coisa sobre crianças.

— Maldade mesmo. Mas as crianças são capazes de cometer grandes crueldades. Só que nós não gostamos de pensar isso delas.

Devagar, começaram a caminhar por entre as árvores de formas moldadas, admirando os teixos e comentando o trabalho de Hester. A uma distância segura, mas com os ouvidos atentos, uma pequena espiã os seguia, movendo-se de um teixo para o outro, sempre protegida. Eles iam para a direita, para a esquerda; às vezes voltavam atrás; era um jogo de ângulos, uma dança refinada.

— Você deve estar feliz com os resultados dos seus esforços com Emmeline, não, Sra. Barrow?

— Sim. Com mais um ano sob meus cuidados, não vejo razão para que Emmeline não deixe de ser indisciplinada de uma vez por todas e se torne permanentemente a garota doce que sabe ser quando quer. Não será brilhante, porém, mais uma vez, não vejo por que um dia não possa levar uma vida satisfatória separada da irmã. Talvez até se casar. Nem todo homem procura inteligência numa mulher, e Emmeline é muito carinhosa.

— Que bom, que bom.

— Já com Adeline a questão é bem diferente.

Eles se detiveram diante de um arbusto frondoso com um galho cortado pela metade. A governanta foi examinar de perto os galhos marrons de dentro e tocou num dos ramos novos, carregados de folhas verdes lustrosas, que brotavam do velho tronco em busca de luz. Deu um suspiro.

— Adeline me intriga, Dr. Maudsley. Eu gostaria do seu parecer médico.

O doutor fez uma meia reverência amável.

— Perfeitamente. O que a está deixando intrigada?

— Jamais conheci uma criança tão perturbada. — Fez uma pausa. — Perdoe minha lentidão, mas não há maneira sucinta de explicar as esquisitices que percebo nela.

— Pois use o tempo que for preciso. Não estou com pressa.

O doutor apontou para um banco baixo, em cuja parte de trás uma cerca viva de buxo fora moldada até formar uma arcada de floreios rebuscados, do tipo que freqüentemente se usa na cabeceira de um leito artesanalmente construído. Sentaram-se bem de frente para uma das maiores formas geométricas do jardim.

— Olhe, um dodecaedro.

Hester não fez caso do comentário e deu início à sua explanação.

— Adeline é uma criança hostil e agressiva. Ressente-se da minha presença na casa e resiste a todas as minhas tentativas de impor a ordem. Alimenta-se de forma displicente; rejeita a comida até estar quase morta de fome, e só então vai comer, assim mesmo um bocado mínimo. Só toma banho à força e, a despeito de sua fragilidade, são necessárias duas pessoas para mantê-la na água. Toda demonstração de carinho da minha parte é recebida com a mais absoluta indiferença. Parece incapaz de sentir qualquer das emoções humanas e, falando com a maior franqueza, Dr. Maudsley, tenho me perguntado se ela deseja retornar ao seio da humanidade normal.

— Ela é inteligente?

— É esperta, dissimulada. Mas não consegue se interessar por nada além dos próprios desejos, vontades e apetites.

— E nas aulas?

— O senhor há de compreender que com meninas como essas as aulas não são o que costumam ser para crianças normais. Não há matemática, nem latim, nem geografia. Entretanto, em nome da ordem e da rotina, elas assistem a duas horas, duas vezes por dia, e eu as educo contando histórias.

— E ela gosta?

— Ah, se eu ao menos soubesse responder a essa pergunta! Ela é totalmente *selvagem*, Dr. Maudsley. Precisa de algum truque para ser atraída à sala ou, muitas vezes, tenho de recorrer ao John para levá-la à força. Faz qualquer coisa para escapar, esperneando ou deixando o corpo todo rígido de modo a dificultar sua passagem pela porta. Fazê-la sentar-se é praticamente impossível. Na maioria das vezes, John é obrigado a simplesmente largá-la no chão. Nunca olha para mim nem me escuta durante as aulas, apenas se recolhe a uma espécie de mundo interior só dela.

O doutor escutou com atenção e inclinou a cabeça.

— É um caso complicado. O comportamento dela lhe causa uma enorme ansiedade e a senhora receia que os resultados dos seus esforços possam ter menos êxito do que com a irmã. E, no entanto — ele deu um sorriso charmoso —, perdoe-me, Sra. Barrow, se eu não percebo por que a senhora se diz desconcertada com ela. Pelo contrário, seu relato do estado comportamental e mental dessa menina é mais coerente do que a maioria dos estudantes de medicina seria capaz de produzir, dadas as mesmas condições.

Ela o encarou fixamente.

— Ainda não cheguei à parte desconcertante.

— Ah.

— Existem métodos que no passado deram certo com crianças como Adeline. Tenho minhas próprias estratégias, nas quais confio muito, e que não hesitaria em pôr em prática se não fosse...

Hester vacilou, e dessa vez o doutor foi suficientemente esperto para esperar que ela prosseguisse. Quando voltou a falar, o fez bem devagar, pesando cada palavra com o maior cuidado.

— É como se houvesse uma névoa em torno de Adeline, uma névoa que a separa não só da humanidade, como dela própria. E às vezes a névoa se dilui, e às vezes a névoa se desfaz, e uma outra Adeline emerge. Mas então a névoa ressurge e ela volta a ser como antes.

Hester olhou para o médico, observando-lhe a reação. Ele franziu o cenho, mas acima da testa, no ponto em que o cabelo rareava, a pele era lisa e rosada.

— Como ela fica nessas horas?

— Os sinais exteriores são muito poucos. Durante semanas, não atentei para o fenômeno, e mesmo depois demorou algum tempo até que me sentisse segura para procurá-lo.

— Entendo.

— Em primeiro lugar, a respiração. Ela às vezes se altera, e sei que, embora finja estar em seu próprio mundo, ela está me escutando. E as mãos...

— As mãos?

— Geralmente estão espalmadas, tensas, assim... — Hester demonstrou. — Mas outras vezes percebo que ficam relaxadas, assim — e seus próprios dedos relaxaram com delicadeza. — É como se o envolvimento dela com a história lhe ocupasse toda a atenção e, ao fazê-lo, minasse suas defesas, deixando-a relaxada e esquecida das demonstrações de rejeição e desconfiança. Já trabalhei com muitas crianças problemáticas, Dr. Maudsley, tenho uma experiência razoável. E o que vi indica o seguinte: contra todas as aparências, o que há nela é uma *fermentação.*

O médico não respondeu de imediato, mas pensou a respeito, e Hester pareceu gratificada pela consideração.

— O aparecimento desses sinais segue algum padrão?

— Nada que eu possa afirmar com segurança ainda... Mas...

Ele inclinou a cabeça de lado, encorajando-a a continuar.

— Provavelmente não é nada, mas determinadas histórias...

— Histórias?

— *Jane Eyre*, por exemplo. Contei a elas uma versão resumida da primeira parte, durante vários dias, e notei isso. Dickens também. Os contos históricos e de costumes nunca fizeram o mesmo efeito.

O doutor franziu as sobrancelhas.

— E isso é uma coisa consistente? A leitura de *Jane Eyre* sempre provoca as mudanças que está me descrevendo?

— Não. Aí está a dificuldade.

— Hummm. Então o que pretende fazer?

— Há técnicas para lidar com crianças resistentes e ensimesmadas como Adeline. Um tratamento rigoroso agora pode ser capaz de livrá-la de ir futuramente para alguma instituição. Entretanto, esse tratamento impõe a observação de uma rotina rígida e a supressão de muita coisa que a estimula, e pode vir a ser muito prejudicial a...

— À criança que vimos por entre as brechas da névoa?

— Exatamente. Na verdade, para *essa* criança, nada poderia ser pior.

— E essa criança, a garota na névoa? Que futuro se poderia prever para ela?

— Esta questão é prematura. Basta dizer que, por enquanto, não dá para afirmar que ela esteja condenada. Quem sabe o que ela poderá vir a ser?

Ficaram sentados em silêncio, olhando a frondosa geometria à sua frente e como que contemplando o problema que Hester havia trazido, enquanto, sem perceberem, o próprio problema em pessoa, bem oculto pelas árvores moldadas, olhava para eles através das folhagens.

Por fim, o doutor falou.

— Não há, que eu conheça, descrição médica sobre o que poderia causar efeitos mentais da espécie que a senhora acaba de relatar. Porém isso talvez se deva à minha ignorância. — Ele esperou que ela fosse protestar; mas Hester não o fez. — H-hum. O mais prudente seria fazer um exame meticuloso da criança para determinar o seu estado geral de saúde, tanto físico quanto mental, como primeira providência.

— Era isso exatamente que eu estava pensando — replicou Hester. — Agora... — ela revirou os bolsos —, aqui estão as minhas anotações. O senhor encontrará descrições de cada situação que presenciei, juntamente com uma análise preliminar. Quem sabe após o exame o senhor possa ficar por uma meia hora para me passar suas primeiras impressões? Então poderemos determinar o próximo passo.

Ele a olhou um tanto espantado. Ela estava extrapolando o papel de governanta e comportava-se como um médico especialista!

Hester deu-se conta disso.

Hesitou. Tinha como voltar atrás? Era demasiado tarde? Tomou coragem. Perdida por um, perdida por mil.

— Não é um dodecaedro — falou, com uma expressão maliciosa. — É um tetraedro.

O médico levantou-se do banco e foi comprovar de perto a forma moldada na árvore. Um, dois, três, quatro... Seus lábios moviam-se fazendo a contagem.

Meu coração parou. Será que ele ia dar a volta na árvore, calculando as faces planas e os ângulos? Será que acabaria tropeçando em mim?

Mas ele chegou ao seis e parou. Sabia que estava certo.

Então houve um momento curioso, em que os dois ficaram olhando um para o outro. O rosto dele parecia indeciso. O que seria aquela mulher? Com que autoridade se dirigia a ele daquela forma? Não passava de uma governanta provinciana, atarracada e com cara de batata. Ou não?

Silenciosamente, ela o olhou de volta, trespassada pela indecisão que se vislumbrava em seu rosto.

O mundo como que se inclinou uma fração sobre seu eixo, e ambos desviaram o olhar, embaraçados.

— O exame — lembrou Hester.

— Na quarta-feira à tarde, está bem? — propôs o médico.

— Quarta à tarde.

E o mundo retornou ao próprio eixo.

Caminharam de volta para casa e, ainda na trilha, o doutor se despediu.

Atrás do teixo a pequena espiã roía as unhas e refletia.

Cinco Notas

Um áspero véu de cansaço irritava meus olhos. Minha cabeça estava fraca. Tinha trabalhado o dia inteiro e metade da noite, e agora sentia medo de ir dormir.

Minha mente estaria me pregando peças? Tinha a impressão de estar ouvindo uma música. Ou melhor, apenas cinco notas soltas. Abri a janela para me certificar. É, definitivamente o som vinha do jardim.

Palavras eu consigo entender. É só me dar um fragmento de texto cortado ou truncado que sou capaz de adivinhar o que deve ter vindo antes e o que deverá vir em seguida. Ou, se não isso, consigo no mínimo reduzir o número de alternativas mais prováveis. Música, porém, não é a minha linguagem. Essas cinco notas seriam a introdução de uma cantiga de ninar? Ou o trecho final de uma elegia? Impossível dizer. Sem começo e fim para contextualizá-las, sem uma melodia para enquadrá-las, o que as mantinha juntas, fosse o que fosse, parecia precariamente incerto. Toda vez que a primeira nota soava havia um instante de ansiedade à espera de descobrir se sua companheira ainda estava ali ou se fora levada pela corrente, soprada pelo vento, para sempre perdida. A mesma coisa na terceira e na quarta. E na quinta, apenas a sensação irremediável de que mais cedo ou mais tarde os frágeis elos que ligavam esse conjunto aleatório de notas haveriam de se romper, tal como se romperam os elos com o restante da música, e até mesmo este fragmento final, vazio, desapareceria para sempre, misturado ao vento como as últimas folhas de uma árvore no inverno.

Teimosamente mudas toda vez que minha mente implorava para que tocassem, as notas me surgiam sempre de algum lugar quando eu não estava pensando nelas. Mergulhada no trabalho, ao entardecer, dava-me conta de que elas haviam estado se repetindo em minha mente por um bom tempo. Ou então na cama, meio acordada, meio dormindo, ficava a distância ouvindo-as entoar para mim sua canção indistinta, sem sentido.

Mas agora eu estava realmente escutando. Primeiro uma nota só, suas companheiras abafadas pela chuva que batia na janela. Não era nada, dizia eu, e preparava-me para voltar a dormir. Mas então, a uma trégua da chuvarada, três notas se faziam ouvir por sobre o ruído da água.

A noite era muito densa. O céu era tão escuro que somente o som da chuva me permitia imaginar o jardim. Essa percussão era a chuva nas janelas. As rajadas eventuais, amenas, eram chuva nova sobre a relva. O som gotejante era a água descendo pela calha e escoando. Plec-plec-plec. Água escorrendo das folhas até o chão. Se eu não estava louca ou sonhando, era detrás disso tudo, debaixo, do meio, que vinham as cinco notas. Lá, lá, lá, lá, lá.

Enfiei minhas botas, pus um casaco e saí para a escuridão lá fora.

Não dava para enxergar minha própria mão diante do rosto. Não se ouvia nada, a não ser o som das botas esmagando a grama. Consegui captar um sinal: um som estridente, nada musical. Não um instrumento, mas uma voz humana atonal, dissonante.

Devagar e parando a cada passo, fui atrás das notas. Desci pelas bordas largas e alcancei o jardim com o lago artificial — pelo menos eu pensava que era lá que eu estava. Errei o caminho, topei com uma terra fofa onde eu achava que havia uma trilha e acabei indo parar não junto ao teixo, conforme imaginava, mas numa espécie de canteiro de arbustos da altura dos joelhos, cheios de espinhos que se agarravam às minhas roupas. A partir daí desisti de tentar descobrir onde estava e, orientando-me apenas pelo ouvido, segui as notas como o fio de Ariadne em meio a um labirinto que eu não reconhecia mais. Elas soavam a intervalos irregulares e, toda vez que eu pretendia avançar em sua direção, o silêncio detinha-me e eu ficava à espera de uma nova pista. Quanto tempo estive perambulando por ali, no escuro, atrás delas? Quinze minutos, meia hora talvez? O que sei é que, passado esse tempo, me vi de volta à mesma porta por onde saíra de casa. Eu havia completado — ou me fizeram completar — um círculo perfeito.

O silêncio era absoluto. As notas tinham morrido, e em seu lugar a chuva recomeçou.

Em vez de entrar, sentei-me no banco, descansei a cabeça sobre meus braços cruzados, sentindo a chuva cair em minhas costas, no pescoço, no cabelo.

Parecia loucura ter enveredado pelo jardim atrás de algo tão insubstancial, e quase me convenci de que não escutara coisa alguma, que tudo fora obra da minha própria imaginação. Em seguida meus pensamentos tomaram outros rumos. Perguntei-me quando meu pai iria enviar-me orientações para eu procurar Hester. Pensei em Angelfield e franzi o cenho: o que seria de Aurelius quando a casa fosse demolida? Pensar em Angelfield me fez pensar no fantasma, e isso me levou a pensar em meu próprio fantasma, a foto que eu tirara dela, perdida em meio a uma névoa branca. Resolvi telefonar para minha mãe no dia seguinte, mas essa foi uma decisão sem conseqüências; ninguém pode cobrar de ninguém uma decisão tomada no meio da noite.

E então minha espinha deu um alarme.

Uma presença. Aqui. Agora. Ao meu lado.

Dei um pulo e olhei em volta.

A escuridão era total. Não se via nada nem ninguém. Tudo, inclusive o grande carvalho, estava imerso na escuridão, e o mundo se reduzia aos olhos que me vigiavam e ao frenesi descompassado do meu coração.

Não podia ser a Sra. Winter. Não aqui. Não a essa hora da noite.

Então, quem?

Senti *antes* de sentir. Aquele toque em meu flanco — indo e voltando.

Era o gato, Sombra.

Ele me deu outra cutucada, roçou a cara de novo nas minhas costelas, e com um miado, um tanto indolente, se fez anunciar. Estiquei a mão e o afaguei, enquanto meu coração tentava retomar o ritmo. O gato ronronou.

— Você está todo molhado — falei com ele. — Venha, seu bobo. Essa não é uma noite para se ficar do lado de fora.

Ele me seguiu até o quarto, ficou se lambendo até secar enquanto eu enrolava o cabelo numa toalha, e acabamos dormindo juntos na cama. Ao menos uma vez — provavelmente devido à proteção do gato — meus sonhos mantiveram-se bem afastados.

O dia seguinte foi nublado e sombrio. Depois da costumeira entrevista, fui dar um passeio pelo jardim. À luz melancólica do início da tarde, tentei reproduzir o trajeto que fizera a horas mortas. No começo foi bem tranqüilo, desci pelas bordas largas e alcancei o jardim com o lago artificial. Mas então me perdi. A lembrança de ter pisado num canteiro de terra fofa e molhada me deixou mais confusa, pois cada canteiro e cada borda estavam imaculadamente varridos e arrumados. Assim mesmo fiz algumas tentativas ao acaso, tomei aleatoriamente uma ou outra decisão e empreendi um trajeto mais ou menos circular que deveria ou não reproduzir, ao menos em parte, meu giro noturno.

Não vi nada de extraordinário. A não ser pelo fato de que dei de cara com Maurice, e que dessa vez ele falou comigo. Estava de joelhos, revolvendo, recompondo e arrumando a terra e, ao sentir que eu vinha vindo pelo gramado às suas costas, olhou para cima.

— Malditas raposas — resmungou. E retornou ao trabalho.

Voltei para a casa e comecei a transcrever minhas anotações da entrevista matinal.

A Experiência

Chegou o dia do exame médico, e o Dr. Maudsley compareceu à residência. Como de hábito, Charlie não estava lá para dar as boas-vindas. Hester o havia informado sobre a visita do doutor da forma costumeira (um bilhete deixado numa bandeja do lado de fora da sua porta) e, como não ouvira mais nada a respeito, entendeu acertadamente que ele não tinha interesse algum no assunto.

A paciente estava num daqueles dias soturnos, mas não opôs resistência. Deixou-se levar até a sala onde o exame teria lugar e se submeteu a ser cutucada e espremida. Instada a abrir a boca e mostrar a língua, foi preciso que o doutor lhe enfiasse os dedos na boca e separasse o maxilar superior do inferior para examinar. Pelo menos, ela não lhe mordeu a mão. Seus olhos deslizavam dele para os instrumentos; mal parecia se dar conta do médico e seu exame. Não foi possível convencê-la a pronunciar uma única palavra.

O Dr. Maudsley considerou que a paciente estava abaixo do peso e tinha piolhos; quanto ao mais, achou-a fisicamente saudável em todos os aspectos. O estado psicológico, contudo, era bem mais difícil de diagnosticar. Seria uma criança mentalmente deficiente, como John Cavador tinha dado a entender? Ou o comportamento da garota era causado pelo abandono dos pais e por falta de disciplina? Tal era a opinião da Missus, que, ao menos em público, tendia sempre a proteger as gêmeas.

Porém essas não foram as únicas opiniões que vieram à mente do doutor enquanto examinava a gêmea rebelde. Na noite anterior, em sua casa, cachimbo na boca, junto à lareira, ele estivera refletindo em voz alta sobre o caso (gostava que a mulher o ouvisse; isso o deixava ainda mais eloqüente), enumerando os exemplos de mau comportamento de que tinha tido conhecimento: a investida aos chalés de moradores locais, a destruição do jardim, a violência contra Emmeline, o fascínio por fósforos. Ponderava as explicações possíveis, quando a voz suave de sua mulher se fez ouvir.

— Você não acha que ela pode ser simplesmente má?

Por um instante ele ficou tão surpreso por ser interrompido que não respondeu.

— É só um palpite — disse ela, fazendo um gesto com a mão como quem se desculpa por haver falado. Ela o fizera com toda a delicadeza, mas isso pouco importava. O mero fato de haver falado era suficiente para dar às palavras dela um tom crítico.

E havia também Hester a ser considerada.

"O que o senhor deve levar em consideração", dissera Hester a ele, "é que, na ausência de um vínculo parental forte, e sem um exemplo firme vindo de alguma outra instância, o desenvolvimento da criança tem sido até agora inteiramente moldado pela experiência da sua condição de gêmea. A irmã é o único ponto fixo e permanente na consciência dela; por conseguinte, toda a sua visão de mundo terá sido formada segundo a perspectiva da relação das duas."

Ela estava absolutamente correta, sem dúvida. Ele não tinha a mínima idéia do livro de onde ela tirara aquilo, mas deve tê-lo lido muito atentamente, pois desenvolvera as idéias de maneira muito bem coordenada. Enquanto a escutava, o que o deixou mais fortemente impressionado foi sua voz fora do comum. Apesar do tom claramente feminino, havia mais do que uma leve autoridade masculina. Era articulada. Tinha um jeito curioso de expressar pontos de vista próprios com o mesmo controle medido de quando expunha uma teoria de algum autor que lera. E quando parava para respirar no final de uma frase, lançava um rápido olhar em sua direção — da primeira vez ele achara aquilo desconcertante, mas agora achava apenas engraçado — para fazê-lo saber se tinha permissão para falar ou se ela pretendia seguir falando.

— Preciso pesquisar um pouco mais — foi o que ele disse a Hester após o exame, quando se reuniram para discutir a respeito da paciente. — E com certeza terei de examinar muito seriamente a relevância do fato de ela ser uma gêmea.

Hester concordou.

— Eu vejo a coisa assim — disse ela. — Sob diversos aspectos, pode-se considerar que as gêmeas têm dividido uma série de características. Enquanto uma pessoa comum, saudável, sente toda uma gama de diferentes emoções, exibe uma grande diversidade de comportamentos, pode-se afirmar que as gêmeas dividiram em dois o conjunto das emoções e comportamentos e cada uma ficou com uma parte. Uma delas é rebelde e dada a demonstrações físicas de fúria; a outra se mostra indolente e passiva. Uma prefere a limpeza; a outra adora a sujeira. Uma tem um apetite insaciável por comida, a outra é capaz de passar fome dias seguidos. Agora, se essa polaridade... mais tarde se poderá argüir o quão conscientemente isso se deu... é crucial para o senso de identidade de Adeline, não surpreende o fato de ela reprimir dentro dela tudo o que, a seu ver, pende para o lado de Emmeline? — A questão era retórica; não indicava que o doutor deveria falar, apenas lhe permitiu uma pausa para respirar. Hester continuou: — Agora leve em conta as qualidades da garota da névoa. Ela ouve histórias, é capaz de compreender e se sentir mobilizada por uma linguagem que não é uma linguagem gêmea. Isso sugere um desejo de se envolver com outras pessoas. Mas, das duas gêmeas, a qual se tem atribuído a tarefa de se envolver com os demais? Emmeline! E assim Adeline precisa reprimir esta parte da sua humanidade.

Hester virou a cabeça para o médico e olhou-o como que querendo dizer que chegara sua vez de falar.

— É uma tese interessante — respondeu ele, com todo o cuidado. — Eu teria pensado o contrário, você não? Que, pelo fato de serem gêmeas, seria de se esperar que elas fossem mais parecidas do que diferentes?

— Mas nós sabemos, por observação, que não é o caso — devolveu ela de imediato.

— Hummm.

Ela não disse nada, apenas o deixou refletir. Ele ficou olhando para a parede vazia, imerso nos pensamentos, enquanto ela dirigia olhares ansiosos em sua direção, tentando adivinhar no rosto dele a receptividade de sua teoria. Finalmente, o médico sentiu-se em condições de fazer o seu pronunciamento.

— Mesmo considerando interessante essa sua idéia — disse ele, sorrindo amistosamente para suavizar o efeito do desencorajamento —, não me recordo de ter lido em nenhuma fonte de renome semelhante divisão de caráter entre gêmeos.

Ela ignorou o sorriso e olhou-o no mesmo nível.

— Isso não está em fontes renomadas. Se estivesse, seria em Lawson, mas não está.

— A senhora já leu Lawson?

— Certamente. Eu nem sonharia em emitir uma opinião sobre qualquer assunto sem primeiro estar segura quanto às minhas referências.

— Oh.

— Existe em Harwood uma referência bem sugestiva a gêmeos peruanos, mas ele não chega a uma conclusão convincente.

— Lembro-me desse exemplo a que a senhora se refere... — Ele pareceu ter dado um *clique*. — Ah! Agora percebo a relação! Bem, pergunto-me se o estudo do caso Brasenby tem alguma relevância.

— Eu não consegui o estudo completo. O senhor poderia enviá-lo para mim?

E assim tudo começou.

Impressionado com a acuidade das observações de Hester, o médico encaminhou-lhe o estudo do caso Brasenby. Quando o devolveu, ela o fez com uma folha anexa cheia de anotações e considerações muito pertinentes. Enquanto isso, ele obtivera uma boa quantidade de livros e artigos para ampliar sua bibliografia sobre gêmeos, material recém-publicado, cópias de pesquisas em andamento de diversos especialistas, trabalhos estrangeiros. Após uma ou duas semanas, achou que podia economizar tempo passando tudo aquilo primeiro para Hester e lendo apenas os resumos concisos e inteligentes que ela produzisse. Quando já haviam lido tudo o que era possível a respeito do tema, debruçaram-se sobre suas próprias observações. Ambos faziam anotações — as dele, médicas; as dela, psicológicas. Eram inúmeras as notas com letra dele às margens do manuscrito dela, mas ela escrevia ainda mais notas no dele, e às vezes anexava ensaios bastante convincentes de sua própria autoria.

Eles liam; pensavam; escreviam; encontravam-se; discutiam. E assim foi até que estavam sabendo tudo o que havia para se saber em relação a gêmeos. Havia, porém, uma coisa que não sabiam, a única que importava.

— Todo esse trabalho — disse o médico uma certa tarde na biblioteca —, toda essa papelada. E mesmo assim não estamos mais perto. — Ele passou a mão nervosamente pelos cabelos. Dissera à mulher que estaria de volta lá pelas sete e meia, e chegaria atrasado. — É por causa de Emmeline que Adeline reprime a garota na névoa? Acho que a resposta para isso ultrapassa as fronteiras do conhecimento vigente. — Deu um suspiro e atirou o lápis em cima da escrivaninha, meio aborrecido, meio conformado.

— O senhor tem toda razão. É isso mesmo.

Ela merecia ser perdoada por parecer tão assertiva: ele levara quatro semanas para concluir algo que ela lhe poderia ter dito desde o começo, se ele tivesse se mostrado disposto a escutá-la.

Ele se virou para ela.

— Só há um meio de descobrir — disse ela calmamente.

Ele ergueu uma sobrancelha.

— Minha experiência e minhas observações levam-me a crer que aqui há terreno para um projeto de pesquisa original. É evidente que, como mera governanta, eu teria dificuldade em convencer uma revista especializada a publicar qualquer coisa que produzisse. Olhariam minhas qualificações e pensariam que eu não passo de uma mulherzinha ridícula com idéias além de sua capacidade. — Deu de ombros e baixou os olhos. — E talvez tenham razão, não passo mesmo disso. Em todo caso — ela ergueu os olhos de novo, manhosamente —, para um homem com a formação e o conhecimento adequados, tenho certeza de que existe aqui um projeto promissor.

O médico pareceu surpreso a princípio, mas seus olhos logo se tornaram vagos. Pesquisa original! A idéia não era assim tão absurda. Vinha em boa hora, culminando toda uma etapa de leituras a que se tinha dedicado nos últimos meses; ele era, certamente, o médico mais atualizado do país em matéria de gêmeos! Quem mais sabia o que ele sabia? E, digamos claramente, quem mais possuía o estudo de caso mais perfeito ali, bem debaixo do nariz? Pesquisa original? Por que não?

Ela o deixou entregue às próprias reflexões por alguns minutos e, quando viu que a sugestão lhe calara fundo ao coração, murmurou:

— É claro que, precisando de uma assistente, eu ficaria feliz em ajudar da melhor forma que pudesse.

— Muito gentil de sua parte. — Ele meneou a cabeça. — Certamente você vem trabalhando com as meninas... Experiência prática... Inestimável... Absolutamente inestimável.

Ele voltou para casa como que flutuando nas nuvens, de onde só caiu ao perceber que o jantar estava gelado e sua mulher, de mau humor.

Hester juntou os papéis da escrivaninha e saiu da sala; os passos firmes e a batida forte da porta denunciavam toda a sua satisfação.

A biblioteca parecia estar vazia, mas não estava.

Estirada bem em cima da estante de livros, uma garota roía as unhas e pensava.

Pesquisa original.

É por causa de Emmeline que Adeline reprime a garota na névoa?

Não era preciso ser um gênio para imaginar o que aconteceria a seguir.

Eles o fizeram à noite.

Emmeline não reclamou quando a tiraram da cama. Deve ter se sentido a salvo nos braços de Hester; talvez tenha reconhecido em sonhos o cheiro de sabonete enquanto a iam carregando pelo corredor. Não importa qual tenha sido o motivo, ela não se deu conta, naquela noite, do que estava ocorrendo. Seu despertar para a realidade se deu horas depois.

Com Adeline foi diferente. Rápida e esperta, ela acordou assim que percebeu a ausência da irmã. Arremessou-se para a porta, mas já a encontrou fechada pelas mãos céleres de Hester. Num lampejo, compreendeu tudo, sentiu tudo. Separação. Não gritou, não socou a porta, não enfiou as unhas no buraco da fechadura. Perdera toda a vontade de lutar. Desabou no chão, encostou-se à porta do quarto e ali ficou a noite inteira. As tábuas do assoalho espetavam seus ossos salientes, mas ela nem sentiu dor. Não havia lareira, ela vestia somente uma camisola fina, mas não sentia frio. Não sentia nada. Estava destruída.

Quando vieram chamá-la na manhã seguinte, ela se mostrava totalmente insensível, sem reagir quando a porta a empurrou ao ser aberta. Os olhos sem brilho, a pele sem cor. Estava enregelada. Parecia um cadáver, não fossem os lábios que tremiam sem parar, repetindo um mantra silencioso que bem podia ser *Emmeline, Emmeline, Emmeline.*

Hester tomou Adeline nos braços. Sem qualquer dificuldade. A menina já estava com 14 anos, mas era pele e ossos. Toda a sua resistência estava em sua força de vontade e, como esta se fora, o resto não tinha peso. Podia ser carregada pelas escadas tão facilmente quanto um travesseiro de penas.

John dirigia. Em silêncio. Aprovando ou não o que estava acontecendo. A decisão era de Hester.

Disseram a Adeline que ela ia visitar Emmeline, uma mentira com a qual ninguém precisava se preocupar. Podiam levá-la para onde bem entendessem que ela não resistiria. Estava longe. Ausente de si mesma. Sem a irmã, ela não era nada e não era ninguém. Apenas a concha de uma pessoa que estava sendo levada à casa do médico. Deixaram-na lá.

De volta a casa, levaram Emmeline da cama no quarto de Hester para o seu próprio quarto, sem acordá-la. A menina dormiu mais uma hora e, quando abriu os olhos, ficou um tanto surpresa por não ver a irmã. À medida que a manhã se abatia sobre ela, sua surpresa foi aumentando, transformando-se em ansiedade à tardinha. Procurou pela casa. Procurou nos jardins. Ousou até se embrenhar no mato, a caminho do povoado.

Na hora do chá, Hester foi encontrá-la à beira da estrada, olhando na direção que a levaria, caso a tivesse tomado, até a porta da casa do médico. Ela não tivera coragem de seguir adiante. Hester pôs a mão no ombro de Emmeline, puxou-a para perto e em seguida conduziu-a de volta. De quando em quando, Emmeline parava, hesitante, como se querendo retornar, mas Hester a segurava pela mão guiando-a firmemente rumo à casa. Emmeline a seguia com passadas obedientes, mas confusas. Depois do chá, ficou à janela olhando para fora. Seu medo aumentava à medida que a luz do dia ia baixando, mas foi só quando Hester trancou as portas e iniciou a rotina de pôr Emmeline para dormir que a garota perdeu o controle.

Chorou a noite inteira. Longos soluços que pareciam nunca mais acabar. O que com Adeline durava apenas um instante com Emmeline levava 24 horas de agonia para abrandar. Mas, ao amanhecer, ela estava tranqüila. Havia chorado e tremido até não se lembrar mais.

A separação de gêmeos não é uma separação comum. É como sobreviver a um terremoto. Quando se regressa ao mundo, ele está irreconhecível. O horizonte passa a um ponto diferente. O sol mudou de cor. Nada permanece no terreno que se conhece. Você está vivo. Mas não é mais a mesma vida. Não surpreende que os sobreviventes desse tipo de desastre muitas vezes gostariam de ter morrido com os demais.

A Sra. Winter tinha o olhar perdido no espaço. Seu famoso tom de cobre desbotara, virando um damasco suave. Ela abandonara o laquê, e os cachos e as ondas deram lugar a um emaranhado fofo e sem forma. Mas o rosto estava endurecido e ela se mantinha rígida, como se estivesse prestes a enfrentar um vento cortante que só ela via. Lentamente, seus olhos se voltaram para mim.

— Você está bem? — perguntou ela. — Judith diz que você não é de comer muito.

— Sempre fui assim.

— Mas me parece pálida.

— Um pouco cansada, talvez.

Terminamos cedo. Acho que nenhuma de nós estava a fim de continuar.

Você Acredita em Fantasmas?

Quando tornei a vê-la, a Sra. Winter parecia diferente. Cerrava os olhos com ar cansado e demorava mais do que o normal para evocar o passado e começar a falar. Enquanto juntava as lembranças, eu a observei e reparei que não estava mais usando os cílios postiços. Lá estavam a sombra roxa de sempre, a linha preta delineadora de sempre. Mas sem os cílios de aranha, ela ganhava a aparência inusitada de uma criança que estivera brincando com a caixa de maquiagem da mãe.

As coisas não correram como Hester e o médico esperavam. Eles haviam-se preparado para enfrentar uma Adeline pronta a reclamar, a ficar com raiva, a distribuir pontapés e a lutar. Quanto a Emmeline, contavam com o seu carinho por Hester para consolá-la pela súbita ausência da irmã gêmea. Em suma, estavam esperando as mesmas garotas de antes, só que separadas onde estiveram juntas. E assim, de início, foram surpreendidos pela transformação das gêmeas num par de bonecas de pano sem vida.

Mas não totalmente sem vida. O sangue continuava circulando, preguiçosamente, em suas veias. Engoliam a sopa que lhes era empurrada boca adentro, a colheradas, pela Missus em uma casa, e na outra pela mulher do médico. Mas engolir é um reflexo, e elas não tinham apetite. Os olhos, aber-

tos durante o dia, nada viam, e à noite, apesar de fechados, nã
sossego para dormir. Estavam separadas; estavam sozinhas; estava
espécie de limbo. Eram como amputadas, só que não haviam pe
membro do corpo, mas a própria alma.

Os cientistas estariam na dúvida? Estariam se perguntando se
tavam fazendo era o certo? As imagens indolentes e inertes d
teriam lançado uma sombra sobre o lindo projeto? Eles não esta
propositalmente cruéis, apenas insensatos. Levados pelos estud
ção, a cegueira.

O médico conduzia os testes. Hester observava. Encontrava
os dias para confrontar notas e para discutir o que otimisticam
deravam como avanços. À escrivaninha do doutor, ou na b
Angelfield, os dois se sentavam, debruçados sobre folhas de pap
registravam todos os detalhes da vida das garotas. Comportam
alimentar, sono. Interpretavam a falta de apetite, a constante p
sono — um sono que não era bem sono. Propunham teorias p
das mudanças nas gêmeas. A experiência não estava indo tão
imaginavam; na realidade, havia começado de modo desast
dois cientistas descartavam a possibilidade de que pudessem
mal, preferindo acreditar que juntos poderiam realizar um m

O médico tinha imensa satisfação em trabalhar pela pri
décadas com um cérebro científico da mais alta categoria. M
com a capacidade de sua protegida de apreender um princíp
lo no minuto seguinte com originalidade e discernimento
Após um certo tempo admitiu para si mesmo que ela era m
do que uma protegida. E Hester, por seu turno, excitava-se a
finalmente, seu cérebro estava sendo corretamente aliment
Saía de suas reuniões diárias radiante de excitação e prazer.
miopia deles era mais do que natural. Como alguém po
compreendessem que o que lhes estava trazendo tamanha s
se estar causando tanto dano às crianças sob seus cuidado
vez, que, ao entardecer, cada qual, sentando-se sozinho pa

anotações do dia, erguesse os olhos para a criatura inerte, de olhos parados, uma cadeira em um canto, e sentisse uma dúvida atravessar suas mentes. alvez. Mas, se isso aconteceu, nenhum dos dois o registrou em suas anota-ões, um não o mencionou ao outro.

A dupla estava se sentindo tão integrada em seu empreendimento con-nto que não foi capaz de enxergar que o grande projeto não estava tendo ualquer avanço. Emmeline e Adeline estavam absolutamente catatônicas. a garota na névoa não podia ser vista em parte alguma. Sem se importar om a falta de resultados, os cientistas davam continuidade ao trabalho: fa-am tabelas e gráficos, propunham teorias e desenvolviam experimentos omplexos para testá-las. A cada fracasso, diziam ter conseguido eliminar go do campo de exame e partiam para a próxima grande idéia.

A mulher do médico e a Missus foram envolvidas, mas apenas em certo vel. A atenção física às garotas era responsabilidade delas. Davam-lhes pa às colheradas pelas bocas que não opunham resistência, três vezes ao . Vestiam as gêmeas, davam banho , lavavam suas roupas, penteavam seus pelos. Cada mulher tinha suas próprias razões para não concordar com o ojeto; cada uma tinha suas próprias razões para silenciar os próprios pen-mentos. John Cavador, por seu turno, estava totalmente fora disso. Não pressava a ninguém sua opinião, que diariamente, na cozinha, manifesta-à Missus:

— Isso não vai dar em boa coisa. Estou avisando. Não vai dar em a coisa.

Chegou uma hora em que era para eles terem desistido. Todos os planos am em nada e, por mais que puxassem pela cabeça, não havia mais o tentar. Precisamente nesse instante Hester detectou pequenos sinais de hora em Emmeline. A garota virara a cabeça em direção a uma janela. a flagrada segurando uma bugiganga dourada qualquer e não queria se rar dela. Ouvindo tudo do outro lado da porta (o que não pode ser tido o mau costume quando eventualmente feito em nome da ciência), ter descobriu que, quando deixada a sós, a criança sussurrava consigo ma na antiga linguagem gêmea.

— Ela está se acalmando — disse ao médico —, imaginando a presença da irmã.

O médico começou a deixar Adeline sozinha por várias horas, ouvindo atrás da porta, com bloco e caneta na mão. Não conseguiu escutar nada.

Hester e o médico alertavam-se para a necessidade de ter paciência no caso mais grave de Adeline, ao mesmo tempo que se congratulavam pelas melhoras obtidas com Emmeline. Notaram, animadamente, o aumento de apetite de Emmeline, sua disposição para ficar sentada, os primeiros passos que deu por vontade própria. Logo ela estava passeando novamente em torno da casa e pelo jardim, meio sem destino, como lhe era costumeiro. Ah, Hester e o médico concordavam, agora, sim, a experiência estava realmente fazendo algum sentido! Se pararam para considerar que aquilo que denominavam "melhoras" nada mais era do que Emmeline retomando os hábitos que já apresentava antes de a experiência começar, é difícil avaliar.

Com Emmeline nem tudo era um mar de rosas. Houve um dia terrível, quando ela, guiada pelo instinto, foi até o armário cheio de trapos que a irmã costumava vestir. Ela os levou ao rosto, inalou o cheiro ácido, animal, e então, em êxtase, envolveu-se com eles. Foi constrangedor, mas o pior ainda estava por vir. Vestida daquela maneira, foi se olhar num espelho e, tomando seu reflexo pela irmã, precipitou-se para dentro dele. O barulho foi tamanho que a Missus veio correndo e encontrou Emmeline soluçando debaixo do espelho, chorando não por sua dor, mas pela pobre da irmã que se quebrara em mil pedaços e sangrava.

Hester arrancou-lhe aquelas roupas e mandou que John as queimasse. Como precaução extra, ordenou à Missus que virasse todos os espelhos contra a parede. Emmeline ficou perplexa, mas não aconteceram mais incidentes semelhantes.

Ela se recusava a falar. Apesar de todos aqueles sussurros solitários que ocorriam por trás das portas fechadas, sempre na velha linguagem gêmea, não conseguiam levar Emmeline a dizer nem uma palavra sequer em inglês à Missus ou a Hester. Era algo a ser discutido. Hester e o médico tiveram um encontro demorado na biblioteca, no fim do qual concluíram que não havia motivo para preocupação. Emmeline acabaria falando, desde que se desse tempo a ela. A recusa em falar e o incidente com o espelho eram decepcionantes, decerto, mas a ciência tem suas decepções. E veja que progresso! Emmeline não estava suficientemente forte para ter licença de ir lá fora? E ela agora passava menos tempo perambulando à margem da estrada, na fronteira invisível além da qual não se atrevia a dar um passo, olhando fixamente na direção da casa do médico. As coisas estavam indo tão bem quanto o esperado.

Progresso? Não era o que eles tinham esperado a princípio. Não era muito, comparado aos resultados que Hester obtivera com a garota assim que chegara. Mas era o que haviam conseguido, e eles tinham dado o máximo. Talvez estivessem secretamente aliviados. Pois qual teria sido o resultado de um sucesso absoluto? Teria eliminado qualquer motivo para que continuassem seu trabalho colaborativo. E, ainda que estivessem cegos para o fato, não iriam querer isso.

Eles jamais encerrariam o experimento por livre e espontânea vontade. Jamais. Teria de haver algo mais, alguma coisa externa, para pôr um termo àquilo. Algo que surgiu de modo totalmente inesperado.

— O que foi?

Embora nosso tempo tivesse acabado, embora ela estivesse com aquela aparência pálida, contraída, de quando se aproximava a hora da sua medicação, embora fosse proibido fazer perguntas, não pude me conter.

A despeito da dor, tinha um brilho malicioso nos olhos ao se inclinar para a frente, com um tom confidencial.

— Você acredita em fantasmas, Margaret?

Se acredito em fantasmas?! O que poderia dizer? Fiz que sim com a cabeça.

Satisfeita, a Sra. Winter tornou a se encostar na cadeira, e tive a impressão de haver revelado involuntariamente mais do que eu imaginava.

— Hester, não. Não é uma coisa científica, compreeende? Assim, não acreditando em fantasmas, ela passou por maus pedaços quando viu um.

Foi assim:

Um belo dia, Hester, tendo encerrado suas atividades com tempo de sobra, saiu de casa cedo e resolveu tomar o caminho mais comprido para a casa do médico. O céu estava gloriosamente azul, o ar puro e fresco, e ela se sentiu tomada por uma energia poderosa à qual não podia atribuir um nome, mas que a fez ansiar por alguma atividade árdua.

A trilha em torno dos campos levou-a até uma ladeira suave, que, ainda que não fosse muito alta, lhe conferia uma linda visão dos campos e das terras ao redor. Estava a meio caminho da casa do médico, caminhando vigorosamente, a pulsação acelerada mas sem o menor sinal de esforço excessivo, muito provavelmente se sentindo capaz de voar desde que se dispusesse a isso, quando viu algo que a fez parar abruptamente.

A distância, brincando juntas num terreno aberto, estavam Emmeline e Adeline. Não havia engano. Duas cabeleiras ruivas compridas, dois pares de sapatos pretos; uma delas trajando roupa de marinheiro, como a que a Missus pusera em Emmeline pela manhã, a outra de verde.

Era impossível.

Mas não. Hester era uma cientista. Ela as estava vendo, logo estavam lá. Tinha de haver uma explicação. Adeline tinha fugido da casa do médico. Tinha saído daquele estado catatônico no qual se encontrava e, aproveitando-se de alguma janela aberta, ou de um molho de chaves esquecido, conseguira escapar sem que ninguém notasse. Era isso.

O que fazer? Correr em direção às gêmeas estava fora de questão. Teria de atravessar um longo estirão de campo aberto? Elas certamente a veriam e fugiriam antes que ela cobrisse a metade da distância. Então ela foi para a casa do médico. Correndo.

Em pouquíssimo tempo estava lá, socando a porta com impaciência. Foi a Sra. Maudsley que abriu, agastada com a barulheira. Mas Hester tinha coisas mais importantes na cabeça do que pedidos de desculpa e passou direto na direção do consultório, onde foi entrando sem bater.

O médico ergueu os olhos, surpreso por ver sua colaboradora com o rosto vermelho de tanto esforço, e os cabelos, normalmente muito bem penteados, soltos e desalinhados. Ela estava sem fôlego. Queria falar, mas não conseguia.

— O que está havendo? — perguntou ele, levantando-se da cadeira e dando a volta à escrivaninha para segurá-la pelos ombros.

— Adeline! — disse ela, ofegante. — O senhor a deixou sair!

O médico, aturdido, franziu o cenho. Virou Hester pelos ombros até ela ficar de frente para a outra extremidade da sala.

Lá estava Adeline.

Hester rodopiou para olhá-lo outra vez de frente.

— Mas acabei de vê-la! Com Emmeline! Na orla do bosque pouco depois do campo de Oates... — Começou com veemência, mas a voz foi baixando de tom quando ela caiu em si.

— Acalme-se, sente-se aqui, beba um copo d'água — disse o médico.

— Deve ter voltado correndo. Como pode ter fugido? E voltado tão rápido assim? — Hester tentava compreender o que acontecera.

— Ela está aqui nesta sala há pelo menos duas horas. Desde o café-da-manhã. E não ficou desacompanhada nem um minuto. — Ele olhou bem dentro dos olhos de Hester, impressionado com seu estado de exaltação. — Deve ter sido alguma outra criança. Da cidade — sugeriu ele, mantendo o decoro de médico.

— Mas... — Hester sacudiu a cabeça. — Eram as roupas de Adeline. O cabelo de Adeline.

Hester tornou a olhar para Adeline. Seus olhos abertos estavam indiferentes ao mundo. Usava não o vestido verde que Hester tinha visto poucos minutos antes, mas o de marinheiro, e o cabelo não estava solto, mas trançado.

Os olhos que Hester voltou na direção do doutor estavam cheios de perplexidade. Sua respiração não queria voltar ao normal. Não havia explicação racional para o que ela vira. Não era científico. E Hester sabia que o mundo era absoluta e profundamente científico. Só havia uma explicação.

— Devo estar louca — murmurou. As pupilas estavam dilatadas e as narinas tremiam. — Vi um fantasma!

Os olhos encheram-se de lágrimas.

Causou uma estranha sensação no médico ver sua colaboradora reduzida a um estado emocional tão perturbado. E, embora tenha sido o cientista que havia nele quem primeiro admirou Hester por sua calma e sua inteligência, foi o homem, animal e instintivo, que reagiu à sua desintegração, passando-lhe os braços em volta dos ombros e pressionando firmemente os lábios sobre os dela num beijo apaixonado.

Hester não resistiu.

Escutar atrás das portas não é um mau hábito quando feito em nome da ciência, e a mulher do médico era uma cientista zelosa quando se tratava de estudar o próprio marido. O beijo, que tanto surpreendera o médico e Hester, não foi nenhuma surpresa para a Sra. Maudsley, que vinha esperando algo assim havia algum tempo.

Ela escancarou a porta e, num ímpeto de honradez ultrajada, irrompeu na sala de cirurgia.

— Eu agradeceria se deixasse esta casa imediatamente — disse ela a Hester. — Pode mandar John vir buscar a criança de charrete. — E, para o marido: — Falarei com você mais tarde.

A experiência estava encerrada. Como tantas outras coisas.

John foi buscar Adeline. Não viu o médico nem a mulher na casa, mas soube pela empregada dos acontecimentos da manhã.

Em casa, colocou Adeline em sua antiga cama, em seu antigo quarto, e deixou a porta entreaberta.

Emmeline, que andava pelos campos, ergueu a cabeça, aspirou o ar e voltou direto para casa. Entrou pela porta da cozinha, subiu as escadas como um raio, de dois em dois degraus, e penetrou sem vacilar no antigo quarto, fechando a porta atrás de si.

E Hester? Ninguém a viu regressar à casa, ninguém a viu partir. Mas quando a Missus bateu à sua porta na manhã seguinte, encontrou vazio o quarto pequeno e elegante. Hester se fora.

Emergi do fascínio da história para dentro da biblioteca envidraçada e espelhada da Sra. Winter.

— Para onde ela foi? — perguntei.

A Sra. Winter lançou-me um olhar um tanto zangado.

— Não faço idéia. E isso interessa ?

— Ela deve ter ido para algum lugar.

A contadora de histórias dirigiu-me um olhar atravessado.

— Srta. Lea, não devemos criar vínculos com essas personagens secundárias. A história não é delas. Elas vêm, vão, e, quando se vão, é para sempre. Isso é tudo.

Prendi o lápis na espiral do caderno e fui me dirigindo para a porta, mas quando cheguei lá, voltei-me.

— De onde ela veio, então?

— Por Deus! Era só uma governanta! Ela é irrelevante, estou lhe dizendo.

— Ela devia ter referências. Um trabalho anterior. Ou ao menos uma carta de apresentação com um endereço residencial. Talvez tenha sido mandada por alguma agência?

A Sra. Winter fechou os olhos e uma expressão de intenso sofrimento tomou conta do seu rosto.

— O Sr. Lomax, o procurador da família Angelfield, há de ter todos os detalhes, tenho certeza. Não que isso venha a fazer qualquer diferença. Esta é a minha história. Eu é que sei. O escritório dele é em Banbury, na rua do Mercado. Eu lhe darei instruções para que responda a todas as perguntas que você queira fazer.

Naquela mesma noite escrevi ao Sr. Lomax.

Depois de Hester

Na manhã seguinte, quando Judith veio me trazer a bandeja do café-da-manhã, entreguei-lhe a carta para o Sr. Lomax, e ela, por sua vez, tirou do bolso uma carta endereçada a mim. Reconheci a letra do meu pai.

As cartas de papai eram sempre um alento, e essa não foi exceção. Queria saber se eu estava bem, se o meu trabalho estava avançando. Havia lido um romance dinamarquês do século XIX muito estranho e encantador, que desejava comentar comigo quando eu voltasse. Num leilão, ele deparara com um lote de cartas do século XVIII que ninguém parecia querer. Eu teria interesse nelas? Em todo caso, ele as havia adquirido. Detetives particulares? Quem sabe? Mas será que um pesquisador genealógico não poderia fazer o trabalho, e talvez até melhor? Ele conhecia um sujeito que possuía todos os requisitos e que, por falar nisso, lhe devia um favor: às vezes costumava ir à loja para consultar os almanaques. Caso eu decidisse levar o assunto adiante, podia me dar o endereço dele. Por fim, como sempre, aquelas quatro palavrinhas bem-intencionadas, mas secas: *Sua mãe manda lembranças.*

Será que ela dissera mesmo aquilo?, perguntei-me. Papai falando: "Vou escrever para Margaret", e ela — casualmente? carinhosamente? — "Mande lembranças."

Não. Não dava para imaginar. Era coisa do meu pai. Escrito sem o conhecimento dela. Por que ele se importaria com isso? Para me agradar? Para tornar real a coisa? Seria por mim ou por ela que ele fazia essas tentativas ingratas de nos unir? Era uma missão impossível. Minha mãe e eu éramos como dois continentes que se afastam lenta mas inexoravelmente; e papai, o construtor da ponte, sempre oferecendo o frágil edifício que erguera para nos unir.

Chegara uma carta para mim na loja; papai a colocara dentro do envelope, junto com a dele. Era do professor de direito a quem ele me recomendara.

Prezada Srta. Lea,

Eu nunca me dera conta de que Ivan Lea tinha uma filha, mas, agora que sei, fico feliz em conhecê-la — e ainda mais em poder ser-lhe útil. A decretação legal de óbito é exatamente o que a senhorita imaginava: uma presunção legal da morte de alguém cujo paradeiro se manteve ignorado por tanto tempo e em circunstâncias tais que a morte é a única suposição razoável. Sua principal função é possibilitar que a herança de uma pessoa desaparecida passe às mãos dos herdeiros.

Procedi às pesquisas necessárias e rastreei os documentos referentes ao caso em que a senhorita se encontra particularmente interessada. O Sr. Angelfield aparentemente era um homem de hábitos reclusos, e a data e as circunstâncias do seu desaparecimento não parecem ser conhecidas. Entretanto, o trabalho esmerado e abrangente desenvolvido por um certo Sr. Lomax no interesse dos herdeiros (duas sobrinhas) permitiu que as imprescindíveis formalidades fossem devidamente cumpridas. A herança era de valor significativo, mesmo tendo sido um tanto prejudicada por um incêndio que deixou a casa inabitável. Mas a senhorita poderá comprovar tudo isso por si mesma graças à cópia que preparei dos principais documentos.

A senhorita verificará que o próprio procurador assinou em nome de uma das beneficiárias. Isso é comum nos casos em que, por alguma razão (doença ou outra deficiência, por exemplo), o beneficiário é incapaz de cuidar dos próprios interesses.

Foi com particular atenção que observei a assinatura da outra beneficiária. Estava quase ilegível, mas finalmente consegui decifrá-la. Terei me deparado com um dos segredos mais bem guardados dos dias de hoje? Mas talvez a senhorita já o saiba? Não será isso que inspirou seu interesse pelo caso?

Não tenha receio! Sou um homem da maior discrição! Peça a seu pai que me conceda um bom desconto no *Justitiae Naturalis Principia*, que não direi uma palavra a ninguém!

Seu criado,

William Henry Cadwalladr

Fui direto ao final da cópia que o professor Cadwalladr tirara dos documentos, ao espaço reservado para as assinaturas das sobrinhas de Charlie. Tal como ele dissera, o Sr. Lomax assinou por Emmeline. Isso me fez ver que pelo menos ela havia sobrevivido ao incêndio. E, na outra linha, o nome pelo qual eu tanto ansiara. *Vida Winter*. Em seguida, entre parênteses, as palavras: *anteriormente conhecida como Adeline March*.

Comprovado.

Vida Winter era Adeline March.

Ela estava falando a verdade.

Com isso em mente, fui para o meu encontro na biblioteca, ouvi e registrei apressadamente em meu caderno o relato da Sra. Winter sobre o que se passara após a partida de Hester.

Adeline e Emmeline passaram a primeira noite e o primeiro dia no quarto, na cama, abraçadas e sem tirar os olhos uma da outra. Houve um acordo tácito entre a Missus e John Cavador para tratá-las como convalescentes — o que, em certo sentido, não deixavam de ser. Tinham sido feridas e por isso estavam de cama, narizes colados, olhos nos olhos. Sem uma palavra. Sem um sorriso. Piscando ao mesmo tempo. E, graças à transfusão que ocorreu durante essas vinte-e-quatro-horas-de-olhar-fixo, a ligação que se havia rompido foi restaurada. E, como toda ferida que sara, deixou uma cicatriz.

Nesse meio tempo a Missus se mostrava confusa em relação ao que tinha acontecido com Hester. John, temendo que ela se decepcionasse com a governanta, não disse nada, mas o silêncio só a encorajava a especular em voz alta.

— Acho que ela contaria ao doutor para onde foi — concluía, atormentada. — Vou perguntar a ele quando é que ela vai voltar.

Diante disso, John teve de falar, e rispidamente.

— Não vai perguntar coisa nenhuma! Além disso, nós nunca mais o veremos por aqui.

A Missus virou-se para ele, o cenho franzido. O que é que estava havendo com todo mundo? Por que Hester não estava ali? Por que John se mostrava tão irritadiço? E o médico — ele, que era a visita mais constante daquela casa —, por que não viria mais? Estavam acontecendo coisas além da capacidade de compreensão dela. Cada vez mais nos últimos dias, e já havia algum tempo, sua sensação era a de que havia algo de errado com o mundo. Mais de uma vez parecia acordar sentindo que horas inteiras tinham se passado sem deixar qualquer sinal em sua memória. Coisas que faziam todo o sentido para os outros nem sempre faziam para ela. E quando perguntava, tentando entender, as pessoas a olhavam com um jeito esquisito, tratando logo de disfarçar. Sim. Algo estranho estava se passando, e a ausência não-esclarecida de Hester era só uma parte.

John, apesar de triste com a infelicidade da Missus, sentia-se aliviado por Hester ter ido embora. A partida da governanta pareceu ter tirado um grande peso de cima dele. Vinha com mais liberdade até a casa, e à tardinha ficava longas horas com a Missus na cozinha. No seu modo de pensar, perder Hester não chegava a ser uma perda. Ela só servira para uma coisa na vida dele — animá-lo a voltar a trabalhar no jardim — e o fizera de uma forma tão sutil, tão discreta, que foi só uma questão de botar na cabeça que a decisão tinha sido inteiramente dele próprio. Quando ficou patente que ela se fora de uma vez por todas, pegou as botas no quartinho de ferramentas e veio engraxá-las perto do fogão, as pernas sobre a mesa. Quem o impediria de fazer isso agora?

Em seu aposento infantil, a raiva e o furor pareciam ter abandonado Charlie, deixando em seu lugar um cansaço deplorável. Às vezes era possível ouvir seus passos lentos, arrastados, pelo assoalho, e também, colando o ouvido à porta, dava para escutá-lo a soluçar como um coitadinho de 2 anos. Seria porque, de alguma forma misteriosa mas sempre científica, a influência de Hester havia se transmitido a ele através das portas trancadas, reprimindo o pior do seu desatino? Não parecia impossível.

Mas não foram só as pessoas que reagiram à ausência de Hester. A própria casa respondeu de imediato. A primeira coisa foi o novo silêncio. Não se ouvia mais aquele tap-tap-tap dos seus pés subindo e descendo as escadas e cruzando os corredores. Também cessaram as marteladas e batidas dos operários no telhado. O pedreiro, ao descobrir que Hester não estava mais, desconfiou, acertadamente, que, sem ter quem pusesse suas faturas debaixo do nariz de Charlie, não haveria mais pagamento. Juntou as ferramentas e foi embora, voltou uma vez para pegar as escadas e nunca mais foi visto.

No primeiro dia de silêncio, e como se nada tivesse acontecido para interrompê-lo, a casa retomou seu projeto lento e persistente de declínio. De início pelas coisas menores: a sujeira começou a brotar de cada fenda, em cada objeto, em cada cômodo; as superfícies juntavam pó; as janelas cobriam-se com as primeiras camadas finas de fuligem. Todas as reformas de Hester tinham sido superficiais. Exigiam manutenção diária. E, à medida que os esforços de limpeza da Missus escassearam, a natureza verdadeira, permanente da casa, foi se reafirmando. Chegou uma hora em que não se podia tocar em nada sem sentir uma sujeira pegajosa nos dedos.

Também os objetos rapidamente voltaram aos velhos tempos. As chaves foram as primeiras a desaparecer. Durante a noite sumiam das fechaduras e dos molhos, e iam fazer companhia umas às outras no buraco embaixo de alguma tábua solta do assoalho. Os candelabros de prata, que conservavam ainda o brilho do último polimento de Hester, trocaram o console da lareira da sala de estar pelo tesouro que Emmeline guardava sob sua cama. Os livros saíam das estantes na biblioteca, subiam as escadas e ficavam lá por cima, pelos cantos e debaixo dos sofás. As cortinas se abriam e fechavam sozinhas. Até a mobília mudava de lugar por falta de supervisão. Um sofá avançou e foi se encostar à parede; uma poltrona deslocou-se quase meio metro para a esquerda. Tudo levava a crer que o fantasma da casa estava de volta.

Um teto que estava em reforma ficou pior do que era. Alguns buracos deixados pelo pedreiro eram maiores do que os que ele fora contratado para consertar. Era agradável deitar no chão do sótão e ficar curtindo o sol no rosto, mas com chuva a história era outra. As tábuas do assoalho começaram a empenar, e a água caía direto nos cômodos debaixo. Havia lugares em que não podíamos nem pisar, que o chão parecia querer ceder sob nossos pés e nos atirar direto lá para baixo. E quanto tempo mais o assoalho daquele cômodo resistiria, sem nos arremessar para dentro da biblioteca? E o assoalho da biblioteca, resistiria? Não era nada improvável que, um belo dia, pudéssemos ficar de lá do porão olhando para o céu quatro andares acima.

Como Deus, a água se movimenta de forma misteriosa. Uma vez dentro de uma casa, ela obedece indiretamente à força da gravidade. Dentro das paredes e sob o chão descobre sulcos e regos secretos; escorre e se infiltra nas direções mais inusitadas; surge nos lugares menos prováveis. Pela casa inteira havia panos para absorver a umidade, mas ninguém jamais os torcia; panelas e vasilhas espalhavam-se por todos os lados para recolher os pingos, mas transbordavam antes que alguém se dispusesse a esvaziá-las. A umidade constante arrebentou o reboco das paredes e já afetava a estrutura de concreto. No sótão, havia paredes tão comprometidas que bastava uma das mãos para sacudi-las como um dente solto.

E as gêmeas no meio disso tudo?

Hester e o médico haviam aberto uma ferida grave. Claro que as coisas jamais voltariam a ser as mesmas. As gêmeas sempre haveriam de compartilhar a cicatriz, e as conseqüências da separação nunca seriam totalmente erradicadas. Entretanto, elas percebiam a cicatriz de forma bem diferente. Adeline entrara muito rapidamente em estado catatônico tão logo entendeu o que Hester e o médico pretendiam. Ela caiu nesse estado praticamente no mesmo instante em que foi afastada da irmã gêmea, e não tinha qualquer lembrança do tempo que passou longe dela. Pelo que imaginava, a escuridão que se interpusera entre perder a irmã gêmea e reencontrá-la podia ter durado um ano ou um segundo. Nada disso importava agora. Pois tudo terminara, e ela havia recobrado a vida.

Para Emmeline, as coisas eram diferentes. Ela não conheceu o alívio da amnésia. Sofreu por mais tempo, e mais. Cada segundo era uma agonia nas primeiras semanas. Parecia uma amputada antes do surgimento da anestesia, quase louca de dor, sem compreender como o corpo humano podia ser capaz de sofrer tanto e não morrer. Mas devagar, célula por célula dolorida, começou a sarar. Chegou um momento em que não era mais o corpo inteiro que ardia de dor, somente o coração. E chegou um momento em que até o coração era capaz, ainda que por breves instantes, de sentir outras emoções além do luto. Com mais algum tempo, Emmeline adaptou-se à falta da irmã gêmea. Havia aprendido a existir de modo independente.

Mas agora as duas tinham se reencontrado e eram gêmeas de novo. Embora Emmeline não fosse a mesma gêmea de antes — e disso Adeline não se deu conta de imediato.

De início, só havia o prazer do reencontro. Eram inseparáveis: aonde uma ia, a outra ia atrás. Nos topiários, passeavam por entre as velhas árvores, brincando sem parar de esconde-esconde, uma repetição da recente experiência de perda e redescoberta de que Adeline nunca parecia se cansar. Para Emmeline, a novidade começou aos poucos a perder a graça. Um pouco do antigo antagonismo foi se insinuando. Emmeline queria ir para um lado, Adeline, para outro, e então acabavam brigando. E, tal como antigamente, em geral era Emmeline que cedia. Isso perturbava seu novo eu, secreto.

Embora Emmeline tivesse sentido afeição por Hester, não sentia saudades. Durante a experiência, a afeição por ela diminuíra. Afinal, sabia que fora Hester que a tinha separado da irmã. E não só isso: Hester ficara tão obcecada por relatórios e comunicações científicas que, talvez sem perceber, acabara por relegar Emmeline a um segundo plano. Ao longo desse tempo, achando-se numa solidão a que não estava habituada, Emmeline tinha encontrado formas de espantar a tristeza. Inventou brincadeiras e diversões que aprendeu a desfrutar sozinha. Brincadeiras das quais não pretendia abrir mão só porque a irmã estava de volta.

Foi assim, portanto, que já no terceiro dia após o reencontro Emmeline abandonou o jogo de esconde-esconde no jardim e correu para a sala de sinuca, onde pegou um baralho. Deitada de barriga para baixo no meio da mesa de feltro, começou a jogar. Era uma versão bem simples, quase infantil, de paciência. Emmeline ganhou todas as mãos; as regras do jogo eram estabelecidas de modo que ela não conseguisse perder. E todas as vezes ela ficava encantada.

No meio da brincadeira, ela virou a cabeça. Não conseguia ouvir claramente, mas o ouvido interno, permanentemente sintonizado na irmã, dizia-lhe que Adeline a estava chamando. Emmeline ignorou. Estava ocupada. Mais tarde iria ao encontro de Adeline. Quando tivesse acabado de jogar.

Uma hora depois, quando Adeline entrou na sala em disparada, com os olhos apertados de raiva, Emmeline não pôde fazer nada para se defender. Adeline subiu na mesa e, histérica, furiosa, lançou-se sobre Emmeline.

Emmeline não ergueu um dedo para se proteger. Nem sequer gritou. Não emitiu um único som, nem durante o ataque, nem depois.

Quando a fúria passou, Adeline permaneceu algum tempo olhando para a irmã. O sangue escorria pelo feltro verde. As cartas se espalhavam para todo lado. Dobrada sobre si mesma, como uma bola, Emmeline erguia e baixava os ombros, aos solavancos, tentando respirar.

Adeline virou as costas e saiu.

Emmeline ficou onde estava, em cima da mesa, até John vir encontrá-la horas depois e levá-la para a Missus, que limpou o sangue do cabelo, pôs uma compressa no olho e passou água de hamamélis nos machucados.

— Isso não teria acontecido quando Hester estava aqui — comentou a Missus. — Eu queria tanto que ela voltasse.

— Ela não vai voltar — disse John, procurando controlar sua contrariedade. Ele também não gostava de ver a criança daquele jeito.

— Mas não entendo por que ela foi embora assim, sem uma palavra. O que terá acontecido? Alguma emergência, só pode ser. Com a família...

John balançou a cabeça. Já ouvira isso uma dúzia de vezes, essa idéia a que a Missus se apegava, de que Hester voltaria. A cidade inteira sabia que ela não voltaria mais. A empregada dos Maudsley ouvira tudo. E proclamava que também tinha visto tudo, e muito mais, e era impossível ainda haver um só adulto na cidade que não tivesse conhecimento de que aquela governanta sem graça vivera um caso de adultério com o médico.

Era inevitável que um dia os boatos sobre o "comportamento" de Hester (eufemismo que a cidade criara para mau comportamento) chegassem aos ouvidos da Missus. Primeiro ela ficou escandalizada. Recusou-se a aceitar a idéia de que Hester — a *sua* Hester — pudesse ter feito semelhante coisa. Mas quando, toda enfezada, foi cobrar de John o que se andava dizendo por aí, ele apenas confirmou tudo. Ela não estava lembrada que ele tinha ido à casa do doutor naquele dia para pegar a criança? E ouvira tudo da boca da própria empregada. No mesmo dia em que tudo se passou. Além do mais, por que Hester teria partido tão repentinamente, sem avisar, se algo de extraordinário não houvesse ocorrido?

— A família dela — balbuciou a Missus. — Alguma emergência...

— Então cadê a carta? Ela já teria escrito uma, caso pretendesse voltar, ou não? Teria tentado se explicar. Você recebeu alguma carta dela?

A Missus negou com a cabeça.

— Então — concluiu John, sem conseguir disfarçar o tom de satisfação na voz — é porque ela fez alguma coisa que não devia ter feito, e por isso não pode voltar. Ela se foi para sempre, escute o que estou dizendo.

A cabeça da Missus dava voltas e mais voltas. Não sabia em que acreditar. O mundo se tornara um lugar muito, muito confuso.

Sumiu!

Só Charlie não foi afetado. Algumas coisas mudaram, claro. As refeições adequadas que, com Hester, eram deixadas à sua porta no café-da-manhã, almoço e jantar, viraram eventuais sanduíches, uma costeleta fria e um tomate, uma travessa de ovos mexidos endurecidos, que lhe eram levados em intervalos irregulares, quando a Missus se lembrava. Para Charlie, não fazia a menor diferença. Caso sentisse fome, e estando à mão, ele dava uma dentada na costeleta do dia anterior ou comia um naco de pão duro; mas, se não houvesse nada, a fome não o incomodava. Tinha uma fome bem mais poderosa com que se preocupar: era a essência de sua vida e algo que Hester, com sua chegada e com sua partida, não conseguira alterar.

Mas houve uma mudança para Charlie, ainda que não relacionada a Hester.

De vez em quando chegava uma carta na casa e de vez em quando alguém a abria. Alguns dias depois de John Cavador ter comentado que Hester não enviara uma única carta, a Missus, passando casualmente pelo hall, notou uma pequena pilha de envelopes juntando poeira sobre o capacho debaixo da caixa de correspondência. Ela os abriu.

Uma era do banco de Charlie: estaria interessado em uma oportunidade de investimento?

A segunda era uma fatura dos pedreiros que tinham feito o serviço no telhado.

E a terceira? Seria de Hester?

Não. Era do asilo. Isabelle havia morrido.

A Missus ficou olhando fixamente para a carta. Morta! Isabelle! Seria verdade? Influenza, dizia a carta.

Charlie precisava ser informado, mas só de pensar nisso a Missus se encolhia de medo. O melhor seria falar primeiro com John, resolveu ela, pondo as cartas de lado. Mais tarde, porém, com John sentado em seu lugar à mesa da cozinha enquanto ela lhe enchia a xícara de chá fresco, em sua cabeça já não restava o menor sinal da carta. Juntara-se àqueles outros momentos, cada vez mais freqüentes, que eram vividos e sentidos por ela, mas que não deixavam registro e logo se perdiam. Não obstante, dias depois, atravessando o hall com uma bandeja de torradas com bacon, mecanicamente colocou as cartas na bandeja junto com a comida, sem se lembrar de absolutamente nada do que havia nelas.

E assim os dias se passaram sem que nada parecesse acontecer, exceto pela sujeira que aumentava, e a poeira que ia se acumulando nas vidraças das janelas, e as cartas de baralho espalhadas mais e mais pela sala de estar. Tornava-se cada vez mais fácil esquecer que um dia andara uma Hester por ali.

Foi John Cavador que percebeu, no silêncio dos dias, que algo havia acontecido.

Era um homem do ar livre, não de vida doméstica. Apesar disso, sabia que uma hora as xícaras precisam ser lavadas para se servir mais um pouco de chá e também sabia que um prato em que se guardou carne crua não pode ser usado logo em seguida para servi-la cozida. Estava percebendo o que se passava com a Missus; não era bobo. Assim, quando os pratos e xícaras sujos formavam uma pilha, ele se dispunha a lavá-los. Era engraçado vê-lo diante da pia, de botas de borracha e chapéu, revelando-se tão sem jeito com as louças e a esponja quanto era hábil com seus vasos de barro e suas plantas delicadas. E percebeu que o número de xícaras e pratos estava diminuindo. Logo não haveria mais nenhum. Onde estaria a louça que faltava? Pensou imediatamente na Missus subindo as escadas com um prato para o patrão Charlie. Já a vira alguma vez carregando pratos sujos de volta para a cozinha? Não.

Ele subiu as escadas. Do lado de fora da porta trancada, pratos e xícaras formavam uma fila imensa. A comida, intocada por Charlie, proporcionava uma fina iguaria para as moscas que voejavam sobre ela, e havia no ar um cheiro forte, desagradável. Durante quantos dias a Missus teria deixado comida sem se dar conta de que a anterior permanecia intocada? Contou o número de pratos e xícaras e franziu as sobrancelhas. Foi então que se deu conta.

Não bateu à porta. De que adiantava? Precisou ir ao barracão de ferramentas pegar um pedaço de pau forte o bastante para servir de aríete. O barulho das batidas na porta de carvalho, os rangidos e o estalo dos gonzos de metal dilacerando a madeira atraíram todos para perto da porta, inclusive a Missus.

Quando a porta se abriu, semi-arrancada dos gonzos, pudemos ouvir as moscas zumbindo e sentimos um tremendo fedor, o que fez com que Emmeline e a Missus recuassem alguns passos. Até John levou as mãos à boca e empalideceu.

— Fiquem aí — ordenou ele, entrando no quarto. Fui atrás.

Fomos pisando com cuidado em meio aos detritos de comida podre no chão do velho quarto de criança, levantando nuvens de moscas à nossa passagem. Charlie estivera vivendo ali como um animal. Pratos sujos cobertos de bolor estavam pelo chão, sobre o console da lareira, em cima das cadeiras e da mesa. A porta do quarto estava entreaberta. Com a ponta do aríete que ainda levava nas mãos, John empurrou cuidadosamente a porta, e um rato assustado disparou por entre as nossas pernas. Era uma cena dantesca. Mais moscas, mais comida em decomposição e, pior: o homem estivera doente. Uma poça de vômito seco, salpicado de moscas, se incrustara no tapete. Sobre a mesinha-de-cabeceira um monte de lenços ensangüentados e a velha agulha de cerzir da Missus.

A cama estava vazia. Apenas enrugada, com lençóis imundos manchados de sangue e outras baixezas humanas.

Ninguém disse nada. Procuramos não respirar e, quando foi inevitável fazê-lo, o ar doentio, repugnante, invadiu nossas gargantas provocando ânsias de vômito. Mas ainda não tínhamos visto o pior de tudo. Havia mais um cômodo. John teve de se revestir de muita coragem para abrir a porta do banheiro. Mesmo antes que ela se abrisse totalmente, pudemos sentir o horror que era aquilo. O cheiro penetrava pelas narinas, minha pele parecia estar fedendo, e um suor frio encharcou-me o corpo inteiro. A coisa era muito séria. A tampa do vaso, embora abaixada, não tinha como conter a imundície transbordante. Mas isso ainda não era nada. No banheiro — John deu um passo atrás, bruscamente, e teria pisado em mim, caso eu, no mesmo instante, também não tivesse retrocedido dois passos —, no banheiro escorria algo como uma lavagem escura de fluidos corporais, cujo mau cheiro fez com que John e eu corrêssemos em direção à porta, passando por cima das fezes de rato e atravessando as nuvens de moscas, alcançando o corredor, descendo as escadas e saindo da casa.

Passei mal. Sobre a grama verde, minha poça de vômito amarelo parecia fresca, limpa e doce.

— Tudo bem — disse John, dando-me tapinhas nas costas com uma das mãos ainda trêmula.

A Missus, no ritmo apressado que o seu arrastar de pés permitia, acercou-se de nós pelo gramado, com o rosto coberto de interrogações. O que lhe poderíamos contar?

Tínhamos encontrado sangue de Charlie. Tínhamos encontrado cocô de Charlie, mijo de Charlie e vômito de Charlie. Mas... e o Charlie?

— Ele não está lá — dissemos a ela. — Sumiu.

Voltei para meu quarto pensando na história. Era curiosa em vários sentidos. Havia o desaparecimento de Charlie, claro, que era uma virada interessante nos acontecimentos. Fez-me pensar nos almanaques e naquela estranha abreviação: *dlm*. Mas havia mais. Será que ela percebeu que eu notei? Procurei disfarçar. Mas notei, *sim*. Hoje a Sra. Winter havia dito *Eu*.

Em meu quarto, numa bandeja ao lado dos sanduíches de presunto, encontrei um grande envelope pardo.

O Sr. Lomax, o procurador, respondera à minha carta. Junto ao seu bilhete curto, mas muito gentil, vinham as cópias do contrato de Hester, que olhei rapidamente e pus de lado, uma carta de recomendação de uma certa lady Blake, de Nápoles, falando muito bem de Hester, e, o mais interessante de tudo, uma carta aceitando a oferta de emprego, escrita pela própria governanta.

Prezado Doutor Maudsley,

Obrigada pela oferta de trabalho que gentilmente me fez.

Seria um prazer assumir as funções em Angelfield no dia 19 de abril, como o senhor sugere.

Tomei conhecimento de que os trens só vão até Banbury. Apreciaria que me informasse a melhor maneira de ir de lá até Angelfield. Devo chegar à estação de Banbury às dez e meia.

Cordialmente,

Hester Barrow.

Havia firmeza nas letras maiúsculas de Hester, consistência na inclinação das letras, suavidade nas curvas dos "g" e dos "y". O tamanho das letras era médio: pequeno o bastante para economizar tinta e papel, e suficientemente grande para ser legível. Nada de frescuras. Sem debruns, ornamentos e floreios rebuscados. A beleza da ortografia vinha do sentido de organização, proporcionalidade e equilíbrio que marcava cada letra. Revelava a mão boa, clara, da dona. Era a própria Hester, em palavras.

No alto, à direita, havia um endereço em Londres.

Ótimo, pensei comigo mesma. Assim posso chegar até você.

Peguei papel e, antes de começar minha transcrição, escrevi uma carta ao genealogista que papai me recomendara. Longa carta: tinha de me apresentar, pois certamente não imaginava que o Sr. Lea tinha uma filha; tinha de abordar com uma certa sutileza a questão dos almanaques para me justificar por tomar seu tempo; e tinha de relacionar tudo o que sabia a respeito de Hester: Nápoles, Londres, Angelfield. Mas o ponto central da minha carta era um só: *Encontre essa mulher.*

Depois de Charlie

A Sra. Winter não fez qualquer comentário sobre meus contatos com o procurador, embora eu tenha certeza de que ela foi informada, assim como tenho certeza de que os documentos que solicitei nunca me teriam chegado sem sua autorização. Eu me perguntava se ela acharia isso desonesto, se isso não seria o "dar saltos na história" que ela tanto reprovava; porém, no dia em que recebi o envelope com as informações do Sr. Lomax e mandei meu pedido de ajuda ao genealogista, ela não deu uma palavra; apenas retomou sua história do ponto em que a interrompera, como se nenhuma dessas trocas de correspondência tivesse acontecido.

Charlie foi a segunda perda. Terceira, considerando Isabelle, ainda que para todos os efeitos já a tivéssemos perdido dois anos antes; por isso ela não conta.

John ficou mais sentido com o desaparecimento de Charlie do que com o de Hester. Charlie podia ter sido um recluso, um excêntrico, um ermitão, mas *era* o dono da casa. Quatro vezes por ano, após a sexta ou sétima cobrança, ele dava uma ordem por escrito, e o banco liberava os recursos que garantiam a manutenção da casa. E agora ele se fora. O que seria daquela casa? Como iam fazer para arranjar dinheiro?

John passou dias de muita aflição. Insistiu em limpar os aposentos de Charlie — "Isso vai acabar deixando todo mundo aqui doente" —, e só quando não deu mais para sentir o mau cheiro é que ele foi se sentar nos degraus do lado de fora, respirando o ar puro como quem tivesse escapado de morrer afogado. Ao entardecer, tomou um banho demorado e gastou um sabonete inteiro se esfregando até a pele ficar cor-de-rosa. Passou sabonete até dentro do nariz.

E foi cozinhar. Já havíamos notado que a Missus não conseguia mais preparar uma refeição. Os legumes ficavam fervendo até virar mingau e grudar no fundo da panela. A casa tinha sempre aquele cheiro de comida queimada. Mas um dia encontramos John na cozinha. As mãos sujas que conhecíamos, de arrancar batatas da terra, agora descascavam e punham de molho na água os legumes de casca amarela e batiam as tampas das panelas no fogão. Comíamos carne ou peixe com muitos legumes e tomávamos um chá quente e forte. A Missus sentava-se numa cadeira no canto da cozinha, aparentemente sem se dar conta de que aquelas eram suas tarefas. Após lavar a louça, quando a noite caía, os dois se sentavam para conversar à mesa da cozinha. Os assuntos eram sempre os mesmos. O que iriam fazer? Como sobreviveriam? O que seria de nós?

— Não se preocupe, ele vai voltar — dizia a Missus.

Voltar? John suspirava e balançava a cabeça. Já escutara aquilo tantas vezes.

— Ele não está mais aqui, Missus. Sumiu. Você já se esqueceu?

— Sumiu! — Ela balançava a cabeça e ria como se John tivesse contado uma piada.

Assim que ela soube do sumiço de Charlie, o fato roçou momentaneamente seu consciente, mas não se instalou nele. Os caminhos, corredores e escadarias do seu cérebro, que conectavam os pensamentos mas que também os mantinham separados uns dos outros, estavam todos minados. Pegando uma ponta de pensamento, ela o ia seguindo através de buracos nas paredes, entrando em túneis que se abriam sob seus pés, até parar meio desorientada, confusa: tinha alguma coisa aí... Será que ela foi...? Pensando em Charlie trancado no quarto das crianças, enlouquecido de desgosto por amor à irmã morta, ela caiu, sem perceber, numa espécie de alçapão do tempo e lembrou-se do pai dele, trancado na biblioteca para chorar a mulher perdida.

— Eu sei como tirá-lo de lá — disse ela, piscando os olhos. — Vou levar o bebê para ele ver, isso vai resolver o problema. Vou agora mesmo pegar o bebê.

John não explicou novamente que Isabelle havia morrido, pois isso só iria causar-lhe uma surpresa dolorosa e levá-la a querer saber como e por quê.

— Um asilo? — diria ela, estupefata. — Mas por que ninguém me contou que a dona Isabelle estava num asilo? Já pensou o coitado do pai da garota?! Como era louco por ela! Vai ser a morte para ele. — E se perdia durante horas pelos corredores em ruínas do passado, lamentando antigas tragédias, como se tivessem ocorrido ainda na véspera, e se esquecia das tristezas atuais. John já passara por aquilo dezenas de vezes e não queria ficar repetindo a dose.

Devagar, a Missus levantou-se da cadeira e, arrastando um pé dolorosamente à frente do outro, foi atrás do bebê que, num tempo de que sua memória se esquecera, havia crescido, casado, tido filhas gêmeas e morrido. John não a deteve. A Missus já não se lembraria para onde estava indo quando alcançasse a escada. Mas, pelas costas dela, pôs a cabeça entre as mãos e suspirou.

Que fazer? Com Charlie, com a Missus, com tudo? Essa era a preocupação permanente de John. Ao fim de uma semana, o quarto das crianças estava limpo, e um esboço de plano brotara dos fins de tarde que passara pensando. Nenhuma notícia de Charlie havia chegado, de perto ou de longe. Ninguém o vira sair e ninguém fora daquela casa sabia do seu sumiço. E, devido aos seus hábitos de eremita, provavelmente ninguém daria pela sua ausência. John se perguntava se de algum modo tinha a obrigação de informar alguém — o médico? o advogado? — do desaparecimento de Charlie. Essa pergunta não lhe saía da cabeça, e ele sempre achava que a resposta era não. Todo homem está no seu direito de sair de casa, se assim decidir, sem dar explicações aos empregados. John não via vantagem alguma em contar ao médico, cuja interferência anterior no ambiente doméstico só lhes trouxera prejuízos, e quanto ao advogado...

Neste ponto, as reflexões em voz alta de John iam ficando mais lentas e confusas. Pois, se Charlie não voltasse, quem daria as autorizações de saque ao banco? Ele sabia vagamente que o advogado deveria ser envolvido, caso o desaparecimento de Charlie se prolongasse muito, mas por enquanto... Era natural a relutância. Eles tinham vivido de costas para o mundo, em Angelfield, durante anos. Hester havia sido a única estranha a penetrar naquele mundo só deles, e olha o que acontecera! Além disso, sua desconfiança em relação a advogados era inata. John não tinha nada em especial contra o Sr. Lomax, que sempre dera mostras de ser um sujeito decente, sensível, mas mesmo assim não seria ele quem haveria de confiar problemas de economia doméstica a um profissional que ganhava a vida metendo o bedelho nos assuntos particulares dos outros. E mais: se a ausência de Charlie se tornasse de conhecimento público, como já era sua esquisitice, será que o advogado se satisfaria em pôr sua assinatura nos documentos bancários de Charlie, só para que John e a Missus pudessem continuar pagando as contas do armazém? Não. Ele conhecia muito bem os advogados para saber que as coisas não seriam assim tão simples. John franziu a testa só de imaginar o Sr. Lomax na casa, abrindo portas, bisbilhotando dentro dos armários, espichando o olho sobre cada recanto carinhosamente cultivado do mundo de Angelfield. Aquilo não teria fim.

E outra coisa: bastaria que o advogado fosse uma única vez à casa para ver que a Missus não estava bem. Ele insistiria em que se chamasse o médico. E aconteceria com a Missus o mesmo que acontecera com Isabelle: eles a levariam. De que adiantaria?

Não. Já tinham conseguido se livrar de uma estranha; não era hora de convidar outro. O mais seguro era lavar a roupa suja em casa. Ou seja, melhor deixar as coisas do jeito que estavam.

Não havia pressa. O último saque ocorrera poucas semanas antes, portanto ninguém estava precisando de dinheiro. Hester partira sem levar seus salários, então esse recurso poderia ser usado caso ela não o procurasse e as coisas eventualmente se complicassem. Não era preciso gastar muito com comida: na horta havia legumes e frutas para alimentar um exército, e o bosque estava cheio de perdizes e faisões. E, no caso de qualquer emergência, alguma calamidade (John mal sabia o que estava dizendo — afinal, não era uma calamidade tudo aquilo por que haviam passado? Seria possível que algo pior ainda estivesse reservado para eles? De certa maneira, achava que sim)? Nesse caso, conhecia alguém que teria na adega umas boas caixas de clarete que poderiam garantir uns bons trocados.

— Estaremos bem por algum tempo — disse ele à Missus uma tarde na cozinha, enquanto fumava um cigarro. — Provavelmente por meses, se soubermos economizar. Depois, não sei o que vamos fazer. Só vendo.

A conversa era uma tentativa de autoconsolo; ele já desistira de esperar respostas apropriadas da Missus. Mas o hábito de ficar falando com ela estava tão arraigado que era difícil abandoná-lo assim de repente. Dessa forma, continuava se sentando ali naquela mesa na cozinha, dividindo suas idéias, seus sonhos, suas preocupações. E, quando ela respondia — palavras soltas, ao acaso —, ele procurava emprestar-lhes algum sentido, buscava encontrar uma conexão entre a resposta dela e a sua pergunta. Mas o labirinto dentro da cabeça da Missus era complexo demais, e o fio que a transportava de uma palavra a outra escorria-lhe por entre os dedos na escuridão.

Ele colhia os alimentos na horta. Cozinhava; cortava a carne no prato e dava comida na boca da Missus. Despejava as xícaras de chá frio e fazia um novinho para ela. Não era carpinteiro, mas pregou, aqui e ali, tábuas novas em cima das que estavam carcomidas, mantinha vazias as panelas nos cômodos principais, e ficava no sótão olhando os buracos no teto e coçando a cabeça. "Temos que dar um jeito nisso", dizia com ar resoluto, mas, como não chovia muito nem estava nevando, o serviço sempre podia esperar. Havia muito mais o que fazer. Lavava lençóis e roupas, que ficavam duros e engomados com os resíduos do sabão. Tirava a pele dos coelhos e depenava os faisões, e depois os punha para assar. Lavava e limpava a pia. Sabia o que devia ser feito. Vira a Missus fazendo tudo aquilo centenas de vezes.

De tempos em tempos, passava uma meia hora no topiário, mas não conseguia se sentir bem. O prazer de estar ali era superado pela preocupação com o que poderia estar acontecendo dentro de casa na sua ausência. Além do mais, fazer esse trabalho de forma adequada requeria mais tempo do que o que ele podia lhe dedicar. No fim, a única parte do jardim que conservava era a horta; o resto teve que ser abandonado.

Depois que nos habituamos a ela, sentimos um certo conforto na nossa nova existência. A adega propiciava uma fonte de recursos substancial para a manutenção da casa e, à medida que o tempo ia passando, nosso modo de vida começou a ser sustentável. Melhor ainda se Charlie permanecesse ausente. Sem ser encontrado e sem voltar para casa, nem morto nem vivo, ele não poderia fazer mal a ninguém.

Então guardei o que sabia só para mim.

No bosque havia uma cabana. Sem uso por muitos anos, coberta de espinhos e cercada de urtigas, era onde Charlie e Isabelle costumavam ir. Depois que Isabelle foi levada para o asilo, Charlie esteve lá algumas vezes; eu sei, porque o vi choramingando, rabiscando cartas de amor nos ossos com aquela velha agulha.

Era o lugar óbvio. Assim, quando ele desapareceu, voltei lá. Passei por entre as sarças e as samambaias que deixavam a entrada com um cheiro doce de matéria pútrida, e ali dentro, nas sombras, eu o encontrei. Agachado num canto, com um revólver ao lado, e a metade do rosto destruída. Reconheci a outra metade, apesar das varejeiras. Era Charlie, com certeza.

Voltei da soleira da porta, sem me importar com os espinhos e as urtigas. Não podia esperar para fugir à sua visão. Mas a imagem dele me perseguia e, por mais que eu corresse, parecia impossível escapar daquele rosto oco, sem um olho.

Onde buscar refúgio?

Eu conhecia uma casa, uma casinha simples no bosque. Já havia roubado comida de lá uma ou duas vezes. Corri para lá. Escondida sob a janela, fui recuperando o fôlego, sentindo vida comum por perto. E, quando parei de ofegar, fiquei olhando para dentro, para uma mulher numa cadeira, tricotando. Embora ela não soubesse que eu estava ali, sua presença me acalmou, como a avó carinhosa de algum conto de fadas. Olhei-a, purificando meus olhos, até que a visão do corpo de Charlie se desvaneceu e meu coração voltou a bater normalmente.

Caminhei de volta para Angelfield. E não falei sobre isso. Estávamos melhor assim. E, de qualquer modo, isso não ia fazer a menor diferença para ele, certo?

Ele foi o meu primeiro fantasma.

Eu tinha a impressão de que o carro do médico estava sempre na entrada da casa da Sra. Winter. Quando fui pela primeira vez para Yorkshire, ele a visitava a cada três dias, depois passou a visitá-la dia sim, dia não, depois diariamente, e agora vinha vê-la duas vezes por dia. Observei atentamente a Sra. Winter. Eu conhecia os fatos. A Sra. Winter estava doente. Estava à beira da morte. Mesmo assim, quando me contava sua história, ela parecia mergulhar num poço de energia que não era afetado pela idade ou pela doença. Eu explicava esse paradoxo dizendo a mim mesma que era a própria persistência do médico que a estava mantendo viva.

E, mesmo assim, de uma forma invisível aos meus olhos, ela devia estar piorando sensivelmente. Porque, caso contrário, como explicar aquele inesperado comunicado de Judith uma certa manhã? De maneira meio inusitada, ela veio me dizer que a Sra. Winter se achava muito indisposta e não poderia me ver. Que por um ou dois dias ela não teria condições de manter nossas entrevistas. Que sem ter nada que fazer ali, eu bem que poderia tirar uns dias de férias.

— Férias? Depois do alarde que ela fez quando me afastei da última vez, eu imaginaria que a última coisa que a Sra. Winter faria agora seria me mandar tirar umas férias. Ainda mais com o Natal chegando!

Embora ficasse ruborizada, Judith não me deu nenhuma outra informação. Algo não estava certo. Eu estava sendo afastada do caminho.

— Posso fazer sua mala, se isso ajudar — ofereceu-se ela com um sorriso de quem se desculpa, sabendo que eu sabia que ela estava me escondendo alguma coisa.

— Sei fazer minha mala — respondi laconicamente, zangada.

— Hoje é a folga de Maurice, mas o doutor Clifton vai levá-la até a estação.

Pobre Judith. Odiava mentir e não era boa de subterfúgios.

— E a Sra. Winter? Gostaria de dar uma palavra rápida com ela. Antes de partir.

— A Sra. Winter? Receio que ela...

— Não queira me ver?

— *Não possa* vê-la. — Uma sensação de alívio a fez corar, e a sinceridade apoderou-se da sua voz quando, afinal, conseguiu dizer alguma coisa verdadeira. — Acredite em mim, Srta. Lea. Ela simplesmente não pode.

Fosse o que fosse o que Judith sabia, o Dr. Clifton também sabia.

— Onde fica a loja do seu pai em Cambridge? — quis ele saber, e: — Ele também negocia com livros médicos?

Dei uma resposta breve, mais absorta em minhas próprias interrogações e, após algum tempo, suas tentativas de puxar conversa cessaram. Ao chegarmos a Harrogate, a atmosfera no carro pesava tanto quanto o silêncio opressivo da Sra. Winter.

Angelfield de Novo

No dia anterior, no trem, eu tinha imaginado muita ação e barulho: ordens gritadas e braços fazendo sinais urgentes; guindastes, lentos e pesados; pedras batendo contra pedras. Em vez disso, quando cheguei ao portão de entrada e olhei em direção ao local da demolição, tudo estava quieto e sossegado.

Não tinha o que ver; a neblina deixava tudo encoberto, mesmo a pouquíssima distância. Nem a trilha dava para enxergar. Levantando a cabeça, fui meio às cegas — com meus pés ora dentro, ora fora da trilha — percorrendo o caminho da forma como me recordava da última visita, da forma como me lembravam as descrições da Sra. Winter.

Meu mapa mental era bem preciso: cheguei ao jardim exatamente conforme o esperado. As silhuetas escuras dos teixos erguiam-se como um quadro atormentadamente pintado, dividido em dois pelo fundo branco. Como chapéus-coco etéreos, duas árvores em formato abobadado flutuavam na névoa, com os troncos sumindo na brancura. Sessenta anos haviam feito com que elas crescessem demais e perdessem a forma, mas num dia como o de hoje era fácil imaginar que a neblina é que atenuava a geometria das formas e que, assim que ela se dispersasse, o jardim se revelaria tal como naquela época, em toda a sua perfeição matemática, erguido no terreno não de uma demolição, não de uma ruína, mas de uma casa intacta.

De maneira tão insubstancial quanto a água suspensa nesse ar, meio século estava prestes a se evaporar ao primeiro raio de um sol invernal.

Trouxe meu pulso para perto do rosto e olhei a hora. Havia combinado de encontrar-me com Aurelius, mas como achá-lo em meio a toda essa neblina? Poderia ficar vagando por ali durante horas sem vê-lo, mesmo se ele passasse ao alcance dos meus braços.

Gritei "olá!" e uma voz de homem ecoou de volta.

— Olá!

Era impossível dizer se vinha de longe ou de perto.

— Onde você está?

Imaginei Aurelius procurando um ponto de referência no meio da neblina.

— Estou próximo a uma árvore. — Suas palavras me chegavam abafadas.

— Eu também — respondi. — Mas não acho que sua árvore seja a mesma que a minha. Você parece estar muito distante.

— Mas você me soa bem próxima.

— É? Então por que não fica onde está e continua falando? Assim vou conseguir achar você!

— Isso! Ótima idéia! Só que vou ter que procurar alguma coisa para dizer, está bem? É difícil falar por obrigação, algo que parece tão fácil normalmente... Que tempo horrível está fazendo! Nunca vi um nevoeiro mais tenebroso do que este.

E, enquanto Aurelius falava em voz alta, fui penetrando na nuvem seguindo o fio da voz dele no ar.

Foi então que vi. Uma sombra deslizando ao meu lado, pálida sob a luz tênue. Acho que senti que não era Aurelius. Subitamente tomei consciência das batidas do meu coração e estiquei a mão, meio assustada, meio esperançosa. A visão me evitou e mergulhou para longe dos meus olhos.

— Aurelius? — Minha voz soou tremida até para meus ouvidos.

— Hein?

— Você está aí?

— Claro.

Sua voz vinha de uma direção totalmente oposta. O que é que eu tinha visto? Não foi Aurelius. Talvez algum efeito da neblina. Com medo do que ainda poderia ver se ficasse ali à espera, me detive, olhos fixos naquela atmosfera úmida, quase desejosa de que a visão reaparecesse.

— Ah! Aqui está você! — ribombou uma voz potente atrás de mim. Aurelius. Ele apoiou as mãos enluvadas nos meus ombros quando me virei para encará-lo. — Deus seja louvado, Margaret. Você está branca como uma folha de papel. Parece até que acabou de ver um fantasma!

Caminhamos juntos pelo jardim. De sobretudo, Aurelius parecia mais alto e mais forte do que era na realidade. A seu lado, com minha capa de chuva cinzenta, eu me sentia etérea.

— Como vai indo o seu livro?

— Até agora são apenas anotações. Entrevistas com a Sra. Winter. E pesquisa.

— Hoje você está pesquisando, não está?

— Estou.

— O que precisa saber?

— Só quero tirar umas fotografias. Mas acho que o tempo não está colaborando comigo.

— Dentro de uma hora tudo vai estar nítido. Esta neblina não costuma durar muito.

Chegamos a uma espécie de alameda, cercada pelos dois lados por sebes tão altas e fechadas que formavam praticamente um muro.

— Por que *você* vem aqui, Aurelius?

Fomos percorrendo a alameda até um ponto em que não parecia haver mais nada além da névoa. Então demos com um muro de teixos duas vezes mais alto do que o próprio Aurelius, e o seguimos. Percebi algo cintilando na grama e nas folhagens: o sol saíra. A umidade do ar começou a evaporar, e o círculo de visibilidade ampliou-se rapidamente. Nosso muro de teixos nos fizera dar uma volta completa; havíamos retornado à mesma alameda por onde entráramos.

Quando minha pergunta parecia haver se perdido no tempo, a ponto de eu mesma não estar certa de tê-la feito, Aurelius respondeu:

— Eu nasci aqui.

Parei de repente. Aurelius prosseguiu, indiferente ao efeito de suas palavras sobre mim. Tive que dar uma corridinha para alcançá-lo.

— Aurelius! — Puxei-o pela manga do sobretudo. — É verdade? Você nasceu mesmo aqui?

— Nasci.

— Quando?

Ele deu um sorriso enigmático, meio triste.

— Na data do meu nascimento.

Sem pensar, insisti:

— Sim, mas quando?

— Em algum dia de janeiro, provavelmente. Talvez fevereiro. Ou quem sabe no fim de dezembro. Sessenta anos atrás, mais ou menos. Lamento não saber muito mais do que isso.

Franzi a testa, lembrando-me do que ele me dissera antes a respeito da Sra. Love e de não ter tido mãe. Mas como é que uma criança adotada podia saber tão pouco sobre sua origem, nem sequer a própria data de nascimento?

— Você está querendo me dizer, Aurelius, que é um enjeitado?

— Isso mesmo. É essa a palavra para o que eu sou. Enjeitado.

Perdi a voz.

— A gente se acostuma, acho — disse ele, e lamentei que ele precisasse me consolar pela sua perda.

— Você acha mesmo isso?

Ele me examinou com uma expressão curiosa, como que se perguntando o quanto deveria me revelar.

— Na verdade, não — disse.

Com passos vagarosos e pesados de inválidos, encurtamos nosso passeio. A neblina praticamente já desaparecera. As silhuetas mágicas das plantas moldadas haviam perdido todo o charme e pareciam o matagal e as sebes desgrenhadas que eram na verdade.

— Então foi a Sra. Love quem... — comecei a falar.

— ... me encontrou. Foi.

— E seus pais...

— Não faço idéia.

— Mas você sabe se foi aqui? Nesta casa?

Aurelius enfiou as mãos nos bolsos. Seus ombros encolheram.

— Não espero que as pessoas entendam. Não tenho provas. *Mas eu sei.* — Deu-me um rápido olhar, e eu, também com o olhar, encorajei-o a continuar. — Às vezes a gente tem como saber certas coisas. Coisas a respeito de si próprio. Coisas de antes mesmo do que é capaz de se lembrar. Não sei explicar.

Concordei com a cabeça, e Aurelius prosseguiu:

— Na noite em que fui encontrado, houve um grande incêndio aqui. A Sra. Love me contou, quando eu tinha 9 anos. Ela achou que devia me contar por causa do cheiro de fumaça nas minhas roupas quando me encontrou. Mais tarde, vim até aqui para dar uma olhada. E desde então tenho vindo. Depois fui pesquisar nos arquivos do jornal local. De qualquer modo...

A voz dele tinha o tom casual, indisfarçável, de quem fala de alguma coisa extremamente importante. Uma história tão preciosa que precisava se revestir de informalidade para disfarçar sua importância caso quem ouvisse se mostrasse indiferente.

— De qualquer modo, eu soube na hora em que pisei aqui. *Esta é a minha casa,* disse a mim mesmo. *É daqui que eu venho.* Não restava a menor dúvida. Eu sabia.

Com essas últimas palavras, Aurelius liberou a leveza da voz, deixou-se tomar pela paixão. Limpou a garganta:

— Evidentemente, não espero que ninguém acredite nisso. Não tenho como provar. É só uma coincidência de datas, e a vaga memória da Sra. Love em relação a um cheiro de fumaça, além da minha própria convicção.

— Pois eu acredito — falei.

Aurelius mordeu o lábio e lançou-me um olhar oblíquo e desconfiado.

Suas confidências, essa neblina, haviam-nos transportado para uma península de intimidade, e senti-me inclinada a contar-lhe o que eu jamais contara a ninguém antes. As palavras vieram-me à cabeça, organizaram-se imediatamente em frases, longas cadeias de frases, explodindo de impaciência para voar da minha língua. Como se estivessem esperando há anos por aquele momento.

— Acredito em você — repeti com a língua grossa devido às palavras à espera. — Eu também já senti isso, saber o que você não tem como saber. De antes de conseguir se lembrar.

E lá estava ele de novo! Um movimento repentino no canto do meu olho, que vinha e ia no mesmo instante.

— Você viu, Aurelius?

Ele seguiu meu olhar na direção das árvores em forma de pirâmides e mais além.

— Viu o quê? Não, não vi nada.

Tinha sumido. Ou talvez nunca tivesse estado ali.

Voltei-me para Aurelius, mas aí já tinha perdido a coragem. O momento das confidências havia passado.

— *Você* tem uma data de nascimento? — indagou Aurelius.

— Tenho.

E todas as minhas palavras não-ditas recuaram, de volta para onde tinham estado durante todos esses anos.

— Vou anotar, posso? — disse ele com vivacidade. — Aí lhe mando um cartão.

Fingi um sorriso.

— Na verdade, já está bem perto.

Aurelius abriu uma agenda de bolso azul toda dividida em meses.

— É no dia 19 — disse eu, e ele registrou com um lápis tão pequeno que mais parecia um palito de dentes em sua mão enorme.

A Sra. Love Tricota uma Meia

Quando começou a chover, pusemos nossos capuzes e corremos, buscando refúgio na igreja. No pórtico, demos uma sacudidela para livrar nossos casacos dos pingos e entramos.

Sentamo-nos num dos bancos perto do altar, e ergui os olhos para o teto abobadado, descorado, até me sentir tonta.

— Fale-me de quando você foi encontrado — disse eu. — O que sabe a esse respeito?

— Só o que a Sra. Love me contou — respondeu ele. — Posso lhe contar isso. E, é claro, sempre há a minha herança.

— Você tem uma herança?

— Tenho. Não é grande coisa. Não o que as pessoas normalmente imaginam quando pensam em herança. Mas, de qualquer forma... Posso mostrá-la mais tarde.

— Seria ótimo.

— Sim... Porque eu estive pensando, nove é perto demais do café para se comer bolo, não é? — Isso foi dito com uma careta de hesitação que se transformou num sorriso com as palavras seguintes. — Então pensei: que tal convidar Margaret para um lanche às onze? Café com bolo, o que acha? Abrimos o apetite para o almoço, e ainda lhe mostro minha herança. O pouco que há para ver.

Aceitei o convite.

Aurelius tirou os óculos do bolso e começou a limpá-los distraidamente com um lenço.

— Muito bem. — Ele respirou fundo, devagar. — A Sra. Love e sua história, tal e qual me foi contada.

Seu rosto assumiu uma neutralidade passiva, sinal de que, como todos os contadores de história, ele estava desaparecendo para dar lugar à voz da própria história. E já nas primeiras palavras, do fundo da sua voz, era a Sra. Love que eu ouvia, ressuscitada da tumba pela lembrança de sua história.

A história dela, e a de Aurelius, e também, talvez, a de Emmeline.

O céu estava escuro como breu naquela noite, e uma tempestade estava se formando. No alto das árvores, o vento assobiava e a chuva parecia querer quebrar as janelas. Eu estava tricotando naquela poltrona perto da lareira, um par de meias cinzentas, estou lembrada, o segundo pé, e estava justamente fazendo o calcanhar quando senti um arrepio. E não era de frio, esteja certo. Havia uma pilha de gravetos no cesto de lenha que eu mesma trouxera do depósito naquela tarde, e tinha acabado de avivar o fogo. Portanto, não era frio, não mesmo, e pensei comigo mesma: Que noite; sou grata por não ser uma dessas pobres almas surpreendidas fora de casa numa noite assim. E foi o pensar nas pobres almas que me causou o arrepio.

Tudo estava calmo dentro de casa, apenas o crepitar da lareira de quando em quando, e o clique-clique das agulhas de tricô, e os meus suspiros. Meus suspiros? Sim, meus suspiros. Porque eu não estava me sentindo feliz. Tinha mergulhado nas minhas lembranças, e esse é um péssimo hábito para uma mulher de 50 anos. Eu possuía uma bela lareira, um teto sobre minha cabeça e um jantar gostoso na barriga, mas me sentia contente? Não. Por isso estava sentada ali, suspirando em cima das minhas meias cinzentas, enquanto a chuva continuava caindo. Depois de um certo tempo, levantei-me para ir à despensa me consolar com um pedaço de bolo de ameixa, bem sequinho, feito no conhaque. Senti-me bem reconfortada. Mas quando voltei e retomei o tricô, meu coração quase saiu pela boca. Sabe por quê? Eu tinha feito o calcanhar daquela meia duas vezes!

Aquilo me incomodou. Realmente incomodou, porque sou muito detalhista no trabalho. Não faço tudo de qualquer jeito como minha irmã Kitty fazia, nem sou meio cegueta tal como ficou minha pobre mãezinha já para perto do fim. Eu só havia cometido um erro desses duas vezes na vida.

A primeira vez que tricotei um calcanhar extra foi quando eu era uma *coisica*. Era uma tarde de sol, eu estava sentada perto de uma janela aberta, sentindo o cheiro que vinha do jardim em flor. Daquela vez foi uma meia azul. Para... bem, para um rapaz. O meu namorado. Não vou lhe dizer o nome dele, não é necessário. Eu estava sonhando acordada. Boboca. Vestidos brancos e bolos brancos e uma porção de bobagens do tipo. E de repente olhei e vi que tinha feito dois calcanhares. Estavam lá, claros como o dia. A parte da perna, um calcanhar, mais uma parte para o pé e aí — outro calcanhar. Ri alto. Não tinha importância. Muito fácil de desfazer e endireitar.

Mal eu tinha largado as agulhas, e Kitty veio correndo pela trilha do jardim. "O que será que houve?", pensei, afobada. Vi seu rosto ficando verde, depois branco, e em seguida ela parou, rígida, ao ver-me pela janela. Foi quando percebi que o problema não era com ela, mas comigo. Abriu a boca, mas não conseguiu nem dizer meu nome. Estava chorando. E aí veio com a notícia.

Tinha havido um acidente. Meu namorado saíra com o irmão. Para caçar perdizes. Foram para onde não deviam ter ido. Alguém os viu e eles se apavoraram. Correram. Daniel, o irmão, alcançou a cerca primeiro e pulou. O meu namorado era muito impetuoso. Sua arma enganchou na cerca. Ele deve ter se abaixado, e aí perdeu tempo. Ouviu passos se aproximando e entrou em pânico. Puxou a arma. Não preciso explicar mais, preciso? Você pode adivinhar o que aconteceu.

Desfiz meu tricô. Todas aquelas laçadas que a gente vai dando, uma atrás da outra, fileira por fileira, para tricotar uma meia, eu as desfiz. É fácil. Tira-se a agulha, uma puxada, e elas se desprendem. Uma após a outra, fileira por fileira. Desfiz o calcanhar extra e prossegui. O pé, o primeiro calcanhar, a trama da perna. Todas aquelas laçadas se desemaranhando à medida que se puxa a lã. Até que não sobrou nada a ser desmanchado, apenas um monte de lã azul encrespada no meu colo.

Não demora muito para tricotar uma meia e menos ainda para desfazê-la.

Acho que fiz um novelo com aquela lã azul para tricotar alguma outra coisa. Mas não estou lembrada.

A segunda vez que tricotei um calcanhar duas vezes, eu já estava começando a envelhecer. Kitty e eu estávamos sentadas aqui perto da lareira, juntas. Fazia um ano que o marido dela morrera, quase um ano que ela estava morando comigo. Eu a achava bem melhor. Já sorria, se interessava por certas coisas e conseguia ouvir o nome dele sem cair no choro. Estávamos aqui sentadas, e eu tricotava — um lindo par de meias de dormir para Kitty, da mais pura lã de carneiro, cor-de-rosa para combinar com sua camisola. Tinha um livro no colo. Não devia estar lendo, porque disse: "Joan, você fez o calcanhar duas vezes."

Interrompi o trabalho e vi que estava certa. "É, estou ficando doida", disse eu.

Ela disse que, se fosse ela que estivesse tricotando, não seria surpresa. Estava sempre fazendo dois calcanhares, quando não esquecia de fazer um. Mais de uma vez tricotara meias sem calcanhar para o marido, só uma perna e um dedão. Rimos. Mas ela se surpreendeu porque tinha acontecido comigo. Não era comum eu ficar tão distraída.

"Bom", falei, "já cometi esse erro antes". Mas só uma vez. E lembrei-a do que acabo de lhe contar. Tudo sobre o meu namorado. E, enquanto ficava recordando em voz alta, desfiz cuidadosamente o segundo calcanhar e comecei a fazer a coisa certa. Precisa de um pouco de concentração, e a luz estava acabando. Bem, encerrei minha história e ela não disse nada, e pensei que ela estivesse pensando no marido. Sabe como é, eu falando da minha perda de tantos anos atrás, e a dela tão recente.

Já estava escuro demais para terminar o dedão, então pus de lado o tricô e levantei os olhos. "Kitty?", falei. "Kitty?" Nenhuma resposta. Achei por um instante que ela tivesse adormecido. Mas não.

Parecia tão tranqüila. Tinha um sorriso no rosto. Como se estivesse feliz por tê-lo de volta. Ter o marido de volta. Enquanto estava examinando aquela meia no escuro, tagarelando minha velha história, ela se fora para ele.

Por isso me incomodou tanto, nessa noite de céu escuro como breu, descobrir que eu tricotara um segundo calcanhar. Uma vez fiz isso e perdi meu namorado. Da segunda vez perdi minha irmã. Agora uma terceira vez. Não tinha mais ninguém para perder. Só havia eu.

Olhei a meia. Lã cinza. Coisa mais sem graça. Bem apropriada para mim.

Talvez não importasse, disse a mim mesma. Quem teria saudade de mim? Ninguém sofreria com a minha partida. Isso era uma bênção. Afinal, ao menos *tive* uma vida, não como o meu namorado. E lembrei-me novamente da expressão do rosto de Kitty, aquele olhar tranqüilo, feliz. Não pode ser tão ruim, pensei.

Sentei-me para desmanchar o calcanhar extra. Para que isso?, você poderá estar se perguntando. Bem, eu não queria que ninguém visse aquilo. "Que velha idiota", já imaginava alguém dizendo. "Encontraram-na com o tricô no colo, e adivinhem? Ela tinha tricotado dois calcanhares." Não queria ouvir esse tipo de coisa. Por isso desfiz tudo. E enquanto trabalhava ia me aprontando para ir, em pensamento.

Não sei quanto tempo permaneci ali sentada. Mas finalmente um barulho chegou-me aos ouvidos. Vinha do lado de fora. Um choro, como de algum animal perdido. Meu pensamento estava longe, não esperava que nada viesse se interpor entre mim e meu fim, por isso a princípio nem me apercebi. Mas ouvi de novo. Parecia me chamar. Pois quem mais haveria de escutar isso, aqui no meio de lugar nenhum? Achei que fosse um gato procurando a mãe ou algo assim. E embora já estivesse me preparando para ir ao encontro daquele que me fez, a imagem desse gatinho, com o pêlo molhado, veio distrair minha atenção. E pensei: Só porque estou morrendo, não há razão para negar a uma criatura de Deus um pouquinho de calor e de comida. E devo lhe dizer, naquele momento nem me passou pela cabeça ter algum ser vivente por perto. Então fui até a porta.

E o que encontrei lá?

Abrigado da chuva, sob o pórtico, um bebê! Embrulhado nuns panos e miando feito um gatinho. Pobrezinho. Você estava com frio, com fome e todo molhado. Não podia acreditar no que via. Abaixei-me e peguei-o, e na hora em que você me viu parou imediatamente de chorar.

Não me demorei do lado de fora. Você precisava de comida e roupas secas. Então não fiquei parada muito tempo no pórtico. Olhei rapidamente e não vi nada. Nem ninguém. Só o vento sussurrando no topo das árvores e — coisa estranha — uma fumaça subindo aos céus para os lados de Angelfield.

Apertei você contra o peito, entrei e fechei a porta.

Duas vezes antes eu tricotara dois calcanhares numa meia só, e a morte chegara bem perto de mim. Na terceira, foi a vida que bateu à minha porta. Isso me ensinou a não acreditar muito em coincidências. O fato é que, depois disso, não tive mais tempo para ficar pensando na morte.

Tinha você para me ocupar.

E vivemos felizes para sempre.

Aurelius engoliu em seco. Sua voz ficou rouca e entrecortada. As palavras tinham-lhe fugido como por encanto; palavras que ouvira milhares de vezes quando garoto, e que, já homem, repetiam-se dentro dele havia décadas.

Quando a história terminou, ficamos sentados em silêncio, contemplando o altar. Lá fora a chuva seguia caindo, sem pressa. Aurelius parecia uma estátua ao meu lado, mas eu suspeitava que seus pensamentos não tinham nada de calmos.

Havia muitas coisas que eu poderia ter dito, mas não disse nada. Fiquei apenas dando um tempo para que ele retornasse ao presente. Quando retornou, falou comigo.

— A questão é que não é a minha história, entende? Eu estou nela, é óbvio, mas não é a minha história. Pertence à Sra. Love. O rapaz com quem ela pretendia se casar; sua irmã, Kitty; seu tricô. Seus bolos. Todas essas coisas compõem a história dela. E é só quando ela pensa que tudo está chegando ao fim que eu chego, dando à história um novo começo. Mas isso não faz dela a minha história, ou faz? Porque *antes* de ela abrir aquela porta... Antes de escutar aquele som à noite... Antes...

Ele fez uma pausa, ofegante, fez um gesto de quem ia interromper a frase, mas continuou:

— Porque para alguém *encontrar* uma criança assim, encontrar, pura e simplesmente, sozinha, na chuva, quer dizer que antes... para isso acontecer... necessariamente...

Outro gesto nervoso das mãos, os olhos percorrendo ferozmente o teto da igreja, como se ali, em algum ponto, ele pudesse descobrir o verbo de que precisava para finalmente ancorar naquilo que, fosse o que fosse, estava querendo dizer:

— Porque se a Sra. Love *me encontrou*, isso significa que, antes disso acontecer, alguém, alguma outra pessoa, uma *mãe* deve ter...

Lá estava. O verbo.

Seu rosto como que se congelou de desespero. As mãos, antes agitadas, imobilizaram-se numa posição que sugeria uma prece ou um apelo.

Há certas ocasiões em que o rosto e o corpo humanos conseguem expressar tão bem os anseios do coração que é possível, como se diz, lê-los como se fossem um livro. Eu li Aurelius.

Não me abandone.

Tomei suas mãos entre as minhas, e a estátua voltou à vida.

— Não dá para esperar que a chuva passe — sussurrei. — Pelo jeito, ela vai cair o dia todo. Minhas fotos podem ficar para depois. Acho que podemos ir.

— É — disse ele, com a voz ainda rouca. — É melhor.

A Herança

— São pouco mais de dois quilômetros em linha reta — disse ele, apontando para o bosque. — Pela estrada é mais longe.

Atravessamos o parque e já estávamos quase chegando ao bosque quando ouvimos vozes. Era uma voz de mulher cortando a chuva, que se dirigia aos filhos por sobre o passeio de cascalho, tão distante quanto nós. "Eu falei para você, Tom. Está muito molhado. Eles não trabalham quando chove dessa maneira." As crianças detiveram-se desapontadas ao ver que os guindastes e o restante das máquinas estavam parados. Com chapéus próprios para chuva cobrindo suas cabeças louras, não pude ver bem seus rostos. A mulher os alcançou, e a família toda entrou por instantes numa rápida conferência de capas impermeáveis.

Aurelius ficou embevecido ante aquela cena de família.

— Já vi eles antes — disse eu. — Sabe quem são?

— São uma família. Moram naquela casa que tem um balanço. Karen vem aqui atrás dos cervos.

— Ainda se caça por aqui?

— Não. Ela só corre atrás deles. Formam uma linda família.

Ele os ficou olhando com inveja, até quebrar o encanto com uma sacudida de cabeça.

— A Sra. Love foi muito boa para mim — disse —, e eu a amava. Todas essas coisas... — Fez um gesto de despedida e voltou-se para o bosque. — Vamos. Vamos para casa.

A família das capas impermeáveis foi se dirigindo para os portões de entrada. Claramente tomaram a mesma decisão.

Aurelius e eu andamos pelo bosque numa amizade silenciosa.

Não havia folhas para barrar a luz, e os galhos, escurecidos pela chuva, pareciam querer tocar o céu encharcado. Esticando um braço para afastar os galhos mais baixos, Aurelius fazia com que pingos extras de chuva viessem juntar-se aos que caíam sobre nós vindos diretamente do céu. Passamos por cima de uma árvore tombada, apreciando a poça escura de chuva que se formara em seu oco e amolecera a casca de tal modo que mais parecia uma pele.

— Chegamos — proclamou Aurelius.

Era um pequeno chalé feito de pedra, mais por questão de segurança do que por estética, mas mesmo assim atraente, em suas linhas simples e sólidas. Aurelius me levou para conhecer a lateral da casa. Teria uns cem ou uns duzentos anos? Difícil precisar. Não era o tipo de casa em que cem anos fizessem muita diferença. Exceto pelo fato de que, nos fundos, havia um anexo grande, novo, quase tão grande quanto a própria casa e totalmente ocupado por uma cozinha.

— Meu santuário — disse ele, enquanto me mostrava.

Um imponente fogão de aço inoxidável, paredes brancas, dois imensos refrigeradores — aquilo, sim, era uma cozinha de verdade, para um cozinheiro de verdade.

Aurelius puxou uma cadeira e me fez sentar numa mesinha perto de uma estante. As prateleiras estavam cheias de livros de culinária, em francês, inglês, italiano. Um dos livros, diferentemente dos demais, estava sobre a mesa. Era grosso, com os cantos rombudos de tão velho e encapado com papel pardo já quase transparente após décadas de manuseio por dedos sujos de manteiga. Alguém escrevera *RECEITAS* na capa, com letras maiúsculas antiquadas, numa caligrafia escolar. Anos mais tarde o "escritor" reforçara o *I*, utilizando uma caneta diferente.

— Posso? — perguntei.

— Claro.

Abri o livro e comecei a folhear ao acaso. Pão-de-ló da Vitória, pão de tâmaras e nozes, bolo de frutas secas, bolo de gengibre, torta Bakewell, bolo delicioso de frutas... a ortografia e a letra iam ficando melhores a cada página.

Aurelius virou um botão do forno e então, movendo-se suavemente, foi selecionando os ingredientes. Logo estava tudo ao seu alcance, só precisava esticar um braço para pegar uma peneira ou uma faca sem olhar. Ele se movimentava em sua cozinha como um motorista troca de marcha: esticando o braço de um modo suave e mecânico, sabendo exatamente o que fazer, enquanto os olhos jamais abandonavam o ponto fixo à frente: a tigela em que misturava os ingredientes. Peneirou a farinha, cortou a manteiga em cubos, espremeu uma laranja. Era tudo tão natural quanto respirar.

— Está vendo esse armário? — disse ele. — Esse aí à sua esquerda? Você pode abrir para mim?

Pensando que ele queria algum talher, abri a porta do armário.

— Está vendo uma bolsa pendurada num gancho?

Era uma espécie de mochila escolar, velha e peculiarmente concebida. As laterais não eram costuradas, apenas dobradas para dentro. Era presa por uma fivela, e uma correia de couro grande e larga fixada por um fecho rústico de cada lado, o que permitia usá-la na diagonal, em volta do corpo. O couro estava ressecado e todo rachado, e as tiras que um dia tinham sido cáqui tinham agora somente a cor da idade.

— O que é isso? — perguntei.

Por um instante ele ergueu os olhos da tigela e me encarou.

— É a bolsa em que fui encontrado.

E voltou à mistura dos seus ingredientes.

A bolsa em que foi encontrado? Meus olhos moveram-se lentamente da bolsa para Aurelius. Mesmo curvado sobre a massa, ele tinha mais de 1,80m. Lembrei-me de que na primeira vez em que lhe pusera os olhos eu havia imaginado que se tratava do gigante de alguma história infantil. Hoje a correia de couro mal daria para envolver-lhe a cintura, mas há sessenta anos ele devia ser pequeno o bastante para caber dentro dela. Impressionada ao pensar no que o tempo é capaz de fazer, sentei-me novamente. Quem teria colocado um bebê naquela bolsa tantos anos atrás? Quem o teria enrolado nos panos, ajustado a fivela e passado a correia em volta do corpo para carregá-lo, à noite, até a casa da Sra. Love? Corri os dedos pelos lugares que essa pessoa devia ter tocado. Panos, fivelas, correia. Buscando algum sinal seu. Uma dica em braile, ou alguma tinta invisível ou um código, que se revelaria ao meu toque se pelo menos soubesse como. Mas não sabia.

— Não é estranho? — disse Aurelius.

Ouvi-o colocar algo no forno e fechar a porta, em seguida senti-o bem ao meu lado, olhando por cima do meu ombro.

— Abra você, estou com as mãos sujas de farinha.

Desatei a fivela e abri as dobras da bolsa. Elas se desenrolaram formando um círculo em cujo centro papéis e trapos se misturavam.

— Minha herança — anunciou ele.

As coisas pareciam um rebotalho à espera de ser varrido para a lixeira, mas ele olhou para elas com a mesma intensidade com que um menino vê um tesouro escondido.

— Essas coisas são a minha história — disse. — Elas me dizem quem sou. É só uma questão de... entendê-las. — Sua decepção era visível, mas conformada. — Toda a minha vida venho tentando conservá-las. E continuo pensando, se ao menos eu achasse o fio... Tudo entraria no lugar. Veja isto aqui, por exemplo.

Era uma peça de roupa. De linho, originalmente branco, agora amarelado. Separei-a dos outros objetos e dei-lhe uma alisada. Era bordada com estrelas e flores brancas; havia quatro lindos botões de madrepérola; parecia uma camisa de pagão. Os dedos grossos de Aurelius como que afagaram de longe aquela diminuta peça de vestuário, desejosos de tocá-la, mas sem querer sujá-la de farinha. Agora aquelas mangas estreitas caberiam num único dedo.

— Era isso que eu estava usando — explicou Aurelius.

— É bem velho.

— Velho como eu.

— Mais até.

— Você acha?

— Veja esta costura aqui, e esta outra. Foram remendadas mais de uma vez. E este botão não casa. Outros bebês a usaram antes de você.

Os olhos dele iam da peça de linho para mim e daí de novo para a roupa, ávidos por saber mais.

— E tem isto aqui. — Apontou para uma página impressa. Fora rasgada de um livro e dobrada. Tomando-a em minhas mãos, comecei a ler.

"... sem perceber de início qual era a intenção dele; mas quando o vi levantar e equilibrar o livro e se pôr em posição de arremessá-lo, eu instintivamente saltei de lado com um grito de alerta..."

Aurelius continuou dali, lendo não da página mas de memória:

"... mas não o suficiente; o volume voou, bateu em mim, e eu caí, batendo a cabeça contra a porta e cortando-a".

Claro que reconheci a passagem. Como não, se já lera aquilo tantas vezes, meu Deus?

— *Jane Eyre* — disse eu, com surpresa.

— Você reconheceu? É isso mesmo. Perguntei a um homem numa biblioteca. É de uma tal Charlotte não-sei-o-quê-lá. Parece que tinha um monte de irmãs.

— Você não leu?

— Comecei. Era sobre uma garotinha que perdeu a família, e a tia a criou. Achei que tinha alguma coisa a ver comigo. A tia é uma mulher má, completamente diferente da Sra. Love. Esta página é do trecho em que um dos primos joga um livro em cima dela. Mas depois ela vai para a escola, uma escola horrível, comida horrível, e consegue fazer uma amiga. — Ele sorriu, lembrando a leitura. — Só que a amiga morre. — Aurelius baixou o rosto. — Depois dessa eu perdi o interesse. Não li até o fim. Não sei como a coisa toda acabou. — Ele parecia desapontado. — Você leu? O que é que aconteceu com ela de importante?

— Ela se apaixona pelo patrão. A mulher dele é doida, mora na casa, mas tenta botar fogo na casa, e Jane foge. Quando volta, a mulher dele havia morrido, o Sr. Rochester está cego, e Jane se casa com ele.

— Ah! — Aurelius franziu a testa tentando concatenar as coisas. Mas desistiu. — Não, não faz sentido, faz? Talvez no começo. A garota sem a mãe. Mas depois... Queria que alguém me dissesse o que isso significa. Só queria que alguém pudesse *me contar a verdade.*

Ele voltou à página rasgada.

— Provavelmente, não é o livro que é importante. Talvez seja só esta página. Talvez ela contenha algum significado secreto. Olhe aqui.

A última capa do seu livro de receitas dos tempos de criança estava toda preenchida por colunas e fileiras de números e letras feitas à mão naqueles garranchos típicos de menino.

— Eu achava que era um código — explicou ele. — Tentei decifrar, pegando a primeira letra de cada palavra, a primeira de cada linha. Ou a segunda. Depois tentei trocar uma letra por outra.

Ele ia mostrando suas diversas tentativas de combinações com olhos febris, como se ainda houvesse uma chance de ver algo que lhe escapara anteriormente.

Eu sabia que era inútil.

— E o que é isto? — disse eu, passando ao próximo objeto, sem conseguir disfarçar um estremecimento. Era evidente que aquilo, um dia, tinha sido uma pena de pássaro, mas agora era uma coisa asquerosa, de aspecto horrível. Seus fluidos haviam secado, os filamentos das penas se dividiram em espigões duros de tom pardo ao longo da espinha.

Aurelius deu de ombros e balançou a cabeça em sinal de irremediável ignorância, e eu larguei a pena, aliviada.

Só faltava uma coisa.

— Agora isto aqui... — Aurelius tinha começado a falar, mas não chegou a concluir. Era um pedaço de papel grosseiramente rasgado, com uma mancha de tinta desbotada que deve ter sido uma palavra. Examinei-o bem de perto. — Eu acho — tartamudeou Aurelius —, bem, a Sra. Love achava...

Na verdade, nós dois achávamos... — ele me deu um olhar esperançoso — que isto deve ser o *meu nome.* — Ele mostrou. — Molhou com a chuva, mas aqui, bem aqui... — Fomos até a janela; gesticulou para que eu pusesse o papel contra a luz. — Parece um "A" no começo. Depois um "S", já bem aqui, quase no final. Claro, está apagado, depois de todos esses anos; tem de olhar com muita atenção, mas *dá para ver*, não dá?

Olhei atentamente a mancha.

— *Dá para ver*?

Fiz um vago movimento com a cabeça, sem dizer que sim nem que não.

— Viu?! É óbvio quando a gente sabe o que está olhando, não é?

Continuei a olhar, mas as letras-fantasma que ele via eram invisíveis aos meus olhos.

— E foi *assim* — dizia ele — que a Sra. Love se decidiu por Aurelius. Embora fosse mais fácil Alphonse, por exemplo.

Ele riu consigo mesmo, com uma certa tristeza e desconforto, e se afastou.

— A única outra coisa é a colher. Mas essa você já viu.

— Tirou do bolso a colher de prata que eu vira em nosso primeiro encontro, enquanto comíamos bolo de gengibre sentados sobre os gatos gigantes que ladeavam a escadaria da mansão de Angelfield.

— E a bolsa? — perguntei. — Que espécie de bolsa é aquela?

— É só uma bolsa — respondeu vagamente, aproximando-a do rosto e cheirando-a com delicadeza. — Tinha cheiro de fumaça, mas agora não. — Passou-a para mim, e eu também levei meu nariz até ela. — Sentiu? Está bem fraquinho.

Aurelius abriu o forno e tirou um tabuleiro de biscoitos levemente dourados, que colocou para esfriar. Encheu a chaleira e preparou uma bandeja. Xícaras e pires, açucareiro, leiteira e pratinhos de sobremesa.

— Pegue aqui, por favor — disse ele, passando-me a bandeja. Abriu uma porta, deixando ver de relance a sala de estar, com velhas poltronas confortáveis e almofadas floridas. — Sinta-se em casa. Já vou levar o restante. — Deu-me as costas, curvando-se para lavar as mãos. — Num minuto estarei com você. Só vou dar um jeito nessas coisas.

Fui para a sala de estar da Sra. Love e me sentei numa poltrona perto da lareira, deixando que ele guardasse sua herança — sua inestimável, indecifrável herança — com toda a tranqüilidade.

Saí da casa com algo rondando minha cabeça. Teria sido alguma coisa que Aurelius dissera? Sim. Um eco, uma relação, alguma coisa tinha me chamado vagamente a atenção, mas se perdera com o resto da história. Não importava; ia voltar.

No bosque há uma clareira, onde o chão fica íngreme de repente e se cobre de uma vegetação cheia de falhas até voltar ao nível e as árvores surgirem novamente. Isso lhe dá uma posição vantajosa como ponto de observação da casa. Foi nessa clareira que parei no meu caminho de volta do chalé de Aurelius.

A paisagem era árida. A casa, ou o que restara dela, parecia fantasmagórica. Um borrão cinzento contra um céu cinzento. Os andares superiores da lateral esquerda desapareceram. O térreo resistia, a moldura da porta demarcada pela verga de pedra escura e as escadas que conduziam a ela, mas a porta em si também desaparecera. Não era um dia para estar aberta às intempéries, e senti um arrepio por aquela casa semidestruída. Até os gatos de pedra a haviam abandonado. Assim como os cervos, eles tinham fugido da chuva. O lado direito da construção achava-se ainda praticamente intacto, embora, a julgar pela posição do guindaste, fosse o próximo a ir ao chão. Seria mesmo necessária toda essa maquinaria?, peguei-me pensando. Porque parecia que as paredes estavam simplesmente se dissolvendo na chuva; as pedras que ainda restavam de pé, desbotadas e etéreas como papel-arroz, pareciam prestes a evaporar sob meus olhos se eu ficasse algum tempo ali olhando para elas.

Minha máquina fotográfica estava pendurada no pescoço. Tirei-a e levei-a à altura dos olhos. Seria possível capturar a aparência evanescente da casa em meio a tanta neblina? Tinha minhas dúvidas, mas resolvi tentar.

Estava ajustando a lente de longa distância, quando percebi um leve movimento no fundo do quadro. Não era o meu fantasma. Eram as crianças que tinham voltado. Viram algo no gramado e corriam animadas naquela direção. O que seria? Um porco-espinho? Uma cobra? Curiosa, acertei o foco para ver com mais nitidez.

Uma delas alcançou o gramado e ergueu do chão sua descoberta. Era um capacete amarelo de operário. Com um sorriso tirou seu chapéu de chuva — agora pude ver que era o menino — e pôs o capacete na cabeça. Ficou enrijecido como um soldado, peito para a frente, cabeça empinada, braços esticados, a expressão concentrada para não deixar escorregar o capacete que era grande demais para ele. Assim que fez a pose aconteceu um pequeno milagre. Um raio de sol achou um buraco entre as nuvens e incidiu sobre o garoto, iluminando-o em seu momento de glória. Apertei o botão e bati a foto. O garoto de chapéu, sobre seu ombro esquerdo uma placa amarela com a inscrição MANTENHA DISTÂNCIA, e à sua direita, no fundo, a casa, um borrão lúgubre de cor cinza.

O sol foi embora. Desviei os olhos das crianças para rebobinar o filme e guardar minha câmera. Quando voltei a olhar, as crianças já iam a meio caminho. A mão esquerda dele segurando a mão direita dela, os dois pulando e rodopiando rumo ao portão de entrada, no mesmo ritmo, do mesmo tamanho, um contrabalançando perfeitamente o outro. Com as pontas das capas impermeáveis flamejando atrás deles e os pés mal roçando o chão, pareciam estar a ponto de decolar e sair voando.

Jane Eyre e a Fornalha

Quando voltei a Yorkshire, não recebi qualquer justificativa para minha expulsão. Judith veio receber-me com um sorriso constrangido. A luz cinzenta do dia insinuara-se sob sua pele, enchera de sombras seus olhos. Ela abriu um pouco mais as cortinas da minha sala de estar, deixando a janela um pouco mais à mostra, mas isso não tornou o lugar menos sombrio.

— Tempo amaldiçoado — exclamou, e percebi que ela estava no limite.

Embora fossem apenas alguns dias, parecia uma eternidade. Quase sempre à noite, mas muitas vezes durante o dia, o efeito lúgubre do céu pesado nos deixava a todos sem noção do tempo. A Sra. Winter chegou atrasada a uma das nossas sessões matinais. Também estava com o rosto pálido; eu não sabia se era a lembrança da dor recente que levara a escuridão aos seus olhos ou alguma outra razão.

— Proponho um horário mais flexível para nossas reuniões — disse ela, depois de se acomodar em seu círculo de luz.

— Claro.

Eu sabia das suas noites ruins da minha conversa com o médico, via quando a medicação que ela tomava para controlar a dor ia perdendo o efeito ou ainda não havia começado a fazê-lo. E assim concordamos que, em vez de me apresentar às nove horas todas as manhãs, ficaria em meu quarto aguardando uma batida leve na porta.

A princípio, a batidinha vinha sempre entre nove e dez horas. Depois começou a tardar mais. Após o médico alterar a dosagem, ela passou a me chamar de manhã cedo, mas nossas sessões eram mais curtas; em seguida nos habituamos a nos encontrar duas ou três vezes por dia, em horários variados. Às vezes me chamava quando se sentia bem, e falava muito, e detalhadamente. Em outras ocasiões me convocava quando sentia dor. Nessas ocasiões, não era tanto a companhia o que ela desejava, mas as qualidades anestésicas do próprio ato de contar histórias.

O final da sessão das nove horas foi outra âncora de tempo que se perdeu. Eu escutava sua história, escrevia a história, quando dormia sonhava com a história, e quando estava acordada era a história que constituía o pano de fundo constante dos meus pensamentos. Era como viver totalmente dentro de um livro. Eu nem precisava emergir para comer, pois podia sentar-me à escrivaninha lendo minha transcrição enquanto comia as refeições que Judith levava no quarto. Mingau significava que era de manhã. Sopa e salada queriam dizer almoço. Bife e empadão de miúdos apontaram para a noite. Lembro-me de ter ficado especulando durante bastante tempo diante de um prato de ovos mexidos. O que ele significaria? Podia não significar nada. Dei umas poucas garfadas e larguei o prato.

Nesse longo e indiferenciado lapso de tempo, houve alguns incidentes marcantes. Registrei-os na hora, em separado da história, e eles merecem ser citados aqui.

Eis um deles.

Eu estava na biblioteca. Procurava *Jane Eyre* e descobri quase uma prateleira inteira de exemplares. Era a coleção de um fanático: havia exemplares baratos, modernos, de segunda mão; edições que apareciam tão raramente no mercado que seria difícil atribuir-lhes um preço; e exemplares que ficavam entre esses dois extremos. Eu estava buscando uma edição comum — embora especial — da virada do século. Enquanto pesquisava, Judith trouxe a Sra. Winter e instalou-a numa poltrona próximo à lareira.

Quando Judith saiu, a Sra. Winter perguntou:

— O que está procurando?

— *Jane Eyre.*

— Gosta de *Jane Eyre*?

— Muito. E a senhora?

— Sim.

Ela estremeceu.

— Quer que eu avive o fogo?

Baixou os cílios como se uma onda de dor estivesse chegando.

— Acho que sim. — Com o fogo crepitando forte outra vez, ela disse: — Sente-se aqui um momento, Margaret. — E, após um minuto de silêncio, falou-me o seguinte: — Imagine uma esteira rolante, uma esteira rolante comprida e no final uma fornalha imensa. E, nessa esteira rolante, livros. Todos os exemplares do mundo de todos os livros de que você mais gosta. Todos em fila. *Jane Eyre. Villette. A dama branca.*

— *Middlemarch* — acrescentei.

— Obrigada. *Middlemarch.* E agora imagine uma alavanca com duas funções, *Liga* e *Desliga.* No momento a alavanca está desligada. E ao lado um ser humano está com a mão na alavanca, pronto a ligá-la. Não há como detê-lo. Você tem um revólver nas mãos. Só precisa puxar o gatilho. O que você faz?

— Não, isso é um disparate.

— Ele muda a alavanca para *Liga.* A esteira começa a rolar.

— Mas isso é um absurdo, é uma coisa hipotética.

— A primeira que vai é *Shirley.*

— Não gosto desse tipo de brincadeira.

— Agora é George Sand que começa a ir para o fogo.

Dei um suspiro e fechei os olhos.

— *O morro dos ventos uivantes* é o próximo. Você vai deixá-lo virar cinzas? Vai?

Eu não podia fazer nada. Estava vendo os livros, estava vendo sua trajetória inexorável em direção à boca da fornalha e vacilava.

— Faça o que achar melhor. Esse já foi. Agora é a vez de *Jane Eyre...*

Jane Eyre. De repente senti a boca seca.

— Você só tem que atirar. Não vou contar nada, ninguém precisa saber.

Ela esperava

— Começaram a cair. Os primeiros. Mas vem vindo um monte de exemplares. Você tem pouco tempo para se decidir.

Esfreguei o polegar nervosamente na borda da unha áspera do meu dedo médio.

— Estão vindo cada vez mais rápido.

Ela não tirava os olhos de mim.

— Metade já era. Pense bem, Margaret. Todos os exemplares de *Jane Eyre* logo terão desaparecido para sempre da face da terra. Pense bem.

A Sra. Winter piscou os olhos.

— Lá se foram dois terços. Apenas uma pessoa, Margaret. Apenas uma insignificante, uma reles pessoa.

Pisquei os olhos.

— Ainda há tempo, mas muito pouco. Lembre-se, essa pessoa queima livros. Será que ela merece viver?

Pisca. Pisca.

— Última chance.

Pisca. Pisca. Pisca.

Jane Eyre não existe mais.

— *Margaret!* — O rosto da Sra. Winter se contorcia de aflição enquanto falava, ela bateu com a mão esquerda no braço da poltrona. Até a mão direita, machucada, contorcia-se em seu colo.

Mais tarde, quando transcrevi essa passagem, considerei-a a mais espontânea manifestação de sentimentos que eu já vira na Sra. Winter. Era uma quantidade surpreendente de sentimentos para investir em uma mera brincadeira.

E os meus sentimentos? Vergonha — por ter mentido. Claro que eu gostava mais de livros do que de gente. Claro que eu tinha *Jane Eyre* bem mais em conta do que aquele estranho anônimo com a mão na alavanca. Claro que qualquer Shakespeare valia mais do que uma vida humana. Claro. Diferentemente da Sra. Winter, eu tinha ficado envergonhada de dizer isso.

No meu regresso ao quarto, passei de novo pela prateleira de *Jane Eyre* e peguei o único volume que atendia aos meus requisitos. A idade certa, o tipo de papel certo, a tipologia certa. No meu quarto fui folheando as páginas até encontrar o trecho.

"... *sem perceber de início qual era a intenção dele; mas quando o vi levantar e equilibrar o livro e se pôr em posição de arremessá-lo, eu instintivamente saltei de lado com um grito de alerta — mas não o suficiente; o volume voou, bateu em mim, e eu caí, batendo a cabeça contra a porta e cortando-a.*"

O livro estava intacto. Nenhuma página faltando. Não era o exemplar do qual a página de Aurelius fora rasgada. Mas, de qualquer forma, por que haveria de ser? Se a página dele tivesse vindo de Angelfield — *se* tivesse —, teria queimado como o resto da casa.

Por algum tempo, fiquei sentada sem fazer nada, só pensando em *Jane Eyre*, numa biblioteca, numa fornalha e num incêndio, mas, não importa como eu os tenha combinado ou recombinado, não consegui dar um sentido àquilo.

A outra coisa de que me recordo daquela época foi o incidente da fotografia. Um pequeno pacote surgiu junto com minha bandeja de café-da-manhã, endereçado a mim com a letra pequenina de papai. Eram as minhas fotos de Angelfield; eu lhe havia enviado o rolo de filme, e ele mandara revelar. Havia algumas boas fotografias do meu primeiro dia: amoreiras silvestres crescendo entre as ruínas da biblioteca, a hera serpenteando pela escadaria de pedra. Detive-me na foto do quarto de dormir, onde me deparara face a face com o meu fantasma; sobre a velha lareira só se via a luz ofuscante de um flash refletida. Mesmo assim, separei-a do pacote e guardei-a dentro da capa do meu livro.

O restante das fotografias era da minha segunda visita, quando o tempo estava contra mim. A maioria não passava de um quebra-cabeça tenebroso. Eu me *lembrava* de sombras cinza e prateadas superexpostas; da neblina se movendo como um véu de gaze; da minha própria respiração no ponto limite entre ar e água. Mas minha máquina não captara nada disso, nem seria possível em meio às manchas escuras que interrompiam o cinza para deixar entrever uma pedra, um muro, uma árvore ou uma floresta. Depois de umas 12 fotos desse tipo, desisti de olhar. Enfiando o maço de fotografias no bolso do meu casaco, desci à biblioteca.

Estávamos mais ou menos na metade da sessão quando me dei conta de um silêncio. Eu estava sonhando. Perdida, para variar, no mundo da infância gêmea dela. Repassei o som da voz dela, recuperei uma mudança de tom, o fato de que ela se dirigira a mim, mas não podia reconstituir as palavras.

— Como? — disse eu.

— Seu bolso — repetiu ela. — Você está com alguma coisa aí no bolso.

— Ah... São umas fotografias. — Naquela espécie de limbo entre uma história e a própria vida, quando a gente ainda não está na plena posse de todos os sentidos, só sussurrei: — Angelfield.

Quando dei por mim, as fotografias já se encontravam nas mãos dela.

Primeiro olhou bem cada uma delas, forçando os olhos para compreender aquelas manchas. À medida que uma imagem indecifrável seguia-se a outra, ela soltava um pequeno suspiro *à la* Vida Winter — daquele tipo que demonstra que suas baixas expectativas haviam sido plenamente satisfeitas, e sua boca estreitou-se numa linha crítica. Com a mão boa, começou a manusear mais apressadamente o monte de fotos; para mostrar que não esperava mais encontrar algo do seu interesse, ia atirando uma por uma, após uma rápida olhadela, sobre a mesinha ao seu lado.

Eu estava me sentindo hipnotizada pelas fotos descartadas que pousavam em ritmo regular sobre a mesa. Estatelavam-se umas sobre as outras, deslizando sobre as superfícies escorregadias com um som de *inútil, inútil, inútil.*

Então o ritmo se interrompeu. A Sra. Winter ficou rígida, segurando uma fotografia e examinando-a com o cenho franzido. *Ela está vendo um fantasma*, pensei comigo. Em seguida, depois de um longo instante, fingindo não sentir meu olhar sobre ela, colocou a foto por baixo das outras 12 remanescentes e olhou o restante, arremessando-as tal como antes. Quando a que tinha chamado sua atenção reapareceu, ela mal a olhou, juntando-a simplesmente às demais.

— Eu não seria capaz de afirmar que se trata de Angelfield, mas se você garante que é... — disse ela num tom gelado, e então, com um gesto aparentemente natural, tomou o monte de fotografias e, ao estendê-las para mim, deixou-as cair. — Minha mão. Perdoe-me — murmurou, enquanto eu me abaixava para recolher as fotos; mas não me enganou.

E ela retomou a história de onde a interrompera.

Mais tarde fui olhar de novo as fotografias. Por mais que a queda tivesse alterado a ordem das fotos, não foi difícil descobrir qual delas a havia deixado tão mobilizada. No maço das imagens enevoadas, cinzentas, uma de fato se destacava do restante. Sentei-me na beirada da cama, olhando para a foto, relembrando o momento em que a havia tirado. A diluição da névoa e o calor do sol tinham-se combinado no momento certo para deixar um raio de luz incidir sobre um garoto que fazia pose para a câmera, queixo para cima, costas retas, olhos traindo a certeza ansiosa de que a qualquer momento seu capacete amarelo poderia sair voando de sua cabeça.

Por que ela teria ficado tão mexida com aquela fotografia? Esquadrinhei o fundo, mas a casa, já meio demolida, era somente uma mancha cinzenta sobre o ombro direito do menino. Perto dele, tudo o que se podia enxergar era a grade da barreira de segurança e o canto da placa MANTENHA DISTÂNCIA.

Seria o garoto que a interessara?

Fiquei examinando a fotografia por quase meia hora, mas quando fui colocá-la no lugar, não havia chegado a qualquer explicação. Como ela me deixara confusa, guardei-a na capa do meu livro junto com a foto de uma ausência num espelho.

Além da foto do menino e da brincadeira de *Jane Eyre* e a fornalha, nada mais levantou a capa que a história tinha lançado sobre mim. A não ser que se considere o gato. Ele registrava minhas horas incomuns, vinha se roçar na minha porta a qualquer hora do dia ou da noite. Acabou por tirar pedaços de ovo ou peixe do meu prato. Gostava de sentar-se em cima da minha pilha de papéis, vendo-me escrever. Eu podia ficar horas rabiscando minhas páginas, perscrutando os labirintos escuros da história da Sra. Winter, não importava: por mais tempo que eu ficasse esquecida de mim mesma, nunca perdia a sensação de estar sendo observada, e quando me sentia especialmente perdida, era o olhar do gato que parecia perceber minha desordem e iluminar meu caminho de volta ao quarto, para as minhas anotações, meus lápis e meu apontador. Ele até dormiu comigo na cama algumas noites, e eu passei a deixar as cortinas abertas para que, caso ele acordasse, pudesse ir para o peitoril da janela e ficar olhando as coisas que se moviam na escuridão e que são invisíveis ao olho humano.

E isso é tudo. À parte esses detalhes, não há mais nada. Apenas a penumbra eterna e a história.

Colapso

Isabelle se fora. Hester se fora. Charlie se fora. E agora a Sra. Winter me falava de mais perdas.

Lá em cima, no sótão, eu pressionava as costas contra a parede que estalava. Pressionava e soltava, pressionava e soltava. Estava testando o destino. O que aconteceria, me perguntava, se a parede viesse abaixo? O teto desabaria? Seu peso causaria o colapso das tábuas do assoalho? As telhas, as vigas e toda a estrutura do telhado desmoronariam sobre o forro, caindo em cima de camas e móveis como num terremoto? E aí? Ficaria nisso? Ou seria ainda pior? Eu balançava e balançava, xingando a parede, desafiando-a a cair, mas nada. Mesmo sob a maior pressão, é impressionante o quanto uma parede doente consegue manter-se de pé.

Então, no meio da noite, acordei, ouvidos atentos. O barulho já cessara, mas ainda o sentia ressoando em meus tímpanos e em meu peito. Pulei da cama e corri para a escada, com Emmeline nos meus calcanhares.

Alcançamos o patamar da escada ao mesmo tempo que John, que dormia na cozinha, chegava ao pé da escada, e ficamos de olhos arregalados. No meio do corredor a Missus estava parada, de camisola, olhando para cima. A seus pés um bloco imenso de pedra e, sobre sua cabeça, um buraco abria-se no forro. O ar estava tomado por uma poeira cinzenta, que pairava sem saber onde se instalar. Fragmentos de reboco, argamassa e madeira ainda continuavam caindo do teto, com um barulho de camundongos se dispersando, e de tempos em tempos eu sentia Emmeline pular quando tábuas e tijolos caíam nos andares superiores.

Os degraus de pedra estavam frios, e lascas de madeira, pedaços de argamassa e reboco espetavam-me os pés. No centro dos detritos da nossa casa destruída, com os grãos de poeira envolvendo-a lentamente, a Missus permanecia parada como um fantasma. Poeira cinzenta nos cabelos, poeira cinzenta no rosto e nas mãos, poeira cinzenta nas pregas da camisola comprida. Ela permanecia absolutamente inerte, olhando para cima. Cheguei perto e fiquei olhando também. Ficamos todos olhando através do buraco no forro, e depois outro buraco em outro forro e depois um novo buraco em outro forro. Podíamos ver o papel de parede de motivos floridos do quarto de cima, a treliça coberta de hera na sala acima dele, e as paredes pintadas de cinza-claro da salinha do sótão. Acima de tudo isso, bem acima das nossas cabeças, víamos o buraco no telhado e o céu. Sem estrelas.

Tomei-a pela mão.

— Vamos — disse eu. — Não adianta nada ficar aqui olhando. — Levei-a dali, e ela foi me seguindo como uma criança. — Vou colocá-la na cama — falei com John.

Branco como um fantasma, ele só balançou a cabeça.

— Está bem — respondeu, com uma voz grossa de poeira. Ele mal conseguia olhar para ela. Fez um gesto em direção ao forro destruído. Era a câmera lenta de um homem que se afogava, tragado pela corrente. — E eu vou dar um jeito nisso aí.

Mas uma hora depois, quando a Missus estava limpa e de camisola nova, enfiada na cama e dormindo, ele continuava lá. Exatamente como eu o havia deixado. O olhar fixo sobre o ponto onde ela estivera.

Na manhã seguinte, como a Missus não apareceu na cozinha, fui acordá-la. Mas ela não acordava. Sua alma havia partido pelo buraco no telhado, e ela se fora.

— Nós a perdemos — contei a John na cozinha. — Ela morreu.

Sua expressão não se alterou. Continuava com o olhar fixo na mesa como se não me estivesse escutando.

— Está bem — disse por fim, com uma voz que não esperava ser ouvida. — Está bem.

Era como se tudo houvesse chegado ao seu fim. Eu só queria uma coisa: ficar sentada como o John, imóvel, olhando fixamente para o espaço, sem fazer nada. Mas o tempo não pára. Eu ainda era capaz de sentir o coração batendo, marcando os segundos. Era capaz de sentir a fome aumentando no estômago e a sede na garganta. Estava tão triste que pensei que ia morrer, mas em vez disso eu me encontrava escandalosa e absurdamente viva — tão viva que juro que podia sentir meu cabelo e minhas unhas crescendo.

Mesmo com todo o peso insuportável no coração, eu não podia, como John, entregar-me à desgraça. Hester se fora; Charlie se fora; a Missus se fora; John, a seu modo, se fora, embora eu tivesse a esperança de que ele ainda se recuperasse. Nesse meio tempo, a garota na névoa teria de sair das sombras. Era tempo de parar de brincar e crescer.

— Vou pôr a chaleira para ferver — disse eu — e fazer um pouco de chá.

Minha voz não era minha. Alguma outra garota, sensata, capaz, normal, abrira caminho por dentro da minha pele e assumira o controle. Ela sabia exatamente o que fazer. Eu só estava parcialmente surpresa. Não havia passado metade da minha existência observando as pessoas viverem a vida? Observando Hester, observando a Missus, observando os moradores da cidade?

Fiquei bem quietinha enquanto a garota capaz fervia a chaleira, calculava a quantidade de chá, misturava e coava. Colocou dois torrões de açúcar na xícara de John e três na minha. Quando o chá foi servido, eu o bebi — e só na hora em que aquele líquido quente e doce bateu no meu estômago foi que, finalmente, eu parei de tremer.

O Jardim de Prata

Ainda não completamente acordada, tive a sensação de que algo estava diferente. E em seguida, antes mesmo de abrir os olhos, vi que de fato estava. Havia *luz*.

Haviam desaparecido as sombras que se emboscavam em meu quarto desde o início do mês; haviam desaparecido, igualmente, os cantos escuros e o clima soturno. A janela era um retângulo sem cor, e por ela penetrava uma luz trêmula que clareava cada desvão do meu quarto. Fazia tanto tempo que eu não via isso que me veio uma onda de alegria, como se não fosse apenas uma noite que estivesse terminando, mas o inverno. Era como se a primavera acabasse de chegar.

O gato estava no peitoril da janela, olhando com atenção para o jardim. Ao perceber que eu me mexia, desceu imediatamente e começou a arranhar a porta para sair. Vesti minhas roupas e o casaco, e descemos juntos as escadas, para a cozinha, e daí para o jardim.

Notei que me enganara assim que saí. Não era dia. Não era o sol, e sim o luar que clareava o jardim, cobrindo de prata as folhagens e delineando os perfis das estátuas. Parei e olhei a lua. Era um círculo perfeito, pendurada num céu claro. Hipnotizada, poderia ficar ali até o dia amanhecer, mas o gato, impaciente, roçava meus tornozelos pedindo atenção, e abaixei-me para coçá-lo. Mal o toquei, ele se afastou, parando pouco adiante para olhar para trás.

Levantei a gola do casaco, enfiei as mãos frias nos bolsos e o segui.

Ele me fez descer, primeiro, pela trilha de grama entre as longas margens. À nossa esquerda a cerca viva de teixos luzia brilhante; à direita, ela permanecia às escuras, à sombra da lua. Dobramos em direção ao jardim das rosas, onde as moitas podadas pareciam estacas de galhos mortos, mas as bordas rebuscadas de buxos que as circundavam em sinuosos padrões elisabetanos enroscavam-se ao luar, revelando ora o prata, ora o negro. Por várias vezes eu teria me detido: uma simples rama de hera se contorcia num canto para melhor captar o luar; uma súbita visão do enorme carvalho, destacando-se com uma claridade inumana contra o céu pálido — mas não podia. Durante todo o tempo o gato como que ia me escoltando, com a cauda levantada, resoluta, quase imperiosa, lembrando o guarda-chuva de um guia de turismo orientando: *Por aqui, sigam-me.* No jardim murado, ele saltou para cima do murinho que cercava a fonte e foi andando com seus passos acolchoados em torno dela, ignorando o reflexo da lua que brilhava na água como uma moeda cintilante no fundo do poço. E quando chegou no nível do pórtico em forma de arco que dava acesso ao jardim de inverno, desceu e foi caminhando na direção dele.

Parou sob o arco. Olhou à esquerda e à direita, atento. Viu algo. E foi se movendo, furtivamente, para longe da minha vista.

Curiosa, segui-o na ponta dos pés e olhei em volta.

Um jardim de inverno é colorido quando visto na hora certa do dia, na hora certa do ano. Depende muito da claridade para ganhar vida. O visitante noturno precisa olhar com atenção para reparar nos seus atrativos. Estava escuro demais para apreciar a beleza rasteira, intensa, das folhas do ranúnculo contra a terra escura; ainda era cedo demais, na estação, para o lustro dos pingos de neve; e frio demais para a dama-da-noite liberar seu perfume. Mas havia hamamélis; de seus galhos logo estariam pendendo borlas amarelas e alaranjadas, mas por ora a principal atração eram os próprios galhos. Delgados e sem folhas, emaranhavam-se delicadamente, contorcendo-se ao acaso e com elegante discrição.

Ao pé dela, curvada no chão, achava-se a silhueta arredondada de uma figura humana.

Gelei.

A figura arfava e se mexia penosamente, a respiração ofegante e grunhindo com esforço.

Por um longo e lento segundo minha cabeça buscou uma explicação para a presença, à noite, de um outro ser humano no jardim da Sra. Winter. Algumas coisas eu soube de imediato, sem necessidade sequer de pensar a respeito. Para começo de conversa, não se tratava de Maurice ajoelhado na terra. Embora fosse a pessoa menos improvável de ser encontrada no jardim, jamais me ocorreria imaginar que fosse ele. A criatura não tinha sua constituição física vigorosa, nem seus movimentos medidos. Judith também não era. Judith, elegante, serena, de unhas feitas, cabelos sempre penteados e sapatos brilhando, chafurdando no jardim no meio da noite? Impossível. Não havia por que considerar os dois.

Nesse meio tempo, minha cabeça girava para cá e para lá entre dois pensamentos.

Era a Sra. Winter.

Não podia ser a Sra. Winter.

Era a Sra. Winter porque — porque era. Eu sabia. Eu sentia. Era ela, com certeza.

Não podia ser. A Sra. Winter estava fraca e doente. Andava sempre de cadeira de rodas. A Sra. Winter estava mal demais para ficar assim curvada, arrancando alguma muda de planta, para se deixar ficar sozinha naquele chão frio a revolver freneticamente a terra.

Não era a Sra. Winter.

Mas de algum modo, por mais impossível, a despeito de tudo, era ela.

Esse primeiro segundo foi longo e confuso. O outro segundo, quando finalmente chegou, veio de repente.

A figura ficou imóvel... virou-se de lado... levantou-se... e aí tive certeza.

Os olhos da Sra. Winter. Brilhantes, de um verde sobrenatural.

Mas o rosto não era o da Sra. Winter.

Uma colcha de retalhos de carne coberta de cicatrizes, retalhada por sulcos mais profundos do que a idade seria capaz de produzir. Duas bochechas rechonchudas irregulares. Lábios assimétricos: um era um arco perfeito, que revelava a beleza passada, e o outro um enxerto retorcido de carne branca.

Emmeline! A gêmea da Sra. Winter! Viva e morando nesta casa!

Minha cabeça era um caos; o sangue se acumulava em meus ouvidos; o choque me deixou paralisada. Ela me olhava sem pestanejar, e me dei conta de que estava menos assustada do que eu. Mas, de qualquer forma, parecia tão enfeitiçada quanto eu. Tínhamos sido, ambas, atiradas na imobilidade.

Ela se recobrou primeiro. Num movimento rápido, ergueu a mão escura, coberta de terra, na minha direção e, com voz rouca, deixou escapar uns sons estridentes e sem sentido.

A perplexidade abafou minhas reações; não consegui sequer balbuciar seu nome antes que ela se virasse e fugisse, puxando a perna, os ombros curvados. Das sombras surgiu o gato. Espreguiçou-se tranqüilamente, ignorando-me, partiu atrás dela. Os dois desapareceram sob o arco, e fiquei sozinha. Eu e um pedaço de terra revirada.

Raposas, pois sim.

Quando desapareceram, cheguei a me convencer de que tinha sido só imaginação. Que eu bancara a sonâmbula e que, durante o sono, havia sonhado que a gêmea de Adeline aparecera para mim, soprando-me uma mensagem secreta, ininteligível. Mas sabia que fora tudo bem real. E, embora ela não estivesse mais visível, eu podia ouvi-la cantando enquanto fugia. Aquele fragmento de cinco notas furiosas, desafinadas. Lá, lá, lá, lá, lá.

Fiquei parada, escutando, até o som sumir completamente.

Só então, percebendo que meus pés e minhas mãos estavam congelando, voltei para a casa.

O Alfabeto Fonético

Já faz muitos anos que aprendi o alfabeto fonético. Tudo começou com uma tabela num livro de lingüística na loja do papai. Em princípio, não havia motivo para interessar-me por aquilo, exceto o fato de ser um fim de semana em que eu não tinha o que fazer e me encantei com todos aqueles sinais e símbolos. Havia letras que me eram familiares e outras estranhas. Havia "N" maiúsculos diferentes dos "n" minúsculos e "Y" maiúsculos diferentes dos "y" minúsculos. Outras letras, como "n", "d", "s" e "z" tinham rabinhos e curvinhas engraçados e se podia cortar o "h" o "i" e o "u" como se fossem um "t". Eu adorava esses cruzamentos diferentes e extravagantes: preenchia folhas e mais folhas de papel com um "m" que virava "j" e um "v" que se equilibrava sobre pequenos "o" como se fossem cachorros em cima de bolas num circo. Meu pai reparou nas minhas folhas cobertas de símbolos e foi me ensinando os sons que correspondiam a cada um deles. No alfabeto fonético internacional, conforme descobri, é possível escrever palavras que parecem matemática, palavras que parecem códigos secretos, palavras que parecem linguagens perdidas.

Eu precisava de uma linguagem perdida. Com a qual pudesse comunicar-me com o que havia perdido. Costumava escrever uma única palavra vezes e vezes seguidas. O nome da minha irmã. Um talismã. Dobrava a palavra na forma de uma miniatura elaborada de origami e levava a folha de papel dobrada sempre comigo. No inverno, ela vivia no bolso do meu casaco; no verão, enfiada dentro da meia, fazendo-me cócegas no tornozelo. À noite, ia dormir com ela na mão. Apesar de tantos cuidados, nem sempre eu conseguia conservar aqueles pedaços de papel. Perdia-os, fazia novos, depois encontrava os velhos. Quando mamãe tentou arrancar um deles dos meus dedos, engoli-o para que ela não o lesse, ainda que ela não fosse capaz de entendê-lo. Mas quando vi meu pai pegando uma folha de papel acinzentada e amarfanhada do fundo da lata de lixo e desamassando-a, não fiz nada para detê-lo. Quando leu o nome secreto, sua expressão se alterou, e seus olhos estavam cheios de dor quando se voltaram para mim.

Ele ia falar. Chegou a abrir a boca para falar, mas eu, levando um dedo aos lábios, cobrei seu silêncio. Não queria ouvi-lo dizendo o nome dela. Ele não tentara deixá-la encerrada na escuridão? Não desejara esquecê-la? Não tratara de mantê-la longe de mim? Agora ele não tinha mais nenhum direito em relação a ela.

Arranquei o papel dos dedos dele. Sem uma palavra, saí da sala. Sentada na janela do segundo andar, pus o pedaço de papel na boca, senti seu gosto seco de madeira e o engoli. Durante dez anos meus pais enterraram o nome dela em silêncio, buscando esquecer. Agora eu é que o iria proteger no meu próprio silêncio. E recordar.

Junto com a minha pronúncia incorreta de "olá", "até logo" e "desculpe" em 17 idiomas, e minha habilidade para recitar o alfabeto grego de frente para trás e de trás para frente (eu, que jamais aprendi uma palavra de grego em toda a minha vida), o alfabeto fonético foi um desses conhecimentos inúteis, secretos e aleatórios que restaram da minha infância livresca. Aprendi-o só por divertimento — a intenção naquela época era meramente particular —, por isso, com o passar dos anos, não fiz maiores esforços para exercitá-lo. Assim, quando cheguei do jardim e tomei lápis e papel para registrar as sibilantes e as fricativas, as implosivas e as vibrantes dos sussurros prementes de Emmeline, tive de fazer inúmeras tentativas.

Após três ou quatro investidas, sentei-me na cama e olhei para a minha série de rabiscos, símbolos e sinais. Eu teria sido precisa? As dúvidas começaram a assaltar-me. Estaria me lembrando dos sons com precisão depois da breve jornada de regresso à casa? Minha lembrança do próprio alfabeto fonético estaria correta? E se as minhas primeiras tentativas frustradas tivessem me contaminado a memória?

Sussurrei o que havia escrito no papel. Sussurrei novamente, com urgência. Esperei que algum eco de resposta surgisse na minha memória para dizer se eu entendera direito. Nada. Era a paródia da transcrição de algo apenas entreouvido e em seguida apenas parcialmente lembrado. Era inútil.

Então escrevi o nome secreto. A magia, o sortilégio, o talismã.

Nunca tinha dado certo. Ela nunca vinha. Eu continuava só.

Amassei o papel, fiz uma bola e chutei-a para um canto.

A Escada

— Minha história não está aborrecendo você, está, Srta. Lea?

Tive de suportar inúmeros comentários desse tipo no dia seguinte quando, incapaz de controlar meus bocejos, eu esfregava os olhos, irrequieta, ouvindo o relato da Sra. Winter.

— Desculpe, só estou cansada.

— Cansada! — exclamou ela. — Você está parecendo a morte em pessoa! Uma boa refeição daria jeito nisso. O que há com você?

Encolhi os ombros.

— Estou cansada, só isso.

Ela franziu os lábios e olhou-me com dureza, mas eu não disse mais nada, e ela prosseguiu com a história.

Durante seis meses as coisas foram indo. Refugiamo-nos em alguns poucos cômodos da casa: a cozinha, onde John ainda dormia à noite, a sala de estar e a biblioteca. Nós, garotas, usávamos as escadas dos fundos para ir da cozinha até o único quarto que parecia seguro. Os colchões em que dormíamos tinham sido trazidos do nosso antigo quarto, porque as camas eram pesadas demais para serem arrastadas. A casa, de todo modo, parecia grande demais desde que a vida doméstica ficara tão reduzida em números. Nós, sobreviventes, nos sentíamos mais à vontade na segurança, no domínio das nossas pequenas acomodações. Mesmo assim, não conseguíamos esquecer que o restante da casa ia lentamente se deteriorando por detrás das portas fechadas, como um ser moribundo.

Emmeline passava quase o tempo todo inventando jogos de cartas. "Joga comigo, vem jogar comigo." Ela insistia tanto que, finalmente, eu desistia e ia jogar. Jogos estranhos, com regras que estavam sempre mudando; jogos que só ela compreendia, e só ela ganhava — o que a deixava constantemente deliciada. Ela tomava banhos. Nunca perdeu o gosto por sabonete e água quente; passava horas se deleitando na água que eu havia aquecido para lavar e enxaguar a roupa. Eu não ficava aborrecida. Era melhor que ao menos uma de nós pudesse ser feliz.

Antes de trancarmos os quartos, Emmeline foi até os armários que eram de Isabelle e pegou vestidos, frascos de perfume e sapatos, que guardou no acampamento do nosso quarto. Era como tentar dormir numa cabine de experimentar roupas. Emmeline vestia as roupas. Umas estavam fora de moda havia mais de dez anos, outras — que devem ter pertencido à mãe de Isabelle, suponho —, havia mais de trinta, quarenta anos. Emmeline nos divertia à tarde fazendo entradas teatrais na cozinha usando os enfeites mais estranhos. Os vestidos a faziam aparentar mais de 15 anos; levavam-na a parecer uma mulher feita. Lembrei-me de uma conversa de Hester com o médico no jardim — *Não há motivo para que Emmeline não possa se casar um dia* — e lembrei-me do que a Missus me dissera sobre Isabelle e os piqueniques — *Era o tipo de garota para quem os homens não conseguem olhar sem querer tocar* —, e senti uma súbita ansiedade. Mas ela se atirou numa cadeira da cozinha, sacou um baralho de uma bolsa de seda e disse, toda infantil:

— Vem jogar comigo, vem.

Fiquei um pouco mais tranqüila, mas ainda assim me assegurei de que ela não saísse de casa naqueles trajes.

John estava apático. Mas se animou a fazer o impensável: trouxe um rapaz para ajudar no jardim.

— Vai dar tudo certo — disse ele. — É Ambrose, o filho do velho Proctor. É um rapaz tranqüilo. Não vai ser por muito tempo. Só até eu conseguir dar um jeito na casa.

Isso, eu sabia, duraria para sempre.

O rapaz chegou. Era mais alto e tinha ombros mais largos do que John. Os dois ficaram parados, de mãos nos bolsos, combinando o dia de trabalho, e em seguida o rapaz começou. Tinha um jeito calmo, pausado de cavar a terra; a batida suave e constante da pá na terra me dava nos nervos.

— Por que precisamos dele aqui? — quis saber. — É um estranho igualzinho aos outros.

Mas, por alguma razão, o rapaz não era um estranho para John. Talvez porque viesse do mundo de John, o mundo dos homens, o mundo que eu não conhecia.

— Ele é um bom rapaz — garantia John sempre que eu o questionava. — Trabalha duro. Não fica fazendo perguntas e não é de falar muito.

— Pode não ter língua, mas tem olhos na cara.

John dava de ombros e desviava o olhar, embaraçado.

— Estarei sempre por perto — dizia ele, por fim. — As coisas não vão poder continuar assim eternamente. — E fazia um gesto vago, que abrangia a casa, seus moradores, a vida que estávamos levando. — Um dia as coisas terão que mudar.

— *Mudar*?

— Vocês estão crescendo. Não vai ser a mesma coisa, vai? Uma coisa é ser criança, mas quando se cresce...

Mas aí eu já tinha ido embora. Não queria ouvir nada do que ele pretendia dizer.

Emmeline estava no quarto, arrancando lantejoulas de uma estola e guardando-as na sua caixa do tesouro. Sentei perto dela. Estava tão absorta na tarefa que nem deu pela minha chegada. Seus dedos cônicos, roliços, puxavam implacavelmente uma lantejoula até que ela se soltasse, e então a jogava na caixa. Era um trabalho lento, mas Emmeline tinha todo o tempo do mundo. Sua expressão tranqüila nunca se alterava quando se curvava sobre a estola. Os lábios colados. O olhar ao mesmo tempo concentrado e sonhador. Suas pálpebras baixavam, tapando as íris verdes, e em seguida, tão logo tocavam a parte inferior, abriam-se de novo para revelar o verde inalterado.

Será que eu também era assim?, ficava me perguntando. Ah, eu sabia, pelo espelho, que meus olhos eram um bom páreo para os dela. E sabia que tínhamos o mesmo cacho na nuca por baixo do nosso volumoso cabelo ruivo. E sabia do impacto que causávamos no pessoal da cidade naquelas raras ocasiões em que passeávamos de braços dados pela rua principal com vestidos iguais. Mas, mesmo assim, eu não era parecida com Emmeline, ou era? Sem conseguir assumir aquela expressão de concentração plácida, meu rosto se contorcia de frustração. Eu mordia o lábio, jogava o cabelo para trás dos ombros e afastava-o do rosto furiosamente, ressentida e impaciente. Não possuía a serenidade de Emmeline. Seria capaz de arrancar as lantejoulas com os dentes.

Você não vai me abandonar, vai?, queria eu dizer. Porque eu não vou abandonar você. Vamos ficar aqui para sempre. Juntas. Não importa o que diga John Cavador.

— Por que não vamos brincar?

Ela prosseguiu com seu trabalho silencioso como se não tivesse me escutado.

— Vamos brincar de casamento. Você pode ser a noiva. Vamos. Você pode vestir... isto aqui. — Puxei um pedaço de gaze amarela da pilha de tecidos. — É um véu, olha. — Ela nem sequer ergueu os olhos, mesmo quando eu atirei a peça sobre sua cabeça. Apenas tirou-a de cima dos olhos e continuou arrancando suas lantejoulas.

Desse modo, voltei minha atenção para sua caixa de tesouro. As chaves de Hester continuavam lá, ainda brilhando, muito embora Emmeline já tivesse se esquecido, tanto quanto é possível supor, de sua antiga governanta. Havia pedaços de jóias de Isabelle, embalagens coloridas de balas que Hester lhe dera um dia, um perigoso caco do vidro de uma garrafa verde, um pedaço de fita de ponta dourada que a Missus me dera fazia tantos anos que eu nem conseguia lembrar. Debaixo de toda aquela sucata havia ainda os fios de prata que ela estava tirando das cortinas no dia em que Hester chegou. E meio escondido debaixo da confusão de pedras vermelhas, vidro e lixo havia algo que não parecia pertencer àquele lugar. Algo de couro. Virei a cabeça de lado para ver melhor. Ah! Eis por que ela queria aquilo! Letras douradas. IAR. O que seria IAR? Ou quem seria IAR? Virando a cabeça para o outro lado, pude ver algo mais interessante ainda. Um cadeado diminuto. E uma chave diminuta. Não era de espantar que estivessem na caixa do tesouro de Emmeline. Letras douradas *e* uma chave. Devia ser seu bem mais precioso. E subitamente me deu o estalo. IAR! Diário!

Estiquei a mão.

Com a rapidez de um raio — ela só estava disfarçando — a mão de Emmeline desceu como um torno sobre o meu pulso e impediu-me de pegá-lo. Mas isso tudo sem me olhar. Ela afastou minha mão com um movimento enérgico e voltou as pálpebras para a caixa.

Ficaram marcas brancas dos seus dedos no meu pulso.

— Vou embora! — falei para testá-la. Mas minha voz não soou lá muito convincente. — Vou embora. E vou deixar você aqui. Vou crescer e viver *por minha conta.*

Em seguida, cheia de autopiedade, levantei-me e saí do quarto.

A tarde ainda não havia terminado quando ela veio me descobrir sentada à janela da biblioteca. Eu puxara a cortina para me esconder, mas ela foi direto ao lugar e olhou em volta. Eu ouvi seus passos se aproximando, senti a cortina se mexer quando ela a afastou. Com a testa colada na vidraça, eu olhava os pingos de chuva escorrendo. O vento os fazia tremelicar; estavam sob constante ameaça de abandonar o curso dos seus ziguezagues através da vidraça, quando iam tragando toda e qualquer gotinha que aparecesse em seu caminho e deixando para trás uma breve trilha prateada. Emmeline aproximou-se e encostou a cabeça no meu ombro. Eu a afastei, zangada. Sem me virar e sem falar com ela. Ela pegou a minha mão e pôs alguma coisa entre os meus dedos.

Esperei-a sair para ver o que era. Um anel. Ela me dera um anel.

Virei a pedra para dentro, para o lado da palma da mão, e levei-a para perto da janela. A luz trouxe vida à pedra. Verde, como a cor dos meus olhos. Verde, como a cor dos olhos de Emmeline. Ela me dera um anel. Fechei os dedos e cerrei o punho segurando firme a pedra.

John recolhia baldes de água da chuva e os esvaziava; descascava os legumes para a panela; ia à fazenda e voltava trazendo leite e manteiga. Mas após cada tarefa, suas forças lentamente pareciam se exaurir, e a toda hora eu me perguntava se ele teria a energia necessária para soerguer o corpo magro da mesa para executar a próxima.

— Vamos até o topiário? — perguntei. — Você podia me mostrar o que fazer lá.

Não respondeu. Nem sequer me ouviu, pensei. Deixei passar alguns dias e perguntei de novo. E de novo. E de novo.

Afinal, foi até o barracão das ferramentas, onde afiou as tesouras de jardim naquele seu velho ritmo sem pressa. Em seguida, erguemos as escadas grandes e as levamos para fora.

— Assim — disse ele, tentando me mostrar a maneira segura de usar a escada. Encostou-a contra o sólido muro do jardim. Treinei algumas vezes a forma segura de manusear a escada, em seguida subi e desci alguns degraus. — Não vai parecer tão firme quando estiver encostada num teixo — advertiu-me ele. — Mas é bem segura, se fizer direito. Você tem jeito para isso.

E então seguimos para o topiário. Ele me conduziu até um teixo de tamanho médio que tinha crescido todo desgrenhado. Eu já ia encostando a escada quando John gritou:

— Não, não. Calma. — Deu três voltas em torno da árvore, bem lentamente. Depois se sentou no chão e acendeu um cigarro. Sentei-me também, e ele acendeu outro para mim. — Nunca corte sob sol forte — disse. E: — Não corte sob sua própria sombra. — Ele ficou curtindo o cigarro. — Atenção com as nuvens. Não deixe que atrapalhem seu traçado quando estiverem passando. Busque um ponto de referência em sua linha de visão. Um telhado, uma cerca. Será sua âncora. E nunca se apresse. Pense três vezes, tanto para observar como para cortar. — Ele não tirou os olhos da árvore durante todo o tempo em que falou, nem eu. — Você tem que sentir a parte de trás da árvore enquanto estiver podando a frente dela, e vice-versa. E não corte apenas com o tesourão. Use o braço inteiro, sempre acima do ombro.

Terminamos nossos cigarros e esmagamos as guimbas com as pontas das botas.

— E o que você está vendo agora, assim a distância, deve guardar na cabeça quando estiver olhando de perto.

Estava preparada.

Ele me fez apoiar a escada na árvore por três vezes até sentir que estava segura. Só aí pude pegar o tesourão e subir.

Trabalhei durante três horas. No começo fiquei preocupada com a altura; olhava para baixo, tinha que me forçar a subir mais um degrau da escada. E cada vez que movimentava a escada precisava testar várias vezes até sentir confiança. Mas aos poucos o próprio trabalho foi assumindo o controle. Mal me dava conta de quão alto me encontrava, de tão absorta no desenho que estava fazendo. John permaneceu ali, quase sempre em silêncio. De vez em quando fazia uma observação: "Olha a sua sombra!" ou "Pense na parte de trás!" Mas a maior parte do tempo ficava só olhando e fumando. Apenas quando desci da escada pela última vez, soltei a trava de segurança e olhei de baixo foi que percebi o quanto minhas mãos estavam doloridas com o peso do tesourão. Mas nem me importei.

Recuei bem para poder examinar meu trabalho. Dei três voltas em torno da árvore. Meu coração deu um salto. Estava *bom*.

John meneou a cabeça.

— Nada mal — atestou. — Você leva jeito.

Fui pegar a escada no barracão para podar a árvore do chapéu-coco, mas ela havia sumido. O rapaz que eu não gostava estava passando o ancinho na horta. Fui em sua direção, de cara fechada.

— Cadê a escada? — Era a primeira vez que lhe dirigia a palavra.

Ele ignorou minha grossura e respondeu com toda a delicadeza:

— O Sr. Digence pegou. Ele está lá na frente, consertando o telhado.

Tirei um cigarro do maço que John deixara no barracão e fumei-o olhando atravessado para o rapaz, que olhou com inveja. Então fui amolar as tesouras. Gostei do resultado e tratei de amolar também a faca de jardinagem, devagar, com todo o capricho. O ritmo da pedra de amolar contra a lâmina fazia-se acompanhar, o tempo todo, do ritmo do ancinho do rapaz na terra. Olhei para o sol e vi que estava ficando tarde para trabalhar no chapéu-coco. Fui atrás de John.

A escada estava caída no chão, com as duas seções formando um ângulo estranho. O tubo de metal que devia mantê-la reta fora arrancado da madeira, que estava toda lascada. John estava caído debaixo da escada. Não se moveu quando o segurei pelo ombro, mas estava quente como o sol que batia nas suas pernas esparramadas e em seu cabelo ensangüentado. Ele olhava fixamente para o azul-claro do céu, mas o azul dos seus olhos estava estranhamente turvo.

A garota sensata me abandonou. De repente eu era simplesmente eu mesma, só uma criança estúpida, quase um nada.

— O que é que vou fazer? — murmurei.

— O que é que vou *fazer*? — Minha voz me assustou.

Estendida no chão, com a mão de John presa entre as minhas e com o cascalho espetando minha têmpora, eu via o tempo passar. A sombra do loureiro da biblioteca espraiava-se pelo chão de cascalho alcançando até os mais longínquos degraus da escada. Degrau após degrau, ela ia avançando pela escada em nossa direção. Chegou à trava de segurança.

A trava de segurança! Por que John não checou a trava de segurança? Ele deve ter checado, com toda certeza. Mas, se *de fato* checou, então como... Por quê...?

Eu não conseguia pensar nisso.

De degrau em degrau, a sombra do loureiro ia chegando cada vez mais perto, mais perto. Alcançava já as calças de lã de John, e sua camisa verde, e seu cabelo — como seu cabelo estava ficando branco! Por que eu não tinha cuidado melhor dele?

Eu não suportava pensar nisso. Mas como não pensar? Enquanto reparava no cabelo grisalho de John, reparei também nos sulcos profundos que os pés da escada abriram na terra quando cambaleou sob ele. Nenhum outro sinal. Cascalho não é como areia, ou neve ou mesmo terra recém-cavada. Não mostra pegadas. Nenhuma pista para explicar como alguém poderia ter vindo, ter parado ao pé da escada, ter-se afastado calmamente depois de terminar o que havia vindo fazer. Pelo que o cascalho podia me contar, devia ter sido um fantasma.

Tudo estava frio. O cascalho, a mão de John, o meu coração.

Levantei-me e abandonei John sem olhar para trás. Dei a volta na casa em direção à horta. O rapaz continuava lá; estava guardando o ancinho e a vassoura. Ele parou quando viu que eu me aproximava e olhou para mim. E então, quando parei — *não desmaie! não desmaie!*, era só o que eu pedia a mim mesma —, ele veio correndo segurar-me. Eu o via como se estivesse muito, muito distante. Mas não desmaiei. Não completamente. Quando chegou mais perto, senti uma voz crescer dentro de mim, palavras que eu não escolhera, mas que abriram caminho pela minha garganta sufocada.

— Por que ninguém me *ajuda*?

Ele me agarrou por baixo dos braços; desabei sobre ele, que delicadamente me fez deitar na grama.

— Vou ajudar — disse ele. — Vou ajudar você.

Com a morte de John Cavador ainda recente na minha cabeça, a visão do rosto da Sra. Winter, transtornado de dor, ainda dominando minhas lembranças, mal me dei conta da carta que me aguardava no quarto.

Não a abri até terminar a transcrição. Quando o fiz, não havia grande coisa nela.

Prezada Srta. Lea,

Depois de toda a ajuda que seu pai vem me prestando durante anos, devo dizer-lhe que me sinto muito feliz em poder retribuir à sua filha uma pequena parcela dela.

Minhas primeiras pesquisas no Reino Unido não revelaram o paradeiro da Sra. Hester Barrow após o período que passou trabalhando em Angelfield. Encontrei uma boa quantidade de documentos referentes à sua vida antes desse período, e estou preparando um relatório que farei chegar às suas mãos em poucas semanas.

Minhas pesquisas estão longe de terminar. Não esgotei a investigação sobre a conexão italiana, e é mais que provável que algum detalhe referente aos primeiros anos venha abrir uma nova linha de pesquisa.

Não se desespere! Se sua governanta puder ser encontrada, eu a encontrarei.

Cordialmente,

Emmanuel Drake

Guardei a carta numa gaveta, em seguida vesti meu caso e minhas luvas.

— Vamos lá — disse para Sombra.

Ele foi me seguindo escada abaixo e até lá fora. Tomamos a trilha lateral da casa. Aqui e ali um arbusto crescendo rente ao muro levava a trilha a mudar de direção; imperceptivelmente, ela se afastava do muro, da casa, na direção dos fascinantes labirintos do jardim. Evitei tais desvios e segui em frente. Manter o muro da casa sempre à minha esquerda implicava que eu me esgueirasse por trás de um matagal que ia se tornando cada vez mais denso e alto. As hastes nodosas dos arbustos espetavam meus tornozelos; precisei enrolar o cachecol no rosto para não ser arranhada. O gato me acompanhou por uma boa distância, até que foi obrigado a parar, quase encoberto pela vegetação rasteira.

Segui adiante. E encontrei o que estava procurando. Uma janela, quase toda tomada pela hera e com uma folhagem tão densa separando-a do jardim que a luz tênue que vinha dela jamais seria notada.

Lá dentro, perto da janela, a irmã da Sra. Winter estava sentada à mesa. Em frente a ela, Judith empurrava colheradas de sopa por entre os lábios deformados da doente. De súbito, a meio caminho entre o prato e a boca, Judith se deteve e olhou em minha direção. Não dava para me ver, havia muita hera. Deve ter sentido o toque do meu olhar. Após uma breve pausa, voltou ao trabalho. Mas não antes que eu pudesse perceber algo diferente na colher. Era de prata, com um "A" alongado na forma de um anjo estilizado ornamentando o cabo.

Eu já havia visto uma colher como aquela. "A". Anjo. Angelfield. Emmeline tinha uma colher igual àquela, e Aurelius também.

Mantendo-me colada ao muro, e com galhos se enroscando no meu cabelo, fui voltando por entre os arbustos. O gato me olhava enquanto eu ia tirando pedaços de galhos quebrados e folhas mortas das mangas e dos ombros.

— Para dentro? — sugeri, e ele mais do que depressa concordou, feliz.

O Sr. Drake não fora capaz de seguir a pista de Hester para mim. Em compensação, eu havia encontrado Emmeline.

O Crepúsculo Eterno

No meu gabinete, eu transcrevia; no jardim, passeava; no quarto, acariciava o gato e evitava os pesadelos mantendo-me acordada. A noite enluarada em que vi Emmeline no jardim me parecia um sonho agora, pois o céu tinha-se fechado novamente, e estávamos imersos mais uma vez no crepúsculo sem fim. Com a morte da Missus e agora a de John Cavador, um novo elemento de terror ia-se insinuando na história da Sra. Winter. Teria sido Emmeline — aquela figura assustadora no jardim — quem mexera na escada? Eu só podia esperar e deixar que a história se revelasse. Enquanto isso, em pleno dezembro, a sombra que pairava sobre minha janela tornava-se cada vez mais densa. A proximidade dela me repugnava; sua distância partia-me o coração; qualquer visão dela me evocava a combinação familiar de medo e saudade.

Cheguei à biblioteca antes da Sra. Winter — manhã, tarde ou noite, tanto fazia, era tudo a mesma coisa — e fiquei à janela esperando. Minha irmã pálida pressionou seus dedos nos meus, capturou-me com seu olhar implorativo, enevoou a vidraça com seu hálito frio. Eu só precisaria quebrar o vidro para me juntar a ela.

— O que é que você está olhando? — A voz da Sra. Winter veio detrás de mim.

Voltei-me devagar.

— Sente-se — ordenou ela. E logo: — Judith, faça o favor de botar mais lenha na lareira e depois traga alguma coisa para essa menina comer.

Sentei-me.

Judith trouxe chocolate com torradas.

A Sra. Winter continuou sua história enquanto eu sorvia um gole do chocolate quente.

— Vou ajudar você — disse ele. Mas o que poderia fazer? Ele era apenas um garoto.

Afastei-o dali. Disse-lhe que fosse buscar o Dr. Maudsley e, enquanto isso, fui fazer um chá bem forte e doce e tomei o bule inteiro. Pensei em coisas difíceis e tive de pensá-las depressa. Porém, quando do chá só restava a borra, as lágrimas já haviam praticamente secado em meu rosto. Era hora de agir.

Quando o rapaz voltou com o médico, eu estava pronta. Assim que ouvi passos se aproximando da casa, fui ao encontro deles.

— Emmeline, pobrezinha! — exclamou o médico, a mão estendida num gesto solidário, como se fosse me abraçar. Dei um passo atrás, e ele parou. — Emmeline? — Em seus olhos fulgiu a incerteza. Adeline? Não era possível. Não podia ser. O nome morreu-lhe nos lábios. — Perdoe-me — balbuciou. Mas ainda não tinha certeza.

Não o ajudei a sair daquele estado de confusão. Pelo contrário, comecei a chorar.

Não lágrimas autênticas. Minhas lágrimas autênticas — e eu as tinha em enorme quantidade, pode me acreditar — estavam muito bem guardadas. Em algum momento, à noite, no dia seguinte ou a qualquer hora, quando eu não sabia exatamente, eu ficaria sozinha e então poderia chorar durante muitas horas. Por John. Por mim. Choraria bem alto, aos berros, do jeito que costumava chorar quando criança, e só John era capaz de me acalmar, afagando-me os cabelos com mãos que cheiravam a fumo e a jardim. Lágrimas quentes, feias; e quando parassem de rolar, se parassem, meus olhos ficariam tão empapuçados que pareceriam ranhuras de bordas avermelhadas através das quais eu mal conseguiria enxergar alguma coisa.

Mas aquelas eram lágrimas reservadas, não eram para este homem. As lágrimas com que eu o contemplava eram falsificadas. Serviam para realçar meus olhos verdes tal como diamantes realçam esmeraldas. E deu certo. Quando se deslumbra um homem por meio de olhos verdes, ele ficar tão hipnotizado que nem nota que dentro dos olhos existe alguém que o espiona.

— Receio não haver nada que eu possa fazer pelo Sr. Digence — disse ele, afastando-se do corpo.

Era estranho escutar o nome verdadeiro de John.

— Como é que isso foi acontecer? — Ele examinou a balaustrada onde John estava trabalhando, em seguida inclinou-se sobre a escada. — A trava de segurança falhou?

Eu que quase já podia olhar para o corpo sem emoção.

— Será que ele a soltou? — especulei em voz alta. — Ou será que se agarrou à escada quando estava caindo e a trouxe com ele na queda?

— Ninguém o viu cair?

— Nossos quartos ficam do outro lado da casa, e o rapaz estava na horta.

O rapaz afastara-se um pouco de nós e olhava para longe do corpo.

— Hmmm. Ele não tem família, se bem me lembro.

— Ele sempre viveu sozinho.

— Sei. E onde está seu tio? Por que não veio me ver?

Eu não fazia idéia do que John dissera ao rapaz a respeito da nossa situação. Teria que improvisar.

Com um soluço na voz, disse-lhe que meu tio tinha viajado.

— Viajou?! — O doutor franziu o cenho.

O rapaz não esboçou qualquer reação. Portanto, nada que o tivesse surpreendido. Continuou olhando para os pés, para não olhar para o cadáver, e eu tive tempo de achar que ele era um maricas antes de dizer:

— Meu tio só voltará daqui a alguns dias.

— Quantos dias?

— Ah! Quando foi mesmo que ele viajou...? — Franzi a testa, fingindo contar os dias. Então, deixando que meus olhos pousassem sobre o corpo de John, comecei a dobrar os joelhos.

O médico e o rapaz acorreram e me seguraram pelos cotovelos.

— Está bem. Mais tarde, minha querida, mais tarde.

Deixei que eles rodeassem a casa e me levassem até a porta da cozinha.

— Não sei bem o que fazer! — disse eu, enquanto caminhávamos.

— Em relação a quê?

— Ao enterro.

— Você não precisa fazer nada. Vou providenciar a funerária, e o vigário cuidará do resto.

— Mas... e o dinheiro?

— Seu tio acertará tudo quando voltar. E a propósito: onde ele está?

— Mas e se ele demorar muito?

— Você acha que ele é capaz de demorar muito?

— Ele é um homem... imprevisível.

— Com certeza.

O rapaz abriu a porta da cozinha, e o médico levou-me para dentro, puxando uma cadeira. Larguei-me em cima dela.

— O advogado cuidará de tudo. Onde está sua irmã? Ela sabe o que aconteceu?

— Está dormindo — respondi sem pestanejar.

— Tanto melhor. Vamos deixá-la assim, certo?

Concordei com a cabeça.

— E quem cuidará de vocês agora, aqui tão sozinhas?

— Cuidar de nós?

— Vocês não têm como continuar aqui, sozinhas... Ainda mais depois disso. Foi um erro seu tio deixá-las aqui pouco depois de ter perdido a governanta, sem arranjar uma substituta. Alguém terá de vir.

— Isso é mesmo necessário? — Eu era toda lágrimas e olhos verdes; Emmeline não era a única que sabia ser feminina.

— Bem, é claro que você...

— É só que da última vez que alguém veio cuidar de nós... Certamente o senhor se lembra da nossa governanta, não é? — E lancei sobre ele um olhar tão significativo e tão vívido que ele mal pôde acreditar no que estava vendo. Ele fez o favor de enrubescer e desviar os olhos. Quando tornou a me olhar, eu era apenas esmeraldas e diamantes novamente.

O rapaz limpou a garganta:

— Minha avó poderia vir e cuidar de tudo, senhor. Não para ficar morando, mas poderia vir todos os dias, ao menos por algum tempo.

O Dr. Maudsley, desconcertado, refletiu. Era uma saída, e ele estava buscando uma saída.

— Muito bem, Ambrose. Acho que isso seria o ideal. Pelo menos a curto prazo. E sem dúvida o seu tio logo estará de volta, e nesse caso não haverá necessidade, como você diz, de... de...

— Sem dúvida. — Levantei-me graciosamente da cadeira. — O senhor providencia a funerária, e eu falo com o vigário. — Estendi-lhe a mão. — Obrigada por ter vindo tão depressa.

O homem estava inteiramente vendido. Pôs-se de pé de imediato, e senti o breve roçar dos seus dedos nos meus. Estavam suados.

Mais uma vez ele tentou ler meu nome no meu rosto. Adeline ou Emmeline? Emmeline ou Adeline? Só lhe restou uma saída:

— Lamento pelo Sr. Digence. De verdade, Srta. March.

— Obrigada, doutor. — E escondi o sorriso por trás de um véu de lágrimas.

O Dr. Maudsley despediu-se do rapaz com um gesto de cabeça e fechou a porta ao sair.

Agora era com o rapaz.

Esperei o médico ir embora, e então abri a porta e convidei o rapaz a entrar.

— E, a propósito — disse eu, quando ele alcançou a soleira da porta, com uma voz que demonstrava claramente quem era a dona da casa —, não há necessidade de sua avó vir.

Ele me olhou com curiosidade. Ali estava alguém capaz de ver os olhos verdes e a garota dentro deles.

— Como achar melhor — disse ele, com um toque informal na aba do chapéu. — Eu não tenho mesmo avó.

— Vou ajudar você — dissera ele, mas era só um rapaz. Entretanto, ele sabia dirigir um carro.

No dia seguinte levou-nos de carro até o escritório do advogado, em Banbury, eu ao seu lado e Emmeline no banco de trás. Após quinze minutos esperando sob as vistas de uma recepcionista, fomos finalmente recebidas no escritório do Sr. Lomax. Olhou para Emmeline, olhou para mim, e disse:

— Não preciso perguntar quem são vocês.

— Nós estamos um tanto confusas — expliquei. — Meu tio encontra-se ausente, e nosso jardineiro morreu. Foi um acidente. Um trágico acidente. Como ele não tem família e sempre trabalhou para nós, entendo que deveríamos pagar o funeral, mas estamos meio apertadas...

Seus olhos viajaram de mim para Emmeline e de novo para mim.

— Por favor, perdoe minha irmã. Ela não está se sentindo muito bem.

Emmeline parecia mesmo estranha. Eu permitira que ela se vestisse daquela forma antiquada, e seus olhos eram belos demais para deixar espaço para algo tão mundano quanto inteligência.

— Sim — disse o Sr. Lomax, baixando a voz num solidário semitom. — Já ouvi qualquer coisa a respeito.

Em resposta à sua gentileza, debrucei-me na mesa e confidenciei:

— E, claro, quanto ao meu tio... Bem, o senhor tem negócios com ele; portanto, deve saber, não? As coisas nem sempre têm sido muito fáceis por lá. — E brindei-o com meu olhar mais reluzente. — Na verdade, é um enorme prazer falar com alguém tão sensato, para variar.

Ele repassou na cabeça todos os rumores que tinha escutado. Uma das meninas não era lá muito certa, diziam. Bom, tinha concluído, a outra evidentemente não tinha problemas.

— O prazer é totalmente recíproco, Srta... Perdão, mas qual era mesmo o nome do seu pai?

— O nome a que o senhor está se referindo é March, mas nós já nos habituamos a ser chamadas pelo nome de mamãe. As gêmeas de Angelfield, é assim que somos conhecidas na cidade. Ninguém se lembra do Sr. March, principalmente nós. Nunca tivemos a oportunidade de conhecê-lo, sabe como é. E não temos contato algum com a família dele. Muitas vezes me pergunto se não seria melhor mudarmos formalmente de nome.

— É possível. Por que não? Na verdade, é uma coisa até bem simples.

— Mas isso fica para um outro dia. Hoje o assunto é...

— Claro. Agora me permita tranqüilizá-la quanto a esse funeral. Se entendi bem, você não sabe quando seu tio vai voltar?

— Talvez demore algum tempo — respondi, o que não chegava a ser uma mentira.

— Não importa se ele estará ou não de volta para custear as despesas; farei isso em nome dele e deixarei para acertar tudo na sua volta.

Transformei minha expressão na imagem de alívio que ele estava esperando. E, enquanto ele ainda estava tomado pelo prazer de ter sido capaz de tirar-me um peso da consciência, crivei-o de perguntas a respeito do que poderia acontecer caso uma garota como eu, tendo sob sua responsabilidade uma irmã como a minha, tivesse o infortúnio de perder para sempre o seu tutor. Em poucas palavras ele me explicou toda a situação, e percebi claramente os passos que deveria dar e com que urgência precisaria dá-los.

— Nada disso se aplica a você, à sua condição! — concluiu ele, como se estivesse arrependido de pintar um cenário tão alarmante e quisesse retirar três quartos do que dissera. — Afinal, seu tio estará de novo com vocês dentro de poucos dias.

— Deus queira! — disse eu, sorrindo para ele.

Já estávamos à porta quando o Sr. Lomax lembrou-se do essencial.

— Por acaso ele deixou algum endereço?

— O senhor conhece meu tio!

— Até demais. Mas você não faz nem uma idéia de onde ele possa estar?

Gostei do Sr. Lomax, mas não ia deixar de mentir para ele sempre que necessário. A mentira era como uma segunda natureza para uma garota como eu.

— Sim... quero dizer, não.

Ele me olhou com uma expressão grave.

— Porque, se você não souber onde ele está...

Sua cabeça reviu todas as questões legais que havia acabado de enumerar-me.

— Bom, é que não posso lhe contar para onde ele *disse* que iria.

O Sr. Lomax me olhou com as sobrancelhas erguidas.

— Ele *disse* que estava indo para o Peru.

Os olhos redondos do Sr. Lomax se esbugalharam, e sua boca se abriu.

— Mas é claro que ambos sabemos que isso é ridículo, não é mesmo? — e dei por encerrada a conversa. — Ele não pode estar no Peru, pode?

E, com o sorriso mais decidido e tranqüilizador de que era capaz, fechei a porta atrás de mim, deixando o Sr. Lomax para preocupar-se comigo.

Chegou o dia do funeral, e eu ainda não tinha tido uma chance de chorar. Todo dia havia alguma coisa. Primeiro o vigário. Depois o pessoal da cidade batendo à nossa porta, querendo saber sobre coroas e flores. Até a Sra. Maudsley veio, educada mas fria, como se eu, de algum modo, estivesse contaminada pelo crime de Hester.

— A Sra. Proctor, avó do rapaz, tem sido maravilhosa — disse eu a ela. — Por favor, agradeça ao seu marido pela sugestão.

Nessa altura, eu andava desconfiada de que o rapaz andava me vigiando, embora nunca o tivesse flagrado fazendo isso.

O funeral de John também não era lugar para chorar. Seria o último lugar em que eu o faria. Porque eu era a Srta. Angelfield, e ele, quem era? Apenas o jardineiro.

No fim do serviço fúnebre, enquanto o vigário conversava delicada mas inutilmente com Emmeline — será que ela não gostaria de ir à igreja com mais freqüência? O amor de Deus era uma bênção para todas as criaturas —, ouvi o Sr. Lomax e o Dr. Maudsley conversando atrás de mim, imaginando que ninguém podia ouvi-los.

— Uma garota decidida — disse o advogado ao médico. — Não acho que ela compreenda toda a gravidade da situação; já percebeu que ninguém sabe onde o tio delas está? Mas quando ela compreender, não tenho dúvidas de que vai suportar bem. Ajeitei tudo do ponto de vista financeiro. Ela estava preocupada com o pagamento do funeral do jardineiro, essas coisas. Um belo coração, combinando com a cabeça esperta que tem sobre aqueles ombros.

— Sim — disse o doutor debilmente.

— Sempre tive a impressão... não sei de onde ela me veio, imagine... que as duas eram... não muito certas. Mas agora que as conheci, ficou claro como água que só uma é doente. Uma pena. Claro que o senhor, como médico delas, sabe disso desde o começo.

O médico murmurou alguma coisa que não consegui entender.

— O quê? — perguntou o advogado. — Névoa, foi isso o que o senhor disse?

Não houve resposta, e então o procurador fez outra pergunta:

— Mas quem é quem ali? Não consegui descobrir quando elas foram me ver. Como se chama a que é sensata?

Virei-me o suficiente para poder enxergá-los com o canto do olho. O médico olhava para mim com a mesma expressão que mantivera em seus olhos durante toda a cerimônia. Onde estaria aquela criança embotada que ele havia abrigado em casa durante dois meses? A garota que era incapaz de levar uma colher à boca ou de falar uma única palavra em inglês, quanto mais organizar um funeral e fazer perguntas inteligentes a um advogado. Eu podia compreender muito bem a origem da sua perplexidade. Seus olhos iam de mim para Emmeline, de Emmeline para mim.

— Acho que é Adeline. — Vi seus lábios formando o nome, e sorri ao ver todas as suas teorias e experiências médicas caírem por terra a seus pés.

Atraindo seu olhar, ergui a mão para os dois. Um gesto delicado de agradecimento por terem vindo ao funeral de um homem que eles sabiam apenas que estava a meu serviço. Foi assim que o advogado entendeu. O médico deve ter entendido de modo um tanto diferente.

Mais tarde. Muitas horas mais tarde.

Encerrado o funeral, agora ao menos eu podia chorar.

Só que não consegui. Minhas lágrimas, represadas por tanto tempo, tinham-se fossilizado.

Teriam de ficar guardadas para sempre.

Lágrimas Fossilizadas

— Com licença... — começou Judith, parando logo em seguida. Cerrou os lábios e gesticulando de modo incomum: — O médico saiu para atender a um chamado, só deve voltar daqui a uma hora. Por favor...

Apertei o roupão e fui atrás dela; Judith quase corria na frente. Subimos e descemos alguns lanços de escada, atravessamos corredores e voltamos ao térreo, mas numa parte da casa que eu nunca havia visto antes. Finalmente, chegamos a um conjunto de dependências que eu julguei serem os aposentos particulares da Sra. Winter. Paramos diante de uma porta fechada, e Judith lançou-me um olhar preocupado. Entendi perfeitamente sua ansiedade. Por detrás daquela porta vinham sons inumanos, profundos, bramidos de dor só interrompidos por respirações entrecortadas e arfantes. Judith abriu a última porta, e entramos.

Espantei-me. Não era à toa que os sons reverberavam tanto! Ao contrário do restante da casa, com seus estofados superacolchoados, cortinas em profusão, paredes acústicas e muitos, muitos tapetes, aquele quarto era pequeno, despojado e nu. As paredes tinham pintura simples, o chão era de tábuas corridas. Uma estante comum num canto estava abarrotada de pilhas de papel amarelado e num outro canto havia uma cama estreita com uma singela colcha branca. Na janela, uma cortina de morim sem goma pendia de cada lado da vidraça, deixando a noite penetrar. Curvada sobre uma escrivaninha escolar pequena e simples, de costas para mim, estava a

Sra. Winter. Nada de cores berrantes e resplandecentes. Vestia uma camisola branca de mangas compridas... e chorava.

Um sopro de ar tênue, atonal, nas cordas vocais. Gemidos lancinantes que se transformavam em grunhidos animais assustadores. Os ombros subiam e desciam, e todo o seu torso estremecia, do pescoço frágil à cabeça, dos braços às mãos, que se agarravam ao tampo da escrivaninha. Judith correu para colocar uma almofada sob as têmporas da Sra. Winter; totalmente tomada pela crise, ela parecia não se dar conta de que estávamos ali.

— Nunca a vi assim — disse Judith, os dedos apertando os lábios. E, em pânico crescente: — Não sei o que fazer.

A boca da Sra. Winter se abria e contorcia em esgares, assumindo formas horrendas provocadas pela enorme aflição.

— Tudo bem — disse eu a Judith. Essa era uma agonia que eu conhecia muito bem. Puxei uma cadeira e sentei-me ao lado da Sra. Winter. — Calma, calma, eu sei. — Passei-lhe um braço em volta dos ombros, tomei suas mãos entre as minhas. Encostando o corpo dela no meu, cheguei o ouvido bem perto de sua cabeça e continuei com o sortilégio: — Tudo bem. Já vai passar. Calma, querida. Você não está só. — Embalei-a e a tranqüilizei sem parar de soprar-lhe minhas palavras mágicas. Não propriamente minhas, mas de meu pai. Palavras que eu sabia que iriam funcionar, porque sempre funcionaram comigo. — Calma — sussurrei. — Eu sei. Já vai passar.

As convulsões não pararam, nem os gritos se tornaram menos dolorosos, mas aos poucos foram ficando menos violentos. Ela tinha tempo, a cada novo acesso, de buscar um pouco de ar, desesperada, trêmula.

— Você não está sozinha. Estou aqui.

Afinal ela se acalmou. A curvatura do seu crânio pressionou minhas maçãs do rosto. Fios do seu cabelo roçaram-me os lábios. Pude sentir-lhe a respiração curta contra as minhas costelas, as suaves contrações de seus pulmões. As mãos dela estavam muito frias.

— Pronto. Pronto.

Ficamos sentadas em silêncio por alguns minutos. Suspendi seu xale e o ajeitei o mais confortavelmente possível sobre seus ombros, procurando aquecer-lhe as mãos. Seu rosto estava devastado. Ela mal conseguia enxergar através das pálpebras inchadas e tinha os lábios feridos e rachados. Uma mancha arroxeada assinalava o ponto em que a cabeça batera de encontro à escrivaninha.

— Ele era um bom homem — disse eu. — Um bom homem. E amava a senhora.

Devagar, ela concordava com a cabeça. A boca tremia. Estaria tentando dizer alguma coisa? Seus lábios mexeram-se de novo.

A trava de segurança? Teria sido isso o que ela disse?

— Foi sua irmã que mexeu na trava de segurança? — Agora podia parecer uma pergunta brutal, mas em meio àquela torrente de lágrimas que varria qualquer etiqueta, a objetividade não parecia deslocada.

Minha pergunta provocou-lhe um último espasmo de dor, mas quando falou, foi enfática:

— Emmeline, não. Ela, não. Ela, não.

— Então quem?

Ela revirou os olhos, começou a balançar e a agitar a cabeça de um lado para outro. Eu já vira o mesmo movimento em certos animais no zoológico, que acabaram loucos por causa do cativeiro. Começando a perceber o retorno da crise, lembrei-me do que meu pai fazia para me consolar quando eu era criança. Suave e ternamente, acariciei-lhe os cabelos, até que, mais tranqüila, ela repousou a cabeça em meu ombro.

Finalmente ficou calma o bastante para que Judith a levasse para a cama. Numa voz sonolenta, quase infantil, pediu-me que ficasse, e assim permaneci com ela, ajoelhada ao lado da cama, observando-a adormecer. De quando em quando um tremor perturbava-lhe o sono e um ar de medo vinha-lhe ao rosto; quando isso acontecia, eu afagava seus cabelos até que suas pálpebras descansassem em paz novamente.

Quando foi que meu pai me consolara assim? Um incidente brotou do fundo da minha memória. Eu devia ter uns 12 anos. Era domingo, papai e eu comíamos sanduíches na beira do rio quando apareceram as gêmeas. Duas garotinhas louras com pais louros, visitantes que tinham ido apreciar a paisagem e o tempo bom. Todo mundo olhava para elas; já deviam estar acostumadas aos olhares dos estranhos. Mas não ao meu. Foi vê-las e meu coração disparar. Era como se estivesse olhando um espelho e me vendo toda. Com que intensidade fiquei olhando para elas. Com que fome. Nervosas, fugiram daquela garota de olhar devorador correndo para os pais. Vi o medo delas, e uma mão pesada se abateu sobre meus pulmões, até que o céu escureceu. Mais tarde, na loja, sentada na cadeira à janela, entre o sono e um pesadelo; ele, estirado no chão, acariciando-me os cabelos, murmurando seu sortilégio: "Calma, vai passar. Está tudo bem. Você não está só."

Depois o Dr. Clifton chegou. Quando me virei e o vi à porta, tive a impressão de que já se encontrava ali fazia algum tempo. Passei por ele ao sair e havia algo em sua expressão que não fui capaz de interpretar.

Criptografia Subaquática

Voltei ao meu quarto, com passos tão lentos quanto os pensamentos. Nada fazia sentido. Por que John Cavador tinha morrido? Porque alguém mexera na trava de segurança da escada. Não pode ter sido o rapaz. A história da Sra. Winter fornecia-lhe um álibi incontestável: enquanto John e a escada despencavam da balaustrada, o rapaz estava de olho no cigarro dela, sem se atrever a pedir uma tragada. Então, só pode ter sido Emmeline. A não ser pelo fato de que nada na história sugeria que Emmeline fosse capaz de uma coisa daquelas. Era uma criança inofensiva, até Hester dizia isso. E a própria Sra. Winter não poderia ter sido mais clara. Não. Emmeline, não. Então, quem? Isabelle estava morta. Charlie, desaparecido.

Cheguei ao quarto, entrei, postei-me em frente à janela. Estava escuro demais para enxergar alguma coisa; só havia meu reflexo, uma sombra pálida através da qual era possível ver a noite. Quem?, perguntei a ele.

Finalmente, ouvi a voz importuna, silenciosa em minha cabeça, que eu vinha tentando ignorar. *Adeline.*

Não, disse eu.

Sim, disse a voz. *Adeline.*

Não podia ser. O choro sentido por John Cavador ainda estava recente em minha mente. Quem seria capaz de prantear um homem daquela maneira se o houvesse matado, quem? Quem poderia matar um homem de quem gostava tanto a ponto de chorar assim por ele?

Mas a voz na minha cabeça repassava episódio por episódio da história que eu conhecia tão bem. A violência no topiário, cada golpe do tesourão um choque para o coração de John. Os ataques a Emmeline, os puxões de cabelo, a surra, as mordidas. O bebê tirado do carrinho e abandonado para morrer ou ser encontrado por alguém. Uma das gêmeas não era muito certa, era o que se dizia na cidade. Recordei e perguntei-me: seria possível? As lágrimas que eu testemunhara seriam lágrimas de culpa? De remorso? Seria uma assassina que eu tomara nos braços para consolar? Seria esse o segredo que a Sra. Winter escondia do mundo havia tanto tempo? Uma suspeita incômoda revelou-se a mim. Seria esse o objetivo da história da Sra. Winter? Fazer com que eu simpatizasse com ela, a redimisse, a perdoasse? Estremeci.

Mas pelo menos de uma coisa eu tinha certeza. Ela o amara. Como poderia ser diferente? Recordei seu corpo abalado e atormentado contra o meu e sabia que apenas um amor partido poderia provocar tamanho desespero. Lembrei-me de Adeline criança tentando amenizar a solidão de John depois da morte da Missus, devolvendo-lhe a vida ao forçá-lo a ensinar-lhe a podar o topiário.

O jardim que *ela* destruíra.

Ah, talvez eu não tivesse tanta certeza assim!

Meus olhos percorreram a escuridão do lado de fora da janela. Aquele jardim fabuloso seria a homenagem dela a John Cavador? Sua penitência eterna pela destruição que causara?

Esfreguei os olhos cansados e senti que precisava me deitar. Mas estava cansada demais para dormir. Meus pensamentos, se eu não fizesse alguma coisa para evitar, ficariam andando em círculos a noite toda. Então resolvi tomar um banho.

Enquanto esperava a banheira encher, procurei algo para ocupar minha mente. Uma bola de papel meio escondida atrás da penteadeira chamou-me a atenção. Desamassei-a e a alisei. Uma série de escritos fonéticos.

No banheiro, com a água aquecendo ao fundo, fiz algumas tentativas infrutíferas para atribuir algum significado àquela fileira de símbolos. Sempre me vinha um sentimento sub-reptício de não ter captado corretamente a elocução de Emmeline. Gravei o jardim enluarado, os contorcionismos da hamamélis, o rosto grotesco, pressuroso; escutei de novo a rudeza da voz de Emmeline. Mas, por mais que tentasse, não conseguia me lembrar da pronúncia em si.

Entrei na banheira, deixando o pedaço de papel na borda. A água, quente nos pés, nas pernas, nas costas, estava mais fria de encontro à mancha do lado do meu corpo. Fechando os olhos, deixei-me deslizar para debaixo da superfície. Ouvidos, nariz, olhos, até o topo da cabeça. A água entrou nos meus ouvidos, meu cabelo levantou-se da raiz.

Voltei à tona em busca de ar e imediatamente tornei a mergulhar. Mais ar, depois água.

De um modo vago, subaquático, os pensamentos começaram a nadar em minha mente. Eu conhecia muito bem a linguagem gêmea para saber que nunca fora desvendada por completo. No caso de Emmeline e Adeline, ela se baseava no inglês ou no francês, bem como podia conter elementos de ambos os idiomas.

Ar. Água.

Havia distorções. Quem sabe na entonação. Ou nas vogais. E às vezes elementos extras, acrescentados para camuflar e não para portar significado.

Ar. Água.

Um quebra-cabeça. Um código secreto. Uma criptografia. Não podia ser mais complicado do que os hieróglifos egípcios ou o B linear micênico. Como lidar com isso? Tomar cada sílaba em separado. Poderia ser uma palavra ou parte dela. Primeiro eliminar a entonação. Jogar com as tônicas. Testar o alongamento, o encurtamento, o nivelamento dos sons vocálicos. E depois, o que a sílaba sugeria em inglês? Em francês? E se você a desprezasse e em vez disso trabalhasse com as sílabas de cada lado? Deveria haver um número imenso de combinações possíveis. Milhares. Mas não uma quantidade infinita. Um computador seria capaz de fazer isso. O cérebro humano também, se lhe dessem um ou dois anos.

Os mortos vão para debaixo da terra.

O quê? Sentei-me de repente, retesada, em estado de choque. As palavras tinham-me vindo do nada. Chocaram-se dolorosamente contra meu peito. Era ridículo. Não podia ser!

Tremendo, estiquei a mão para a borda da banheira onde deixara as anotações, trazendo-as para perto de mim. Explorei-as ansiosamente. Minhas notas, meus símbolos e sinais, minhas garatujas e borrões — tudo havia desaparecido! Tinham ficado em cima de uma poça d'água e se afogado.

Tentei mais uma vez relembrar os sons como me vieram debaixo d'água. Mas eles tinham sido removidos da minha memória. Só me lembrava da expressão do seu rosto, carregada, firme, e da seqüência de cinco notas que ela cantava ao partir.

Os mortos vão para debaixo da terra. Palavras que chegaram à minha mente totalmente formadas, sem deixar pistas atrás de si. De onde teriam vindo? De que estaria brincando a minha mente para trazer essas palavras do nada?

Na verdade, eu não acreditava que era isso que ela me dissera, acreditava?

Vamos, seja sensata, dizia-me.

Peguei o sabonete e resolvi afastar da cabeça minhas fantasias subaquáticas.

Cabelo

Na casa da Sra. Winter eu jamais olhava o relógio. Em vez de segundos, eu tinha palavras; minutos eram linhas escritas a lápis. Onze palavras numa linha, vinte e três linhas numa página — essa era a minha nova forma de cronometragem. A intervalos regulares eu parava para rodar a manivela do apontador de lápis e ficar observando as espirais de madeira bamboleando rumo à cesta de lixo; essas pausas marcavam minhas "horas".

Estava tão concentrada na história que ouvia e transcrevia que não queria saber de mais nada. Minha própria vida — tal qual era — reduzira-se a nada. Meus pensamentos, durante o dia, e meus sonhos, à noite, viam-se povoados por criaturas que não pertenciam ao meu mundo, mas ao da Sra. Winter. Eram Hester e Emmeline, Isabelle e Charlie, que povoavam minha imaginação, e o lugar para onde meu pensamento convergia constantemente chamava-se Angelfield.

Na verdade, eu não me sentia desgostosa por abdicar da minha vida. Mergulhar fundo na história da Sra. Winter era uma maneira de virar as costas a tudo o que era meu. Mas ninguém pode simplesmente se apagar desse modo. Apesar da minha cegueira voluntária, não havia como deixar de saber que estávamos em dezembro. No fundo da minha mente, no limite dos meus sonhos, nas margens das páginas que eu preenchia a lápis tão freneticamente, tinha consciência de que os dias de dezembro estavam correndo e que o aniversário se aproximava cada vez mais.

No dia seguinte ao da noite das lágrimas, não vi a Sra. Winter. Ela permaneceu na cama, assistida somente por Judith e pelo Dr. Clifton. Era bastante oportuno. Eu própria não conseguira dormir direito. Mas no outro dia ela mandou me chamar. Fui ao seu quarto modesto e encontrei-a na cama.

Seus olhos pareciam ter crescido no rosto. Não usava um pingo de maquiagem. Provavelmente, era a medicação que estava no auge do efeito, mas havia nela uma serenidade que me pareceu inédita. Não sorriu, mas ao erguer os olhos quando entrei no quarto, percebi neles uma certa amabilidade.

— Você não vai precisar do caderno e do lápis — disse ela. — Quero que faça outra coisa para mim hoje.

— O quê?

Judith chegou. Estendeu um lençol no chão, em seguida trouxe a cadeira da Sra. Winter da sala ao lado e ajudou-a a sentar-se. Posicionou a cadeira bem no meio do lençol, num ângulo em que ela pudesse olhar pela janela. Depois colocou uma toalha em volta dos ombros da Sra. Winter e soltou-lhe os cabelos cor de laranja.

Antes de sair, ela me entregou um par de tesouras.

— Boa sorte — disse com um sorriso.

— Mas o que devo fazer? — perguntei à Sra. Winter.

— Cortar o meu cabelo, evidentemente.

— Cortar o seu cabelo?

— É. Não faça essa cara. Não tem nada de mais.

— Mas eu não sei...

— É só pegar a tesoura e cortar. — Ela deu um suspiro. — Não me interessa como vai fazer. Nem como vai ficar. Simplesmente livre-se dele.

— Mas eu...

— *Por favor.*

Relutantemente, tomei posição atrás dela. Após dois dias de cama, seus cabelos eram um emaranhado de fios alaranjados e duros. Estavam ressecados, tão ressecados que cheguei a pensar que iriam quebrar, e cheios de nozinhos.

— Acho melhor escovar primeiro.

Eram muitos os nós. Embora ela não desse uma palavra de queixa, eu a sentia encolher-se a cada escovadela. Pus a escova de lado; seria menos doloroso cortar os nós, pura e simplesmente.

Dei o primeiro corte, com certo vagar. Uns pedacinhos mínimos das pontas, na parte de trás. As lâminas entraram cabelo adentro, e as aparas caíram sobre o lençol.

— Mais curto — disse a Sra. Winter suavemente.

— Nessa altura? — indiquei os ombros.

— Mais curto.

Peguei uma mecha e meti a tesoura, nervosa. Uma cobra alaranjada rastejou até meus pés, e ela começou a falar.

Lembro-me de ter ido, dias depois do funeral, até o antigo quarto de Hester. Não por alguma razão especial. Fiquei só ali, à janela, olhando para o nada. Meus dedos encontraram uma pequena proeminência na cortina. Um rasgo que ela havia remendado. Hester era uma costureira de mão-cheia. Mas havia um resto de linha sobrando no fim. E não sei bem por quê, aquilo começou a me incomodar. Não tive a intenção de puxar, não tive qualquer intenção, de verdade... Mas, de repente, lá estava ela, entre os meus dedos. A linha, inteira, ainda com a memória em ziguezague dos pontos. E o buraco aberto na cortina. Agora ia começar a puir.

John jamais gostou da presença de Hester na casa. Ficou feliz quando ela foi embora. Mas o fato era que, se Hester estivesse lá, John não teria subido no telhado. Se Hester estivesse lá, ninguém teria se metido com a trava de segurança. Se Hester estivesse lá, aquele dia teria raiado como qualquer outro dia, e como qualquer outro dia John estaria se ocupando dos seus afazeres no jardim. Quando a janela da sacada projetasse sua sombra da tarde sobre o cascalho, não haveria escada alguma, nem John estatelado no chão para ser alcançado pela friagem. O dia teria vindo e teria ido como todos os outros e, quando findasse, John iria para a cama dormir profundamente, sem sequer sonhar em cair no vazio.

Se Hester estivesse lá.

Aquele buraco puído na cortina me pareceu absolutamente insuportável.

Cortei o cabelo da Sra. Winter durante todo o tempo em que ela falava e, quando chegou no nível das orelhas, dei o trabalho por encerrado.

Ela passou a mão pela cabeça para sentir o comprimento.

— Mais curto — falou.

Peguei novamente a tesoura e prossegui.

O rapaz continuava vindo todos os dias. Cavava, semeava, plantava e adubava. Achei que ele vinha por causa do dinheiro que lhe devíamos. Mas quando o advogado me deu algum dinheiro — "para vocês irem se mantendo até seu tio voltar" — e paguei ao rapaz, ele continuou vindo. Eu o observava das janelas de cima. Mais de uma vez olhou na minha direção e escondi-me, porém uma vez conseguiu me ver e acenou para mim. Não retribuí.

Todas as manhãs ele deixava legumes na porta da cozinha, algumas vezes junto com um coelho já sem pele ou uma galinha depenada, e todas as tardes voltava para recolher as cascas para o adubo. Ele se demorava à porta, e agora que eu já lhe pagara, andava sempre com um cigarro nos lábios.

Os cigarros de John tinham acabado, e não me agradava que o rapaz pudesse fumar e eu não. Nunca falei nada a respeito, mas um dia, encostando o ombro na moldura da porta, ele me pegou olhando para o maço de cigarros no bolso da sua camisa.

— Troco um por uma xícara de chá — disse ele.

Entrou na cozinha — na verdade, era a primeira vez que fazia isso desde o dia em que John morrera — e sentou-se na cadeira de John, com os cotovelos na mesa. Sentei-me na cadeira do canto, onde a Missus costumava ficar. Tomamos nosso chá em silêncio, soprando a fumaça do cigarro que subia em nuvens e espirais preguiçosas em direção ao teto encardido. Quando demos a última tragada e deixamos as pontas dos nossos cigarros nos pires, ele se levantou sem uma palavra, caminhou para fora da cozinha e voltou ao trabalho. Mas no dia seguinte, quando trouxe os legumes, entrou direto, sentou-se na cadeira de John e estendeu-me um cigarro antes mesmo que eu pusesse a chaleira para ferver.

Nunca nos falamos. Mas adquirimos os nossos hábitos.

Emmeline, que nunca se levantava antes do almoço, às vezes passava as tardes do lado de fora da casa vendo o rapaz trabalhar. Repreendi-a por causa disso.

— Você é a filha da casa. Ele é um jardineiro. Pelo amor de Deus, Emmeline!

Mas não fazia a menor diferença. Ela dava o seu sorrisinho para qualquer um que lhe caísse nas graças. Eu os vigiava atentamente, preocupada com o que a Missus me dissera sobre os homens que não podiam ver Isabelle sem desejar tocá-la. Mas o rapaz não dava mostras de querer tocar Emmeline, apesar de falar gentilmente com ela e de gostar de fazê-la dar boas risadas. Porém eu não conseguia ficar tranqüila.

Algumas vezes, das janelas de cima, eu observava os dois juntos. Num dia de sol, vi-a recostada na grama, a cabeça nas mãos, apoiada sobre os cotovelos. A posição realçava-lhe o contorno da cintura e dos quadris. Ele se voltou para responder alguma coisa que ela dissera e, enquanto a olhava, ela se virou de costas, ergueu a mão e afastou uma mecha de cabelo da testa. Foi um movimento langoroso, sensual, que me fez pensar que ela não se importaria se ele a tocasse.

Mas quando o rapaz terminou o que estava dizendo, voltou as costas para Emmeline como se não tivesse percebido nada e continuou trabalhando.

Na manhã seguinte estávamos fumando na cozinha. Rompi nosso silêncio habitual.

— Não toque em Emmeline — disse-lhe.

Ele olhou-me surpreso.

— Eu não toquei em Emmeline.

— Melhor mesmo não tocar.

E dei o assunto por encerrado. Demos outra baforada em nossos cigarros e preparei-me para cair de novo em silêncio, mas, após expirar a fumaça, ele falou:

— Não quero tocar em Emmeline.

Eu ouvi. Ouvi bem o que ele disse. Aquela curiosa entonação. Senti o que ele *quis dizer.*

Dei uma tragada no cigarro e não olhei para ele. Lentamente, soltei a fumaça. Sem olhar para ele.

— Ela é mais gentil do que você — disse ele.

Meu cigarro não estava nem pela metade, mas apaguei-o. Caminhei a passos largos até a porta da cozinha e abri-a com violência.

Ele parou à porta bem perto de mim. Fiquei rígida, olhando fixamente para os botões da camisa dele.

Seu pomo-de-adão subia e descia à medida que ele engolia. Sua voz era um sussurro.

— Seja boazinha, Adeline.

Ofendida ao extremo, dardejei-o com o olhar. Mas fiquei desconcertada com a ternura do seu rosto. Por um momento me senti... confusa.

Ele se aproveitou. Ergueu a mão. Estava a ponto de me acariciar o rosto.

Mas fui mais rápida. Levantei o punho e empurrei sua mão para longe com violência.

Não o machuquei. Não poderia machucá-lo. Mas ele pareceu atônito. Desapontado.

E se foi.

A cozinha ficou muito vazia depois disso. A Missus se fora. John se fora. Agora até o rapaz se fora.

"Vou ajudar você", dissera ele. Mas era impossível. Como um rapaz como ele poderia me ajudar? Como *alguém* poderia me ajudar?

O lençol estava coberto de cabelo alaranjado. Eu pisava em cabelo e tinha cabelo grudado nos sapatos. Toda a velha tintura fora eliminada; os tufos esparsos que ainda se apegavam ao couro cabeludo da Sra. Winter eram completamente brancos.

Tirei a toalha e espanei-lhe os fios de cabelo da nuca e do pescoço.

— Poderia me dar o espelho? — pediu a Sra. Winter.

Passei-lhe o espelho. Com o cabelo assim tosquiado, ela parecia uma criança grisalha.

Ficou se olhando ao espelho. Seus olhos deram com os próprios olhos, nus e sombrios, e ela olhou para si mesma durante um bom tempo. Então colocou o espelho sobre a mesa.

— Era exatamente isso o que eu queria. Obrigada, Margaret.

Deixei-a, e quando voltei ao meu quarto, pensei no rapaz. Pensei nele e em Adeline, e pensei nele e em Emmeline. Depois pensei em Aurelius, encontrado quando era bebê, vestindo umas roupinhas antiquadas e enfiado numa mochila, junto com uma colher de Angelfield e uma página de *Jane Eyre*. Pensei nisso tudo profundamente, mas, por mais que pensasse, não chegava a uma conclusão.

Entretanto, algo me ocorreu num desses insondáveis desvãos da mente. Lembrei-me do que Aurelius dissera da última vez em que estive em Angelfield: "Eu só queria que alguém pudesse *me contar a verdade*." E descobri seu eco: "Conte-me a verdade." O rapaz de terno marrom. Agora estava explicado por que o *Banbury Herald* não possuía registro da entrevista que o seu jovem repórter fora fazer em Yorkshire. Não era exatamente um repórter. Era Aurelius, desde o princípio.

Chuva e Bolo

No dia seguinte acordei com aquilo na cabeça: é hoje, hoje, hoje. Um sino dobrando que só eu ouvia. O crepúsculo parecia ter-me penetrado na alma; senti uma fraqueza sobrenatural. O dia do meu nascimento. O dia da minha morte.

Judith me trouxe um cartão de papai junto com a bandeja do café-da-manhã. Um quadro de flores, como de hábito, vagos cumprimentos e um bilhete. Esperava que eu estivesse bem. Ele estava bem. Tinha alguns livros para mim. Podia mandá-los? Mamãe não assinava o cartão; ele o tinha assinado pelos dois. *Com amor, Papai e Mamãe.* Estava tudo errado. Eu sabia, ele sabia, mas o que podíamos fazer?

Judith chegou.

— A Sra. Winter pergunta se pode ser agora...

Guardei o cartão sob o travesseiro antes que ela o visse.

— Para mim está bem — respondi, pegando o lápis e o bloco.

— Você tem dormido bem? — quis saber a Sra. Winter, e em seguida: — Está me parecendo um pouco pálida. Você não come direito.

— Estou bem — assegurei, embora não estivesse.

Passei a manhã toda com a sensação de que pedaços perdidos de um mundo infiltravam-se pelas rachaduras de outro. Sabe aquela sensação de começar a ler um livro novo antes que última camada do anterior tenha tido tempo de se fechar às suas costas? A gente sai do livro anterior com idéias e tramas — e também personagens — presas nas fibras das roupas, e quando abre o novo livro elas permanecem na gente. Bom, era mais ou menos isso. O dia inteiro eu tinha andado distraída. Pensamentos, lembranças, sentimentos, fragmentos irrelevantes da minha própria vida devastando meu poder de concentração.

A Sra. Winter estava me contando alguma coisa quando ela própria se interrompeu.

— Está me ouvindo, Srta. Lea?

Abandonei abruptamente meus devaneios e tratei de buscar uma resposta. Se eu estava ouvindo? Não tinha a menor idéia. Naquele instante eu não saberia dizer o que ela estava falando, mas tenho certeza de que em algum ponto da minha mente tudo ficara bem registrado. Mas, no momento em que ela me fez sair de mim mesma, eu me encontrava numa espécie de terra de ninguém, um lugar entre lugares. A mente nos prega todo tipo de peças, mantém-se alerta para as coisas mais diversas enquanto nós mesmos ficamos dormitando numa zona branca que, para todo mundo, parece desatenção ao outro. Sem palavras, olhei fixamente por cerca de um minuto para ela, que ia ficando cada vez mais irritada, até que me agarrei à primeira frase coerente que se apresentou.

— A senhora nunca teve filhos, Sra. Winter?

— Meu Deus, que pergunta é essa? Claro que não. Você ficou louca, menina?

— E Emmeline?

— Fizemos um acordo, não foi? Nada de perguntas. — E logo, mudando de expressão, inclinou-se para me observar mais de perto. — Você está doente?

— Não, acho que não.

— Bom, você não está com a cabeça boa para trabalhar, isso é evidente.

Estava me dispensando.

De volta ao meu quarto, passei uma hora nervosa, aborrecida, atormentada. Sentei-me na escrivaninha, lápis na mão, mas não escrevi; sentia frio, liguei o aquecedor, então, quente demais, tirei o casaco. Um banho cairia bem, mas não havia água quente. Fiz um chocolate e pus açúcar demais; me deu enjôo. Um livro resolveria? Na biblioteca, as prateleiras estavam forradas de palavras vazias. Nada ali poderia me ajudar.

Veio uma pancada de chuva, pingos escorrendo pela vidraça, e meu coração deu um salto. *Lá fora*. Claro, era disso que eu estava precisando. E não só o jardim. Eu tinha que sair dali, escapar. Para os pântanos.

O portão principal ficava trancado, eu sabia, e não me sentia à vontade para pedir a Maurice que o abrisse para mim. Em vez disso, resolvi embicar pelo jardim em direção ao ponto mais extremo da casa, onde havia um portão no muro. O portão, tomado pela hera, não era aberto havia muito tempo, e tive de arrancar a folhagem com as mãos para conseguir abrir o trinco. Quando ele se abriu, precisei arrancar mais um bocado de hera até conseguir, meio desgrenhada, botar os pés do lado de fora.

Eu achava que gostava de chuva, mas a verdade é que eu mal sabia o que era chuva para valer. Eu gostava era daquela chuvinha bem-comportada da cidade, amenizada pelos obstáculos que o horizonte urbano lhe impunha e aquecida pela temperatura elevada da própria cidade. Nos pântanos, enfurecida pelo vento e aborrecida com a friagem, a chuva era indomável. Agulhas de gelo espetavam-me pela frente e por trás, baldes de água gelada derramavam-se pelos meus ombros.

Feliz aniversário.

Se eu estivesse na loja, meu pai iria sacar um presente de sob a escrivaninha assim que eu descesse a escada. Um livro — ou livros — adquirido em leilão e guardado ao longo do ano todo. E um disco, um perfume ou um quadro. Ele os teria embrulhado lá mesmo na loja, na escrivaninha, em alguma tarde calma em que eu tivesse ido ao correio ou à biblioteca. Teria saído na hora do almoço para escolher um cartão, sozinho, e escreveria aquilo — *Com amor, Papai e Mamãe* — ali mesmo, na escrivaninha. Sozinho, sempre sozinho. Iria à confeitaria para comprar um bolo, e em alguma parte da loja — nunca descobri onde, era um dos poucos segredos que eu não havia desvendado — ele guardava uma vela, que aparecia sempre naquele dia, todos os anos, e ele a acendia, e eu a apagava, com a melhor demonstração de felicidade de que era capaz. Em seguida comíamos o bolo com chá e nos acomodávamos para fazer uma boa digestão e catalogar.

Eu sabia o que isso representava para ele. Era mais fácil agora, que eu havia crescido, do que quando eu era criança. Como tinham sido complicados os aniversários naquela casa. Presentes escondidos durante a noite, não de mim, mas de mamãe, que não suportava vê-los. A dor de cabeça era o ritual de recordações que ela ciosamente guardava, o qual tornava impossível convidar outras crianças para a nossa casa, bem como impossível deixá-la pelo prazer de um passeio ao zoológico ou ao parque. Minhas brincadeiras de aniversário eram sempre silenciosas. Os bolos nunca eram feitos em casa, e era preciso tirar as velas e todo o glacê antes de guardar as sobras para o dia seguinte.

Feliz aniversário? Papai sussurrava as palavras, "Feliz Aniversário", todo sorridente, bem dentro do meu ouvido. Jogávamos baralho em silêncio, o ganhador fazia uma cara alegre e o perdedor, caretas e expressões de pesar, e nada, nem mesmo um pio, um espirro, podia ser ouvido no quarto que ficava bem acima de nossas cabeças. No intervalo das partidas, ele subia e descia, pobre papai, entre a dor silenciosa do quarto e o aniversário secreto lá embaixo, mudando de expressão — da alegria ao pesar, do pesar outra vez à alegria — no vão da escada.

Infeliz aniversário. Desde o dia em que nasci a tristeza sempre se fez presente. Pairava como poeira sobre o ambiente doméstico. Cobria tudo e todos; invadia-nos a cada vez que respirávamos; amortalhava-nos em nossas tragédias individuais.

Era somente por estar sentindo tanto frio que eu era capaz de suportar tais lembranças.

Por que ela não conseguia me amar? Por que minha vida significava menos para ela do que a morte da minha irmã? Será que me culpava por isso? Talvez ela tivesse razão. Eu só estava viva atualmente porque minha irmã havia morrido. Ver-me era relembrar sua perda.

Teria sido mais fácil para ela se ambas tivéssemos morrido?

Entorpecida, eu continuava a caminhar. Um pé na frente do outro, mais uma vez e mais uma vez e mais uma vez, meio que hipnotizada. Não me importava para onde estava indo. Olhando para o nada, sem enxergar nada, acabei tropeçando.

Topei com alguma coisa.

— Margaret! Margaret!

Eu estava com muito frio para ficar assustada, com muito frio para reagir à enorme figura que se postava à minha frente, envolta em um tecido verde impermeável que mais parecia uma barraca. A figura moveu-se e duas mãos me seguraram pelos ombros e me sacudiram.

— Margaret!

Era Aurelius.

— Olhe só! Você está roxa de frio! Vem comigo, rápido.

Ele me pegou energicamente pelo braço e foi me levando. Meus pés foram tropeçando pelo caminho até que chegamos a uma estrada, a um carro. Ele me fez entrar. Ouviu-se um bater de portas, o som de um equipamento sendo ligado, e um sopro de ar quente começou a subir por meus tornozelos e meus joelhos. Aurelius abriu uma garrafa térmica e encheu uma caneca de chá de laranja.

— Beba!

Bebi. O chá estava quente e doce.

— Coma!

Dei uma mordida no sanduíche que ele me ofereceu.

No calor do carro, bebendo chá quente e comendo sanduíche de frango, senti-me mais gelada do que nunca. Meus dentes começaram a bater, e eu tremia incontrolavelmente.

— Santo Deus! — exclamava Aurelius baixinho, ao mesmo tempo que ia me dando um bendito sanduíche atrás do outro. — Pobrezinha!

A comida pareceu me fazer recuperar os sentidos.

— O que está fazendo aqui, Aurelius?

— Vim lhe trazer isto — disse ele, virando-se para pegar uma caixa de bolo no assento traseiro.

Colocando a caixa no meu colo, sorriu exultante ao retirar a tampa.

Dentro havia um bolo. Um bolo caseiro. E sobre ele, em letras trabalhadas com glacê, três palavras: *Feliz Aniversário Margaret.*

Eu estava sentindo muito frio para chorar. A combinação de frio e bolo, ao contrário, me fez sair falando. As palavras emergiam, ao acaso, como objetos expelidos por geleiras que derretiam. Canto noturno, um jardim com olhos, irmãs, um bebê, uma colher.

— E ela conhece a casa — balbuciei, enquanto Aurelius secava meu cabelo com papéis-toalha —, a sua casa e da Sra. Love. Ela olhou pela janela e achou que a Sra. Love era uma vovó dos contos de fadas... Você não percebe o que isso quer dizer?

Aurelius balançou a cabeça.

— Mas ela me disse...

— Ela mentiu para você, Aurelius! Quando você foi vê-la com aquele terno marrom, ela mentiu. Ela confessou.

— Deus seja louvado! —exclamou Aurelius. — Como é que você sabia desse meu terno marrom? Tive que fingir que era jornalista, você entende. — Mas então, quando o que eu estava lhe contando começou a fazer sentido, ele disse: — Uma colher igual à minha, você disse? E ela conhecia a casa?

— Ela é sua tia, Aurelius. E Emmeline é sua mãe.

Aurelius parou de alisar-me o cabelo e por um longo momento ficou olhando fixamente pela janela do carro na direção da casa.

— Minha mãe — murmurou —, bem ali.

Fiz que sim com a cabeça.

Fez-se um novo silêncio, e então ele se virou para mim.

— Me leve até ela, Margaret.

Aquilo me despertou de vez.

— O problema, Aurelius, é que ela não está bem.

— Doente? Por isso mesmo é que você *tem que* me levar até ela. Sem demora!

— Não doente, para ser exata. — Como explicar? — Ela ficou ferida no incêndio, Aurelius. E não apenas no rosto. Na mente.

Absorveu essa nova informação, incorporou-a ao seu repertório de perdas e dores, e quando tornou a falar o fez com toda a convicção.

— Me leve até ela.

Teria sido a doença que me fez dar aquela resposta? Teria sido por ser meu aniversário? Teria sido minha própria condição de órfã de mãe? Tudo isso deve ter tido algum peso, mas o mais importante mesmo foi a expressão de Aurelius enquanto aguardava minha resposta. Havia cento e uma razões para eu dizer não ao seu pedido, mas, confrontadas com a ferocidade da premência que ele demonstrava, todas se transformavam em nada.

Eu disse sim.

O Reencontro

O banho pode ter servido para me descongelar, mas não conseguiu aliviar a dor atrás dos meus olhos. Desisti da idéia de trabalhar pelo resto da tarde e voltei para a cama, puxando cobertores extras até a altura das orelhas. Por dentro, eu continuava tremendo. Numa breve cochilada, tive estranhas visões. Hester, papai, as gêmeas e mamãe, visões em que cada um aparecia com o rosto de outro, em que cada um se disfarçava de outro, e até meu próprio rosto me deixava perturbada, transformando-se e alterando-se, ora eu, ora outro. Aparecia no sonho a cabeça brilhante de Aurelius: ele, sempre ele, só ele, sorrindo e afugentando os fantasmas. A escuridão se fechou sobre mim como água, e afundei nas profundezas do sono.

Acordei com dor de cabeça, sentindo dores pelo corpo todo — nas pernas e nos braços, nas juntas, nas costas. Um cansaço que nada tinha a ver com exercícios ou falta de sono me abatia e tornava lento meu raciocínio. A escuridão estava mais espessa. Eu teria dormido além da hora do encontro com Aurelius? Essa idéia me perturbou, mas apenas longinquamente, e longos minutos se passaram até que me sentisse capaz de levantar-me e olhar o relógio. Pois, durante o sono, um sentimento obscuro se formara dentro de mim — Premonição? Nostalgia? Alvoroço? — e dera origem a uma sensação de expectativa. O passado estava voltando! Minha irmã estava próxima. Não havia dúvida. Eu não podia vê-la, não podia sentir-lhe o cheiro, mas meu ouvido interno, sintonizado sempre e unicamente nela, captara suas vibrações, e isso me enchia de uma alegria soporífera e melancólica.

Não havia necessidade de descartar Aurelius. Minha irmã me encontraria, onde quer que eu estivesse. Ela não era minha gêmea? Na verdade, só faltava meia hora para ir encontrá-lo no portão do jardim. Arrastei-me pesadamente da cama, com muito frio e cansada demais para tirar o pijama e vestir-me. Pus uma blusa grossa e um suéter por cima e, bem agasalhada como uma criança numa festa de São João, desci as escadas rumo à cozinha. Judith tinha deixado uma refeição ligeira para mim, mas eu não estava com apetite e a comida permaneceu intocada. Durante uns dez minutos fiquei sentada à mesa da cozinha, ansiando por fechar os olhos, mas não me atrevendo a fazê-lo, com receio de ceder ao torpor que convidava minha cabeça a recostar-se no duro tampo da mesa.

Faltando uns cinco minutos, abri a porta da cozinha e saí para o jardim.

Nenhuma luz vindo da casa, nem das estrelas. Mergulhei na escuridão; a terra fofa sob meus pés e o roçar de folhas e galhos diziam-me que eu saíra da trilha. Vindo não sei de onde, um galho arranhou meu rosto, e eu fechei os olhos para protegê-los. Senti dentro da cabeça uma vibração meio dolorosa, meio eufórica. Percebi tudo. Era a canção dela. Minha irmã vinha vindo.

Cheguei ao lugar marcado. A escuridão agitou-se. Era ele. Minha mão esbarrou nele desajeitadamente, e logo se sentiu aninhada.

— Você está bem?

Ouvi a pergunta, mas ao longe.

— Você está com febre?

As palavras estavam ali; era curioso que não fizessem sentido.

Eu gostaria de ter-lhe contado a respeito das fantásticas vibrações, da minha irmã que estava chegando, que ela estaria ali comigo a qualquer momento. Eu sabia; sabia por causa do calor que irradiava dos sinais de sua presença ao meu lado. Mas o ruído branco dela postou-se entre mim e minhas palavras, emudecendo-me.

Aurelius soltou minha mão para tirar uma luva, e senti a palma de sua mão, estranhamente fria para uma noite quente, na minha testa.

— Você devia estar na cama — disse ele.

Puxei a manga do paletó de Aurelius, um puxão débil, mas suficiente. Ele foi me seguindo pelo jardim com a desenvoltura de uma estátua sobre rodinhas.

Não me lembro de estar com as chaves de Judith na mão, embora fosse natural que as tivesse apanhado. Devemos ter atravessado as longas alamedas que levavam aos aposentos de Emmeline, mas isso também foi varrido da minha mente. Lembro-me, sim, do portão, mas a forma como ele se revela à minha mente, quando nós o alcançamos, é aberto, balançando lentamente, como se estivesse tudo combinado — o que eu sabia que era praticamente impossível. Devo tê-lo destrancado, mas esse pedaço de realidade se perdeu, e a imagem do portão abrindo-se por si mesmo é a que persiste.

Minha lembrança do que se passou naquela noite nos aposentos de Emmeline é toda fragmentada. Períodos inteiros de tempo se perderam, ao passo que outros acontecimentos me parecem ter ocorrido várias e várias vezes em rápida sucessão. Rostos e expressões avultam assustadoramente grandes, Emmeline e Aurelius surgindo como diminutas marionetes a uma enorme distância. Quanto a mim, estava obcecada, sonolenta, enregelada — e dominada durante todo o ocorrido por minha única e irresistível preocupação: minha irmã.

Através de um processo lógico e racional, procurei colocar numa seqüência inteligível imagens que minha mente só registrou parcialmente e de modo aleatório, como os acontecimentos de um sonho.

Aurelius e eu entramos nos aposentos de Emmeline. Pisamos macio sobre o carpete grosso. Fomos de porta em porta até chegarmos a uma sala cuja porta aberta dava para o jardim. À porta, de costas para nós, achava-se uma figura de cabelos brancos. Ela cantarolava. La-la-la-la-la. Aquele mesmo trecho de melodia, sem começo, sem fim, que me perseguira desde que eu chegara à casa; o som que se insinuou pela minha cabeça indo rivalizar em altura com a vibração da minha irmã. A meu lado, Aurelius aguardava que eu nos apresentasse a Emmeline. Mas eu não conseguia falar. O universo se reduzira a um ulular insuportável em minha cabeça; o tempo se prolongava num eterno segundo; eu ficara muda. Levei as mãos aos ouvidos, desesperada para me livrar daquela cacofonia. Percebendo meu gesto, Aurelius falou.

— Margaret!

E, ao ouvir uma voz desconhecida às suas costas, Emmeline se virou.

Tomada de surpresa, a angústia invade seus olhos verdes. Sua boca assume o formato de um "O" retorcido, mas ela não pára de cantarolar — apenas o canto se transforma num lamento agudo, como uma faca em minha cabeça.

Aurelius, em estado de choque, vira-se de mim para Emmeline e fica paralisado de susto pelo rosto despedaçado da mulher que é sua mãe. Como uma tesoura, o som dos lábios dela corta o ar.

Durante algum tempo, sinto-me simultaneamente cega e surda. Quando consigo olhar de novo, Emmeline está agachada, seu lamento transformado em lamúria. Aurelius curva-se sobre ela, que agita as mãos na direção dele. Não sei se ela pretende abraçá-lo ou repeli-lo, mas ele lhe toma a mão e a segura entre as suas.

Mão na mão. Sangue com sangue.

Ele é um monólito de dor.

Na minha cabeça, ainda, um tormento de ruído branco, brilhante.

Minha irmã... Minha irmã...

O mundo recua e me vejo sozinha em meio a uma agonia de ruídos.

Sei o que se passou em seguida, ainda que não consiga lembrar. Aurelius recosta Emmeline suavemente no chão ao ouvir passos no hall. Ouve-se uma exclamação quando Judith se dá conta de que não está com as suas chaves. No tempo que leva para ela ir pegar outro molho — o de Maurice, provavelmente —, Aurelius se lança em direção à porta do jardim e desaparece. Quando, afinal, Judith entra na sala, vê Emmeline no chão e, com um grito de susto, caminha em minha direção.

Mas na hora não sei nada disso. Pois a luz que é a minha irmã me abraça, me possui, deixa-me inconsciente.

Finalmente.

Todo Mundo Tem uma História

A ansiedade, aguda como o olhar intenso e verde da Sra. Winter, alfineta-me até eu acordar. Que nome terei pronunciado durante o sono? Quem tirou minha roupa e me pôs na cama? O que terão deduzido da marca na minha pele? O que aconteceu com Aurelius? E o que eu fiz com Emmeline? Mais do que qualquer outra coisa, o que me deixa especialmente atormentada quando a consciência começa devagar a emergir do sono é o rosto desfeito dela.

Quando acordo não sei que dia é, que horas são. Judith está ali; vê que eu me mexo e leva um copo aos meus lábios. Bebo.

Antes que eu possa dizer alguma coisa, o sono toma conta de mim outra vez.

Quando acordei pela segunda vez, vi a Sra. Winter ao pé da minha cama, com um livro na mão. Sua cadeira estava coberta com as almofadas de veludo, como sempre, mas os tufos de cabelo descorado em seu rosto nu faziam-na parecer uma criança travessa brincando de subir no trono da rainha.

Ouvindo que eu me mexia, ergueu a cabeça do livro.

— O Dr. Clifton veio. Você teve febre bem alta.

Não respondi.

— Não sabíamos que era seu aniversário — prosseguiu ela. — Não conseguimos achar um cartão. Não somos muito de aniversários por aqui. Mas lhe trouxemos umas flores do jardim.

No vaso havia uns galhos escuros, sem folhas, mas com flores de um vermelho vivo em toda a extensão, enchendo o ar de um perfume doce, estonteante.

— Como a senhora soube do meu aniversário?

— Você falou. Enquanto dormia. Quando é que vai me contar *sua* história, Margaret?

— Eu? Não tenho história nenhuma — disse.

— Claro que tem. Todo mundo tem uma história.

— Eu, não. — Balancei a cabeça. Dentro dela eu ouvia o eco de palavras indistintas que devia ter falado durante o sono.

A Sra. Winter marcou a página com uma fita e fechou o livro.

— Todo mundo tem uma história. É como membros da família. Você pode não saber quem são, pode ter se esquecido, mas continuam existindo. Pode deixá-los de lado, ou virar-lhes as costas, mas não pode dizer que não tem. A mesma coisa com as histórias. Portanto — concluiu ela —, todo mundo tem uma história. Quando é que vai me contar a sua?

— Nunca.

Ela inclinou a cabeça de lado e esperou que eu prosseguisse.

— Nunca contei minha história a ninguém. *Se* é que tenho uma, bem entendido. E não vejo razão para mudar agora.

— Compreendo — disse ela baixinho, balançando a cabeça como se de fato compreendesse. — Bem, claro que isso é só da sua conta. — Ela apoiou a mão no colo e ficou olhando para a palma destruída. — Você tem toda a liberdade para não dizer nada, se é assim que prefere. Mas o silêncio não é um ambiente natural para as histórias. Elas requerem palavras. Sem elas, as histórias vão empalidecendo, definhando e morrem. E aí acabam assombrando você. — Seus olhos voltaram-se para mim. — Acredite em mim, Margaret. Eu sei.

Dormia por longos períodos de tempo, e, quando quer que eu acordasse, havia uma comida de doente ao lado da minha cama, que Judith havia preparado. Dava uma ou duas garfadas, não mais do que isso. Quando Judith voltava para recolher a bandeja, não conseguia esconder o desapontamento ao ver o que eu deixara no prato, embora não fizesse qualquer comentário. Eu não estava sentindo dor nenhuma — nem dor de cabeça, nem calafrios, nem mal-estar —, somente uma fraqueza profunda e um remorso que me pesavam fundo na consciência e no coração. O que fizera com Emmeline? E com Aurelius? Durante minhas horas insones eu era atormentada pela lembrança daquela noite; no sono, a culpa me perseguia.

— Como está Emmeline? — perguntava a Judith. — Está bem?

As respostas eram vagas: por que me preocupar com Emmeline quando eu mesma estava mal? Emmeline não andava bem havia muito tempo. Emmeline estava ficando velha.

A relutância dela em fornecer-me detalhes revelava tudo o que eu precisava saber. Emmeline não estava bem. E a culpa era minha.

Quanto a Aurelius, a única coisa que eu podia fazer era escrever. Logo que me senti capaz, pedi a Judith caneta e papel e, recostada num travesseiro, rabisquei uma carta. Não satisfeita, tentei outra, e mais outra. Nunca sentira tamanha dificuldade com as palavras. Quando minha colcha já se achava tão coberta de versões descartadas que eu mesma estava entrando em desespero, escolhi uma ao acaso e fiz uma cópia caprichada:

Querido Aurelius,

Você está bem?

Lamento muito o que aconteceu. Jamais pretendi magoar ninguém.

Fiquei enlouquecida, não foi?

Quando poderei vê-lo?

Ainda somos amigos?

Margaret.

Foi o melhor que pude fazer.

O Dr. Clifton apareceu. Auscultou meu coração e me fez um monte de perguntas.

— Insônia? Sono irregular? Pesadelos?

Fiz que sim com a cabeça três vezes.

— Foi o que pensei. — Pegou um termômetro e me ajudou a colocá-lo debaixo da língua, em seguida se levantou e foi até a janela. De costas para mim, perguntou: — E o que você lê?

Com o termômetro na boca, não consegui responder.

— Leu *O morro dos ventos uivantes*?

— Humm-humm.

— E *Jane Eyre*?

— Hum.

— *Razão e sensibilidade?*

— Hum.

Ele se virou e me encarou, sério.

— Imagino que já leu esses livros mais de uma vez, não?

Concordei com a cabeça, e ele franziu o cenho.

— Leu e releu? Muitas vezes?

Novamente balancei a cabeça concordando, e ele franziu ainda mais o cenho.

— Desde criança?

Suas perguntas me deixaram desconcertada, mas a gravidade do seu olhar levou-me a concordar com a cabeça mais uma vez.

Por baixo das sobrancelhas escuras, seus olhos se estreitaram. Eu estava vendo na prática como ele devia assustar seus pacientes, que ficavam bons só para se verem livres dele.

Em seguida se curvou sobre mim para verificar o termômetro.

As pessoas parecem diferentes vistas de perto. Uma sobrancelha escura não deixa de ser uma sobrancelha escura, mas nesse caso é possível ver como os pequenos pêlos se alinham. Os últimos pêlos da sobrancelha, bem fininhos, quase invisíveis, espraiando-se na direção das têmporas, apontando para o caracol das orelhas. Nos grãos de pele, alinhados bem próximos, havia pontudos fios de barba. Lá estavam de novo: aquele quase imperceptível movimento das narinas, aquele repuxo no canto da boca. Sempre os interpretei como expressão de severidade, como sinal de que ele fazia pouco de mim; mas agora, vendo-o assim tão próximo, ocorreu-me que, afinal de contas, aquilo podia não ser crítica. Seria possível, pensei, que o Dr. Clifton estivesse secretamente *zombando* de mim?

Tirou o termômetro da minha boca, cruzou os braços e deu o diagnóstico.

— Você está sofrendo de uma enfermidade que ataca as moças de imaginação romântica. Os sintomas são desmaios, fraqueza, perda de apetite, desânimo. Num primeiro nível, pode-se atribuir a crise ao fato de você ter andado debaixo de uma chuva gelada sem a proteção adequada; a causa profunda, entretanto, provavelmente será encontrada em algum trauma emocional. Porém, ao contrário das heroínas dos seus romances prediletos, a sua constituição física não foi debilitada pelas privações da vida típicas de séculos passados, bem mais penosos. Nada de tuberculose, nada de poliomielite, nada de condições de vida insalubres. Você vai sobreviver.

Olhou-me bem nos olhos, e não fui capaz de desviá-los quando ele disse:

— Você não come direito.

— Não sinto fome.

— *L'appétit vient en mangeant.*

— O apetite vem enquanto se come — traduzi.

— Exatamente. A fome vai voltar. Mas você precisa ir ao encontro dela. Tem de desejar que volte.

Foi minha vez de franzir o cenho.

— O tratamento não tem nada de complicado: é comer, descansar, e tomar isto... — Fez algumas anotações num bloco, arrancou a folha e colocou-a na minha mesinha-de-cabeceira. — A fraqueza e o cansaço desaparecerão em poucos dias. — Pegou sua valise e guardou a caneta e o bloco de papel. Em seguida, levantando-se para ir embora, hesitou. — Queria lhe perguntar sobre esses seus sonhos, mas desconfio que você não gostaria de falar sobre isso.

Lancei-lhe um olhar pétreo.

— Não gostaria, não.

Seu rosto disse tudo.

— Imaginei.

Da porta, ele me cumprimentou, e se foi.

Fui olhar a prescrição. Em garranchos vigorosos ele deixara escrito: *Sir Arthur Conan Doyle, As aventuras de Sherlock Holmes. Tome dez páginas, duas vezes ao dia, até o fim do tratamento.*

Os Dias de Dezembro

Em obediência às instruções do Dr. Clifton, passei dois dias de cama, comendo, dormindo e lendo Sherlock Holmes. Confesso que tomei uma overdose do tratamento prescrito, engolindo uma história atrás da outra. Antes de terminar o segundo dia, Judith já tinha descido à biblioteca para pegar outro volume de Conan Doyle. Ela se tornara subitamente amável para comigo desde que eu caíra doente. E não foi só o fato de se preocupar comigo que a fez mudar — por mais que ela *estivesse mesmo* preocupada —, mas também porque agora a presença de Emmeline na casa não era mais segredo. Ela se sentia livre para permitir que suas preferências naturais regessem suas relações comigo, em vez de ficar permanentemente em guarda.

— E ela nunca falou nada com você sobre a décima terceira história? — perguntou-me, pensativamente, um dia.

— Nem uma palavra. E com você?

Ela balançou a cabeça.

— Nunca. Curioso, não é? Depois de escrever tanta coisa, a história mais famosa é uma que nem sequer existe... Já pensou? Ela provavelmente pode lançar um livro com *todas* as histórias faltando e ainda assim é bem capaz de ele vender que nem banana. — E em seguida, com um balançar de cabeça para clarear o pensamento, e em outro tom: — E então, o que acha do Dr. Clifton, hein?

Quando o Dr. Clifton deu uma passadinha para ver como eu estava, seu olho bateu nos volumes sobre a minha mesa-de-cabeceira; não fez qualquer comentário, mas suas narinas tremeram.

No terceiro dia, sentindo-me como se tivesse nascido de novo, levantei-me. Quando puxei as cortinas, meu quarto foi invadido por uma luz pura, límpida. Do lado de fora, um azul radiante, sem nuvens, estendia-se por todo o horizonte, e sob ele o jardim faiscava de gelo. Era como se nesses longos dias encobertos a luz tivesse se acumulado por trás das nuvens, e agora, que as nuvens haviam ido embora, nada pudesse impedi-la de jorrar, encharcando-nos de claridade por pelo menos duas semanas, seguramente. Piscando ante tamanho brilho, senti como se a vida começasse a fluir com preguiça em minhas veias.

Antes do café-da-manhã, dei uma saída. Devagar e cautelosamente caminhei em volta do gramado com Sombra nos meus calcanhares. O chão sob meus pés estava crestado e por toda a parte o sol faiscava sobre a folhagem congelada. A relva coberta de orvalho igualmente congelado deixava-se marcar pelas solas dos meus sapatos, mas a meu lado Sombra seguia como um fantasma elegante, sem deixar pegadas. De início o ar frio e seco parecia uma faca em minha garganta, mas aos poucos ele me rejuvenesceu, e aproveitei o passeio. Entretanto, alguns minutos bastaram; com as bochechas ardendo, os dedos rosados e as pontas dos pés dormentes, fiquei feliz em voltar para dentro, e Sombra idem. Primeiro o café-da-manhã, depois o sofá da biblioteca, a lareira crepitando, e alguma coisa para ler.

Eu avaliava o quanto tinha melhorado pelo fato de que meus pensamentos não estavam voltados para os tesouros da biblioteca da Sra. Winter, e sim para a história dela. Lá em cima, recolhi minha pilha de papel, que deixara de lado desde que caíra de cama, e trouxe-a para baixo, de volta ao calor da lareira, onde, com Sombra ao meu lado, passei a melhor parte das horas diurnas lendo. Li, li e li, repassando a história toda mais uma vez, recordando seus quebra-cabeças, seus mistérios e segredos. Mas não houve revelações. Ao final, senti-me tão frustrada quanto antes de começar. Alguém teria mexido na escada de John Cavador? Mas quem? E o que Hester teria visto quando achou que vira um fantasma? E, o mais inexplicável de tudo, como é que Adeline — aquela criança violenta, arredia, incapaz de se comunicar com alguém que não sua irmã deficiente mental e capaz de atos abomináveis de destruição vegetal — veio a se transformar na Sra. Winter, a autora disciplinada de dezenas de bestsellers e, ademais, responsável por um jardim tão maravilhoso?

Empurrei a pilha de papéis para o lado, acariciei Sombra e olhei fixamente para o fogo, ansiando pelo consolo de uma história em que tudo fosse planejado com antecedência, em que a confusão do meio fosse criada unicamente para me entreter e em que eu fosse capaz de avaliar o quão distante estava a solução só pelo número de páginas que faltavam. Não tinha idéia de quantas páginas levaria para completar a história de Emmeline e Adeline, nem mesmo se haveria tempo para terminá-la.

A despeito de achar-me absorta em minhas anotações, não pude deixar de me perguntar por que eu não tinha visto a Sra. Winter. Toda vez que queria saber dela, Judith me dava a mesma resposta: está com Emmeline. Até a noitinha, quando veio com uma mensagem da própria Sra. Winter: eu estaria me sentindo bem para ler um pouco para ela antes da ceia?

Quando fui ao seu encontro, encontrei um livro — *O segredo de Lady Audley* — sobre a mesa ao lado da Sra. Winter. Abri-o na página marcada e fui lendo. Mas só havia lido um capítulo e parei, sentindo que ela queria me dizer alguma coisa.

— O que aconteceu *mesmo* naquela noite? — perguntou a Sra. Winter. — Na noite em que você caiu doente.

Fiquei nervosamente feliz com a oportunidade de me explicar.

— Eu já sabia que Emmeline estava na casa. Eu a tinha visto à noite. No jardim. Descobri seus aposentos. Naquela noite, trouxe alguém para vê-la. Emmeline se assustou. A última coisa que eu pretendia era assustá-la. Mas ela foi tomada de surpresa quando nos viu, e... — Minha voz ficou presa na garganta.

— Você sabe que não é sua culpa. Não se preocupe. O choro e o colapso nervoso são coisas que eu, Judith e o doutor já presenciamos inúmeras vezes antes. Se alguém é culpada, sou eu, por não ter deixado você saber logo que ela estava aqui. Tenho uma tendência a ser superprotetora. Foi bobagem minha não ter lhe contado. — Ela fez uma pausa. — Não vai me dizer quem você trouxe para vê-la?

— Emmeline teve um filho — disse eu. — Ele é a pessoa que veio comigo. O homem do terno marrom. — E depois de dizer o que eu sabia, as perguntas cujas respostas eu não conhecia acorreram aos meus lábios, como se minha própria franqueza pudesse estimulá-la a também ser sincera em troca. — O que Emmeline estava procurando no jardim? Ela estava tentando cavar algo quando a vi. Ela faz isso freqüentemente: Maurice diz que é obra de raposas, mas eu sei que não é.

A Sra. Winter ficou calada e imóvel.

— *Os mortos vão para debaixo da terra* — citei. — Foi o que ela me disse. Quem é que ela pensa que está enterrado? Seu filho? Hester? Quem ela tanto procura debaixo da terra?

Ela murmurou algo e, embora débil, imediatamente despertou a memória perdida do pronunciamento rouco que Emmeline me fizera no jardim. As mesmas palavras!

— Foi isso? — acrescentou a Sra. Winter. — Foi isso o que ela disse?

Fiz que sim com a cabeça.

— Na linguagem gêmea?

Concordei de novo com a cabeça.

Olhou-me com interesse.

— Você está indo muito bem, Margaret. Melhor do que eu imaginava. A questão é que o timing desta história está ficando fora de controle. Estamos adiante de nós mesmas. — Ela se interrompeu — Eu disse que queria lhe contar a verdade, Margaret. E vou fazê-lo. Mas, antes de contar-lhe, algo precisa acontecer. Está para acontecer, mas ainda não aconteceu.

— O quê...?

Mas, antes que eu concluísse a pergunta, ela balançou a cabeça.

— Vamos voltar à Sra. Audley e seu segredo, está bem?

Li por mais meia hora, mas minha cabeça não estava na história, e tive a impressão de que a atenção da Sra. Winter também vagava. Quando Judith bateu à porta chamando para a ceia, fechei o livro e o pus de lado, e, como se não tivesse havido qualquer interrupção, como se fosse continuação da conversa que estávamos tendo antes, ela disse:

— Se não estiver cansada, por que não vai ver Emmeline hoje à noite?

As Irmãs

Quando chegou a hora, fui aos aposentos de Emmeline. Era a primeira vez que ia como convidada e a primeira coisa que notei, antes mesmo de entrar no quarto, foi a densidade do silêncio. Parei à porta — elas ainda não haviam percebido minha presença — e me dei conta de que estavam cochichando. No limite do inaudível, o atrito do ar nas cordas vocais fazia ondular a atmosfera. Implosivas macias sumiam antes que eu pudesse ouvi-las, sibilantes abafadas podiam ser confundidas com o som do meu próprio sangue em meu ouvido. Toda vez que eu achava que havia cessado, um sussurro baixo roçava meus ouvidos como se uma borboleta tivesse pousado em meu cabelo e logo voltasse a bater asas.

Pigarreei.

— Margaret. — A Sra. Winter, com a cadeira de rodas ao lado da irmã, apontou para uma cadeira do outro lado da cama. — Que bom vê-la.

Olhei para o rosto de Emmeline no travesseiro. O vermelho e o branco eram os mesmos vermelho e branco das cicatrizes e queimaduras que eu vira anteriormente; ela não tinha perdido nada da aparência rechonchuda e bem nutrida; o cabelo continuava o mesmo emaranhado branco. Seu olhar vagava distraidamente pelo teto; parecia indiferente à minha presença. Onde estava a diferença? Porque ela *estava* diferente. Alguma alteração tivera lugar nela, uma mudança instantaneamente visível aos meus olhos, apesar de difícil de explicar. Mas ela não tinha perdido nada de sua força. Um braço surgiu para fora do cobertor e nele ela mantinha firmemente presa a mão da Sra. Winter.

— Como vai, Emmeline? — perguntei, nervosa.

— Ela não está muito bem — respondeu a Sra. Winter.

Ela também estava mudada nos últimos dias. Mas nela a doença era uma espécie de destilação: quanto mais a consumia, mais expunha sua essência. A cada vez que eu a via ela me parecia mais minguada: mais magra, mais débil, mais transparente, e quanto mais fraca ia ficando, mais o seu aço interior se revelava. Fosse como fosse, a mão que Emmeline apertava com seu punho roliço era esguia e frágil.

— Vocês querem que eu leia um pouco? — perguntei.

— Sem dúvida.

Li um capítulo. Mas logo: "Dormiu", murmurou a Sra. Winter. Os olhos de Emmeline estavam fechados; sua respiração era profunda e regular. Tinha afrouxado o aperto na mão da irmã, e a Sra. Winter friccionava-lhe o pulso para devolver-lhe vida. Seus dedos já começavam a ficar feridos.

Vendo a direção do meu olhar, ela cobriu as mãos com o xale.

— Lamento essa interrupção no nosso trabalho — disse ela. — Já precisei mandar você embora uma vez, quando Emmeline adoeceu. E agora eu também necessito passar algum tempo com ela, e nosso projeto precisa esperar. Mas não vai demorar muito agora. E o Natal está chegando. Você deve estar querendo ficar com a sua família. Quando voltar, depois do feriado, vamos ver como as coisas andam. Eu espero — a pausa foi breve — que então tenhamos condições de trabalhar de novo.

Não captei de imediato o que ela queria dizer. As palavras eram ambíguas; sua voz é que era reveladora. Meus olhos desceram sobre o rosto adormecido de Emmeline.

— A senhora está dizendo...?

A Sra. Winter suspirou.

— Não se impressione com o fato de ela parecer tão forte. Ela está doente há bastante tempo. Durante anos tive certeza de que iria viver para vê-la partir antes de mim. Quando fiquei doente, não me senti mais tão segura. E agora parece que estamos numa corrida em direção à linha de chegada.

Então era isso o que estávamos esperando. O acontecimento sem o qual a história não poderia terminar.

De repente minha garganta ficou seca, e meu coração horrorizou-se como o de uma criança.

Emmeline estava morrendo. Morrendo.

— É minha culpa?

— Culpa sua? Como poderia ser culpa sua? — A Sra. Winter abanou a cabeça. — Aquela noite não teve nada a ver com isso. — Ela lançou-me um dos seus velhos olhares penetrantes, que percebiam mais do que eu desejaria revelar. — Por que isso a incomoda tanto, Margaret? Minha irmã é uma estranha para você. E é só por pena de mim que você se angustia tanto, não é? Diga-me, Margaret, qual é o problema?

Ela não estava totalmente errada. Eu sentia mesmo pena dela. Pois acreditava saber o que a Sra. Winter estava atravessando. Ela estava prestes a se juntar a mim no rol das amputadas. Gêmeas separadas são almas pela metade. A linha entre a vida e a morte é estreita e escura, e uma gêmea separada vive mais perto dessa linha do que a maioria das pessoas. Embora se mostrasse quase sempre irascível e caprichosa, eu aprendera a gostar da Sra. Winter. Gostava, em especial, da menina que ela um dia fora e que atualmente emergia com maior freqüência. Com seu cabelo cortado rente, o rosto nu, mãos frágeis despidas de jóias pesadas, ela parecia cada dia mais criança. Para mim, era essa criança que estava perdendo a irmã — e nesse ponto é que a tristeza da Sra. Winter se encontrava com a minha. Seu drama iria ser representado aqui nesta casa, em dias que estavam por vir, e era o mesmo drama que marcara minha vida, muito embora, no meu caso, ele tenha ocorrido numa época de que eu não tinha como me lembrar.

Observei o rosto de Emmeline no travesseiro. Ela estava se aproximando da linha divisória que já me havia separado da minha irmã. Logo ela a atravessaria e estaria perdida para nós, mais uma recém-chegada àquele outro lugar. Senti um desejo absurdo de sussurrar em seu ouvido alguma mensagem para minha irmã, confiada àquela que logo a iria ver. Mas o que dizer?

Notei o olhar curioso da Sra. Winter em meu rosto e refreei meu desatino.

— Quanto tempo? — quis saber.

— Dias. Talvez uma semana. Não muito.

Sentei-me até tarde aquela noite com a Sra. Winter. E também me encontrava lá de novo, ao lado da cama de Emmeline, no dia seguinte. Nós nos sentávamos, lendo em voz alta ou em silêncio por longos períodos, só com o Dr. Clifton interrompendo nossa vigília. Ele parecia achar minha presença ali uma coisa perfeitamente natural e me incluía no mesmo sorriso circunspecto com que brindava a Sra. Winter quando falava gentilmente da lamentável situação de Emmeline. E às vezes ele ficava sentado conosco por uma hora ou mais, compartilhando nosso limbo, ouvindo-me ler. Livros de qualquer estante, abertos em qualquer página, que eu começava e terminava em qualquer ponto, por vezes até no meio de uma frase. *O morro dos ventos uivantes* transformou-se em *Emma*, que deu lugar a *Os diamantes de Eustáquio*, que virou *Tempos difíceis*, e logo *A mulher de branco*. Fragmentos. Eu não me importava. A arte — sua inteireza, sua conformação, sua completude — não tem o poder de confortar. As palavras, por seu turno, eram um salva-vidas. Elas deixavam seu ritmo tranqüilo atrás de si, um marcador para o lento ir e vir da respiração de Emmeline.

Assim se passou o dia, e no seguinte seria a véspera do Natal, dia da minha partida. Por um lado, eu não queria ir. O silêncio daquela casa, a solidão esplêndida que o jardim proporcionava eram tudo o que eu pretendia do mundo nesse momento. A loja e meu pai pareciam muito pequenos e distantes, minha mãe — como de hábito — ainda mais. Quanto ao Natal... Na nossa casa, as festas de fim de ano caíam perto demais do meu aniversário para que mamãe tivesse condições de suportar as comemorações pelo nascimento do filho de uma outra mulher, não importa quanto tempo atrás tenha sido. Eu pensava em papai, abrindo os cartões de Natal dos poucos amigos da família, arrumando sobre a lareira o inócuo Papai

Noel, imagens de neve e passarinhos, e separando aquelas em que aparecesse Nossa Senhora. Todo ano ele juntava um monte de imagens coloridas da mãe olhando em êxtase para seu único, perfeito, absoluto menino, o menino olhando-a de volta, os dois compondo um círculo bem-aventurado de amor e plenitude. Todo ano elas iam para o depósito, todas elas.

A Sra. Winter, eu sabia, não faria objeção caso eu pedisse para ficar. Talvez até ficasse feliz de ter companhia para os dias que se seguiriam. Mas não pedi. Não podia. Tinha visto o declínio de Emmeline. À medida que ela ficava mais fraca, a mão em meu coração apertava mais forte, e minha angústia crescente dizia-me que o fim não estava muito longe. Podia ser covardia da minha parte, mas o Natal era minha chance de escapar, e não a perdi.

À tarde fui para o quarto fazer as malas, depois voltei aos aposentos de Emmeline para me despedir da Sra. Winter. Todos os sussurros das irmãs estavam no ar; a obscuridade era ainda mais pesada. A Sra. Winter tinha um livro no colo, mas se o estivera lendo, não poderia fazê-lo por muito mais tempo; em vez disso, seus olhos observavam com tristeza o rosto da irmã. Na cama, Emmeline jazia imóvel, as cobertas subindo e descendo suavemente ao ritmo de sua respiração. De olhos fechados, parecia dormir profundamente.

— Margaret — murmurou a Sra. Winter, apontando-me uma cadeira. Parecia ter gostado de que eu tivesse vindo. Esperamos juntas a luz desaparecer, atentas à respiração de Emmeline.

Entre nós duas, no leito de doente, a maré da respiração de Emmeline ressoava, em ritmo suave, imperturbável, calmo como o som de ondas numa praia.

A Sra. Winter não falava; também fiquei em silêncio, compondo em minha mente mensagens impossíveis para enviar à minha irmã por intermédio desta viajante iminente ao outro mundo. A cada exalação, o quarto parecia se encher de uma tristeza mais profunda e duradoura.

Contra a janela, uma silhueta escura: a Sra. Winter.

— Tome isto — disse ela, e um movimento na escuridão me mostrou que ela estendia algo em minha direção por cima da cama.

Meus dedos se fecharam sobre um objeto retangular de couro, com fecho de metal. Uma espécie de livro.

— Da caixa de tesouro de Emmeline. Não será mais necessário. Vá. Leia. Quando você voltar, conversaremos.

Com o livro na mão, cruzei o quarto rumo à porta, tateando e adivinhando o caminho pela posição dos móveis. Atrás de mim, a maré da respiração de Emmeline avançava e retrocedia.

Um Diário e um Trem

O diário de Hester estava bem maltratado. Faltava a chave, e o fecho tinha tanta ferrugem que deixava manchas alaranjadas nos dedos. As três primeiras páginas estavam coladas devido à goma que se derretera da capa interna. A última palavra de cada página se dissolvia formando uma espécie de maré escura, como se o diário tivesse ficado exposto à sujeira e à umidade ao mesmo tempo. Algumas páginas haviam sido arrancadas; em suas margens restara uma coluna intrigante de fragmentos de palavras: *abn*, *cr*, *ta*, *est*. O pior de tudo é que, em algum momento, o diário deve ter mergulhado na água. As páginas ondulavam e, quando fechado, ele como que inchava, dando a impressão de ser mais grosso do que era.

Essa submersão é que iria me causar a maior dificuldade. Bastava olhar uma página para ver que fora manuscrita. Não era a letra de qualquer pessoa, mas a de Hester. Lá estavam seus traços firmes ascendentes, suas filigranas fluidas, equilibradas; lá estavam as inclinações suaves, suas lacunas econômicas mas funcionais. Contudo, olhando mais de perto, as palavras estavam borradas e meio apagadas. Aquela linha seria um *l* ou um *t*? E esta curva, seria de um *a* ou de um *e*? Ou de um *s*? Tal passagem deveria ser lida como *certo* ou *conto*?

Ia ser praticamente um quebra-cabeça. Embora minha idéia fosse fazer, oportunamente, uma cópia do diário, naquele dia, devido ao feriado, o trem estava cheio demais para eu usar papel e lápis. Curvei-me no assento, com o diário colado ao nariz, estudando minuciosamente as páginas, aplicando-me à tarefa de decifração. Inicialmente, só consegui entender uma palavra de cada três, mas, depois que penetrei no fluxo do conteúdo, as palavras começaram a vir ao meu encontro, recompensando meus esforços com generosas revelações, até eu ser capaz de virar as páginas com uma certa velocidade de leitura. Naquele trem, na véspera do Natal, Hester ganhou vida.

Não vou abusar da sua paciência reproduzindo aqui o diário de Hester tal como ele veio ter às minhas mãos: fragmentado e partido. Assim como faria a própria Hester, fiz correções e organizei tudo. Eliminei a confusão e a desordem, substituí dúvidas por certezas, sombras por clareza, lacunas por conteúdo. Ao fazê-lo, possivelmente coloquei em suas páginas palavras que ela jamais escreveu, mas posso jurar que, se cometi algum equívoco, foi só nas coisas menores; no que importa, procurei ser detalhista e escrupulosa até ter a certeza possível de haver captado o sentido original.

Não estou revelando o diário completo, mas apenas uma seleção editada de alguns trechos. Minhas escolhas foram ditadas, primeiramente, por questões relevantes ao meu propósito de contar a história da Sra. Winter e, em segundo lugar, pelo desejo de apresentar uma impressão correta da vida de Hester em Angelfield.

A mansão de Angelfield é bem apresentável a distância, embora sua frente esteja virada para o lado errado e as janelas se achem mal posicionadas. Mas quem chega mais próximo, percebe imediatamente o estado de dilapidação a que tem sido submetida. Partes da estrutura de pedra encontram-se perigosamente expostas às intempéries. As molduras das janelas estão apodrecendo. E parece que partes do telhado foram comprometidas pelos temporais. Vou ter de dar prioridade à verificação dos forros nos cômodos do sótão.

A empregada da casa veio receber-me à porta. Embora tenha tentado esconder, notei logo que ela tem dificuldades para ver e ouvir. Pela idade avançada, não me surpreende. Isso também explica o estado deplorável da casa, mas suponho que a família Angelfield não vai querer despedi-la após uma vida inteira de serviços prestados à casa. Aprecio sua lealdade, embora não entenda por que ela não possa ser ajudada por mãos mais jovens e mais fortes.

A Sra. Dunne falou-me sobre a vida doméstica. A família vive aqui há muitos anos com um número de empregados que muitos agora poderiam considerar bastante reduzido, mas que já virou parte dos costumes da casa. Exatamente por que é assim ainda não sei, mas o que sei com certeza é que, além da própria família, só há a Sra. Dunne e um jardineiro chamando John Digence. Existem cervos (ainda que não ocorram mais caçadas), mas o homem que cuida deles nunca é visto em torno da casa; ele recebe ordens do mesmo procurador que me contratou e que atua como uma espécie de administrador dos bens, se é que isso é administração de bens. É a própria Sra. Dunne que lida com as finanças normais da vida doméstica. Imaginei que Charles Angelfield fizesse o controle das despesas semanalmente, mas a Sra. Dunne riu e perguntou-me se eu achava que ela tinha cara de quem ficava anotando números num livro. Eu não sei, mas acho isso tudo altamente heterodoxo. Não que considere a Sra. Dunne pouco confiável. Pelo que vi, ela tem todo o jeito de ser uma mulher de bom coração, honesta, e minha esperança é que, quando vier a conhecê-la melhor, eu possa atribuir suas reticências inteiramente à surdez. Fiz um bilhete ao Sr. Angelfield mostrando as vantagens de manter registros precisos e achei que devia oferecer-me para assumir a tarefa, caso ele estivesse ocupado demais.

Pensando a esse respeito, comecei a achar que já era tempo de conhecer meu patrão, e não poderia ter ficado mais surpresa quando a Sra. Dunne contou-me que ele passava o dia inteiro no antigo quarto das crianças e não costumava sair de lá. Após uma série interminável de perguntas, finalmente me dei conta de que ele sofria de algum distúrbio mental. Que pena! Existe alguma coisa mais triste do que um cérebro cujas funções foram destruídas?

A Sra. Dunne ofereceu-me chá (que eu fingi tomar por educação, mas que logo despejei na pia por não confiar na limpeza da xícara, tendo em vista o estado da cozinha) e falou-me um pouco sobre ela. Está na faixa dos 80, nunca se casou e viveu aqui a vida toda. Naturalmente, a nossa conversa descambou para o assunto da família. A Sra. Dunne conheceu a mãe das gêmeas desde criança. Confirmou aquilo que eu já havia entendido: que a ida recente da mãe para um asilo, em função de problemas mentais, é que precipitara minha contratação. Ela me fez um relato tão confuso dos acontecimentos que redundaram no recolhimento da mãe que não consegui descobrir se ela havia ou não atacado a mulher do médico com um violino. Pouco importa: certamente há uma história familiar de distúrbios no cérebro, e confesso que meu coração bateu um pouco mais acelerado quando vi que isso se confirmava. Que prazer para uma governanta ter sob seu encargo mentes que já seguiam caminhos livres e desimpedidos? Que desafio conservar ordenado o pensamento de crianças cujas mentes já estavam nos trilhos? Eu não apenas me sinto preparada para este emprego, como passei anos ansiando por ele. Aqui vou poder, afinal, avaliar se os meus métodos funcionam de fato!

Quis saber sobre a família do pai — pois, embora o Sr. March tenha falecido e as crianças nunca o tenham conhecido, seu sangue sempre era o delas e tinha influência sobre suas naturezas. Mas a Sra. Dunne pôde falar-me muito pouco. Em vez disso, começou a contar um monte de histórias envolvendo a mãe e o tio, que continham (se lidas nas entrelinhas, como tenho certeza era o que ela pretendia) alusões a algo escandaloso... Claro que o que ela deixava transparecer não era absolutamente verossímil, ao menos na Inglaterra, e suspeito que ela seja meio fantasiosa. A imaginação é algo saudável, e sem ela uma grande quantidade de descobertas científicas não poderia ter sido realizada; mas é preciso trabalhar duro e diariamente sobre algum objetivo relevante para se chegar a algum resultado. Deixada à solta, ela tende a cair no disparate. Talvez fosse a idade que estivesse fazendo sua mente delirar, pois em outros aspectos ela se mostrava uma pessoa boa, e não do tipo que fazia fofoca só por fazer. De qualquer forma, logo tratei de tirar vigorosamente o assunto da cabeça.

Enquanto escrevo, ouço barulhos do lado de fora do meu quarto. As garotas saíram do esconderijo e estão circulando pela casa. Não conhecem limites, podem fazer o que bem entendem. Elas se beneficiarão muito do regime de ordem, higiene e disciplina que pretendo implantar na casa. Não vou atrás delas. Sem dúvida é isso que esperam que eu faça, e o meu objetivo nesta etapa do trabalho é desconcertá-las.

A Sra. Dunne mostrou-me os aposentos do andar térreo. Está tudo imundo, todas as superfícies cobertas de pó, as cortinas em farrapos, embora ela não possa ver e pense nelas do jeito que eram anos atrás, nos tempos do avô das gêmeas, quando a casa era cheia de empregados. Há um piano que parece difícil de salvar, mas vou ver o que pode ser feito, e uma biblioteca que pode estar plena de conhecimento tão logo a poeira seja varrida e seja possível ver o que ela contém.

Os outros andares, fui explorá-los sozinha, por não querer submeter a Sra. Dunne a tantos lances de escada de uma vez só. No primeiro pavimento julguei ouvir cochichos, umas risadinhas abafadas. Tinha encontrado meus desafios. Elas haviam trancado a porta e fizeram silêncio quando girei a maçaneta. Chamei por elas uma única vez e deixei-as em paz; segui para o segundo andar. Minha regra básica é não caçar as presas, mas amestrá-las para que venham até mim.

Os cômodos do segundo andar estavam na mais terrível desordem. Sujos, mas isso eu até já esperava. Infiltrações no teto (esperava mais) e fungos crescendo em algumas tábuas apodrecidas do assoalho. Este é um ambiente totalmente insalubre para o desenvolvimento de crianças. Estavam faltando algumas tábuas, que pareciam ter sido deliberadamente removidas. Eu precisava falar com o Sr. Angelfield para consertá-las. Tinha de mostrar-lhe que alguém podia cair lá embaixo ou, no mínimo, torcer o tornozelo. Todas as dobradiças precisavam de óleo, e as esquadrias das portas estavam empenadas. Em toda parte que eu ia eram guinchos de portas balançando nos gonzos, tábuas rangendo e correntes de ar que faziam as cortinas esvoaçar, embora fosse impossível dizer exatamente de onde elas vinham.

Voltei para a cozinha o mais rápido que pude. A Sra. Dunne preparava o jantar, e eu não estava disposta a comer comida feita em panelas sujas como as que eu tinha visto, por isso mergulhei de cabeça na enorme pilha de louça para lavar (isso depois de dar a maior esfregadela que aquela pia já conhecera em décadas) e fiquei de olho nela durante todo o preparo. Ela fez o melhor que pôde.

As garotas não quiseram descer para jantar. Chamei-as só uma vez, e pronto. A Sra. Dunne era mais pela insistência e o convencimento, mas fiz-lhe ver que tinha os meus métodos e que ela devia tomar o meu partido.

O médico veio jantar. Como já fora avisada, o chefe da família não apareceu. Pensei que o médico ficaria ofendido, mas pareceu encarar aquilo de modo inteiramente normal. Assim, éramos só nós dois, e a Sra. Dunne dando o melhor de si para servir à mesa, porém exigindo muito a minha ajuda.

O médico é um homem inteligente e culto. Tem um desejo sincero de ver a melhora das gêmeas e foi o principal mentor da minha vinda para Angelfield. Explicou-me em detalhes as dificuldades que eu provavelmente haveria de enfrentar, e o escutei da forma mais educada que pude. Qualquer governanta, após as poucas horas que eu passara naquela casa, teria um quadro amplo e acabado da tarefa que a aguardava, mas ele é homem e, como tal, não é capaz de perceber o quanto é cansativo explicar minuciosamente aquilo que alguém já compreendeu à perfeição. Minha impaciência e o leve azedume de uma ou duas perguntas que fiz não foram inteiramente percebidos por ele, e temo que sua firmeza e capacidade de análise não correspondam ao seu poder de observação. Não o censuro demasiadamente por achar que todo mundo com que se depara seja menos apto do que ele. Porque é um homem inteligente e, mais do que isso, é um peixe grande num tanque pequeno. Ele assumiu um ar de falsa modéstia, mas percebi isso com a maior facilidade, pois eu própria me mostrei dissimulada, exatamente da mesma forma. Entretanto, vou precisar do seu apoio no projeto que empreendi, de modo que devo trabalhar para fazê-lo meu aliado, com todos os seus defeitos.

Ouvi sons de descontentamento vindos lá debaixo. Provavelmente as garotas haviam descoberto a fechadura na porta da despensa. Ficarão aborrecidas e frustradas, mas de que outro modo eu poderia adestrá-las para os horários de refeição adequados? E sem hora para as refeições, como seria possível restaurar a ordem?

Amanhã vou começar limpando este quarto. Esta tarde varri as superfícies com um pano úmido e fiquei tentada a lavar o chão, mas disse a mim mesma que não. Amanhã teria de lavar tudo de novo, quando fosse esfregar as paredes e tirar as cortinas que chegam a estar duras de tanta poeira. Então essa noite eu durmo na sujeira, mas amanhã vou dormir num quarto brilhando de tão limpo. Será um belo começo. Pois planejo reinstaurar a ordem e a disciplina nesta casa, e o sucesso da minha meta requer, antes de tudo, que eu tenha um quarto limpo onde possa pensar. Ninguém pode pensar direito e fazer progressos se não se cercar de higiene e ordem.

As gêmeas estão gritando no hall. É hora de ir enfrentar minhas responsabilidades.

Fiquei tão envolvida organizando a casa que ultimamente tive pouco tempo para o meu diário, mas preciso arranjar tempo, porque é sobretudo escrevendo que registro e desenvolvo os meus métodos.

Com Emmeline fiz algum progresso, e minha experiência com ela corresponde ao padrão de comportamento que tenho observado em outras crianças com problemas. Ela não é, assim penso, tão gravemente perturbada como me afirmaram e, sob a minha influência, se tornará uma boa criança. É afetuosa e decidida, aprendeu a apreciar as vantagens da higiene, come com grande apetite e é capaz de obedecer a ordens dadas de forma delicada e com a promessa de pequenos agrados. Logo perceberá que a bondade recompensa ao trazer com ela a estima dos demais, e então poderei reduzir a chantagem. Ela jamais será brilhante, mas conheço as limitações dos meus métodos. Por maiores que sejam meus poderes, só posso desenvolver o que existe para começar.

Estou satisfeita com meu trabalho com Emmeline.

A irmã é um caso mais complicado. Violência eu havia visto antes, e fiquei menos chocada com a destrutividade de Adeline do que ela imagina. Entretanto, estou intrigada com uma coisa: em outras crianças, a destrutividade é geralmente um efeito secundário da raiva, e não seu objetivo primeiro. O ato violento, como observei em outras ocasiões, é mais freqüentemente motivado por um excesso de raiva, e o extravasamento da raiva só incidentalmente recai sobre pessoas e bens. O caso de Adeline não segue tal padrão. Eu mesma tenho presenciado incidentes, e tive conhecimento de outros, em que a destruição parece ser a única motivação de Adeline e a raiva, uma coisa que ela precisa fazer brotar, atiçar nela mesma, de modo a gerar a energia para destruir. Porque ela é uma coisinha frágil, pele e osso, e só come migalhas. A Sra. Dunne falou-me de um incidente no jardim, quando se acredita que Adeline foi quem danificou um bom número de teixos. Se é verdade, trata-se de algo vergonhoso. O jardim era realmente muito lindo. Poderiam ter recorrido à justiça, mas John pôs panos quentes no assunto, e atualmente não só o topiário, mas o jardim inteiro, ainda sofre devido à falta de interesse dele. Vou achar tempo e jeito de reavivar seu orgulho. A aparência e o clima da casa vão melhorar muito, na medida em que ele se sentir feliz no trabalho, e o jardim ficar outra vez arrumado.

Falar de John e do jardim lembra-me de que tenho de falar com ele a respeito do garoto. Caminhando pela sala de aulas esta tarde, acabei casualmente chegando perto da janela. Chovia, e quis fechar a janela para não deixar entrar mais umidade; o peitoril do lado de dentro já está se esfacelando. Se eu não estivesse tão perto da janela, praticamente com o nariz encostado na vidraça, duvido que o tivesse visto. Mas lá estava ele: um garoto, agachado no canteiro das flores, semeando. Vestia umas calças de homem, cortadas na canela e presas por suspensórios. Um chapéu de aba larga fazia-lhe sombra no rosto, e eu não consegui ter uma noção exata da sua idade, apesar de aparentar uns 11, 12 anos. Sei que é comum nas áreas rurais as crianças se envolverem com trabalhos de horticultura, embora eu achasse que o que faziam era mais serviço de fazenda, e reconheço que tem suas vantagens que eles aprendam cedo um ofício; mas não me agrada ver qualquer criança fora da escola no horário de aulas. Vou falar com John a respeito, e me certificar de que ele entenda que o garoto tem que passar as horas escolares na escola.

Mas, voltando ao assunto: no que concerne à morbidez de Adeline com relação à irmã, ela ficará surpresa ao saber, mas eu já vi tudo isso antes. Ciúmes e raiva entre irmãos são um lugar-comum, e entre gêmeas aí mesmo é que as rivalidades freqüentemente se acirram. Com tempo serei capaz de minimizar a agressividade, mas, enquanto isso, é imprescindível vigilância constante para evitar que Adeline machuque a irmã, e isso pode retardar o avanço em outras frentes, o que é lamentável. Por que Emmeline se deixa surrar (e ter o cabelo puxado, e ser perseguida por Adeline brandindo as tenazes da lareira com carvões em brasa) é o que eu ainda não compreendo. Ela é duas vezes maior que a irmã e tem condições de se defender com muito mais vigor. Talvez não queira machucar a irmã; é uma alma afetuosa.

Minha primeira avaliação sobre Adeline nos primeiros dias foi a de uma criança que jamais chegaria a viver uma vida independente e normal como a irmã, mas que poderia ser levada a alcançar um ponto de equilíbrio, de estabilidade, e cujas raivas poderiam ser controladas pela imposição de uma rotina rígida. Nunca tive a pretensão de conduzi-la ao entendimento. A tarefa que antevia era maior do que a que eu teria com a irmã, mas esperava muito menos agradecimentos por ela, pois aos olhos do mundo pareceria menor.

Mas fiquei tentada a rever essa minha opinião por indícios de uma inteligência sombria e enevoada. Esta manhã ela veio à sala de aula arrastando os pés, mas sem aquelas péssimas demonstrações de má vontade e, uma vez sentada, recostou a cabeça nos braços tal como eu já vira anteriormente. Comecei a aula, na qual apenas contei uma história — a adaptação que eu mesma fiz dos capítulos inicias de Jane Eyre, *um romance que a maioria das meninas adora. Eu estava concentrada em Emmeline, tentando estimulá-la a acompanhar a história através de alguns recursos de animação. Dei uma voz à heroína, outra à tia dela, e uma outra ao primo, e fazia corresponder à narrativa gestos e expressões que procuravam ilustrar as emoções das personagens. Emmeline não tirava os olhos de cima de mim, e eu me sentia bem com o resultado.*

Pelo canto do olho, flagrei um movimento. Adeline tinha virado a cabeça na minha direção. Sua cabeça continuava pousada sobre os braços, os olhos pareciam fechados, mas tive a nítida impressão de que ela estava me escutando. Mesmo que a mudança de posição não fosse significativa (e não era; ela sempre se recusara a me encarar antes), havia uma alteração no modo de se comportar. Se ela normalmente desaba sobre a carteira quando dorme, num estado de inconsciência animal, hoje seu corpo todo parecia em alerta: a postura dos ombros, uma certa tensão. Como se estivesse ligada na história, ainda que tentando passar a impressão de um cochilo inerte.

Não quis que ela percebesse que eu havia notado alguma coisa. Prossegui como se estivesse lendo apenas para Emmeline. Dei seqüência à animação no rosto e na voz. Mas o tempo todo de olho em Adeline. E ela não estava só escutando. Notei que suas pálpebras estremeciam. Pensei que ela estivesse de olhos fechados, mas não completamente — ela me olhava por entre as pestanas!

É um avanço bastante interessante, e que eu antevejo que será a mola-mestra do meu projeto nesta casa.

Então aconteceu a coisa mais inesperada. O semblante do médico se transformou. É verdade, se transformou, ali, bem diante dos meus olhos. Foi um desses momentos em que o rosto entra de repente num novo foco, quando os traços, todos reconhecíveis exatamente como eram antes, sofrem um deslocamento radical e apresentam-se sob uma luz nova e inesperada. Eu gostaria de saber o que faz com que, numa mente humana, os rostos daqueles que conhecemos se alterem e bailem daquela maneira. Excluí os efeitos ópticos, um fenômeno relacionado com a luz etc., e cheguei à conclusão de que a explicação se encontra na psicologia do observador. De qualquer forma, o movimento súbito e a reconfiguração dos seus traços faciais me levou a ficar olhando fixamente para ele por alguns instantes, o que deve ter lhe parecido bastante estranho. Quando seus traços pararam de se movimentar, havia algo inusitado também em sua expressão, algo que eu não consegui, não consigo explicar. Tenho realmente aversão a tudo aquilo que não sou capaz de explicar.

Ficamos nos olhando fixamente por alguns segundos, cada qual mais constrangido do que o outro, até que ele meio que abruptamente se retirou.

Espero que a Sra. Dunne não tire os meus livros do lugar. Quantas vezes terei de dizer a ela que um livro não está terminado antes de ter terminado? E, se tem que mexer, por que não o devolve à biblioteca de onde ele veio? De que adianta deixá-lo na escada?

Tive uma conversa curiosa com John, o jardineiro.

Ele é bom trabalhador, agora mais simpático com o seu topiário melhorando, e geralmente uma presença prestimosa na casa. Ele toma chá e fica conversando na cozinha com a Sra. Dunne; às vezes, eu os pego falando em voz baixa, o que me leva a pensar que ela não é tão surda quanto aparenta. Se não fosse pela idade avançada dela, eu acharia que eles tinham um caso, mas, já que isso está fora de questão, não encontro explicação para tantos segredos. Censurei a Sra. Dunne por causa disso, infelizmente, porque ela e eu nos entendemos de modo bastante amigável na maior parte das coisas, e acho que ela aprova a minha presença aqui — não que isso faça alguma diferença —, e ela me disse que eles conversam somente sobre os assuntos da casa: galinhas para matar, batatas para colher, essas coisas. "Então por que vocês ficam falando baixinho?", insisti, e ela argumentou que não era assim tão baixinho. "Mas se você não me ouve quando eu falo baixo...", disse eu, e ela respondeu-me que as vozes novas são mais difíceis de entender do que as que ela estava habituada a escutar e que, se ela entende quando John fala baixo, é porque ela vem ouvindo a voz dele há muitos anos e a minha faz somente alguns meses.

Eu já havia me esquecido de tudo sobre as vozes baixas na cozinha, até a nova esquisitice de John. Poucas semanas atrás eu estava dando uma volta pelo jardim antes do almoço quando vi de novo o garoto limpando o canteiro de flores sob a janela da sala de aula. Olhei no relógio e vi que estávamos novamente no horário escolar. O garoto não me viu, porque eu estava encoberta pelas árvores. Observei-o por mais alguns momentos; ele não estava trabalhando, mas sim escarrapachado na relva, absorvido por alguma coisa sobre a grama, bem debaixo de seu nariz. Vestia os mesmos trajes desconjuntados da última vez. Caminhei na direção dele com a intenção de saber seu nome e dar-lhe uma lição sobre a importância da educação, mas ao me ver ele deu um pulo e se pôs de pé, enfiou o chapéu na cabeça com uma das mãos e saiu numa velocidade que eu jamais tinha visto alguém cor-

rer antes. Aquilo era a prova inconteste de que ele tinha culpa. O garoto sabia perfeitamente que devia estar na escola. Ao sumir, parecia levar um livro nas mãos.

Fui até John e falei para ele tudo o que estava pensando. Disse-lhe que não deixasse mais que crianças trabalhassem durante o horário escolar, que não era correto atrapalhar a educação delas por uns poucos centavos e que, se os pais não aceitassem, eu mesma iria procurá-los. Disse-lhe que, se era assim tão necessário ter mãos extras trabalhando no jardim, eu iria ao Sr. Angelfield para contratar um homem. Eu já havia feito essa proposta, de mais empregados, tanto para o jardim quanto para dentro de casa, mas John e a Sra. Dunne mostraram-se ambos tão avessos à idéia que achei melhor esperar até me sentir mais familiarizada com as coisas por aqui.

A resposta de John foi balançar a cabeça e negar peremptoriamente que conhecesse o menino. Quando o pressionei com a evidência dos meus próprios olhos, ele alegou que devia ser alguma criança da cidade que estava passando por ali, que isso acontecia freqüentemente, que ele não podia ser responsável por todos os gazeteiros da cidade que apareciam no jardim. Disse-lhe, então, que já havia visto a criança antes, no dia em que cheguei, e que ela estava claramente trabalhando. Ele ficou de bico, só repetia que não sabia de criança alguma, que só quem ele quisesse iria limpar o jardim dele e que essa criança não existia.

Eu disse a John, com uma certa raiva, da qual não me arrependo, que pretendia ir conversar com a diretora da escola a respeito do assunto e que iria diretamente aos pais para falar do problema. Ele só fez um gesto com as mãos, como quem diz que não tem nada a ver com isso e que eu fizesse como achasse melhor (o que certamente farei). Tenho certeza de que ele sabe quem é o garoto e estou chocada pela sua recusa em ajudar-me no cumprimento das minhas obrigações. Não parece própria dele esta teimosia, mas suponho que ele tenha começado ainda criança o seu próprio aprendizado e ache que isso não lhe causou qualquer mal. Tais idéias custam a desaparecer nas áreas rurais.

Eu estava absorta no diário. As barreiras à legibilidade me obrigavam a ler devagar, vencendo as dificuldades, usando minha experiência, meu conhecimento e minha imaginação para recuperar as palavras fantasmas, mas os obstáculos não pareciam me incomodar. Ao contrário, as margens apagadas, as letras ilegíveis, as palavras borradas pareciam pulsar, vivas de significado.

Enquanto lia daquela maneira absorta, em outra parte da minha mente uma decisão ia se formando. Quando o trem parou na estação em que eu deveria descer para fazer a conexão, descobri que estava de cabeça feita. Não iria para casa de jeito nenhum. Iria para Angelfield.

O trem para Banbury estava muito cheio de viajantes nessa época de Natal; não havia lugar sentado, e eu não sei ler em pé. A cada solavanco do trem, a cada esbarrão e a cada tranco dos meus companheiros de viagem, eu sentia a quina do diário de Hester apertando meu peito. Eu só lera a metade. O restante teria de esperar.

O que aconteceu com você, Hester? Onde você foi parar?

Demolindo o Passado

As janelas me revelaram que a cozinha dele estava vazia. Quando retornei para a frente do chalé e bati à porta, não obtive resposta.

Será que tinha viajado? Aquela era uma época do ano em que as pessoas costumam sair. Mas iam ao encontro das famílias, evidentemente, e, como Aurelius não tinha família, devia ficar aqui. Com um certo atraso, atinei com o motivo da ausência de Aurelius: devia estar entregando bolos para as festas de Natal. Onde mais haveria de estar um fornecedor às vésperas do Natal? Teria de voltar mais tarde. Coloquei o cartão que trouxera na caixa de correspondência e parti pelo meio do bosque rumo à mansão de Angelfield.

Fazia frio, frio o bastante para nevar. O chão sob meus pés estava congelado e duro, e lá em cima o céu mostrava-se perigosamente branco. Caminhei apressadamente. Com o cachecol sobre o rosto, à altura do nariz, logo me senti mais aquecida.

Na clareira, detive-me. Ao longe, parecia haver uma atividade incomum no local. Franzi a testa. O que estaria acontecendo? Minha máquina fotográfica estava pendurada no pescoço, por baixo do sobretudo; o frio penetrou quando abri os botões. Instalei uma lente de longa distância e observei. Havia um carro de polícia no estacionamento. Os veículos e equipamentos estavam parados, e o pessoal da obra formava um grupinho. Deviam ter parado de trabalhar momentos antes, porque esfregavam as mãos e batiam os pés no chão para mantê-los aquecidos. Os capacetes estavam no chão ou então presos pelas tiras aos cotovelos. Um dos homens oferecia cigarros. De tempos em tempos, alguém fazia um comentário, mas não estavam conversando de fato. Tentei decifrar a expressão dos seus rostos sérios. Tédio? Preocupação? Curiosidade? Resistiam a se afastar do local, olhando na direção do bosque e da minha câmera, mas de vez em quando um ou outro arriscava olhar por cima do ombro para o cenário atrás deles.

Ali, uma tenda branca fora erguida para cobrir parte do local. A casa não existia mais, mas, a julgar pela cocheira, o acesso de cascalho, a igreja, supus que era onde ficava a biblioteca. Nas proximidades, um dos sujeitos e um homem que julguei ser o chefe conversavam com mais outros dois homens — um de terno e sobretudo, e o outro de uniforme de polícia. O chefe parecia dar explicações, falando rápido, com gestos e meneios de cabeça, mas quando o homem de sobretudo fez uma pergunta, ela foi endereçada ao engenheiro, e, quando este respondeu, os três olharam atentamente para ele.

Ele não parecia se importar com o frio. Falava em frases curtas; durante suas pausas longas e freqüentes, os outros não falavam, escutavam-no com toda a atenção. Em certo momento, apontou um dedo na direção da máquina e imitou sua bocarra cravando no chão dentes pontiagudos. Por fim, deu de ombros, franziu a testa e esfregou os olhos como se quisesse livrá-los da imagem que acabara de evocar.

Uma aba se abriu numa das laterais da barraca branca. Um quinto homem saiu lá de dentro vindo juntar-se ao grupo. Fizeram uma conferência rápida, séria, e ao final o chefe voltou para o seu grupo e trocou umas poucas palavras com os homens. Eles concordaram com a cabeça e, como se o que estavam ouvindo estivesse inteiramente dentro do que esperavam, começaram a pegar os capacetes e as garrafas térmicas a seus pés e foram retornando aos carros estacionados nas imediações dos portões da guarita. O policial de uniforme se postou à entrada da barraca, de costas para a aba, enquanto o outro conduzia o engenheiro e seu chefe para a viatura de polícia.

Baixei a câmera lentamente, mas continuei a olhar para a barraca branca. Eu conhecia o local. Havia estado ali em pessoa. Lembrava-me da desolação daquela biblioteca profanada. As prateleiras de livros destruídas, as vigas que caíam ao chão com estrondo. Minha sensação de medo ao tropeçar na madeira queimada e partida.

Tinha havido um corpo naquela sala, sepultado em páginas chamuscadas, com uma estante por caixão. Um túmulo escondido e protegido ao longo de meio século pelas vigas tombadas.

Não pude evitar o pensamento. Eu estivera à procura de alguém, e agora parecia que esse alguém fora encontrado. A coincidência era inevitável. Como não fazer a relação? Mas Hester havia partido no ano anterior, não havia? Por que teria retornado? Isso me intrigava, e a própria singeleza da idéia me fez pensar que podia ser verdade.

E se Hester nunca tivesse ido embora?

Quando cheguei à entrada do bosque, vi as duas crianças lourinhas voltando desconsoladas do estacionamento. Vinham tropeçando pelo caminho: o chão a seus pés estava marcado por sulcos negros devido aos veículos pesados da obra que haviam afundado a terra; em vez de olhar para onde pisavam, elas iam olhando para trás, por sobre os ombros, na direção de onde vinham.

Foi a menina que, ao tropeçar e quase cair, virou a cabeça e me viu primeiro. Ela parou. Quando o irmão me viu, falou, todo importante.

— Não pode subir. A polícia disse. A gente tem de ficar longe.

— Sei.

— Eles montaram uma barraca — acrescentou a garota, timidamente.

— Eu vi — disse a ela.

No pórtico de entrada surgiu a mãe deles. Estava quase sem fôlego.

— Tudo bem com vocês dois? Vi um carro de polícia na rua — E dirigindo-se a mim: — O que houve?

A menina respondeu:

— A polícia montou uma barraca. Ninguém pode chegar perto. Disseram pra gente ir pra casa.

A mulher loura ergueu os olhos para o local, franzindo a testa diante da barraca branca.

— Não é isso o que eles fazem quando...? — Não chegou a concluir a pergunta na frente das crianças, mas eu sabia o que ela queria dizer.

— Acho que foi isso mesmo que aconteceu — disse eu.

Percebi que a vontade dela era trazer os filhos para perto, por segurança, mas limitou-se a ajeitar o cachecol do menino e pentear o cabelo da menina para tirá-lo dos olhos.

— Vamos — disse ela às crianças. — Está muito frio para ficar aqui fora. Vamos para casa tomar um chocolate quente.

As crianças dispararam pelo portão de entrada e correram para a rua. Uma corda invisível mantinha-as juntas, permitindo que rodassem um em volta do outro ou arremetessem para algum lado, sabendo que o outro iria acompanhar, até o comprimento da corda.

Fiquei olhando para eles, sentindo uma terrível ausência ao meu lado.

A mãe se aproximou de mim.

— Você também devia vir tomar uma boa xícara de chocolate! Está branca que nem um fantasma...

Fomos caminhando atrás das crianças.

— Meu nome é Margaret — apresentei-me. — Sou amiga de Aurelius Love.

Ela sorriu.

— E eu sou Karen. Venho aqui por causa dos cervos.

— Eu sei, Aurelius me contou.

À nossa frente, a menina perseguia o irmão; ele deu uma guinada brusca na tentativa de fugir dela e correu em direção à estrada.

— Thomas Ambrose Proctor! — gritou minha nova amiga. — Volte já para a calçada!

Aquele nome me causou um impacto.

— Como é mesmo o nome do seu filho?

A mãe do menino virou-se para mim, intrigada.

— É... é que um homem chamado Proctor trabalhou aqui anos atrás — disse eu.

— Meu pai, Ambrose Proctor.

Tive de parar para pensar com clareza.

— Ambrose Proctor... o rapaz que trabalhou com John Cavador... era seu *pai*?

— John Cavador? Você quer dizer John Digence? Foi ele mesmo que levou meu pai para trabalhar lá. Mas isso foi muito antes de eu nascer. Papai já devia estar na casa dos 50 quando nasci.

Lentamente, voltei a caminhar.

— Aceito seu convite para um chocolate, se não for incômodo. E tenho uma coisa para lhe mostrar.

Tirei meu marcador de página do diário de Hester. Karen sorriu ao bater os olhos na fotografia. O rosto sério do filho, todo orgulhoso, debaixo da aba do capacete, ombros esticados, costas retas.

— Lembro-me do dia em que ele chegou em casa dizendo que tinha colocado um chapéu amarelo na cabeça. Ele ia adorar essa fotografia!

— Sua patroa, a Sra. March, ela alguma vez viu o Tom? — perguntei.

— Tom? Claro que não! Você sabe que elas são duas, as senhoras March. Uma sempre foi um pouco retardada, por isso a outra é que ficou com a herança. Mas ela vive meio reclusa. Não voltou mais a Angelfield desde o incêndio. Eu mesma nunca a vi. Nosso único contato é através dos seus procuradores.

Karen parou em frente ao fogão, esperando o leite ferver. Às suas costas, a vista da pequena janela revelava o jardim e, além dele, os campos por onde certa vez Adeline e Emmeline haviam saído arrastando o carrinho de bebê de Merrily com o neném dentro. Não devia haver muitas outras paisagens que tivessem mudado assim tão pouco.

Eu precisava ter cuidado para não falar demais. Karen não deu sinais de ter entendido que a sua Sra. March, de Angelfield, era a mesma mulher, a Sra. Winter, cujos livros reconheci na estante do hall quando entrei.

— É que eu trabalho para a família Angelfield — esclareci. — Estou escrevendo sobre a infância deles aqui. E, quando estava mostrando à sua patroa algumas fotos da casa, tive a impressão de que ela o reconheceu.

— Ela não pode ter reconhecido. A menos que...

Pegou a fotografia e olhou-a bem outra vez, em seguida chamou o filho que estava na sala ao lado.

— Tom? Tom, me traz essa fotografia que está em cima da lareira, por favor? Essa do porta-retrato prateado.

Tom voltou trazendo a fotografia, com a irmã atrás.

— Olhe — disse Karen a ele —, esta moça aqui tem uma fotografia sua.

Um sorriso de agradável surpresa tomou conta do rosto do menino quando se viu.

— Posso ficar com ela para mim?

— Claro — disse eu.

— Agora mostra à Margaret aquela do seu avô.

Ele veio para o meu lado e estendeu-me a fotografia do porta-retrato, timidamente.

Era uma velha foto de um homem muito jovem. Pouco mais que um rapaz. Uns 18 anos, talvez menos. Estava ao lado de um banco, com teixos aparados ao fundo. Eu imediatamente reconheci o cenário: o jardim topiário. O rapaz tirara o chapéu, segurava-o nas mãos, e com os olhos da minha mente fui capaz de ver seu gesto arrancando-o da cabeça com uma das mãos e esfregando a testa com o antebraço da outra. Ele tinha a cabeça meio inclinada. Tentava evitar o sol, e por pouco conseguiu. A camisa estava com as mangas dobradas acima do cotovelo e com o botão superior aberto, mas os vincos da calça achavam-se elegantemente passados a ferro, e ele havia limpado as botas grosseiras de jardinagem para tirar a fotografia.

— Ele estava trabalhando lá quando houve o incêndio?

Karen pôs as canecas de chocolate sobre a mesa e as crianças vieram sentar-se para tomá-las.

— Acho que nessa época ele estava no exército. Ele ficou muito tempo longe de Angelfield. Quase 15 anos...

Olhei bem de perto para o rosto do rapaz na fotografia já bem granulada pelo tempo, impressionada com sua semelhança com o neto. Ele tinha um ar *atraente*.

— Sabe como é, ele nunca falou muito sobre os tempos de mocidade. Era um homem desconfiado. Mas existem coisas que eu acho que sei. Como, por exemplo, por que se casou tão tarde. Já estava saindo da faixa dos 40 quando se casou com mamãe. Não posso deixar de pensar que alguma coisa deve ter ocorrido no passado, quem sabe uma decepção amorosa? Mas nenhuma criança pergunta esse tipo de coisa, e quando eu cresci... — Ela murchou os ombros, de tristeza. — Era um pai maravilhoso. Paciente. Gentil. Sempre procurando ajudar-me de alguma forma. E mesmo agora, já adulta, às vezes ainda tenho a sensação de que nunca *o conheci* de verdade.

Um outro detalhe da fotografia me chamara a atenção.

— O que é isso? — perguntei.

Ela se inclinou para olhar.

— É uma mochila. Para transportar caça. Faisões, principalmente. Pode-se abri-la totalmente no chão para acomodar as aves em seu interior, e depois é só afivelá-la ao redor delas. Não sei por que ela aparece na fotografia. Ele nunca foi muito de caçar, disso tenho certeza.

— Ele costumava levar um coelho ou um faisão para as gêmeas, quando elas pediam — disse eu, e ela me olhou agradecida por recuperar mais esse fragmento da mocidade do pai.

Pensei em Aurelius e no seu legado. A mochila em que ele foi levado era desse tipo. Claro que havia uma pena dentro dela — pois se era usada para transportar faisões! E aí pensei no pedaço de papel. "Alguma coisa parecendo um 'A' no começo." Lembrei-me de Aurelius contando como havia examinado a mancha azul no contraluz da janela. "Depois um 'S', já bem aqui, quase no final. Claro, está apagado, depois de todos esses anos; tem de olhar com muita atenção, mas *dá para ver*, não dá?" Eu não consegui, mas talvez ele tenha realmente conseguido ver. E se não fosse o nome dele ali, naquele pedacinho de papel, e sim o do seu pai? *Ambrose*?

Da casa de Karen peguei um táxi até o escritório do advogado, em Banbury. Eu sabia o endereço por causa da correspondência que tinha mantido com ele a respeito de Hester; agora era novamente Hester que me levava a ele.

A secretária não quis incomodar o Sr. Lomax quando descobriu que eu não tinha marcado a visita.

— Estamos na véspera do Natal, sabe como é.

Mas insisti.

— Diga-lhe que é Margaret Lea, sobre a mansão de Angelfield e a Sra. March.

Com aquele ar de *isso-não-vai-fazer-a-menor-diferença*, ela entrou no gabinete; quando voltou foi para me dizer, ainda relutante, que entrasse imediatamente.

O jovem Sr. Lomax nem era assim tão jovem. Provavelmente tinha a idade do velho Sr. Lomax à época em que as gêmeas apareceram em seu escritório atrás de dinheiro para o funeral de John Cavador. Ele apertou minha mão, um brilho curioso no olhar, um meio-sorriso nos lábios, e compreendi que, para ele, nós éramos meio cúmplices. Durante anos ele fora a única pessoa que conhecia a outra identidade da sua cliente, a Sra. March; ele herdara o segredo do pai juntamente com o gabinete de cerejeira, os arquivos e os quadros nas paredes. Agora, após tantos anos de segredo, vinha outra pessoa que sabia o que ele sabia.

— Prazer em conhecê-la, Srta. Lea. O que posso fazer pela senhorita?

— Estou vindo de Angelfield. Do local da demolição. A polícia está lá. Encontrou um corpo.

— Oh, meu Deus!

— O senhor acredita que a polícia vá querer falar com a Sra. Winter?

À menção daquele nome, os olhos do homem voltaram-se discretamente para a porta, como que para se certificar de que não estávamos sendo escutados.

— Eles vão procurar o dono da propriedade, como ação de rotina.

— Era o que eu imaginava — apressei-me em falar. — A questão é que não apenas ela está doente... Creio que o senhor está sabendo, não?

Ele fez que sim com a cabeça.

— Mas, além disso, a irmã dela está morrendo.

Ele balançou a cabeça com gravidade, sem me interromper.

— Seria melhor, tendo em vista a fragilidade dela e o estado de saúde da irmã, que ela não recebesse a notícia da descoberta muito abruptamente. Não deveria escutá-la de algum estranho. E não deveria estar sozinha quando a informação lhe chegasse.

— O que a senhorita sugere?

— Posso voltar ainda hoje para Yorkshire. Se chegar à estação dentro de uma hora, estarei lá já ao anoitecer. A polícia terá de procurar o senhor para entrar em contato com ela, certo?

— Sim. Mas tenho como retardar as coisas por algumas horas. Tempo suficiente para a senhorita chegar lá. Também posso levá-la até a estação, se desejar.

Nesse momento, o telefone tocou. Trocamos um olhar angustiado enquanto ele atendia.

— Ossos? Sei... Ela é a proprietária, sim... Uma pessoa muito idosa e com a saúde comprometida... A irmã, gravemente enferma... Fortes indícios de um iminente passamento... Seria preferível... Dadas as circunstâncias... Casualmente, sei de alguém que está indo para lá, em pessoa, ainda esta tarde... Da mais absoluta confiança... Certamente... Exato... Sem a menor dúvida.

Anotou alguma coisa e me estendeu o papel por cima da mesa. Um nome e um número de telefone.

— Ele apreciaria que a senhorita lhe telefonasse quando chegasse lá para dizer como está a senhora. Se houver condições, ele irá falar com ela; caso contrário, isso pode esperar. Ao que parece, os restos mortais não são recentes. Agora, a que horas sai o seu trem? É melhor irmos.

Percebendo que eu estava mergulhada em meus pensamentos, o não-muito-velho Sr. Lomax foi dirigindo em silêncio. No entanto, uma leve excitação parecia consumi-lo. Por fim, ao dobrar na rua da estação, não foi mais capaz de se conter.

— A décima terceira história... — disse ele. — Não acredito...?

— Eu gostaria de saber — disse eu. — Desculpe.

Fez uma expressão de desapontamento.

Quando a estação ficou à vista, fiz-lhe uma pergunta.

— O senhor por acaso conhece Aurelius Love?

— O fornecedor! Claro que o conheço. O homem é um gênio da culinária!

— Faz quanto tempo que o senhor o conhece?

Ele respondeu sem pensar:

— Na verdade, fomos colegas de escola — e, no meio da frase, sua voz estremeceu estranhamente, como se dando conta das implicações de minhas indagações. Minha pergunta seguinte não o pegou de surpresa.

— Quando é que o senhor ficou sabendo que a Sra. March era a Sra. Winter? Terá sido quando assumiu o lugar do seu pai?

Ele engoliu em seco.

— Não. — Pestanejou. — Foi antes disso. Ainda estava na escola. Ela veio à nossa casa um certo dia. Para ver meu pai. Era mais seguro do que no escritório. Eles tinham um assunto a tratar, e, sem entrar em detalhes confidenciais, ficou claro no curso da conversa que a Sra. March e a Sra. Winter eram a mesma pessoa. Eu não estava bisbilhotando, compreende? Quer dizer, não intencionalmente. Eu já estava debaixo da mesa da sala de jantar quando eles chegaram. Havia uma toalha sobre a mesa, que a cobria e transformava numa espécie de barraca, sabe como? Eu não quis deixar papai constrangido surgindo assim de repente, então fiquei bem quieto lá embaixo.

O que é que a Sra. Winter me havia dito? *Não pode haver segredos numa casa onde existem crianças.*

Paramos defronte da estação, e o jovem Sr. Lomax voltou os olhos rasos para mim.

— Contei ao Aurelius. No dia em que ele me falou que foi encontrado na noite do incêndio. Disse-lhe que Adeline Angelfield e Vida Winter eram a mesma pessoa. Desculpe.

— Não se preocupe. Isso agora não tem mais qualquer importância. Só fiquei surpresa.

— Ela sabe que contei ao Aurelius quem ela era?

Pensei na carta que a Sra. Winter me mandara logo no início, e em Aurelius, de terno marrom, buscando a história das suas origens.

— Se suspeitou, isso foi há décadas. Se sabe, creio que o senhor pode estar certo de que ela não dá a mínima.

Seu semblante se desanuviou.

— Obrigada pela carona.

E corri para pegar o trem.

O Diário de Hester II

Da estação, dei um telefonema para a loja. Meu pai não conseguiu esconder o desapontamento quando lhe disse que não iria para casa.

— Sua mãe vai ficar triste — disse ele.

— Ela?

— Ela, claro.

— Preciso voltar. Acho que descobri Hester.

— Onde?

— Encontraram uma ossada em Angelfield.

— Uma ossada?

— Um operário encontrou quando escavava a biblioteca, hoje.

— Por misericórdia!

— Estão querendo entrar em contato com a Sra. Winter para lhe fazer umas perguntas. E a irmã dela está à beira da morte. Não tenho como deixá-la sozinha nesse momento. Ela precisa de mim.

— Claro. — A voz dele era grave.

— Não conte para a mamãe — pedi-lhe —, mas a Sra. Winter e a irmã são gêmeas.

Ficou em silêncio. E então só falou o seguinte:

— Tome cuidado, por favor, Margaret.

Quinze minutos depois eu estava no meu assento à janela do trem tirando da bolsa o diário de Hester.

Eu gostaria de entender um pouco mais de óptica. Sentada com a Sra. Dunne na sala de estar definindo o cardápio da semana, notei um movimento súbito no espelho. "Emmeline!", exclamei, irritada, pois ela não devia estar dentro de casa naquela hora, e sim do lado de fora, fazendo os exercícios diários e tomando um pouco de ar fresco. Enganei-me, decerto, porque bastaria dar uma olhada pela janela para ver que ela estava lá fora, com a irmã, brincando animadamente. O que eu tinha visto — ou melhor, captado num relance — deve ter sido um raio de sol na janela refletindo no espelho.

Refletindo bem (Refletindo! Um trocadilho não-intencional!), a psicologia da visão é que era responsável por esse mal-entendido, assim como por todas as esquisitices no funcionamento do mundo óptico. Pelo hábito de ver as gêmeas circulando em lugares da casa em que não se espera que estejam, e em horas que se espera que elas estejam em outro lugar, a gente é levada a interpretar cada movimento do canto dos olhos como prova da presença delas. É por isso que um raio de sol refletido no espelho pode se apresentar à nossa mente, de modo bastante convincente, como uma garota vestida de branco. Para evitar equívocos desse tipo, é preciso aprender a ver tudo sem qualquer prevenção e abandonar todas as formas convencionais de pensar. Em tese, há muito a ser dito em favor dessa postura. A pureza da mente! A resposta virginal ao mundo! A ciência deve muitíssimo à capacidade de alguns de enxergar de modo novo aquilo que vem sendo visto e entendido da mesma forma há séculos. Entretanto, na vida cotidiana, não se pode viver sob tais princípios. Imagine-se o tempo que levaria se cada aspecto de uma experiência devesse ser examinado minuciosamente sob novos ângulos a cada minuto de cada dia. Não; para nos libertarmos do mundano é essencial delegar boa parcela das nossas interpretações do mundo àquela área inferior da mente que lida com o que é presumido, o que é aceito, com o que parece provável. Por mais que isso muitas vezes nos leve a equívocos e a interpretar erroneamente um raio de sol como uma menina de vestido branco, quando são duas coisas totalmente distintas.

A mente da Sra. Dunne às vezes devaneia. Temo que ela tenha apreendido muito pouco da nossa conversa sobre cardápios e tenhamos de repassar tudo novamente amanhã.

Tenho um plano envolvendo minhas atividades aqui e o médico.

Falei longamente com ele a respeito de Adeline. Disse-lhe que ela demonstra um tipo de distúrbio mental com que eu nunca me deparei antes e sobre o qual nunca li nada a respeito. Mencionei os estudos que vinha lendo sobre gêmeos e os problemas de desenvolvimento associados, e notei em seu rosto que ele aprovava minhas pesquisas. Acho que agora ele reconhece bem minha capacidade e meu talento. Falei de um livro que ele nem conhecia e fiz-lhe um resumo dos argumentos e da tese do autor, apontando inclusive as inconsistências mais significativas que havia observado, e cheguei a sugerir que, caso aquele trabalho fosse meu, teria modificado as conclusões e recomendações.

O doutor me sorriu ao final da fala e disse, com alegria:

— Você deveria escrever o seu próprio livro. — Isso me deu exatamente a oportunidade que venho buscando faz algum tempo.

Fiz com que ele visse que o estudo de caso perfeito para tal livro estava ali à mão, na mansão de Angelfield. Que eu poderia dedicar algumas horas do dia a trabalhar na redação das minhas notas. Esbocei uma série de experimentos e ensaios que poderiam ser desenvolvidos para testar minhas hipóteses. E mencionei, de passagem, o peso que tal livro teria aos olhos da comunidade médica. Em seguida, lamentei o fato de que toda a minha experiência e todas as minhas qualificações formais não fossem suficientes para atrair um editor, e finalmente confessei que, na condição de mulher, não sentia a confiança necessária para levar adiante projeto tão ambicioso. Um homem, ah!, um homem inteligente e com recursos, sensível e de espírito científico, tendo acesso à minha experiência e ao meu estudo de caso, certamente faria um trabalho muito melhor.

Dessa maneira plantei nele a semente da idéia, cujo resultado é exatamente o que eu esperava: vamos trabalhar juntos.

Receio que a Sra. Dunne não esteja bem. Tranco as portas e ela as abre. Abro as cortinas e ela as fecha. E não há jeito de meus livros pararem no lugar! Ela tenta fugir à responsabilidade por seus atos sustentando que a casa é mal-assombrada.

Coincidentemente, essa sua conversa sobre fantasmas aconteceu no mesmo dia em que o livro que eu estava lendo sumiu, trocado por uma novela de Henry James. Como é que eu podia acusar a Sra. Dunne pela troca? Ela mal sabe ler e não é dada a pregar peças. Obviamente, foi uma das meninas. O mais curioso é que uma incrível coincidência fez do fato uma brincadeira mais sutil do que elas próprias seriam capazes de imaginar. Porque esse livro é uma história um tanto tola sobre uma governanta e duas crianças assombradas. Receio que nela Henry James tenha revelado toda a extensão da sua ignorância. Ele conhece muito pouco a respeito de crianças e absolutamente nada em matéria de governantas.

Pronto. O experimento começou.

A separação foi dolorosa, e, se não estivesse certa do bem que daí poderá advir, teria considerado uma crueldade fazê-las passar por isso. Emmeline soluça de cortar o coração. E Adeline? Pois ela é a que deve ser mais marcada pela experiência de uma vida independente. Saberei disso amanhã, quando deveremos ter nossa primeira reunião.

Não sobra mais tempo para nada que não a pesquisa, mas consegui dar um jeito de fazer mais uma coisa útil. Conversei hoje com a professora na porta do correio. Disse-lhe que havia falado com John sobre o gazeteiro e que ela devia me procurar caso o garoto se ausentasse novamente sem motivo. Ela disse que costumava dar aulas para apenas metade da turma na época da colheita, quando as crianças iam arrancar batatas nos campos com os pais. Mas não estávamos em época de colheita, e o garoto estava semeando os canteiros, retruquei. Ela me perguntou quem era, e me senti uma idiota sem saber responder. O chapéu diferente não ajudava em nada a identificá-lo, já que as crianças não usam chapéu dentro da sala de aula. Eu poderia voltar a perguntar a John, mas duvido que ele me desse mais alguma informação.

Não tenho mais escrito meu diário tarde da noite. Percebi que depois de redigir até muito tarde os relatórios diários sobre os avanços de Emmeline, costumo ficar cansada demais para continuar registrando minhas próprias atividades. E faço questão de manter um registro desses dias e dessas semanas, pois me envolvi, junto com o médico, numa pesquisa de grande importância e, em anos vindouros, quando eu já tiver saído daqui, poderei olhar para trás e recordar. Talvez meu trabalho com o doutor possa abrir-me as portas para outros do tipo, porque considero a atividade intelectual e científica mais absorvente e mais gratificante do que qualquer coisa que já fiz. Esta manhã, por exemplo, o Dr. Maudsley e eu tivemos uma conversa muito estimulante sobre o tema do emprego que Emmeline faz dos pronomes. Ela vem demonstrando uma tendência acentuada a falar comigo, e sua capacidade de comunicação melhora a cada dia. Mas há um aspecto da sua fala que permanece resistente ao desenvolvimento: a persistência da primeira pessoa do plural. "Nós vamos ao bosque", diz ela, e eu a corrijo sempre: "Eu vou ao bosque." Como um papagaio, ela repete em seguida "Eu", mas já na próxima frase lá vem "Nós vimos um gatinho no jardim" — ou coisa parecida.

O doutor e eu estamos muito intrigados com essa peculiaridade. Será apenas um hábito arraigado de falar, transmitido de sua linguagem gêmea para o inglês, que com o tempo se corrigirá? Ou a condição de gêmea é algo tão profundo que até na linguagem resiste à idéia de ter uma identidade separada da irmã? Falei ao doutor a respeito de amigos imaginários que muitas crianças perturbadas costumam inventar, e juntos estamos explorando as implicações disso. E se a dependência da irmã gêmea for tão grande que a separação provoque um trauma mental tamanho que a mente comprometida se sinta aliviada ao criar um gêmeo imaginário, uma companhia de fantasia? Não chegamos a uma conclusão satisfatória, mas fomos aquinhoados com a descoberta de uma outra área de estudos futuros: a lingüística.

Com Emmeline, a pesquisa e a manutenção geral da casa que precisa ser realizada, descobri que tenho dormido muito pouco e, a despeito das minhas reservas de energia, que mantenho graças a uma dieta saudável e exercícios, sou capaz de perceber sintomas de falta de sono. Iirrito-me ao guardar as coisas e esquecer onde as coloquei. E quando pego meu livro à noite, o marcador diz que na noite anterior devo ter virado as páginas meio às tontas, pois não tenho a menor lembrança do que elas continham. Esses pequenos aborrecimentos e o cansaço permanente são o preço que devo pagar pelo luxo de trabalhar lado a lado com o médico no nosso projeto.

Mas não é bem sobre isso que queria escrever. Pretendia escrever sobre o nosso trabalho. Não sobre nossas descobertas, que se acham minuciosamente documentadas, mas sobre as nossas mentes, a forma fluente com que nos entendemos, o padrão que nos leva a compreender o outro de imediato, quase sem palavras. Quando estamos ambos envolvidos, por exemplo, no mapeamento das mudanças de padrões de sono de nossos objetos individuais de estudo, e ele quer me dizer alguma coisa, não precisa falar: sinto os olhos dele sobre mim, sua mente me chamando, e aí levanto a cabeça do meu trabalho, pronta para seja lá qual for a observação que ele queira fazer.

Os céticos poderão considerar mera coincidência ou atribuir-me imaginação fértil por transformar um incidente casual em ocorrência costumeira. Mas deime conta de que, quando duas pessoas trabalham muito próximas em algum projeto comum — duas pessoas inteligentes, bem entendido —, estabelece-se en-

tre elas um elo de comunicação que pode aperfeiçoar o trabalho. Durante todo o tempo em que se acham engajadas na tarefa, estão alertas e agudamente receptivas ao menor movimento do outro, e, conseqüentemente, mostram-se capazes de interpretá-lo. Mesmo sem ver os movimentos infinitesimais. E isso não atrapalha o trabalho. Ao contrário, aperfeiçoa-o, porque a nossa velocidade de entendimento é aumentada. Deixe-me dar um pequeno exemplo, pequeno, mas que é representativo de um sem-número de outros. Esta manhã, eu estava debruçada sobre umas anotações, buscando encontrar nos apontamentos de Adeline um padrão de comportamento. Procurando um lápis para fazer uma anotação à margem, senti a mão do doutor roçar na minha e passar-me o lápis que eu tanto desejava. Olhei para ele para agradecer, mas ele se achava totalmente mergulhado em seus próprios papéis, sem a mínima idéia do que tinha ocorrido. É dessa forma que nós trabalhamos juntos: mentes, mãos, sempre em união, sempre se antecipando às necessidades e aos pensamentos do outro. E quando estamos longe, o que se dá na maior parte do dia, estamos pensando constantemente em pequenos detalhes relacionados ao projeto, ou então em aspectos mais amplos da vida e da ciência, e mesmo isso prova o quanto nos achamos sintonizados neste empreendimento conjunto.

Mas estou com sono, e, embora pudesse continuar escrevendo indefinidamente sobre os prazeres da co-autoria de um trabalho de pesquisa, é mesmo hora de ir para a cama.

Não escrevo nada há quase uma semana e não me desculpo, como de costume. Meu diário sumiu.

Falei com Emmeline a respeito — delicada e rispidamente, oferecendo chocolates e ameaçando castigo (nessa hora meus métodos ficaram de lado, é verdade, mas, com toda a minha franqueza, perder um diário afeta qualquer um) —, mas ela continua a negar tudo. Seus desmentidos eram consistentes e revelavam fortes indícios de boa-fé. Qualquer um que não conhecesse as circunstâncias acreditaria nela. Conhecendo-a como conheço, eu própria considerei o sumiço inesperado e de difícil explicação dentro do quadro geral do seu progresso. Ela não sabe ler e não se interessa pelo que as outras pessoas pensam nem por suas vidas interiores, a menos que isso a afete diretamente. Por que haveria de querer o meu diário? Presumivelmente, pelo brilho do fecho — a atração que ela demonstrava por objetos brilhantes não diminuiu, e eu não tento acabar com ela; não costuma causar maiores prejuízos. Mas estou desapontada.

A julgar apenas pelos seus desmentidos e por seu caráter, eu concluiria que ela não era a culpada pelo furto. Mas o fato é que não pode ter sido mais ninguém.

John? A Sra. Dunne? Mesmo supondo que os empregados tenham querido roubar meu diário, no que não acredito nem por um momento, lembro-me perfeitamente de que eles se encontravam ocupados com suas tarefas em outros pontos da casa quando ele sumiu. Imaginando que podia estar enganada, conduzo a conversa para o assunto, e John confirma que a Sra. Dunne esteve na cozinha a manhã inteira ("fazendo aquela bagunça", disse ele). Ela, por sua vez, confirma que John estava na cocheira consertando o carro ("um serviço muito do barulhento"). Não podia ter sido nenhum dos dois.

Assim, depois de eliminar todos os suspeitos, sou forçada a crer que foi Emmeline.

E, no entanto, não consigo deixar de sentir-me apreensiva. Mesmo agora sou capaz de ver seu rosto — aparentemente tão inocente, tão angustiado ao se ver sob acusação — e sou obrigada a pensar se não há aqui algum fator adicional que eu não levei em conta. Quando encaro o assunto por esse ângulo, sinto um desconforto: fico subitamente tomada por um pressentimento de que nenhum dos meus planos está fadado a dar frutos. Alguma coisa tem estado contra mim desde que vim para esta casa! Algo que quer frustrar-me e impedir-me de realizar qualquer projeto que eu empreenda! Passei e repassei meus pensamentos, revi cada passo da minha lógica, e não encontro defeito, mas ainda me vejo coberta de dúvidas... O que é que não estou conseguindo ver?

Relendo este último parágrafo, sinto-me chocada com tamanha falta de confiança em mim mesma, algo que me é tão pouco característico. Só pode ser o cansaço que me faz pensar assim. Uma mente em desassossego fica propensa a vagar por sendas áridas; nada que uma boa noite de sono não resolva.

Além do mais, agora tudo acabou. Aqui estou, escrevendo no diário perdido. Tranquei Emmeline em seu quarto durante quatro horas, no outro dia por seis horas, e ela viu que no dia seguinte seriam oito horas. No segundo dia, pouco depois que desci para destrancar sua porta, encontrei o diário na minha escrivaninha na sala de aula. Ela deve ter saído furtivamente para colocá-lo lá, não a vi passar pela porta da biblioteca em direção à sala de aula, embora a tenha deixado deliberadamente aberta. Mas ele fora devolvido. Portanto, não há qualquer possibilidade de dúvida, há?

❋

Estou tão cansada e mesmo assim não consigo dormir. Ouço passos na noite, mas quando chego à porta e olho para o corredor, não há ninguém.

❋

Confesso que me senti abalada — ainda me sinto — ao pensar que este livrinho esteve fora do meu alcance ainda que por apenas dois dias. A idéia de uma outra pessoa lendo minhas palavras é muito desagradável. Não posso deixar de pensar em como outra pessoa interpretaria certas coisas que escrevi, pois quando escrevo só para mim, e sei perfeitamente bem a verdade do que escrevo, possivelmente sou menos cuidadosa com minhas expressões, e escrevendo rápido, muitas vezes sou capaz de expressar-me de uma forma que pode ser mal interpretada pelo outro, que talvez não tenha o mesmo entendimento daquilo que eu realmente pretendi dizer. Pensando em certas coisas que eu havia escrito (o doutor e o lápis — algo tão banal que realmente mal vale a pena escrever a respeito), constato que elas podiam parecer a um estranho bem diferentes do que eu pretendera e me pergunto se não seria melhor arrancar essas páginas e destruí-las. O problema é que não quero fazer isso, porque essas são as páginas que mais desejo guardar, para ler mais tarde, quando estiver velha e longe daqui, e recordar a felicidade do meu trabalho e o desafio do nosso grande projeto.

Por que uma amizade científica não poderia ser uma fonte de prazer? Não é menos científica por causa disso, é?

Mas talvez a resposta seja parar totalmente de escrever, pois quando escrevo, mesmo agora essa simples frase, essa simples palavra, preocupo-me com o leitor fantasma que se debruça no meu ombro para observar minha caneta, que deturpa minhas palavras e distorce o que quero dizer, deixando-me pouco à vontade na privacidade de minhas próprias idéias.

É irritante ser apresentado a alguém numa perspectiva tão diferente da habitual, ainda mais quando se trata claramente de uma falsa perspectiva.

Não vou mais escrever.

Fim

O Fantasma da História

Pensativamente, fui erguendo os olhos da página final do diário de Hester. Uma porção de coisas havia chamado minha atenção ao lê-lo, e, agora que terminara, tinha tempo de sobra para refletir sobre elas mais detidamente.

Ah, eu pensei.

Ah.

E depois *AH*!

Como descrever minha eureca? Começou com um *e se* meio desconfiado, uma conjectura casual, uma idéia implausível. Era — bem, talvez não impossível, mas absurda! Para começar...

Eu já estava prestes a enfileirar os contra-argumentos sensatos quando parei de súbito. Pois meus pensamentos, correndo adiante deles mesmos num momento de premonição, já se haviam rendido a essa versão revisada dos fatos. Num instante, um instante de deslumbre vertiginoso, caleidoscópico, a história que a Sra. Winter me contara se desfez e refez, idêntica em cada acontecimento, a mesma em cada detalhe — mas inteira, radicalmente diferente. Como aquelas imagens que mostram uma jovem noiva se a gente as segura de uma maneira, e uma velha enrugada se as olha de outro modo. Como aquelas folhas de papel pontilhadas aleatoriamente que escondem bules de chá, ou caras de palhaço ou a catedral de Rouen desde que se aprenda a olhá-las. A verdade estivera sempre lá — só agora eu a enxergara.

Seguiu-se uma longa hora de meditação. Uma coisa de cada vez, analisada por diferentes ângulos, separadamente, fui repassando tudo o que sabia. Tudo que me haviam contado e tudo que tinha descoberto. *Sim*, eu pensava. E *sim* outra vez. Isso, e isso, e mais isso. Meu conhecimento novo emprestava vida à história, que começava a respirar. E, à medida que o fazia, começava a se corrigir. As pontas rombudas se arredondavam. As lacunas se preenchiam. As partes que faltavam eram recuperadas. Os quebra-cabeças se esclareciam e os mistérios perdiam o mistério.

E finalmente, depois de todas as histórias e lorotas contadas, depois das telas de fumaça, e dos truques de espelho e dos blefes duplos, *eu soube*.

Eu soube o que Hester viu naquele dia em que pensou ter visto um fantasma.

Soube a identidade do garoto do jardim.

Soube quem atacou a Sra. Maudsley com o violino.

Soube quem matou John Cavador.

Soube quem Emmeline tanto procurava debaixo da terra.

Os detalhes foram se encaixando. Emmeline falando consigo mesma atrás de uma porta fechada, quando a irmã estava na casa do médico. *Jane Eyre*, o livro que aparece e reaparece na história, como um fio de prata numa tapeçaria. Compreendi os mistérios do marcador de página errante de Hester, a aparição de *A volta do parafuso* e o sumiço do seu diário. Compreendi a estranheza da decisão de John Cavador de ensinar a menina que certa vez profanara o seu jardim a cultivá-lo.

Compreendi a garota da névoa, e como e por que ela emergiu dela. Compreendi como uma menina como Adeline pôde desaparecer, deixando a Sra. Winter em seu lugar.

"Vou lhe contar uma história de gêmeas", dissera a Sra. Winter naquela primeira tarde na biblioteca, quando viu que eu estava na iminência de ir embora. Palavras que, ao ecoar inesperadamente na minha própria história, acabaram por me prender irresistivelmente à dela.

Era uma vez duas garotinhas...

A diferença é que agora eu estava sabendo.

Ela havia me indicado a direção correta ainda naquela primeira noite. Se eu ao menos soubesse ouvir...

"Você acredita em fantasmas, Srta. Lea?, perguntara ela. "Vou lhe contar uma história de fantasmas."

E eu lhe dissera: "Numa outra ocasião."

Mas a Sra. Winter *tinha* me contado uma história de fantasmas.

Era uma vez duas garotinhas...

Ou então: era uma vez três.

Era uma vez uma casa, e a casa era mal-assombrada.

O fantasma era, à maneira costumeira dos fantasmas, invisível na maior parte do tempo e, contudo, não completamente invisível. Havia o fechar de portas que tinham ficado abertas, e o abrir de portas que haviam sido trancadas. O lampejo de um movimento no espelho que fazia vislumbrar algo. Uma corrente de ar que balançava uma cortina quando nenhuma janela estava aberta. Lá estava a fantasminha, na circulação inusitada de livros entre um cômodo e outro e no misterioso marcador de livros movendo-se de página em página. Foi a mão dela que tirou um diário de um lugar e o escondeu em outro, e a mão dela que o recolocou mais tarde. Se, ao dobrar num corredor, você tinha a estranha impressão de ter visto uma sola de sapato desaparecendo na esquina adiante, então a fantasminha não estava muito longe. E quando você, tomado por aquela sensação atrás-do-pescoço de haver alguém de olho em você, levantava a cabeça para constatar a sala vazia, então podia estar certo de que a fantasminha andava escondida em algum lugar desabitado.

Sua presença poderia ser adivinhada de várias maneiras por quem tivesse olhos para ver. Mas ela não era vista.

Ela rondava por ali nas pontas dos pés, descalça, sem nunca fazer ruído; e já reconhecia a pisada de cada habitante da casa, sabia cada tábua que rangia e cada porta que guinchava. Todos os cantos escuros da casa lhe eram familiares, todos os esconderijos, todas as gretas. Conhecia os vãos atrás dos armários e entre as prateleiras, as costas dos sofás e as partes de baixo das poltronas. A casa, em sua mente, era um lugar com mil e um esconderijos, e ela sabia circular invisivelmente entre eles.

Isabelle e Charlie nunca viram a fantasma. Vivendo como viviam, fora dos eixos, fora da razão, não eram do tipo que ficava perplexo perante o inexplicável. Coisas que se perdiam, quebravam e eventualmente extraviavam lhes pareciam parte do universo natural. Uma sombra que incidisse sobre um tapete onde não deveria haver sombra não era motivo para que parassem e refletissem; tais mistérios pareciam apenas uma extensão natural das sombras em seus corações e mentes. A fantasminha era o movimento na visão periférica deles, o quebra-cabeça inconfesso no fundo de seus cérebros, a sombra permanente atrelada às suas vidas sem seu conhecimento. Ela fuçava em busca de restos na despensa deles, como um rato, aquecia-se com a brasa da lareira deles depois que iam para a cama, desaparecia nos recessos da dilapidação deles na hora em que surgia alguém.

Ela era o segredo da casa.

E, como todo segredo, tinha quem a protegesse.

A empregada via perfeitamente a fantasminha, apesar da sua visão prejudicada. O que era bom também. Sem a colaboração dela, nunca teria havido sobras suficientes na despensa e farelos de pão do café-da-manhã para sustentar a fantasminha. Pois seria um erro imaginar que a fantasma era algum desses espectros etéreos, incorpóreos. Não. Essa tinha estômago, e quando ele estava vazio, precisava ser abastecido.

Mas ela fazia por merecer a ajuda, pois, assim como comia, também provia. Uma outra pessoa que tinha jeito para ver fantasmas, claro, era o jardineiro, que ficava contente por ter um par de mãos extra. Ela punha um chapéu de aba larga e vestia umas calças velhas de John, cortadas na altura dos tornozelos e presas por suspensórios, e sua presença no jardim era produtiva. Na terra, as batatas engordavam sob seus cuidados; acima da terra, os arbustos produziam cachos carregados de amoras, que ela colhia com as mãos sob as folhas rasteiras. Seu toque era mágico não só para frutas e legumes, como também para as roseiras, que floresciam como nunca. Mais tarde, ela entendeu o desejo secreto dos buxos e teixos de virar geometria. A seu comando, folhas e galhos ganhavam cantos e ângulos, curvas e linhas matematicamente exatas.

No jardim e na cozinha a fantasminha não precisava se esconder. A empregada e o jardineiro eram seus guardiães, seus protetores. Eles lhe ensinavam os meandros da casa e como ficar a salvo nela. Eles a alimentavam, cuidavam dela. Quando uma estranha veio morar na casa, com olhos aguçados e vontade de eliminar as sombras e trancar todas as portas, eles temeram por ela.

Mais do que qualquer outra coisa, eles a amavam.

Mas de onde ela viera? Qual era sua história? Porque fantasmas não surgem por acaso. Só vêm para onde sabem que estarão em casa. E a fantasminha sentia-se em casa naquela mansão. Naquela família. Embora não tivesse nome, embora não fosse ninguém, o jardineiro e a empregada sabiam muito bem quem ela era. Sua história estava escrita no cabelo cor de cobre e nos olhos de esmeralda.

Essa é a parte mais curiosa de toda a história. A fantasma guardava a mais impressionante semelhança com as gêmeas que moravam na casa. De que outra maneira teria conseguido viver ali por tanto tempo sem ser descoberta? Três meninas com cabelos cor de cobre que lhes desciam volumosamente pelas costas. Três meninas com incríveis olhos cor de esmeralda. Curiosa, não acha?, a semelhança delas duas com a fantasminha e desta com elas?

— Quando eu nasci — contou-me a Sra. Winter —, não passava de uma trama secundária.

Assim ela começou a história em que Isabelle foi a um piquenique, encontrou Roland e acabou casando-se com ele, fugindo da paixão doentia e incestuosa do irmão. Charlie, desprezado pela irmã, comportou-se agressivamente, descarregando nos demais sua raiva, sua paixão e seus ciúmes. Filhas de condes ou de comerciantes, de banqueiros ou de limpadores de chaminés — para ele pouco importava: com ou sem o seu consentimento, ele se lançava sobre elas numa tentativa desesperada de esquecer a irmã.

Isabelle deu à luz suas gêmeas num hospital de Londres. Duas meninas que não tinham nada do marido da mãe. Cabelos cor de cobre — como os do tio. Olhos verdes — como os do tio.

E aqui a trama secundária: quase ao mesmo tempo, em algum estábulo ou na cama de algum barraco sombrio, uma outra mulher dava à luz — não a filha de um conde, eu suponho. Ou de um banqueiro. Os ricos têm como lidar com as dificuldades. Ela devia ser uma mulher anônima, comum, sem recursos. E igualmente teve uma filha. De cabelos cor de cobre. De olhos verdes.

Filha do ódio. Filha do estupro. *Filha de Charlie.*

Era uma vez uma mansão chamada Angelfield.

Era uma vez gêmeas.

Era uma vez uma prima que veio morar em Angelfield. Mais exatamente, uma meia-irmã.

Sentada no trem com o diário de Hester fechado em meu colo, a grande onda de compaixão que eu estava começando a sentir pela Sra. Winter minguou quando me veio à mente uma outra criança ilegítima. Aurelius. E minha compaixão virou raiva. Por que o separaram da mãe? Por que o abandonaram? Por que teve de se virar sozinho no mundo sem sequer conhecer a própria história?

Pensei também na tenda branca e nos restos mortais sob ela, que, agora eu sabia, não eram de Hester.

Tudo aquilo ficou em ebulição até a noite do incêndio. Fogo premeditado, assassinato, abandono de bebê.

Quando o trem chegou a Harrogate e eu desci à plataforma, fiquei surpresa ao me deparar com neve até os tornozelos. Pois, embora estivesse olhando pela janela do trem durante a última hora, não tinha visto a paisagem do lado de fora.

Pensava que sabia de tudo, até viver um momento esclarecedor.

Eu achava, até compreender que não havia duas garotas em Angelfield, e sim três, que tinha nas mãos a chave de toda a história.

No fim das minhas elucubrações foi que entendi que, enquanto não ficasse sabendo o que havia acontecido na noite do incêndio, eu ainda não sabia de nada.

Ossos

Era véspera de Natal; tarde da noite; nevava forte. O primeiro taxista e o segundo se recusaram a me levar tão longe numa noite daquelas, mas o terceiro, com ar de indiferença, deve ter-se comovido com o ardor da minha súplica, pois se limitou a dar de ombros e me deixou entrar.

— Vamos ver se vai dar — avisou me ele com rispidez.

Rumamos para fora da cidade com a neve caindo sem parar, acumulando-se meticulosamente, floco por floco, em cada palmo da terra, em cada galho de árvore. Após o último povoado, a última casa de fazenda, vimo-nos em meio a uma paisagem branca, na qual a estrada mal se distinguia da terra lisa ao redor, e afundei no assento à espera de que a qualquer momento o taxista fosse desistir e retornar. Somente a segurança das minhas indicações lhe dava garantia de que estávamos de fato numa estrada. Saltei para abrir o primeiro portão, e em seguida nos achamos diante do portão principal da casa.

— Espero que o senhor encontre o caminho de volta em segurança — disse eu.

— Vai sair tudo bem — respondeu ele, dando novamente de ombros.

Como já esperava, o portão estava trancado. Sem querer que o taxista pensasse que eu era alguma espécie de ladra, fiz que procurava as chaves na bolsa enquanto ele manobrava o carro. Só quando ele já se encontrava a uma boa distância foi que tratei de escalar o portão.

A porta da cozinha não estava trancada. Tirei as botas, limpei a neve do casaco e o pendurei. Atravessei a cozinha vazia e dirigi-me ao quarto de Emmeline, onde eu sabia que a Sra. Winter deveria estar. Aticei minha raiva com um monte de acusações e de perguntas; por Aurelius e pela mulher cujos ossos haviam permanecido durante sessenta anos sob as ruínas queimadas da biblioteca de Angelfield. Apesar de toda a minha agitação interna, consegui avançar silenciosamente: o tapete absorvia o furor dos meus passos.

Não bati à porta, simplesmente a empurrei e fui entrando.

As cortinas ainda estavam cerradas. Ao lado da cama de Emmeline, a Sra. Winter estava sentada tranqüilamente. Assustada com minha aparição, olhou-me com um brilho extraordinário nos olhos.

— Ossos! — sibilei. — Encontraram ossos em Angelfield!

Eu era toda ouvidos, toda olhos, aguardando ansiosamente que ela confessasse, não importa se na forma de palavras, gestos ou expressões faciais. Estava pronta para interpretar o que fosse.

A questão é que havia algo naquele quarto tentando fazer com que me desconcentrasse da minha investigação.

— Ossos? — perguntou a Sra. Winter. Estava branca como papel e tinha um oceano nos olhos, imenso o bastante para afogar toda a minha fúria. — *Ah...*

Ah... Que riqueza de vibrações pode conter uma única sílaba. Medo. Desespero. Dor e resignação. Aflição — de um tipo inconsolável, sombrio. E luto, profundo e ancestral.

E então aquela sensação perturbadora expandiu-se com tamanha insistência dentro da minha cabeça que não deixou espaço para mais nada. O que era aquilo? Algo alheio ao meu drama de ossos. Anterior à minha intrusão. Por um segundo senti-me confusa, e em seguida todas as coisas insignificantes que eu havia notado sem notar surgiram juntas. O ambiente no quarto. As cortinas fechadas. A transparência aquosa dos olhos da Sra. Winter. O fato de que o núcleo de aço, que sempre fora sua essência, parecia simplesmente havê-la abandonado.

Minha atenção concentrou-se num único ponto: onde estava a maré suave da respiração de Emmeline? Nenhum som chegava aos meus ouvidos.

— Não! Ela está...

Caí de joelhos ao lado da cama e olhei fixamente.

— Sim — falou a Sra. Winter baixinho. — Ela se foi. Faz poucos minutos.

Olhei o rosto vazio de Emmeline. Na verdade, nada se alterara. Suas cicatrizes permaneciam acentuadamente vermelhas; os lábios tinham a mesma inclinação lateral; os olhos continuavam verdes. Toquei em sua mão deformada e vi que sua pele estava quente. Seria verdade que ela estava morta? Absoluta, e irrevogavelmente morta? Parecia impossível. Ela teria nos abandonado por completo? Haveria algo que tivesse deixado para nos consolar? Não haveria feitiço, nem talismã, nem magia capaz de trazê-la de volta? Não haveria alguma coisa que eu pudesse dizer que chegasse até ela?

Foi o calor de sua mão que me convenceu de que ela podia me ouvir. Foi o calor de sua mão que trouxe todas aquelas palavras ao meu peito, umas desabando sobre as outras, na pressa de voar até os ouvidos de Emmeline.

— Encontre minha irmã, Emmeline. Por favor, encontre-a. Diga-lhe que estou esperando por ela. Diga-lhe... — Minha garganta era estreita demais para tantas palavras, e elas se entrechocavam à medida que saíam de dentro de mim. — Diga que sinto falta dela! Diga-lhe que estou sozinha! — As palavras eram arremessadas impetuosamente, com urgência, dos meus lábios. Febrilmente, percorriam o espaço entre nós, em busca de Emmeline. — Diga-lhe que não posso mais esperar! Diga-lhe que *venha*!

Mas era tarde demais. A linha divisória havia baixado. Invisível. Irrevogável. Implacável.

Minhas palavras chocaram-se como pássaros numa vidraça.

— Ah, pobrezinha. — Senti a mão da Sra. Winter em meu ombro, e, durante todo o tempo em que lamentei os cadáveres das minhas palavras perdidas, sua mão permaneceu ali, leve.

Finalmente sequei meus olhos. Restaram apenas algumas palavras. Vagando soltas, sem as velhas companheiras.

— Era minha irmã gêmea — disse eu. — Ela ficava aqui. Olhe.

Puxei a blusa que estava para dentro da saia, expondo meu torso à luz. Minha cicatriz. Minha meia-lua, meio prata, meio cor-de-rosa, uma translucidez nacarada. A linha divisória.

— Era aqui que ela ficava. Estávamos ligadas por aqui. Eles nos separaram. E ela morreu. Não podia viver sem mim.

Senti o roçar dos dedos da Sra. Winter traçejando a meia-lua em minha pele, e em seguida a terna cumplicidade de seus olhos.

— O fato é que... — (as últimas palavras, as derradeiras, depois delas eu não preciso dizer mais nada, nunca mais) — eu acho que não posso viver sem *ela*.

— Pobrezinha. — A Sra. Winter olhou-me. Manteve-me suspensa na compaixão de seus olhos.

Não pensei em nada. Minha mente estava perfeitamente apaziguada na superfície, mas sob ela havia agitação e arrebatamento. Dava para sentir a forte correnteza subterrânea. Durante anos um navio naufragado permanecera nas profundezas, um cargueiro enferrujado com sua carga de ossos. Agora ele estava se deslocando. Eu o havia despertado, criando uma turbulência que liberava nuvens de areia do fundo do mar, grãos de areia girando ferozmente em círculos na água escura e revolta.

O tempo todo a Sra. Winter sustentou-me com seu olhar intenso e verde.

Então, lentamente, bem lentamente, a areia foi reassentando e a água retornou à sua quietude, lentamente, bem lentamente. E os ossos voltaram a pousar no porão enferrujado do navio.

— Certa vez a senhora quis conhecer minha história — disse eu.

— E você me disse que não tinha uma história.

— Agora a senhora sabe que eu tenho.

— Nunca duvidei disso. — Ela me deu um sorriso triste. — Quando a convidei para vir aqui, era como se já conhecesse sua história. Tinha lido seu trabalho sobre os irmãos Landier. Um ótimo trabalho. Você sabia muito sobre gêmeos. Um conhecimento interior, me parecia. E quanto mais eu lia seu trabalho, mais achava que você devia ter um irmão, ou uma irmã, um gêmeo. E foi por isso que me fixei em você para ser minha biógrafa. Porque se, depois de tanto tempo contando histórias, eu ficasse tentada a mentir, você descobriria.

— E descobri mesmo.

Ela aquiesceu, tranqüila, triste, sem surpresas.

— E em relação ao tempo? Até onde você sabe?

— Até onde a senhora me contou. Apenas uma trama secundária, é assim que o considero. A senhora me contou a história de Isabelle e suas gêmeas, e eu não prestei atenção. A trama secundária eram Charlie e suas violências. A senhora continuava me apontando na direção de *Jane Eyre*. O romance do outsider na família. A prima órfã. Eu não sei quem era sua mãe. E como a senhora foi parar em Angelfield sem ela.

A Sra. Winter balançou a cabeça pesarosamente.

— Todos que poderiam saber a resposta para tais perguntas estão mortos, Margaret.

— A senhora não se lembra?

— Sou humana. E, como todos os humanos, não me lembro do meu nascimento. Na época em que atentamos para nós mesmos somos todos crianças pequenas, e nosso advento é algo que se deu uma eternidade atrás, no início dos tempos. Nós vivemos como aqueles que chegam atrasados ao teatro: temos de pegar a coisa no ar da melhor maneira que pudermos, adivinhando o começo a partir do que propiciam os últimos acontecimentos. Quantas vezes retrocedi à fronteira da memória e observei as trevas mais além? Mas não são unicamente as lembranças que ficam ali na fronteira rondando. É toda uma fantasmagoria que habita aquele reino. Os pesadelos de uma criança solitária. Contos de fadas apropriados por alguma mente faminta por histórias. As fantasias de uma garotinha cheia de imaginação, ansiosa por explicar a si mesma o inexplicável. Seja qual for a história que eu tenha descoberto na fronteira do esquecimento, não digo a mim mesma que ela seja a verdade.

— Toda criança faz do seu nascimento um mito.

— Concordo. A única coisa de que tenho certeza é o que John Cavador me contou.

— E o que foi que ele lhe contou?

— Que eu vim de uma sementinha, entre dois morangos. Ela me contou a história.

Havia alguém atacando os morangos. Não eram os passarinhos, porque eles bicavam e deixavam marcas nas frutas. E também não eram as gêmeas, porque elas pisoteavam as plantas e deixavam pegadas por todo lado. Não, era algum ladrão de pés leves que colhia um morango aqui, uma amora ali. Sem deixar rastos. Outro jardineiro nem teria percebido. No mesmo dia John notou uma poça d'água debaixo da torneira do seu jardim. A torneira estava pingando. Ele deu uma volta e fechou-a direito. Coçou a cabeça e foi tratar das suas tarefas. Mas ficou de olho.

No dia seguinte John viu alguém nos morangos. Um pequeno espantalho, que batia na altura dos seus joelhos, com um chapéu superlargo enfiado na cabeça. A figura correu ao vê-lo. Mas no outro dia ele estava tão decidido a pegar suas frutinhas que foi preciso gritar e agitar os braços para afugentá-lo. Mais tarde ele achou que não devia dar um nome àquilo. Quem, no povoado, teria uma coisica daquele tamanho, pequenino e subnutrido? Quem nas redondezas deixaria o filho ir roubar fruta de um jardim de outros povoados? Ele precisava achar uma resposta.

E alguém tinha entrado na sementeira. Não fora ele que deixara os jornais velhos naquele estado, certo? E aqueles caixotes — tinham sido arrumados direitinho; ele sabia disso.

Pela primeira vez ele fechou o cadeado antes de ir para casa.

Passando pela torneira do jardim, notou que ela estava pingando de novo. Deu-lhe uma boa arrochada sem sequer pensar a respeito. Em seguida, usando toda a sua força, deu mais um aperto. Isso resolveria.

À noite acordou, inquieto por alguma razão com que não atinava. Onde alguém iria dormir, perguntava-se, se não pudesse entrar no galpão e fazer uma cama com jornais num caixote? E onde conseguiria água com a torneira tão apertada que não era possível abri-la? Recriminando-se por essas tolices noturnas, John abriu a janela para sentir a temperatura. Já era muito tarde para gear. Mas ainda estava bem frio para aquela época do ano. E mais frio ainda para quem estivesse com fome... E muito escuro se se tratasse de uma criança...

John balançou a cabeça e fechou a janela. Ninguém seria capaz de abandonar uma criança em seu jardim. Ou seria? Claro que não. Por via das dúvidas, antes das cinco ele já estava de pé e fora da cama. Deu seu passeio bem cedo pelo jardim, examinando os legumes, o topiário, planejando as atividades do dia. E a manhã toda ficou de olho num chapéu de abas largas nas moitas de frutas. Mas não teve o que ver.

— O que há com você? — perguntou a Missus, quando ele se sentou, calado, à mesa da cozinha para tomar uma xícara de café.

— Nada — respondeu ele.

Terminou rapidamente o café e voltou ao jardim para ficar vigiando as frutas com olhos ansiosos.

Nada.

Na hora do almoço comeu apenas metade de um sanduíche; percebeu que estava sem apetite e deixou a outra metade em cima de um vaso de flores virado de cabeça para baixo próximo à torneira do jardim. Chamando a si próprio de idiota, pôs também um biscoito. Abriu a torneira, o que até para ele exigiu um grande esforço. Deixou que a água caísse, ruidosamente, dentro de uma lata, esvaziou-a no canteiro mais próximo e tornou a encher. O estrondo da água ressoou por toda a horta. Mas ele teve o cuidado de não ficar olhando para os lados.

Então se afastou um pouco, ajoelhou-se na grama, de costas para a torneira, e começou a limpar uns vasos velhos. Era um serviço importante; precisava ser feito; os vasos sempre devem ser bem escovados antes de uma nova semeadura, para não espalhar doença.

Atrás dele, a torneira guinchou.

John não se virou logo. Terminou de escovar o vaso, escovou, escovou, escovou.

E então foi rápido. Pôs-se de pé, correu para a torneira, mais veloz do que uma raposa.

Mas não havia motivo para tamanho ímpeto.

A criança, apavorada, tentou escapar, mas tropeçou. Levantou, deu mais alguns passos e tropeçou novamente. John alcançou-a, ergueu-a do chão — não parecia pesar mais do que um gato —, virou-a para olhá-la de frente, e o chapéu caiu.

A figurinha era um saco de ossos. Faminta. Olhos fixos, cabelo negro de sujeira, e fedia. Duas manchas de um vermelho vivo no lugar das bochechas. Ele pôs a mão na testa da criança e viu que estava pegando fogo. De volta ao galpão dos vasos, reparou nos pés da criaturinha: sem sapatos, cobertos de feridas e inchados, o pus escorrendo em meio à sujeira. Parecia haver um espinho encravado bem lá dentro. A criança tremia. De febre, medo, fome, dor. Se encontrasse um animal naquele estado, John pensou, pegaria um revólver e poria um fim ao seu tormento.

Ele deixou a criança trancada no galpão e foi buscar a Missus. Ela veio, examinou bem de perto, deu um suspiro e recuou.

— Não, não sei quem é. E se a gente desse um bom banho nele?

— Enfiá-lo na água?

— Isso! Vou encher a cuba da cozinha.

Eles arrancaram os trapos fedorentos da criança.

— Direto para a fogueira — disse a Missus, arremessando-os no quintal.

A sujeira escorria pela pele; a criança era uma crosta só! A água da primeira lavagem imediatamente ficou preta. Para poder esvaziar a cuba e enchê-la de novo, levantaram a criança, que ficou em pé, equilibrando-se no pé bom. Nua e encharcada, com filetes de água marrom-escura por todo o corpo, parecia feita só de costelas e cotovelos.

Eles olharam para a criança; entreolharam-se; olharam de novo para a criança.

— John, eu posso não estar muito boa da vista, mas me diga: você não está vendo o que eu não estou vendo?

— Tô.

— É mesmo uma figurinha! Uma menininha!

Esquentaram chaleira atrás de chaleira, esfregaram a pele e o cabelo da criança com sabonete, escovaram toda a sujeira debaixo das unhas. Quando ela ficou limpinha, esterilizaram umas pinças, tiraram o espinho do pé — ela se encolheu, mas sem gritar — e fizeram curativo na ferida. Delicadamente passaram óleo de rícino aquecido na crosta em volta dos olhos, aplicaram pomada de calêndula nas picadas de insetos e manteiga de cacau nos lábios rachados e feridos. Desemaranharam e pentearam seus cabelos longos e maltratados. Puseram compressas frias em sua testa e nas bochechas em fogo. Por fim, envolveram a criança numa toalha limpa e fizeram-na sentar-se à mesa da cozinha, onde a Missus foi lhe dando colheradas de sopa na boca enquanto John descascava uma maçã.

Engolindo a sopa, avançando nos pedaços da maçã, ela *traçava* tudo vorazmente. A Missus passou manteiga numa fatia de pão, que ela devorou imediatamente.

Eles a observaram detidamente. Os olhos, sem aquela crosta, eram cacos de esmeralda verde. O cabelo, secando, revelou-se de um ruivo-dourado brilhante. As bochechas, bem pronunciadas, destacavam-se no rosto faminto.

— Você está pensando o que eu estou pensando? — disse John.

— Tô.

— Vamos contar para ele?

— Não.

— Mas ela é parte daqui.

— É.

Eles ficaram pensativos durante alguns instantes.

— E um médico?

As manchas rosadas no rosto da criança não se mostravam mais tão intensas. A Missus levou a mão à sua testa. Ainda quente, mas não tanto quanto antes.

— Vamos ver como ela vai passar a noite. E de manhã a gente chama o médico.

— Se for preciso.

— Tá. Se for preciso.

— E assim ficou decidido — disse a Sra. Winter. — Eu fiquei.

— Qual era seu nome?

— A Missus tentou me chamar de Mary, mas não pegou. John chamou-me de Sombra, porque eu andava atrás dele feito uma sombra. Ele me ensinou a ler com catálogos de sementes, mas logo descobri a biblioteca. Emmeline não me chamava por nenhum nome. Nem era preciso, porque eu estava sempre por ali. Só o que não existe precisa de nome.

Fiquei pensando naquilo em silêncio por alguns instantes. A criança fantasma. Sem mãe. Sem nome. A criança cuja existência era por si só um segredo. Era impossível não sentir compaixão. Mesmo assim...

— E Aurelius? Você sabia muito bem o que é crescer sem mãe! Por que ele teve de ser abandonado? Os ossos encontrados em Angelfield... Sei que deve ter sido Adeline quem matou John Cavador, mas o que aconteceu com ela depois? Diga-me, o que aconteceu na noite do incêndio?

Estávamos conversando no escuro, e eu não conseguia ver a expressão do rosto da Sra. Winter, mas ela pareceu se arrepiar ao olhar para a figura na cama.

— Quer puxar o lençol para cima do rosto dela, por favor? Vou lhe contar do bebê. Vou lhe contar do incêndio. Mas, antes, você poderia me chamar a Judith? Ela ainda não sabe. E vai ter que chamar o Dr. Clifton. Há coisas que precisam ser providenciadas.

Assim que entrou, a primeira preocupação de Judith foi com os vivos. Percebendo a palidez da Sra. Winter, insistiu em levá-la para a cama e foi cuidar dos seus remédios antes de qualquer outra coisa. Juntas, nós a pusemos na cadeira de rodas e a levamos para o quarto; Judith ajudou-a a vestir a camisola; me servi de uma xícara de chá e desfiz a cama para ela.

— Agora vou ligar para o Dr. Clifton — disse Judith. — Você pode ficar com a Sra. Winter? — Mas em poucos minutos ela reapareceu na porta do quarto fazendo-me um gesto para eu ir até a ante-sala. — Não consegui falar com ele — disse, num sussurro. — É o telefone. A neve deve ter derrubado o fio.

Estávamos isoladas.

Lembrei-me do número do telefone do policial no pedaço de papel em minha bolsa e me senti mais tranqüila.

Combinamos que eu ficaria com a Sra. Winter no primeiro turno, enquanto Judith ia até o quarto de Emmeline fazer o que precisava ser feito. Mais tarde ela viria me render, quando chegasse a hora da nova medicação da Sra. Winter.

A noite ia ser longa.

Bebê

Na cama de solteira da Sra. Winter, a única coisa que revelava sua silhueta era o subir e descer das cobertas. Ela respirava furtivamente e com toda a cautela, como se esperasse sofrer uma emboscada a qualquer momento. A luz do abajur destacava-lhe o esqueleto: incidia sobre a maçã do rosto pálida e iluminava o arco branco das sobrancelhas, mergulhando os olhos num poço profundo de sombras.

Nas costas da minha cadeira estava pousado um xale de seda dourada. Estendi-o sobre o abajur para deixar a luz difusa, aquecê-la, fazê-la cair menos brutalmente sobre o rosto da Sra. Winter.

Sentei-me e fiquei observando-a em silêncio. Quando ela falou, mal consegui ouvir o sussurro.

— A verdade? Deixe-me ver...

As palavras projetavam-se de seus lábios para o ar, onde ficavam suspensas, tremeluzindo, até achar o caminho e finalmente partir em viagem.

Não fui amável com Ambrose. Poderia ter sido. Em algum outro mundo, eu poderia ter sido. Não seria difícil: ele era alto e forte e tinha cabelos que pareciam ouro sob o sol. Eu sabia que ele gostava de mim e eu não era indiferente. Mas eu endureci meu coração. Estava presa a Emmeline.

— Não sou bom o bastante para você? — perguntou-me ele certo dia. Assim, bem direto.

Fingi não ouvir, mas ele insistiu.

— Eu não sirvo para você, pode dizer na minha cara!

— Você não sabe ler — disse eu — nem escrever!

Ele sorriu. Pegou um lápis no peitoril da janela da cozinha e começou a rabiscar letras num pedaço de papel. Bem devagar. As letras eram irregulares. Mas logo ficou claro: Ambrose. Ele escrevera seu nome e, quando terminou, pegou o papel e estendeu-o em minha direção.

Arranquei o papel da mão dele, amassei e joguei no chão, como uma bola.

Ele deixou de vir à cozinha para tomar chá. Eu bebia o meu na cadeira da Missus, sentindo falta do cigarro e ouvindo o som dos seus passos ou de sua pá cavando a terra. Quando ele vinha trazer a carne, limitava-se a entregar a bolsa sem dar uma palavra, desviando os olhos, uma expressão fria. Havia desistido. Mais tarde, limpando a cozinha, vi o pedaço de papel com o nome dele e me senti envergonhada. Pus o papel em sua mochila que ficava pendurada na porta da cozinha, assim não daria na vista.

Quando percebi que Emmeline estava grávida? Alguns meses depois que o rapaz parou de vir tomar chá. Soube antes mesmo dela, que mal se dava conta das mudanças em seu corpo, nem das conseqüências. Perguntei-lhe sobre Ambrose. Era difícil fazê-la entender o motivo das minhas perguntas, e ela nem sequer percebia por que eu estava zangada.

— Ele estava tão tristinho — era tudo o que ela dizia. — Você foi tão dura com ele. — Ela falava delicadamente, com muita pena do rapaz, aveludando a reprimenda que me dava.

Eu a sacudi.

— Você sabe que agora vai ter um bebê, não sabe?

Seu rosto demonstrou um certo espanto, mas logo ficou sereno como antes. Nada, ao que parece, era capaz de lhe tirar a tranqüilidade.

Demiti Ambrose. Paguei até o fim da semana e o mandei embora. Não olhei para ele enquanto falava. Não lhe disse os motivos. Ele não fez qualquer pergunta.

— Você pode ir imediatamente — disse eu, mas aquele não era o seu jeito. Ele terminou o serviço que estava fazendo quando eu o interrompi, limpou escrupulosamente as ferramentas, tal como John lhe ensinara, e guardou-as novamente no galpão do jardim, deixando tudo limpo e arrumado. Só então bateu à porta da cozinha.

— O que você vai fazer para o jantar? Sabe ao menos matar uma galinha?

Balancei a cabeça.

— Vem cá.

Ele apontou com a cabeça na direção do galinheiro e eu segui atrás.

— Não perca tempo — disse ele. — Tem de ser rápido e direto. Sem pensar duas vezes.

Ele investiu sobre uma ave de penas acobreadas que ciscava aos nossos pés e segurou-a com firmeza. Imitou a ação de quebrar-lhe o pescoço.

— Está vendo?

Balancei a cabeça afirmativamente.

— Então faça você.

Ele soltou a ave, que voejou para o chão, misturando-se às companheiras.

— Agora?

— E o que é que você tem para comer esta noite?

O sol batia nas penas das galinhas que ciscavam ao redor. Corri atrás de uma, que fugiu apressada. A segunda também escapou por entre os meus dedos. Consegui pegar a terceira, meio desajeitada. Ela cacarejou e, em pânico, tentou bater as asas para escapar, e eu fiquei me perguntando como o rapaz conseguira dominar a sua tão facilmente. Enquanto eu lutava para mantê-la debaixo do braço e, ao mesmo tempo, levar minhas mãos até o seu pescoço, senti o olhar severo do rapaz em cima de mim.

— Rápido e direto — lembrou-me ele. Não estava acreditando em mim, dava para perceber pela sua voz.

Eu ia matar a ave. Tinha decidido matar aquela ave. E assim, agarrando-lhe o pescoço, apertei. Mas minhas mãos só me obedeceram parcialmente. Um grito estrangulado de alarme partiu da garganta da galinha, e por um segundo vacilei. Com uma torção muscular e batendo as asas, ela escorregou de sob o meu braço. Eu só conseguia mantê-la segura pelo pescoço devido à paralisia do pânico que me dominava. Batendo as asas, agitando incontrolavelmente os pés no ar, por pouco ela não ia se livrando de mim.

Tranqüilamente, poderosamente, o rapaz tomou a ave das minhas mãos e, com um único movimento, estava terminado.

Ele me estendeu o cadáver, que me forcei a segurar. Quente, pesado, inerte.

O sol brilhou sobre os cabelos dele enquanto me olhava. Seu olhar era pior do que os pés da galinha, pior do que as asas dela se debatendo. Pior do que o corpo sem vida em minhas mãos.

Sem dar uma palavra, ele virou as costas e foi embora.

De que me adiantava o rapaz? Não podia lhe dar meu coração, ele não era meu. Pertencia a outra pessoa, sempre pertencera.

Eu amava Emmeline.

E achava que Emmeline também me amava. Só que ela amava Adeline mais ainda.

É doloroso amar uma gêmea. Quando Adeline estava por perto, o coração de Emmeline batia forte. Ela não precisava de mim, e eu ficava de lado, um refugo, um supérfluo, uma mera observadora das gêmeas e da sua natureza gêmea.

Só quando Adeline saía sozinha por aí é que havia espaço para outra pessoa no coração de Emmeline. A dor dela, então, virava minha alegria. Pouco a pouco eu conseguia tirá-la da solidão, oferecendo presentinhos como fios prateados e bugigangas brilhantes, até que ela praticamente se esquecia de ter sido abandonada e se voltava para a amizade e a companhia que eu podia lhe dar. Junto à lareira nós jogávamos cartas, cantávamos, conversávamos. Éramos felizes juntas.

Até que Adeline voltava. Furiosa, com frio e faminta, entrava em casa bufando, e assim que ela chegava nosso mundo de duas terminava e eu era posta de lado novamente.

Isso não era justo. Apesar de Adeline bater nela e puxar-lhe o cabelo, Emmeline a amava. Apesar de Adeline abandoná-la, Emmeline a amava.

Adeline podia fazer o que fosse, que nada mudava, porque o amor de Emmeline era absoluto. E eu? Meu cabelo era cor de cobre como o de Adeline. Eu tinha os olhos verdes como os de Adeline. Na ausência de Adeline, eu era capaz de enganar qualquer um. Mas nunca Emmeline. O coração dela sabia a verdade.

Emmeline teve o bebê em janeiro.

Ninguém ficou sabendo. À medida que a barriga ia crescendo, ela ia ficando mais preguiçosa; não era incômodo algum para ela ficar confinada. Até gostava de ficar dentro de casa, bocejando na biblioteca, na cozinha, em seu quarto. Seu recolhimento não era notado. E por que haveria de ser? A única visita era o Sr. Lomax, que vinha sempre nos mesmos dias e nas mesmas horas. Era moleza afastá-la de suas vistas quando ele batia à porta.

Nosso contato com outras pessoas era mínimo. Em matéria de comida, éramos auto-suficientes — nunca aprendi a gostar de matar galinha, mas aprendi a fazê-lo. Quanto às outras coisas, eu ia em pessoa até a fazenda buscar leite e queijo, e quando, uma vez por semana, o mercado mandava um garoto de bicicleta trazer nossas compras, eu ia encontrá-lo na entrada de automóveis e eu mesma carregava a cesta para dentro de casa. Achava conveniente que a outra gêmea se deixasse ver por alguém de vez em quando. Uma vez, quando Adeline parecia estar calma, eu a mandei ao encontro do garoto na bicicleta. "Hoje foi a outra", eu podia imaginá-lo contando aos outros ao voltar para o mercado. "A esquisitinha." E me perguntava o que o médico diria se chegasse aos seus ouvidos essa definição do garoto. Mas logo se mostrou impossível recorrer a Adeline para isso novamente. A gravidez de Emmeline estava afetando a irmã de modo curioso: pela primeira vez na vida ela descobriu o apetite. De um raquítico saco de ossos, ela desenvolveu curvas roliças e seios fartos. Às vezes — à meia-luz, e de determinados ângulos — nem eu era capaz de diferenciá-las. Por causa disso, de vez em quando, às quartas-feiras de manhã, eu passava por Adeline. Desgrenhava os cabelos, deixava as unhas sujas, fazia uma expressão tensa, agitada, e descia até a entrada de automóveis para ir receber o garoto de bicicleta. Ao ver meu jeito acelerado de andar, ele saberia que era *a outra*.

Podia sentir seus dedos apertando nervosamente o guidom. Observando-me furtivamente, ele me passava a cesta, depois guardava a gorjeta no bolso e saía pedalando satisfeito. Na semana seguinte, ao encontrar comigo — eu, eu mesma —, seu sorriso revelava um certo alívio.

Esconder a gravidez não foi difícil. Mas aqueles meses de espera pelo nascimento deixaram-me perturbada. Eu conhecia os riscos do parto. A mãe de Isabelle não sobrevivera ao segundo parto, e eu não conseguia tirar esse pensamento da cabeça por mais de algumas horas. Que Emmeline pudesse sofrer, que sua vida fosse colocada em risco — isso era impensável. Por outro lado, o médico não se revelara nosso amigo e eu não o queria na casa. Ele viera ver Isabelle e acabara levando-a. Isso eu não deixaria acontecer com Emmeline. Ele havia separado Emmeline e Adeline. Além do mais, como ele viria sem que isso tivesse conseqüências imediatas? E embora ele estivesse convencido — mas sem entender direito — de que a garota da névoa havia rompido a carapaça da mudez, a boneca de pano Adeline que passara meses com ele, se desconfiasse de que havia três garotas na mansão de Angelfield, ele perceberia de imediato a verdade dos fatos. Por uma única visita, para o nascimento em si, eu poderia manter Adeline trancada nos antigos aposentos infantis, e a vida seguiria. Mas uma vez descoberto que havia um bebê na casa, as visitas não teriam mais fim. Ficaria inviável manter nosso segredo.

Eu estava bem consciente da fragilidade da minha posição. *Eu* sabia que era parte daqui; *eu* sabia que era esse o meu lugar. Não tinha outra casa que não Angelfield, não tinha outro amor que não Emmeline, nem outra vida que não essa — mas não alimentava ilusões a respeito de como minha reivindicação pareceria frágil para os outros. Eu tinha amigos? Não se poderia esperar que o médico viesse em minha defesa, e por mais que agora o Sr. Lomax se mostrasse gentil para comigo, assim que ele soubesse que eu tinha fingido ser Adeline, era inevitável que mudasse de atitude. Os sentimentos de Emmeline por mim e os meus por ela de nada valeriam.

A própria Emmeline, em sua plácida ignorância, deixava que seus dias de confinamento passassem imperturbáveis. Quanto a mim, passava o tempo numa agonia de indecisão. Como manter Emmeline a salvo? Como me manter a salvo? Cada dia eu empurrava a decisão para depois. Nos primeiros meses eu tinha certeza de que a solução viria a seu tempo. Eu não tinha resolvido todas as outras coisas, contra todos os prognósticos? Então essa também se resolveria. Porém, à medida que o tempo passava, o problema se tornava cada vez mais urgente, e eu não estava mais perto de uma decisão. No espaço de um minuto eu ficava entre pegar meu casaco e ir imediatamente à casa do doutor para lhe contar tudo e o pensamento oposto: o de que fazer isso seria me dar a conhecer, e que me dar a conhecer só acarretaria o meu banimento. Amanhã, eu prometia a mim mesma, e devolvia o casaco ao cabide. Amanhã eu penso numa saída.

Mas aí ficou tarde demais para o *amanhã*.

Acordei com um grito. *Emmeline!*

Mas não era Emmeline. Emmeline estava aborrecida e ofegante; como um animal, ela bufava e suava; seus olhos estavam esbugalhados e ela mostrava os dentes; mas não gritava. Engolira a dor e esta se transformara em força dentro dela. O grito que me havia acordado, e os que continuavam ressoando por toda a casa, não eram dela, mas sim de Adeline, e não cessaram até de manhã, quando o filho de Emmeline, sim, um menino, veio à luz.

Era o dia 7 de janeiro.

Emmeline adormeceu; ela sorria dormindo.

Dei banho no bebê. Ele arregalou os olhos, estranhando a água quente.

O sol ergueu-se no céu.

O tempo das decisões chegara e se fora, e nenhuma decisão fora tomada; no entanto, aqui estávamos nós, do outro lado da desgraça, e a salvo.

Minha vida podia continuar.

Fogo

A Sra. Winter pareceu pressentir a chegada de Judith, pois, quando a empregada surgiu à porta, encontrou-nos em silêncio. Ela vinha me trazer chocolate numa bandeja, mas também se ofereceu para substituir-me, caso eu quisesse dormir. Fiz que não com a cabeça.

— Estou bem, obrigada.

Ela também recusou quando Judith lembrou-a de que podia tomar mais alguns comprimidos brancos, se precisasse.

Quando Judith saiu, a Sra. Winter fechou novamente os olhos.

— Como vai o lobo? — perguntei.

— Quieto em seu canto — disse ela. — Por que não estaria? Ele tem certeza da vitória, fica só esperando a hora. Sabe que não vou fazer estardalhaço. Já acordamos os termos.

— Que termos?

— Ele me deixa acabar minha história, e eu o deixo acabar comigo.

Ela me contou a história do incêndio, enquanto o lobo fazia a contagem regressiva das palavras.

Eu nunca me dedicara muito a pensar no bebê antes de ele chegar. Considerava os aspectos práticos de manter um neném escondido na casa e tinha planos para o seu futuro, isso sim. Se o pudéssemos manter em segredo por algum tempo, minha idéia era permitir que mais tarde sua presença fosse conhecida. Embora inevitavelmente isso fosse provocar muitos cochichos, ele poderia ser apresentado como o filho órfão de um membro distante da família, e se as pessoas preferissem especular sobre seu verdadeiro parentesco, eram livres para fazê-lo; mas nada poderia nos obrigar a revelar a verdade. Ao fazer tais planos, eu via o bebê como uma dificuldade que precisava ser resolvida. Não levava em conta que ele era minha carne e meu sangue. Não esperava vir a amá-lo um dia.

Ele era de Emmeline, essa era uma razão suficiente. Era de Ambrose. Esse era um aspecto sobre o qual eu não me alongava. Mas ele também era meu. Ficava extasiada com sua pele perolada, o rosado dos seus lábios, os movimentos experimentais de suas mãos pequeninas. A intensidade do meu desejo de protegê-lo era maior do que eu: queria protegê-lo pelo bem de Emmeline, pelo bem dele mesmo, e queria proteger ambos pelo meu próprio bem. Quando via Emmeline e ele juntos, não conseguia tirar os olhos de cima de ambos. Eram lindos. Minha única vontade era mantê-los fora de perigo. E logo percebi que eles precisavam de alguém que os mantivesse a salvo.

Adeline tinha ciúme do bebê. Mais do que de Hester, mais do que de mim. Era de esperar: Emmeline sentia saudade de Hester, amava-a, mas nenhum sentimento chegava aos pés do que o que ela nutria por Adeline. Mas com o bebê... com o bebê era diferente. Ele usurpou tudo.

Eu não devia me surpreender com a dimensão do rancor de Adeline. Sabia o quanto sua ira podia ser terrível, testemunhara o tamanho da sua violência. Mesmo assim, no dia em que compreendi até que ponto ela poderia chegar, mal pude acreditar. Ao passar pelo quarto de Emmeline, empurrei devagarzinho a porta semi-aberta para ver se ela ainda estava dormindo. Encontrei Adeline lá dentro, inclinada sobre o berço, e algo em sua atitude deixou-me alarmada. Ao ouvir meus passos, ela se assustou, e então se virou e disparou para fora do quarto. Entre as mãos, apertava uma pequena almofada.

Fui levada a me aproximar do berço. O menino dormia profundamente, a mão colada à orelha, com aquela respiração suave e delicada dos recém-nascidos.

A salvo!

Até uma próxima vez.

Comecei a vigiar Adeline. Meus velhos tempos de ronda, quando eu a observava por detrás das cortinas e dos arbustos, demonstraram mais uma vez sua utilidade. Havia uma espécie de casualidade em suas ações; dentro e fora da casa, sem se importar com a hora ou o clima, ela se envolvia em atividades sem sentido e repetidas. Ela obedecia a ordens que escapavam ao meu entendimento. Mas uma das suas atividades, gradualmente, chamou-me a atenção. Uma, duas, três vezes ao dia ela ia à cocheira e saía de lá carregando uma lata de gasolina. Levava a lata para a sala de estar, ou para a biblioteca, ou para o jardim. Então parecia se desinteressar. Ela sabia o que estava fazendo, mas meio distante, indiferente. Quando ela não estava olhando, eu sumia com as latas. O que ela pensava das latas que desapareciam? Devia achar que tinham alguma espécie de vida própria, que eram capazes de ir de um lado para outro por conta própria. Ou talvez ela confundisse a lembrança de tê-las movido com sonhos e planos ainda não realizados. Não sei por que razões, o fato é que ela não parecia estranhar que as latas não estivessem mais onde as havia deixado. Porém, apesar de tudo, ela insistia em ir pegá-las na cocheira e escondê-las em diversos lugares por toda a casa.

Eu praticamente passava o dia inteiro levando as latas de volta para a cocheira. Mas um dia, sem querer deixar Emmeline e o bebê dormindo desprotegidos, resolvi esconder uma lata na biblioteca. Fora das vistas, atrás dos livros, numa prateleira alta. E ocorreu-me que assim talvez fosse melhor. Porque, ao devolvê-las sempre à cocheira, eu só estava assegurando que a coisa não tivesse um fim. Um círculo vicioso. Tirando-as definitivamente de circulação, quem sabe eu poderia pôr um termo àquela história descabida?

Ficar vigiando Adeline deixava-me cansada, mas *ela*! Ela nunca se cansava. Um cochilo era o bastante. Era capaz de levantar-se e sair por aí a qualquer hora da noite. E eu dormindo. Um dia, à noitinha, Emmeline foi para a cama. O menino estava no berço, no quarto. Sentira cólicas, e tinha ficado acordado e choramingando, mas agora, um pouco melhor, dormia profundamente.

Fechei as cortinas.

Era hora de ficar de olho em Adeline. Estava cansada de estar sempre vigilante. Vigiando Emmeline e o filho enquanto dormiam, vigiando Adeline enquanto os dois estavam acordados, eu mal conseguia dormir. O quarto estava tão tranqüilo! A respiração de Emmeline me deixando relaxada. E ainda o suave respirar do bebê... Lembro-me de escutá-los, da harmonia deles, pensando em como estava tudo tão calmo, pensando numa forma de descrever aquilo tudo — que era dessa forma que eu me entretinha, colocando em palavras as coisas que via e ouvia — e pensando que precisava descrever como a respiração deles parecia me penetrar, assumir o controle da minha própria respiração, como se fôssemos, todos, parte de uma mesma coisa, eu, Emmeline e nosso bebê, os três uma só respiração. Esta idéia se apoderou de mim, e me senti transportada junto com eles para o sono.

Alguma coisa me fez acordar. Como um gato, eu já estava alerta mesmo antes de abrir os olhos. Não me mexi, mantive a respiração normal, e fiquei observando Adeline por debaixo das pestanas.

Ela se abaixou no berço, pegou o bebê e foi saindo do quarto com ele. Eu poderia ter gritado para detê-la. Mas não. Se gritasse, ela só adiaria o plano, ao passo que, deixando-a prosseguir, eu poderia descobrir o que ela pretendia e acabar com aquilo de uma vez por todas. O bebê se agitou nos braços dela. Estava querendo acordar. Ele não gostava de ir para os braços de ninguém que não fosse Emmeline, e um bebê não se deixa enganar por uma gêmea.

Eu a segui escada abaixo até a biblioteca e fiquei olhando pela porta que ela deixara semi-aberta. O bebê estava sobre a escrivaninha, perto da pilha de livros que nunca retornavam à estante porque eu sempre os estava relendo. Próximo ao retângulo perfeito que eles formavam, notei um movimento nas dobras da coberta do bebê. Ouvi-o resmungar. Ele tinha acordado.

Ajoelhada perto da lareira, Adeline ia pegando pedaços de carvão do cesto e tocos de madeira e os atirava de qualquer maneira para o fogo. Ela não sabia acender direito a lareira. Eu aprendera com a Missus a forma correta de arrumar o papel, os gravetos, o carvão e os tocos maiores; do jeito que Adeline fazia, o fogo era descontrolado e dificilmente pegava.

O que ela tencionava fazer foi lentamente se revelando diante de mim.

Ela não iria conseguir, iria? Só havia uma sombra de calor nas brasas, insuficiente para reativar o carvão e os tocos, e eu nunca deixava gravetos ou fósforos à mão. O fogo dela era malfeito; não pegaria; eu sabia que não. Mas não podia ficar tranqüila. Seu desejo de chamas era o graveto de que ela precisava. Tudo que tinha de fazer era encontrar algo que provocasse uma centelha. A magia incendiária de que ela estava possuída era tão forte que poderia atear fogo à água, se quisesse.

Horrorizada, vi-a colocar o bebê sobre os pedaços de carvão, ainda envolto na coberta.

Aí ela olhou em volta. O que estaria procurando?

Quando veio em direção à porta e a abriu eu recuei para as sombras. Ela não tinha descoberto que eu a estava espionando. Procurava alguma outra coisa. Ela enveredou pelo corredor por baixo da escada e desapareceu.

Corri até a lareira e tirei o bebê da pira. Envolvi rapidamente sua coberta em um velho rolo de apoio lateral da *chaise longue* e coloquei-o sobre as brasas no lugar do bebê. Mas não havia tempo a perder. Ouvi passos no piso de pedras, um som prolongado como o de uma lata de gasolina sendo arrastada pelo chão, e a porta se abriu no exato momento em que me escondi num dos vãos da biblioteca. *Calma*, implorei baixinho, *não vá chorar agora*, e apertei a criança contra o meu corpo para que ela não sentisse falta do calor da sua coberta.

De volta à lareira, abaixando a cabeça, Adeline examinou o fogo. O que estaria errado? Será que ela tinha percebido a troca? Aparentemente não. Ela olhou em torno. O que estaria procurando?

O bebê se agitava, sacudindo os bracinhos, chutando o ar com as perninhas, tensionando a espinha dorsal do modo que geralmente antecede um choramingo. Eu acomodei sua cabeça em meu ombro; senti sua respiração no pescoço. *Não chore, por favor. Não chore.*

Ele se aquietou novamente, e observei.

Meus livros. Sobre a escrivaninha. Os livros sem os quais eu não podia passar, pelo simples prazer de ler umas poucas palavras, dar-lhes um rápido alô. Não fazia o menor sentido vê-los nas mãos dela. Adeline e livros? Pareciam incompatíveis. Quando ela abriu a capa, ainda imaginei por um momento, um momento bizarro, que ela iria *ler*...

Ela arrancou páginas aos punhados e espalhou-as por toda a escrivaninha; algumas foram parar no chão. Quando acabou o vandalismo, ela encheu as mãos de páginas e fez bolas de papel com elas. Rápido! Era um turbilhão! Meus pobres livros, de repente transformados numa montanha de papel! E pensar que um livro era feito de tanto papel! Eu queria gritar, mas como? Todas as palavras, lindas palavras, postas de lado e amarrotadas — e eu, nas sombras, sem fala.

Ela enchia as mãos e jogava-as em cima da coberta branca na lareira. Por três vezes a vi indo da escrivaninha para a lareira, os braços cheios de páginas, até o fogo ficar bem alto de folhas de livros rasgadas. *Jane Eyre, O morro dos ventos uivantes, A mulher de branco*... Bolas de papel lançadas ao alto da pira, algumas iam rolando até o tapete, juntando-se àquelas que ela deixara cair pelo caminho.

Uma delas veio parar aos meus pés, e, silenciosamente, abaixei-me para recolhê-la.

Oh! A sensação ultrajante do papel amassado; palavras soltas, voando para todos os lados, disparatadas. Meu coração partiu.

A raiva me varreu; me carregou como destroços de um naufrágio, incapaz de ver ou respirar; bramiu como um oceano dentro da minha cabeça. Eu devia ter gritado, me arremessado feito uma louca do meu esconderijo e me atracado com ela, mas eu estava com o tesouro de Emmeline nos braços e, por isso, eu só fiquei ali parada, tremendo, chorando em silêncio, enquanto sua irmã arruinava o tesouro que me pertencia.

Afinal, ela se deu por satisfeita. Mas, independentemente do ângulo em que se encarasse aquela pira, a montanha na lareira era a mais pura insanidade. Está tudo de cabeça para baixo, diria a Missus; nunca vai pegar fogo — o papel tem que ficar por baixo. Mas mesmo que ela tivesse feito certo, não faria a menor diferença. Ela não poderia acender: não tinha fósforos. E ainda que tivesse obtido os fósforos, não concretizaria seus propósitos, pois o menino, sua pretensa vítima, estava comigo. E a maior loucura de todas: supondo-se que eu não estivesse ali para detê-la? Supondo-se que eu não houvesse resgatado o menino e que ela tivesse conseguido queimá-lo vivo? Como ela podia imaginar que, queimando o filho da própria irmã, recuperaria a irmã para si?

Era o fogo de uma louca.

Em meus braços o bebê se agitou e abriu a boca para resmungar. O que fazer? Pelas costas de Adeline eu fui recuando cuidadosamente e corri para a cozinha.

Primeiro tinha que levar o menino para algum lugar seguro, para depois me haver com Adeline. Minha mente trabalhava furiosamente, bolando plano atrás de plano. Emmeline não sentiria mais amor pela irmã depois que ficasse sabendo o que ela tentara fazer. Agora seríamos ela e eu. Contaríamos à polícia que Adeline matara John Cavador e eles a levariam de casa. Não! Diríamos a Adeline que, se ela não fosse embora de Angelfield, nós iríamos à polícia... Não! E aí, de repente, tive o estalo! Nós é que sairíamos de Angelfield. Isso mesmo! Emmeline e eu partiríamos, com o bebê, e começaríamos vida nova, sem Adeline, sem Angelfield, mas juntas.

E tudo parece tão simples que eu me pergunto como não pensei nisso antes.

Pendurada num cabide atrás da porta da cozinha está a mochila de caça de Ambrose. Delicadamente eu abri as fivelas e envolvi a criança em suas dobras. Com o futuro brilhando tão intensamente que parece mais real do que o presente, coloco a página de *Jane Eyre* na mochila também, por medida de segurança, e uma colher que está sobre a mesa da cozinha. Vamos precisar disso em nossa vida nova.

Mas, e agora, onde? Algum lugar não muito distante da casa, onde nada possa feri-lo, onde ele tenha o calor necessário durante os poucos minutos que eu vou levar para voltar à casa e pegar Emmeline, e convencê-la a me seguir...

Na cocheira não. Adeline costuma ir lá. A igreja. Esse, sim, é um lugar onde ela nunca vai.

Desço correndo pela entrada de automóveis, atravesso o portão que leva à igreja e entro. Nas fileiras de bancos da frente há pequenas almofadas de pano para as pessoas se ajoelharem. Eu preparo uma caminha com elas e deito o bebê ali em sua mochila de lona.

Agora, de volta à casa.

Já estou quase chegando, quando meu futuro se espatifa. Cacos de vidro voando pelos ares, uma janela quebrada atrás de outra, e uma luz sinistra, vívida, vagando pela biblioteca. A esquadria sem vidro me revela que há fogo líquido escorrendo pela sala, latas de gasolina explodindo ao calor. E *duas* criaturas.

Emmeline!

Corro. O cheiro de fogo penetra por minhas narinas já no hall de entrada, embora o chão de pedras e as paredes estejam frios e o fogo não tenha chegado até ali. Mas à porta da biblioteca eu paro. As chamas lambem as cortinas; as prateleiras estão ardendo; a lareira é o próprio inferno. No meio da sala, as gêmeas. Por um instante, apesar do barulho e do calor do fogo, eu paro arrasada. Pasma. Pois Emmeline, a passiva e dócil Emmeline, está se vingando de cada golpe, de cada chute, de cada mordida. Ela nunca antes revidou os maus-tratos da irmã, mas agora o faz. Pelo filho.

Em torno delas, sobre suas cabeças, um clarão após outro à medida que as latas de gasolina explodem e o fogo vai se espalhando pela sala.

Abro a boca para dizer a Emmeline que o bebê está a salvo, mas inspiro calor e sufoco.

Vou pulando por cima do fogo, circundo-o, me esquivo do fogo que cai do alto, afasto-o com as mãos, bato no fogo que sobe pelas minhas roupas. Quando alcanço as irmãs, não consigo vê-las, mas sigo às cegas através da fumaça. Meu toque as assusta e elas se apartam imediatamente. Há um momento em que vejo Emmeline, vejo-a claramente, e ela me vê. Pego-a pela mão e a puxo, por entre as chamas, em meio ao fogo, e conseguimos chegar à porta. Mas quando ela se dá conta do que eu estou fazendo — levando-a para longe do incêndio, para um lugar seguro, ela se detém. Eu a puxo com força.

— Ele está a salvo. — Minhas palavras vêm num grasnido, mas são suficientemente inteligíveis.

Por que ela não entende?

Tento de novo.

— O bebê. Eu o salvei.

Será que ela me escutou? Inexplicavelmente ela resiste aos meus puxões, e sua mão se solta da minha. Onde está ela? Só vejo escuridão.

Vou tropeçando pelas chamas, dou com ela, agarro-a e puxo.

Ela ainda assim não quer ficar comigo, volta-se novamente para a sala.

Por quê?

Está presa à irmã.

Está presa.

Cega e com os pulmões em fogo, eu a sigo para dentro da fumaça.

Vou romper o vínculo.

Olhos fechados para evitar o calor, mergulho na biblioteca, com os braços à frente, tateando. Quando minhas mãos a encontram em meio à fumaça, não a deixo mais fugir. Não *quero* que ela morra. Vou salvá-la. E por mais que ela resista, empurro-a ferozmente em direção à porta e para fora da casa.

A porta é de carvalho. Pesada. Não queima facilmente. Fecho-a atrás de nós, e o trinco trava.

A meu lado, ela volta para tentar abri-la. É mais forte do que o fogo isso que a impele de volta àquela sala.

A chave na fechadura, sem uso desde que Hester partira, está quente. Queima a palma da minha mão quando tento girá-la. Nada mais pode me machucar essa noite, mas a chave deixa a palma da minha mão marcada com ferro em brasa e dá para sentir o cheiro da minha carne chamuscada. Emmeline estende a mão para agarrar a chave e abrir a porta novamente. O metal a queima, e quando ela sente o choque, eu afasto sua mão.

Um grito forte enche minha cabeça. É humano? Ou é o som do próprio fogo? Eu nem mesmo sei se está vindo de dentro da sala ou de fora de mim. De um início gutural, ele vai ganhando força, atinge um pico agudo de intensidade e, quando eu penso que está no final da respiração, ele prossegue, impossivelmente baixo, impossivelmente longo, um som infinito que preenche o mundo e o engolfa e o contém.

E aí o som termina e resta apenas o bramir do fogo.

Do lado de fora, a chuva. A grama está encharcada. Nós nos deixamos cair no chão; rolamos pela grama úmida para esfriar nossas roupas e nossos cabelos chamuscados e sentir a umidade fria em nossa carne em brasa. Ficamos ali de costas, em contato direto com a terra. Abro a boca e bebo chuva. Ela cai em meu rosto, esfria meus olhos, e eu consigo ver novamente. Nunca antes se viu um céu como aquele, de um azul profundo com nuvens de cimento negro movendo-se rapidamente, a chuva caindo em pontas afiadas de prata, e a todo momento um fulgor, um jato alaranjado brilhante vindo da casa, uma fonte de fogo. Um raio de luz divide o céu em dois, mais uma vez, e mais uma vez.

O bebê. Tenho que contar a Emmeline sobre o bebê. Ela vai ficar feliz por eu o ter salvo. Tudo agora vai ficar bem.

Viro-me para ela e abro a boca para falar. Seu rosto...

Seu rosto lindo, coitado!, está preto e vermelho, todo enfumaçado e ensangüentado e queimado.

Seus olhos, seus olhos verdes, devastados, cegos, alheios.

Olho para o rosto dela e não reconheço nele minha bem-amada.

— Emmeline? — sussurro. — Emmeline?

Ela não responde.

Sinto meu coração morrer. O que foi que eu fiz? Eu...? Será possível que eu...?

É insuportável não saber.

— Adeline?

Mas ela — esta pessoa, este alguém, esta uma ou outra, esta deve ou não deve ser, esta querida, este monstro, esta eu-não-sei-de-quem-se-trata — não me responde.

Vem chegando gente. Correndo pela entrada de automóveis, vozes chamando nervosamente na noite.

Fico de cócoras e fujo apressada. Agachada. Escondendo-me. Eles descobrem a garota na grama, e quando me asseguro de que a encontraram eu os deixo com ela. Na igreja, ponho a mochila nos ombros, apertando o bebê de encontro a mim, e parto.

O bosque está em silêncio. A chuva, amortecida pelo dossel de folhas, cai suavemente sobre a vegetação rasteira. A criança choraminga, depois volta a dormir. Meus pés me conduzem até uma casinha do outro lado do bosque. Conheço a casa. Eu costumava vê-la freqüentemente nos meus tempos de ronda. Nela mora uma mulher, sozinha. Quando eu a espiava pela janela tricotando ou cozinhando, sempre achei que ela parecia boa, e quando lia sobre vovós simpáticas e fadas-madrinhas em meus livros, eu lhes emprestava o rosto dela.

Levo o bebê para lá. Olho pela janela, como fazia antes, vejo-a em seu lugar de sempre, tricotando perto da lareira. Pensativa e quieta. Ela está sentada desfazendo os pontos de um trabalho de tricô, com as agulhas sobre a mesa lateral. Na varanda há um lugar seco para o bebê. Eu o instalo ali e fico à espera atrás de uma árvore.

Ela abre a porta. Pega-o. Sei, pela sua expressão, que ele ficará bem. Ela olha em volta. Na minha direção. Como se estivesse vendo algo. Será que a folhagem se mexeu, denunciando a minha presença? Passa pela minha cabeça sair do esconderijo. Ela me ajudaria? Hesito, e o vento muda de direção. Sinto o cheiro do fogo ao mesmo tempo que ela. Ela se vira, olha para o céu, engasga com a fumaça que vem dos lados da mansão de Angelfield. E aí seu rosto se mostra intrigado. Ela aproxima o bebê do nariz e o cheira. O cheiro de fogo está impregnado nele, transmitido por minhas roupas. Mais um olhar para a fumaça e ela entra direto na casa e fecha a porta.

Estou só.

Sem nome.

Sem casa.

Sem família.

Não sou nada.

Não tenho para onde ir.

Não tenho ninguém.

Olho a palma da minha mão queimada, mas não sinto dor.

Que espécie de coisa sou eu? Será que estou mesmo viva?

Não tenho para onde ir, mas caminho de volta para Angelfield. É o único lugar que conheço.

Saindo de entre as árvores, acerco-me da cena. Um carro de bombeiro. Gente do povoado com baldes, recuando, aturdida, com os rostos negros de fuligem, observando os profissionais a lutar contra as chamas. Mulheres, hipnotizadas pela fumaça que se ergue em direção ao céu negro. Uma ambulância. O Dr. Maudsley ajoelhado ao lado de uma figura no gramado.

Ninguém me vê.

À margem de todo aquele rebuliço, permaneço invisível. Talvez eu não seja nada mesmo. Talvez ninguém possa me ver de verdade. Talvez eu tenha morrido no incêndio e ainda não me tenha dado conta disso. Talvez, afinal, eu seja o que sempre fui: um fantasma.

Então uma mulher olha em minha direção.

— Vejam — grita ela, apontando. — Ela está aqui! — e as pessoas se voltam para olhar. Uma das mulheres vai correndo avisar os homens. Eles desviam o olhar do incêndio e me olham também.

— Graças a Deus! — diz alguém.

Abro a boca para falar — não sei o quê. Mas não digo nada. Só fico ali, mexendo a boca, sem voz, sem palavras.

— Não tente falar nada. — Agora o Dr. Maudsley está ao meu lado.

Olho fixamente para a garota sobre a grama.

— Ela vai sobreviver — diz o doutor.

Olho para a casa.

As chamas. Meus livros. Não sei se vou suportar isso. Lembro-me da página de *Jane Eyre*, a bola de palavras que salvei da pira. Deixei-a para trás junto com o bebê.

Começo a chorar.

— Ela está em estado de choque — diz o doutor a uma mulher. — Mantenha-a aquecida e fique com ela, enquanto levamos a irmã para a ambulância.

Uma mulher vem até mim, toda solícita. Tira seu casaco e me envolve nele, carinhosamente, como se estivesse vestindo um bebê, e murmura:

— Não se preocupe, minha querida, você vai ficar bem, sua irmã está bem, ah, coitadinha.

Erguem a menina do gramado e colocam-na na maca da ambulância. Depois me ajudam a entrar também e colocam-me sentada em frente a ela. E nos levam para o hospital.

Ela olha fixamente para o espaço. Olhos abertos, vazios. No primeiro momento eu não olho. O homem da ambulância inclina-se sobre ela, verifica que está respirando, depois se volta para mim.

— E essa mão, hein?

Estou apertando minha mão direita com a esquerda, inconsciente da dor em minha mente, mas com meu corpo denunciando o segredo.

Ele pega a minha mão, e eu o deixo abrir meus dedos. Uma marca está impressa a fogo na palma da minha mão. A chave.

— Isso vai cicatrizar — diz ele. — Não se preocupe. Agora, você é a Adeline ou a Emmeline?

Ele aponta para a outra.

— Essa é a Emmeline?

Não consigo responder, não consigo me sentir, não consigo me mexer.

— Não faz mal — diz ele. — Tudo tem sua hora.

Ele desiste de fazer com que eu o entenda. Murmura para si mesmo:

— De qualquer forma, temos que chamá-la de alguma forma. Adeline, Emmeline, Emmeline, Adeline. Meio a meio, certo? No fim, vai dar tudo certo.

O hospital. As portas da ambulância se abrindo. Tudo uma barulheira e uma confusão só. Vozes falando rápido. A maca, instalada sobre um carrinho e levada às pressas. Uma cadeira de rodas. Mãos em meus ombros.

— Sente-se aqui, querida. — A cadeira se movendo. Uma voz às minhas costas. — Não se preocupe, filhinha. Nós vamos cuidar de você e de sua irmã. Agora você está a salvo, Adeline.

A Sra. Winter dormiu.

Notei o suave afrouxamento de sua boca aberta, o tufo de cabelo rebelde que não assentava em sua testa, e no sono ela parecia muito, muito velha e muito, muito jovem. Cada vez que ela respirava a roupa de cama se erguia e logo se abaixava sobre seus ombros magros, e ao baixar a borda rendada da coberta roçava seu rosto. Ela não parecia se importar com isso, mas mesmo assim eu me curvei sobre ela para ajeitar as cobertas e acertar a onda rebelde do seu cabelo branco.

Ela não se mexeu. Estaria realmente dormindo, perguntei-me, ou já estaria inconsciente?

Não sei dizer quanto tempo mais eu a fiquei observando depois disso. Havia um relógio, mas os movimentos dos ponteiros eram tão sem sentido quanto um mapa da superfície do mar. Onda após onda de tempo bateu sobre mim enquanto eu permaneci ali sentada, com os olhos fechados, não dormindo, mas em vigília, como uma mãe atenta à respiração do filho.

Não sei bem o que dizer sobre o que se passou. É possível que eu tenha alucinado de cansaço? Será que adormeci e sonhei? Ou será que a Sra. Winter realmente falou ainda uma última vez?

Vou dar seu recado à sua irmã.

Abri imediatamente os olhos, mas os dela permaneceram fechados. Parecia dormir tão profundamente quanto antes.

Não vi o lobo chegar. Nem o escutei. Só aconteceu o seguinte: um pouco antes de amanhecer, me dei conta de um silêncio e reparei que a única respiração que se ouvia no quarto era a minha.

Início

Neve

A Sra. Winter morreu, e a neve continuou a cair.

Quando Judith veio, ela ficou algum tempo na janela junto comigo, e nós contemplamos a luminosidade misteriosa do céu noturno. Depois, quando uma alteração na brancura anunciou que já amanhecera, ela me mandou para a cama.

Acordei no fim da tarde.

A neve que já tinha emudecido o telefone agora chegava até o parapeito das janelas e bloqueava as portas. Ela nos separava do resto do mundo tão eficazmente quanto uma chave de cadeia. A Sra. Winter tinha escapado; assim como a mulher a quem Judith se referia como Emmeline e a quem eu evitava nomear. O resto de nós, Judith, Maurice e eu, estávamos presos.

O gato estava inquieto. A culpa era da neve; ele não gostava dessa mudança na aparência do universo. Ele ia de uma janela para outra em busca do seu mundo perdido e miava nervosamente para Judith, Maurice e eu, como se a restauração do mundo estivesse em nossas mãos. Em comparação, a perda da sua dona era uma questão secundária que, mesmo que ele tenha notado, não o abalou em nada.

A neve tinha-nos bloqueado num desvio de tempo, e cada um de nós encontrou uma maneira própria de sobreviver. Judith, imperturbável, fazia sopa de legumes, limpava os armários da cozinha e, quando não tinha mais nenhuma tarefa, fazia as unhas e passava creme no rosto. Maurice, irritado com o confinamento e a inatividade, jogava partidas intermináveis de paciência, mas quando tinha que tomar seu chá puro, sem leite, Judith jogava cartas com ele para distraí-lo do gosto amargo do chá.

Quanto a mim, passei dois dias transcrevendo minhas últimas anotações, mas, quando terminei, vi que não estava conseguindo ler. Nem Sherlock Holmes conseguiu prender minha atenção naquela paisagem coberta de neve. Sozinha em meu quarto, passei uma hora examinando minha melancolia, tentando identificar o que achava ser um novo elemento nela. Percebi que sentia falta da Sra. Winter. Então, querendo uma companhia humana, fui até a cozinha. Maurice ficou satisfeito em jogar cartas comigo, embora eu só soubesse jogos infantis. Depois, enquanto as unhas de Judith secavam, preparei chocolate e chá sem leite, e mais tarde deixei Judith lixar e pintar as minhas unhas.

Assim, nós três e o gato passávamos os dias, trancados com os nossos mortos, e com o ano velho parecendo durar mais do que devia.

No quinto dia, fui tomada de grande tristeza.

Eu tinha lavado a louça e Maurice a tinha secado enquanto Judith jogava paciência na mesa. A mudança nos fez bem. E depois da louça lavada, deixei-os lá e fui para a sala de visitas. A janela dava para a parte do jardim que ficava protegido pela casa. Aqui a neve não tinha ficado tão alta. Abri a janela, saltei por ela e fui caminhar na neve. Toda a tristeza que tinha mantido sob controle por tantos anos, por meio de livros e estantes, tomou conta de mim. Num banco protegido por uma sebe alta de teixos, abandonei-me a uma dor que era mais vasta e mais profunda do que a própria neve, e tão pura quanto. Chorei pela Sra. Winter, por seu fantasma, por Adeline e Emmeline. Por minha irmã, minha mãe e meu pai. Mas chorei, principalmente, por mim mesma. Minha dor era a de um bebê, recém-separado de sua outra metade; de uma criança debruçada sobre uma velha lata, compreendendo subitamente, horrorizada, o significado de algumas folhas de papel; e de uma mulher adulta, sentada num banco e chorando, na luz alucinatória e no silêncio da neve.

Quando dei por mim, o Dr. Clifton estava lá. Ele me envolveu com o braço.

— Eu sei — disse ele. — Eu sei.

Ele não sabia, é claro. Não de verdade. E, no entanto, foi isso que ele disse; ouvindo-o, senti um certo consolo, pois eu sabia o que ele estava querendo dizer. Todos nós temos as nossas tristezas e, embora o tamanho, a forma e as dimensões da dor sejam diferentes para cada pessoa, a cor da dor é comum a todos nós. — "Eu sei", disse ele, porque era humano e, portanto, de certa forma, sabia.

Ele me levou para dentro, para o calor da casa.

— Meu Deus! — exclamou Judith. — Quer que eu traga um chocolate quente?

— Com um pouco de conhaque dentro, talvez — disse ele.

Maurice puxou uma cadeira para mim e começou a avivar o fogo.

Bebi o chocolate bem devagar. Tinha leite: o médico tinha trazido quando veio com o fazendeiro, de trator.

Judith me envolveu com um xale, depois começou a descascar batatas para o jantar. Ela, Maurice e o médico fizeram alguns comentários ocasionais — o que comeríamos no jantar, se a neve estava mais branda, quanto tempo o telefone levaria para voltar a funcionar — e, ao fazê-los, encarregaram-se de iniciar o laborioso processo de pôr a vida de novo para funcionar depois que a morte nos havia paralisado.

Aos poucos, esses comentários foram se juntando e transformaram-se numa conversa.

Fiquei ouvindo suas vozes e, após algum tempo, juntei-me a elas.

Feliz Aniversário

Fui para casa.

Para a livraria.

— A Sra. Winter morreu — disse a meu pai.

— E você? Como vai? — perguntou ele.

— Estou viva.

Ele sorriu.

— Me fale de mamãe — pedi a ele. — Por que ela é assim?

Ele me contou.

— Ela ficou muito doente quando vocês nasceram. Ela não a viu antes de você ser levada embora. Nunca viu sua irmã. Quando se recuperou, a sua operação já tinha acontecido e sua irmã...

— Minha irmã tinha morrido.

— Sim. Ninguém sabia como você reagiria. Eu ia da cabeceira dela para a sua... Achei que ia perder vocês três. Rezei para todos os deuses que conhecia para que você se salvasse. E minhas orações foram atendidas. Em parte. Você sobreviveu. Sua mãe nunca se recuperou de verdade.

Havia outra coisa que eu precisava saber.

— Por que não me contou? Que eu era gêmea?

O rosto que ele virou para mim estava devastado. Engoliu em seco, e quando falou sua voz estava rouca.

— A história do seu nascimento é muito triste. Sua mãe achou que era pesada demais para uma criança suportar. Eu a teria suportado por você, Margaret, se pudesse. Eu teria feito qualquer coisa para poupá-la.

Ficamos ali sentados em silêncio. Pensei em todas as outras perguntas que poderia ter feito, mas agora que tinha chegado a hora, eu não queria mais fazê-las.

Estendi a mão para meu pai na mesma hora em que ele estendeu a mão para mim.

Assisti a três funerais no mesmo número de dias.

Muitas pessoas foram ao funeral da Sra. Winter. A nação lamentou a perda da sua contadora de histórias favorita e milhares de leitores apareceram para prestar suas homenagens. Eu saí assim que pude, pois já tinha feito as minhas despedidas.

O segundo foi uma cerimônia tranqüila. Só havia Judith, Maurice, o médico e eu para prantear a mulher citada durante toda a cerimônia como Emmeline. Depois nós nos despedimos rapidamente uns dos outros e nos separamos.

O terceiro foi ainda mais solitário. Num crematório em Banbury eu era a única pessoa presente quando um clérigo de rosto brando supervisionou a passagem para as mãos de Deus de um conjunto de ossos, de identidade desconhecida. Para as mãos de Deus, só que fui eu quem recolheu a urna depois, "em nome da família Angelfield".

Havia gotas de neve em Angelfield. Pelo menos o primeiro sinal delas, abrindo caminho no chão gelado e mostrando seus brotos, verdes e frescos, acima da neve.

Quando me levantei, ouvi um ruído. Era Aurelius, chegando no portão do cemitério. Ele tinha neve nos ombros e trazia flores.

— Aurelius! — Como ele tinha ficado tão triste? Tão pálido? — Você mudou — disse eu.

— Eu me acabei numa caçada inútil. — Seus olhos, sempre meigos, estavam iluminados pelo mesmo azul do céu de janeiro; dava para ver através deles a decepção em seu coração. — A vida inteira eu quis achar minha família. Quis saber quem eu era. E ultimamente me senti esperançoso. Achei que poderia haver alguma chance de recuperação. Agora temo ter-me enganado.

Caminhamos por entre os túmulos, limpamos a neve do banco e nos sentamos. Aurelius tirou do bolso dois pedaços de bolo desembrulhados. Distraidamente, entregou-me um e enfiou os dentes no outro.

— É isso que você tem para mim? — perguntou ele, olhando para a urna. — Esse é o resto da minha história?

Entreguei a urna a ele.

— Não é leve? Leve como o ar. E, no entanto... — Ele apontou para o próprio coração; estava tentando mostrar o quanto o seu coração estava pesado; sem encontrar o gesto certo, largou a urna e deu outra mordida no bolo.

Depois de comer o último pedacinho, ele falou.

— Se ela era minha mãe, por que eu não estava com ela? Por que não morri com ela, neste lugar? Por que ela me levou para a casa da Sra. Love e depois voltou para uma casa em chamas? Por quê? Isso não faz sentido.

Acompanhei-o quando ele saiu do caminho central e se dirigiu para o labirinto de canteiros entre os túmulos. Ele parou num túmulo que eu tinha visto antes e depositou suas flores. A lápide era simples.

Joan Mary Love

Nunca esquecida

Pobre Aurelius. Ele estava tão cansado. Mal pareceu notar quando lhe dei o braço. Mas então ele se virou bem de frente para mim.

— Talvez seja melhor não ter nenhuma história do que ter uma que vive mudando. Passei a vida inteira correndo atrás da minha história sem conseguir agarrá-la. Correndo atrás da minha história, quando tinha a Sra. Love. Ela me amava, você sabe.

— Nunca duvidei disso. — Ela havia sido uma boa mãe para ele. Melhor do que as gêmeas jamais seriam. — Talvez seja melhor não saber — sugeri.

Ele olhou do túmulo para o céu claro.

— É isso que *você* acha?

— Não.

— Então por que está sugerindo isso?

Retirei o braço que estava enlaçado com o dele e enfiei as mãos geladas debaixo dos braços do meu casaco.

— É o que minha mãe diria. Ela acha que uma história sem peso é melhor do que uma história pesada demais.

— E daí? Minha história é pesada.

Eu não disse nada, e quando o silêncio se prolongou demais, contei a ele não a sua história, mas a minha.

— Eu tive uma irmã — comecei. — Gêmea.

Ele se virou para olhar para mim. Seus ombros pareciam sólidos e largos contra o céu e ele escutou a minha hstória com um ar grave.

— Nós estávamos unidas. Aqui... — e passei a mão pelo lado direito do meu corpo. — Ela não podia viver sem mim. Precisava que o meu coração batesse para ela. Mas eu não podia viver com ela. Ela estava sugando toda a minha energia. Eles nos separaram, e ela morreu.

Minha outra mão juntou-se à primeira sobre a cicatriz, e eu apertei com força.

— Minha mãe nunca me contou. Ela achou que era melhor para mim não saber.

— Uma história sem peso.

— Sim.

— Mas você sabe.

Apertei com mais força.

— Eu descobri por acaso.

— Sinto muito — disse ele.

Ele tomou minhas mãos e juntou-as sob a dele. Com o outro braço, puxou-me para si. Através de camadas de casacos, senti a maciez da sua barriga e um barulho no ouvido. É o coração dele batendo, pensei. Um coração humano. Do meu lado. Então era assim. Fiquei escutando.

Depois nos separamos.

— E é melhor saber? — perguntou ele.

— Não sei dizer. Mas depois que você sabe, é impossível voltar.

— E você sabe a minha história.

— Sim.

— Minha verdadeira história.

— Sim.

Ele nem hesitou. Só respirou fundo e pareceu crescer um pouco mais.

— Então é melhor me contar — disse ele.

Contei. E, enquanto contava, caminhamos. Quando teminei de contar, estávamos parados no lugar em que as gotas de neve estavam brotando da brancura da neve.

Com a urna nas mãos, Aurelius hesitou.

— Tenho a impressão de que isto é contra as regras.

Eu também achava que era.

— Mas o que mais podemos fazer?

— As regras não se aplicam a este caso, se aplicam?

— Nada poderia ser mais certo.

— Então vamos.

Usamos a faca do bolo para abrir um buraco na terra gelada sobre o caixão da mulher que eu conhecia como Emmeline. Aurelius enfiou as cinzas lá dentro, e recolocamos a terra para cobri-las. Aurelius fez pressão com o seu peso, e então arrumamos as flores para disfarçar.

— Quando a neve derreter, o chão vai ficar nivelado — disse ele. E limpou a neve das pernas da calça.

— Aurelius, ainda falta alguma coisa na sua história.

Levei-o para outra parte do cemitério.

— Você agora já sabe sobre sua mãe. Mas você também teve um pai. — Indiquei a lápide de Ambrose. — O A e o S no pedaço de papel que você me mostrou. Era o nome *dele*. Também era a bolsa dele. Ele a usava para carregar caça. Isso explica a pena.

Fiz uma pausa. Era muita coisa para Aurelius digerir. Quando finalmente balançou a cabeça, continuei:

— Era um bom homem. Você é muito parecido com ele.

Aurelius olhou-me com os olhos arregalados. Tonto. Mais informação. Mais perda.

— Ele está morto. Entendo.

— Isso não é tudo — disse eu baixinho.

Ele virou os olhos lentamente para mim, e vi neles o medo de que sua história de abandono não tivesse fim.

Tomei a mão dele. Sorri-lhe.

— Depois que você nasceu, Ambrose se casou. Ele teve outro filho.

Ele levou alguns instantes para compreender o que isso significava, e quando compreendeu, seu rosto ganhou vida.

— Quer dizer... que eu tenho... E ela.. ele... ela...

— Sim! Uma irmã! — Ele abriu um sorriso enorme. Continuei: — E ela também tem filhos. Um menino e uma menina!

— Uma sobrinha! Um sobrinho!

Segurei as mãos dele para que parassem de tremer.

— Uma *família*, Aurelius. A *sua* família. Você já os conhece. E eles estão esperando por você.

Mal consegui acompanhá-lo quando saímos do cemitério em direção ao portão. Aurelius não olhou para trás nem uma vez. Só paramos no portão, e isso foi por minha causa.

— Aurelius! Quase esqueci de lhe dar isto.

Ele pegou o envelope branco e abriu-o, tonto de alegria. Tirou o cartão e olhou para mim.

— O quê? É mesmo?

— É, sim.

— Hoje?

— Hoje! — Algo tomou conta de mim naquele momento. Fiz uma coisa que nunca tinha feito antes e que nunca tinha esperado fazer. Abri a boca e gritei bem alto. — FELIZ ANIVERSÁRIO!

Eu devia estar um pouco doida. Em todo caso, fiquei envergonhada. Mas Aurelius nem ligou. Ele estava imóvel, com os braços estendidos do lado do corpo, os olhos fechados e o rosto virado para o céu. Toda a felicidade do mundo estava caindo sobre ele junto com a neve.

No jardim de Karen, a neve tinha marcas de brincadeira, pegadas pequenas e outras ainda menores, umas seguindo as outras em grandes círculos. As crianças não estavam à vista, mas, quando nos aproximamos, ouvimos a voz delas vindo do nicho que havia no teixo.

— Vamos brincar de Branca de Neve.

— Essa é uma história de menina.

— Que história você quer brincar?

— Uma história de foguetes.

— Eu não quero ser um foguete. Vamos ser barcos.

— Nós fomos barcos ontem.

Ao ouvir o trinco do portão, eles espiaram de dentro da árvore, e com os capuzes cobrindo os cabelos quase não dava para distinguir entre o irmão e a irmã.

— É o homem do bolo!

Karen saiu da casa e atravessou o gramado.

— Querem saber quem é este? — perguntou às crianças, enquanto sorria timidamente para Aurelius. — Este é o seu tio.

Aurelius fitou Karen, depois as crianças, depois Karen novamente, com os olhos arregalados para tentar enxergar tudo aquilo. Ele ficou sem palavras, mas Karen estendeu a mão, e ele a tomou.

— É tudo um pouco... — começou ele.

— Não é? — concordou ela. — Mas vamos nos acostumar, não vamos?

Ele concordou com a cabeça.

As crianças estavam olhando cheias de curiosidade para aquela cena.

— Do que vocês estão brincando? — perguntou Karen para distraí-los.

— Não sabemos — disse a menina.

— Não conseguimos decidir — disse o irmão.

— Você sabe alguma história? — perguntou Emma a Aurelius.

— Só uma — disse ele.

— Só uma? — Ela ficou perplexa. — Tem algum sapo nela?

— Não.

— Dinossauros?

— Não.

— Passagens secretas?

— Não.

As crianças se entreolharam. Aquela história não devia ser grande coisa.

— Nós sabemos um monte de histórias — disse Tom.

— Um monte — repetiu ela, com um ar sonhador. — Princesas, sapos, castelos mágicos, fadas-madrinhas...

— Lagartas, coelhos, elefantes...

— Todo tipo de animais.

— Todo tipo.

Ficaram em silêncio, absortos na contemplação de tantos mundos diferentes.

Aurelius olhava para eles como se fossem um milagre.

Então eles retornaram ao mundo real

— Milhões de histórias — disse o menino.

— Quer que eu conte uma história para você? — perguntou a menina.

Achei que talvez Aurelius tivesse ouvido histórias demais para um dia só, mas balançou afirmativamente a cabeça.

Ela ergueu um objeto imaginário e colocou-o na palma da mão direita. Com a esquerda ela fingiu que estava abrindo a capa de um livro. Olhou para ter certeza de que tinha toda a atenção dos companheiros.

Então seus olhos voltaram a contemplar o livro que tinha na mão, e começou.

— Era uma vez...

Karen e Tom e Aurelius: três pares de olhos fixos em Emma e atentos à sua história. Eles ficariam muito bem juntos.

Sem que ninguém percebesse, eu me virei, atravessei o portão e desci a rua.

A Décima Terceira História

Não vou publicar a biografia de Vida Winter. O mundo pode estar ansioso pela história, mas ela não me pertence. Adeline e Emmeline, o fogo e o fantasma, estas são histórias que pertencem a Aurelius agora. Os túmulos no cemitério são dele, bem como o aniversário que ele pode escolher à vontade. A verdade já é bastante pesada sem o peso adicional do olhar do mundo sobre seus ombros. Se forem deixados em paz, ele e Karen podem virar a página, começar de novo.

Mas o tempo passa. Um dia Aurelius não existirá mais; um dia Karen também deixará este mundo. As crianças, Tom e Emma, já estão mais distantes dos eventos que relatei aqui do que o tio. Com a ajuda da mãe, elas começaram a forjar suas próprias histórias; histórias que são fortes, sólidas e verdadeiras. Vai chegar o dia em que Isabelle e Charlie, Adeline e Emmeline, a Missus e John Cavador, além da garota sem nome, estarão tão longe no passado que seus velhos ossos não poderão mais causar medo nem dor. Eles serão apenas uma velha história, incapaz de fazer mal a quem quer que seja. E, quando esse dia chegar — eu também já estarei velha a essa altura —, entregarei este documento a Tom e Emma. Para ler e, se quiserem, para publicar.

Espero que queiram publicar. Pois, enquanto não o fizerem, o espírito daquela criança fantasma irá me assombrar. Ela percorrerá os meus pensamentos, viverá nos meus sonhos, pois minha memória é o seu único quintal. Não é muita coisa, essa sua vida póstuma, mas não é esquecimento. Será suficiente, até o dia em que Tom e Emma liberarem este documento e ela puder existir mais inteira depois da morte do que jamais o foi antes.

Portanto, a história da menina fantasma não será publicada por muitos anos, se é que um dia virá a ser. Entretanto, isso não quer dizer que eu não tenho nada para dar ao mundo imediatamente e satisfazer sua curiosidade sobre Vida Winter. Porque existe alguma coisa. No fim do meu último encontro com o Sr. Lomax, eu já estava para sair quando ele me fez parar.

— Só mais uma coisa. — Ele abriu a escrivaninha e tirou um envelope.

Eu tinha este envelope comigo quando saí de fininho do jardim de Karen e caminhei de volta para o portão da casa. O solo do terreno do novo hotel tinha sido nivelado e, quando tentei recordar a velha casa, só encontrei fotografias na minha memória. Mas então me lembrei de que ela sempre parecia estar virada para o lado errado. Ela era torta. O novo prédio ia ser melhor. Ele ficaria bem de frente para você.

Afastei-me do caminho de cascalho para atravessar o gramado coberto de neve na direção do velho parque de cervos e do bosque. Os galhos escuros estavam carregados de neve, que de vez em quando caía com um baque surdo à minha passagem. Cheguei finalmente ao topo da colina. Dá para ver tudo de lá. A igreja e o cemitério, as coroas de flores sobressaindo contra a neve. Os portões da casa, de uma brancura de giz contra o céu azul. A cocheira, desnudada da sua mortalha de espinhos. Só a casa tinha desaparecido — e tinha desaparecido completamente. Os homens com seus capacetes amarelos tinham reduzido o passado a uma página em branco. A transformação estava completa. Já não se tratava mais de uma demolição. Amanhã, talvez hoje ainda, os operários iriam voltar e aquilo passaria a ser uma construção. Demolido o passsado, estava na hora de começar a construir o futuro.

Tirei o envelope da bolsa. Eu tinha esperado. Pela hora certa. Pelo lugar certo.

As letras no envelope eram malfeitas. Os traços irregulares ou desapareciam no nada ou marcavam profundamente o papel. Não havia uma sensação de continuidade: cada letra dava a impressão de ter sido desenhada individualmente, com muita dificuldade, e a seguinte iniciada como sendo uma tarefa nova e árdua. Era como a caligrafia de uma criança ou de uma pessoa muito velha. Ele estava endereçado à Srta. Margaret Lea.

Abri o envelope. Retirei o conteúdo. E sentei-me num toco de árvore para ler, porque nunca leio em pé.

Querida Margaret,

Aqui está o trabalho de que lhe falei.

Tentei terminá-lo, mas não consegui. Portanto, esta história que causou tanta comoção no mundo vai ter que ficar assim mesmo. Trata-se de uma coisa frágil: algo de nada. Faça o que quiser com ela.

Quanto a títulos, o que me vem à mente é *A filha de Cinderela*, mas, conhecendo os leitores como conheço, sei que qualquer que seja o título que eu queira dar, ela terá um só título no mundo, e não será o meu.

Não havia assinatura. Nem nome.

Mas havia uma história.

Era a história de Cinderela, como eu nunca a tinha lido antes. Lacônica, dura e zangada. As frases da Sra. Winter eram cacos de vidro reluzentes e letais.

"*Imaginem isto*", *começa* a história. "*Um rapaz e uma moça; um rico e um pobre. Geralmente é a moça que não possui ouro e assim é na história que estou contando. Não precisou haver um baile. Uma passeio no bosque foi o suficiente para que esses dois se encontrassem. Houve uma vez uma fada-madrinha, mas no resto do tempo não houve nenhuma. Esta história acontece nesse resto de tempo. A abóbora da nossa moça é só uma abóbora, e ela volta para casa rastejando depois da meia-noite, com sangue nas anáguas, violada. Não haverá nenhum criado na porta com um sapatinho amanhã. Ela já sabe disso. Ela não é burra. Mas está grávida.*"

No resto da história, Cinderela tem uma filha, cria esta filha na miséria, abandona-a após alguns anos na propriedade do seu violador. A história termina abruptamente.

"No meio do caminho, num jardim onde ela nunca esteve antes, com frio e com fome, a criança percebe de repente que está sozinha. Atrás dela está o portão que vai dar na floresta. Ele está aberto. Sua mãe ainda estará atrás dele? Na frente dela há um barracão que, aos olhos da criança, parece uma casinha. Um lugar que lhe poderá servir de abrigo. Quem sabe, talvez tenha até alguma coisa para ela comer.

O portão do jardim? Ou a casinha?

Portão? Ou casa?

A criança hesita..."

E a história termina ali.

A mais antiga lembrança da Sra. Winter? Ou apenas uma história? A história inventada por uma criança imaginativa para preencher o espaço que deveria ter sido ocupado por sua mãe?

A décima terceira história. A última, famosa, inacabada história.

Li a história e lamentei.

Aos poucos, meus pensamentos afastaram-se da Sra. Winter e voltaram-se para mim mesma. Ela podia não ser perfeita, mas pelo menos eu tinha uma mãe. Seria tarde demais para nos entendermos? Mas isso era uma outra história.

Guardei o envelope na bolsa, levantei-me e bati na minha calça para tirar os pedacinhos de casca de árvore antes de voltar para a estrada.

Fui contratada para escrever a história da vida da Sra. Winter, e o fiz. Não existe mais nada que eu precise fazer para cumprir os termos do contrato. Uma cópia deste documento ficará com o Sr. Lomax, que a guardará num cofre de banco e em seguida providenciará o pagamento de uma grande soma de dinheiro para mim. Aparentemente, ele não tem nem mesmo a obrigação de verificar se as páginas que vou entregar a ele não estão em branco.

— Ela confiava em você — disse ele.

É óbvio que confiava em mim. Suas intenções no contrato que eu nunca li nem assinei são indiscutíveis. Queria contar-me a história antes de morrer; queria que eu a registrasse. O que eu fizesse com ela depois era problema meu. Contei ao advogado a respeito das minhas intenções em relação a Tom e Emma, e marcamos uma consulta para formalizar meus desejos num testamento, como medida de precaução. E este deveria ser o fim da história.

Mas não sinto que tenha terminado. Não sei quais nem quantas pessoas acabarão lendo isto, mas mesmo que sejam poucas, mesmo que seja daqui a muito tempo, eu sinto uma certa responsabilidade para com elas. E embora eu tenha contado tudo o que sei sobre Adeline e Emmeline e a criança fantasma, percebo que para alguns isso não será suficiente. Sei o que é terminar um livro e, um dia ou uma semana depois, ficar imaginando o que aconteceu com o açougueiro ou quem ficou com os diamantes, ou se a viúva rica se reconciliou ou não com a sobrinha. Posso imaginar os leitores querendo saber o que aconteceu com Judith e Maurice, se alguém cuidou do maravilhoso jardim, quem foi morar na casa.

Portanto, caso você esteja na dúvida, deixe-me contar. Judith e Maurice ficaram lá. A casa não foi vendida; no seu testamento, a Sra. Winter determinou que o jardim fosse convertido numa espécie de museu literário. É claro que é o jardim que tem realmente valor ("uma jóia inesperada", como foi chamado num artigo sobre horticultura), mas a Sra. Winter percebeu que sua reputação como contadora de histórias, mais do que sua habilidade para jardinagem, é que atrairia as multidões. Então haverá visitas guiadas aos aposentos, uma casa de chá e uma livraria. Ônibus que levam turistas ao museu Brontë podem em seguida levá-los ao "Jardim Secreto de Vida Winter". Judith vai continuar como governanta, e Maurice como jardineiro-chefe. A primeira tarefa deles, antes desta conversão, é limpar os aposentos de Emmeline. Estes não serão visitados, pois não haverá nada para ver.

E Hester. Isto irá surpreender você; sem dúvida, me surpreendeu. Recebi uma carta de Emmanuel Drake. Para dizer a verdade, eu já tinha me esquecido dele. Devagar e metodicamente ele continuou suas buscas, e contra todas as expectativas, acabou encontrando-a. "Foi a conexão italiana que me desviou da trilha certa", explicava ele na carta, "quando a sua governanta tinha ido para o outro lado — para a América!" Hester tinha trabalhado durante um ano como assistente de um neurologista e, no fim de um ano, adivinhem quem se juntou a ela? O Dr. Maudsley! A esposa dele morreu (nada mais sinistro do que uma gripe, verifiquei), e poucos dias depois do funeral ele embarcou num navio. Era amor mesmo. Ambos já morreram, mas após uma vida longa e feliz, juntos. Tiveram quatro filhos, um dos quais me escreveu, e eu enviei o original do diário de sua mãe para ele guardar. Duvido que ele vá entender mais do que uma palavra em cada dez; se me pedir alguma explicação, vou dizer que sua mãe conheceu seu pai aqui na Inglaterra, na época do primeiro casamento do pai, mas, se ele não perguntar nada, vou ficar calada. Junto com a carta, ele me mandou uma lista das publicações conjuntas de seus pais. Eles pesquisaram e escreveram dúzias de artigos muito conceituados (nenhum deles sobre gêmeos; acho que eles souberam quando desistir) e os publicaram em conjunto: Dr. E. e Sra. H. J. Maudsley.

H. J.? Hester tinha um nome do meio: *Josephine*.

O que mais você quer saber? Quem cuidou do gato? Bem, Sombra veio morar comigo na livraria. Ele se aboleta nas estantes, onde quer que encontre um espaço entre os livros, e quando os fregueses dão com ele ali, ele os encara com serenidade. De vez em quando, ele se senta no parapeito da janela, mas não por muito tempo. Fica confuso com a rua, os veículos, as pessoas, os prédios em frente. Eu mostrei a ele o atalho que vai dar no rio, mas ele o despreza.

— O que você esperava? — diz meu pai. — Um rio é inútil para um gato de Yorkshire. O que ele está procurando são os pântanos.

Acho que ele tem razão. Cheio de expectativa, Sombra pula na janela, olha para fora, depois me lança um olhar desapontado.

Não gosto de pensar que ele tem saudades de casa.

O Dr. Clifton veio até a loja do meu pai — ele disse que estava de visita à cidade e, ao lembrar-se de que meu pai tinha uma loja ali, achou que valia a pena ir até lá, embora fosse um tiro no escuro, para ver se ele tinha um livro sobre medicina do século XVIII no qual estava interessado. Por acaso, nós *tínhamos* o livro, e ele e meu pai conversaram longamente, até bem depois do horário de fechamento da loja. Para compensar o fato de nos ter feito trabalhar até tarde, nos convidou para jantar. Foi muito agradável, e como ainda ia ficar mais uma noite na cidade, meu pai convidou-o para jantar conosco no dia seguinte. Na cozinha, minha mãe disse que ele era "Um homem muito simpático, Margaret. Muito simpático". Em sua última tarde na cidade, fomos passear pela beira do rio, mas desta vez só nós dois, papai estava ocupado escrevendo umas cartas. Contei a ele a história do fantasma de Angelfield. Ouviu atentamente e, quando terminei, nós continuamos a caminhar, devagar e em silêncio.

— Lembro-me de ter visto essa caixa de tesouros — disse ele por fim. — Como foi que ela escapou do fogo?

Eu parei, refletindo.

— Sabe de uma coisa, nunca tive a idéia de perguntar.

— Agora você nunca vai saber, não é?

Ele tomou o meu braço, e prosseguimos.

Bem, voltando ao assunto, que é Sombra e a saudade que ele sente de casa. Quando o Dr. Clifton visitou a loja do meu pai e viu a tristeza do gato, ele se ofereceu para ficar com Sombra. Sombra ficaria muito feliz se voltasse para Yorkshire, não tenho dúvidas. Mas esse oferecimento, apesar de gentil, deixou-me num estado de dolorosa perplexidade. Pois não sei ao certo se vou suportar ficar longe dele. Ele, tenho certeza, suportaria a minha ausência com a mesma compostura com que aceitou o desaparecimento da Sra. Winter, pois é um gato; mas, sendo um ser humano, eu me afeiçoei a ele e, se fosse possível, gostaria de mantê-lo perto de mim.

Numa carta revelei um pouco desses sentimentos ao Dr. Clifton; em sua resposta, ele diz que talvez nós dois, Sombra e eu, pudéssemos passar umas férias com ele. Convida-nos para passar um mês lá na primavera. Tudo pode acontecer em um mês, diz, e, quando o mês terminar, acha possível que tenhamos pensado numa saída para este dilema que seja conveniente para todos. Não posso deixar de pensar que Sombra ainda acabará tendo o seu final feliz.

E isso é tudo.

Pós-escrito

Ou quase tudo. A gente acha que uma coisa terminou, e então, de repente, ainda não terminou.

Recebi uma visita.

Sombra foi o primeiro a notar. Eu estava cantarolando enquanto arrumava a mala para as nossas férias, a mala aberta em cima da cama. Sombra estava entrando e saindo dela, brincando com a idéia de fazer um ninho em cima das minhas meias e cardigãs, quando de repente parou, atento, e olhou para a porta atrás de mim.

Ela apareceu não como um anjo dourado, nem como um espectro da morte. Era igual a mim: uma mulher alta, magra, de cabelos castanhos, que você não notaria se passasse por você na rua.

Havia centenas, milhares de coisas que eu achei que iria querer perguntar a ela, mas fiquei tão aturdida que mal consegui pronunciar o seu nome. Ela se aproximou de mim, me abraçou e me apertou contra o lado do seu corpo.

— Moira — consegui sussurrar —, eu estava começando a achar que você não era real.

Mas ela era real. Com o rosto colado ao meu, o braço envolvendo meus ombros, minha mão na sua cintura. Encostamos uma cicatriz na outra, e todas as minhas perguntas sumiram quando senti seu sangue fluir junto com o meu, seu coração bater junto com o meu. Foi um momento de êxtase, maravilhoso e calmo; e eu vi que me *lembrava* desta sensação. Ela tinha estado fechada dentro de mim e agora Moira tinha vindo libertá-la. Este circuito de felicidade. Esta unidade que um dia tinha sido normal, e que hoje, recuperada, era milagrosa.

Ela veio e nos unimos.

Compreendi que ela tinha vindo para dizer adeus. Que, quando nos encontrássemos de novo, eu é que iria até ela. Mas que este próximo encontro só se daria muito tempo depois. Não havia pressa. Ela podia esperar, e eu também.

Senti o toque dos seus dedos no meu rosto enquanto eu secava suas lágrimas, depois, felizes, enlaçamos nossos dedos. Seu hálito no meu rosto, seu rosto em meu cabelo, enterrei o nariz na curva do seu pescoço e inalei sua doçura.

Que alegria.

Não importava que ela não pudesse ficar. Ela tinha vindo. Ela tinha vindo.

Não sei como ou quando ela partiu. Eu simplesmente percebi que ela não estava mais ali. Sentei-me na cama, inteiramente calma, inteiramente feliz. Senti a curiosa sensação do meu sangue refazendo a sua rota, do meu coração passando a bater só por mim. Ao tocar na minha cicatriz, ela a havia reavivado; então, aos poucos, ela foi esfriando até ficar igual ao resto do meu corpo.

Ela tinha vindo e tinha partido. Eu não a veria de novo deste lado do túmulo. Minha vida era só minha.

Dentro da mala, Sombra estava dormindo. Acariciei-o. Ele abriu um olho verde por alguns intantes, me olhou, depois tornou a fechá-lo.

Este livro foi composto na tipologia Minion,
em corpo 11,5/16, e impresso em papel
off-white 80g/m² no Sistema Cameron da
Divisão Gráfica da Distribuidora Record.

Seja um Leitor Preferencial Record
e receba informações sobre nossos lançamentos.
Escreva para
RP Record
Caixa Postal 23.052
Rio de Janeiro, RJ – CEP 20922-970
dando seu nome e endereço
e tenha acesso a nossas ofertas especiais.

Válido somente no Brasil.

Ou visite a nossa *home page*:
http://www.record.com.br